걸스 라이크 어스

걸스 라이크 어스

GIRLS
LIKE
US

크리스티나 앨저 장편소설
공보경 옮김

내 딸과
세상의 모든 여자들에게
바칩니다.

요셉은 자신이 속해 있는 사건들의 시작점을

새로이 짚어내고 싶었으나 언제나 그렇듯 쉽지 않았다.

무릇 세상에 아비 없는 자식은 없고,

자신의 힘으로 알아서 태어난 물건은 없었다.

누구나 자신을 있게 한 이전의 것,

저 깊고 깊은 시초,

심연과도 같은 과거의 우물 바닥에서 비롯되었기 때문이다.

_토마스 만, 《요셉과 그 형제들》

1

9월의 마지막 화요일, 우리는 롱아일랜드 해변에 아버지의 유해를 뿌리려 한다.

우리 넷은 글렌 도시의 낚싯배에 기네스 쿨러와 유골 항아리를 싣고 바다로 나간다. 동쪽에 있는 오리엔트 포인트로. 아버지와 도시가 토요일마다 날개다랑어와 농어 낚시를 하던 곳. 오리엔트 포인트의 조용한 모래톱에 다다른 우리는 닻을 내린다. 도시는 아버지가 조국과 마을, 친구, 가족에게 얼마나 충실한 사람이었는지에 관해 몇 마디 추도사를 늘어놓는다. 그러고는 나더러 할 말이 있냐고 묻는다. 나는 고개를 젓는다. 그들은 내가 울음이 터져나올 것 같아 입다물고 있는 줄 아나 본데 실은 할 말이 없어서다. 아버지와는 수년째 안 보고 살았다. 그래서인지 새삼 슬프지도 않다. 그저 멍할 뿐.

도시가 추도사를 마치자 우리는 고개를 숙인 채 잠시 묵념을 한다. 서퍽 카운티 경찰서의 강력계 형사 론 아나스타스는 조용히 눈물을 삼킨다. 아버지의 첫 파트너였던 빈스 다실바는 성령에 관한 말을 나지막이 중얼거리며 성호를 긋는다. 그들 셋은 일요일마다 서퍽 카운티 애팽크 지역에 있는 세인트 아그네스 성당에서 미사를 보곤 했다. 전에는 그랬다. 우리도 그랬고. 나는 결혼식 참석차 몇 번 간 걸 제외하고 10년 전 섬을 떠난 후 성당에 발을 들여놓은 적이 없다. 오늘도 성당 밖에 있게 돼서 다행이다. 여름의 열기가 가셨는데도 세인트 아그네스 성당의 공기는 늘 무겁고 숨이 막힌다. 성당 뒤편의 고색창연한 선풍기가 내던 위잉 소리가 아직도 귓가에 들리는 듯하다. 땀에 젖은 손으로 쥐고 있던 구겨진 지폐 가장자리의 느낌, 헌금 통으로 향하던 그 돈의 감촉이 여전히 생생하다. 그 생각만 하면 몸서리가 쳐진다.

오늘은 바람이 없다. 일기예보에서는 폭풍이 온다던데 하늘을 보니 구름 한 점 없다. 도시는 쓸데없이 묵념을 오래 끈다. 두 손을 앞으로 모으고 기도라도 하는지 입술을 달싹인다. 다들 안절부절못하기 시작한다. 빈스는 헛기침을 하고, 론은 이쪽 발에서 저쪽 발로 몸의 중심을 옮긴다. 다음 단계로 넘어가야 할 시점이다. 도시가 눈을 들고 내게 유골함을 건넨다. 나는 유골함 뚜껑을 연다. 그들은 바람에 날려가는 아버지의 재를 바라본다.

아버지가 원한 대로의 장례식이다. 질척대지 않는 짧은 장례식, 격식을 차려 오래 서 있지 않는 장례식.

재가 되어 물 위에 떠가는 아버지는 처음으로 평화로워 보인다. 미사 시간이면 아버지는 철부지 남학생처럼 좀 쑤셔 했었다. 우리는 대개 성당 뒷좌석에 앉았으므로 영성체 전에 슬그머니 성당을 빠져나갈 수 있었다. 아버지는 눅눅한 영성체 빵과 싸구려 와인 맛이 싫어서라고 했지만, 나는 거짓말임을 알고 있었다. 아버지는 그저 남에게 죄를 고백하는 게 싫었을 뿐이다.

유골을 다 뿌리고 나자 도시가 우리에게 기네스 맥주를 한 캔씩 나눠준다. 우리는 맥주를 손에 들고 건배한다. 마틴 대니얼 플린의 너무도 짧았던 삶을 위하여. 몬톡 도로에서 오토바이를 타고 가다 미끄러지는 사고를 당할 당시 아버지는 막 쉰두 살이 된 참이었다. 새벽 2시에 일어난 사고였다. 아마 아버지는 술을 잔뜩 마셨을 것이다. 하지만 지금은 아무도 술 얘길 입에 올리지 않는다. 죽은 사람을 굳이 비난해서 뭐하겠나. 도시는 아버지의 오토바이 타이어가 많이 닳아 있었고 노면이 젖어 있었으며, 안개로 인해 시야 확보가 어려웠을 거라고 했다. 그걸로 끝이었다.

이 사람들에겐 도시가 그렇다면 그런 거였다. 도시는 네 명 중에 승진이 가장 빨랐다. 제일 먼저 금색 경찰 배지를 달았고, 아버지와 론 아나스타스를 사복 경찰에서 강력계 형사로 만들었다. 형사과장이 되어서는 빈스 다실바를 3번 관할구 담당 경위로 승진시켰다. 롱아일랜드 서퍽 카운티의 3번 관할구에는 베이 쇼어, 브렌트우드, 브라이트워터스, 아이슬립 같은 비교적 거친 지역들이 포함돼 있다. 3번 관할구는 네 남자가 경찰 생활 초기에 순찰 경관으로 함께 근무했던 곳이고, 아버지가 어머니 마리솔 레예스 플린을 만난 곳이기도 하다. 아버지는 늘 3번 관할구를 교전 구역이라고 불렀다. 아버지에게는 특히 더 그랬을 것이다.

도시와 아버지는 오랫동안 알고 지낸 사이였다. 양쪽 집안 모두 3대째 서퍽 카운티에서 살았다. 그 윗대는 아일랜드 남서쪽의 바위투성이 해변에 있는 '스컬'이라는 작은 마을에서 살았다고 한다. 그래서인지 도시와 아버지는 자신들이 어쩌면 한 뿌리에서 갈라져 나온 후손일지도 모른다고 농담을 하곤 했다. 생김새도 꽤 닮았다. 둘 다 키가 크고 머리카락 색깔이 짙었으며, 초록색 눈동자에 날카롭고 호기심 많은 얼굴이었다. 다만 아버지는 도시와는 달리 평생 군인처럼 짧은 머리를 고수했다. 도시는 수년째 코밑수염과 구레나룻을 기르고 있고 머리가 텁수룩한데, 만약 그가 아버지처럼 머리를 짧게 자른다면 멀리서는 꼭 아버지처럼 보일 것도 같다.

어느새 그들은 3번 관할구를 맡았던 초창기 시절 얘기를 하고 있다. 사복 경찰로 일할 때 그들은 반스나 레드 제플린 티셔츠를 입고 일터로 나갔다. 편하고 좋았던 시절이었다. 그 시절에 그들은 면도도 하지 않았다. 전날 밤 폭음을 안 했으면 샤워도 생략했다. 그저 침대에서 어기적어기적 일어나 아무 표시도 없는 똥차를 끌고 말썽 난 곳을 찾아 동네를 순찰

하면 그만이었다. 굳이 멀리 가볼 필요도 없었다. 하지만 3번 관할구는 사정이 달랐다. 그곳은 그때나 지금이나 깡패 천지다. 강력 범죄 비율이 높고 마약이 횡행한다. 서퍽 카운티는 꽤 잘 사는 동네지만 3번 관할구 주민의 절반가량은 빈곤선 혹은 빈곤선 바로 위의 삶을 살고 있다. 아버지는 경찰 훈련장으로 3번 관할구만 한 곳이 없다고 했다. 워낙 대단한 곳이라 서퍽 카운티 경찰서의 고급 간부들은 대부분 3번 관할구를 거쳤을 정도다.

도시는 아버지가 3번 관할구 경찰 중 제일 거칠었고, 젊은 순찰 경관에게는 최고의 선생이었다고 말한다. 다들 맞장구를 친다. 어쩌면 사실일 수도 있다. 아버지는 옳고 그름에 관한 한 복음주의 전도자 수준의 확고부동한 신념을 갖고 있었으니까. 하지만 모순된 언행도 함께였다. 아버지는 마약을 혐오했지만 본인 간을 스카치위스키에 절이는 걸 마다하지 않았다. 평소에는 노름꾼들을 소탕하면서도 한 달에 한 번씩 롱아일랜드 지방 검사들과 몇몇 유명 판사를 초대해 포커 게임을 벌였다. 아버지는 여자와 아이들을 학대하는 놈들을 제일 경멸했지만, 나는 아버지가 어머니에게 손찌검하는 걸 본 적이 있다. 아버지에게 맞은 날, 어머니의 얼굴에는 아버지의 손자국이 벌겋게 찍혔다. 아버지는 본인만의 규칙을 가진 사람이었고 나는 그런 아버지의 규칙을 비판하면 안 된다는 것, 속으로는 비판하더라도 소리 내서 말하면 안 된다는 것을 일찌감치 깨달았다.

아버지는 대체로 정의로웠고, 누군가에게 교훈을 줄 땐 절대 잊지 않도록 확실하게 각인시켰다. 도시가 아버지에 관해 즐겨 들려주는 일화가 있다. 어느 날 아버지는 아나스타스에게 검시관 사무실에 들어가 시체 운반용 바퀴 달린 들것에 누워 시트를 덮고 있으라고 했다. 경찰학교를 갓 졸업한 '로시'라는 신참에게 가르침을 주기 위해서였다. 판사 부친을 둔 로시가 자기야말로 이 경찰서의 실세라고 거들먹거린 모양이었다. 로시는 아르마니와 휴고 보스 같은 디자이너 옷을 즐겨 입었고, 아버지는 그런 로시를 눈꼴사나워했다. 아버지는 로시를 검시관 사무실로 데려가 들것에 덮어둔 시트를 걷어내게 했다. 그 순간 아나스타스가 소리를 지르며 벌떡 일어났고, 놀란 로시는 6백 달러짜리 비싼 바지에 오줌을 지리고 말았다. 그 후 로시는 다른 사복 경찰들처럼 제이시페니에서 저렴한 옷을 사 입었다.

도시는 백 번도 더 했던 그 얘기를 또 하고 있다. 우리는 그 얘기를 처음 듣는 양 웃는다. 아버지를 재미있던 사람으로 기억하는 건 기분 좋은 일이다. 아버지는 정말 그런 분이었는지도 모른다. 밤새 입다물고 조용히 있다가 완벽한 타이밍에 촌철살인의 화법을 구사하는 사람. 도시와 나는 미소를 주고받는다. 나는 고마워하며 고개를 끄덕인다. 오늘은 아버지를 그런 모습으로 기억하고 싶다. 화내던 모습, 우울해하던 모습을 떠올리고 싶지 않다. 새벽녘, 오가는 이 드문 비에 젖은 도로에서 술로 인해 목숨이 끊어진 모습으로 내 마음에 남기고 싶지 않다.

태양이 지평선 너머로 넘어가기 시작한다. 마치 전깃불이라도 켠 듯, 하늘이 자줏빛을 머금은 푸릇한 빛으로 물들고 있다. 도시는 이제 그만 집으로 돌아가자고 말한다. 우리는 모두 일인당 어획 한도를 훌쩍 넘는 농어들을 챙겼지만 우리 중 세 명이 경찰이니 문제는 없다. 그 세 명은 내 아버지처럼 이 카운티에서 나고 자랐고, 언젠가 이곳에서 생을 마감할 것이다. 그러니 누가 우리에게 일인당 어획 한도를 따지고들까. 게다가 이들은, 특히 도시는 햄프턴 베이스 마을의 영웅이나 마찬가지다.

다들 적당히 술에 취했다. 목청이 높아지고, 했던 얘기를 되풀이한다. 그들은 주차장에서 번갈아가며 나를 안아준다. 한 번이 아니라 두 번, 세 번씩. 론 아나스타스가 나더러 자기네 집으로 가서 저녁을 먹자고 한다. 나는 피곤해서 그만 쉬어야겠다며 거절한다. 그러자 아나스타스는 오히려 안심한 표정이다. 그의 집에는 아내 셸리와 세 아이가 있다. 그런 집에 시무룩한 얼굴의 스물여덟 살짜리 여자를 데리고 갈 필요는 없다. 다실바는 아내와 이혼 진행 중이라 아무래도 이 자리를 파한 뒤 술집으로 갈 것 같다.

또 한 차례 농담을 주고받은 뒤 아나스타스와 다실바는 각각 다른 방향으로 터벅터벅 걸어간다. 잠시 후 둘 다 미니밴을 몰고 주차장을 떠난다. 어린이용 시트와 라크로스 스틱을 싣기에 좋고 카풀로 쓰기에 알맞은 차종이다. 도시는 내가 여기까지 타고 온 은색 할리 데이비슨 스포스터를 손으로 가리킨다. 아버지가 아끼던 오토바이였다. 아버지는 수년 전 그 오토바이를 싸게 사서 여가 시간에 직접 수리했다. 사고 전까지 아버지는 총 네 대의 오토바이를 보유했고, 지금은 세 대가 남았다. 아버지는 오토바이들을 내 새끼들이라고 부르며 배고픈 아기 새를 돌보듯 비번 시간마다 세심하게 고치고 관리했다.

"멋진 오토바이야."

도시는 내 어깨에 팔을 두르고 아버지처럼 한 번 꾹 잡아준다. 고교 시절에 사귄 연인과 결혼한 도시는 몇 년 후 자동차 사고로 아내를 잃었다. 그 후 그는 다시 결혼을 하지도 아이를 두지도 않았다. 아버지는 도시에게 내 대부가 되어줄 것을 부탁했고, 도시는 지금까지 대부 역할을 진지하게 해오고 있다. 내 외가와 친가 조부모님은 모두 세상을 떠났다. 그분들이 세상을 떠날 당시 내 부모님은 나처럼 젊은 나이였다. 생각해보니 지금 내 곁에 남아 있는, 가족에 제일 가까운 사람은 도시다. 문득 슬픔이 밀려온다. 도시와 연락을 좀 더 자주 하고 살아야겠다는 생각이 든다.

나는 그의 팔 쪽으로 머리를 기울이며 말한다.

"그러게요. 겉은 멋있죠. 오랜만에 타보네요."

"워싱턴 DC에서는 오토바이를 안 타고 다녔니?"

"사서 관리할 시간이 없어서요."

"매번 다른 사건을 수사하느라 많이 돌아다니겠구나."

"짐 싸는 데 이골이 났어요. 학교 졸업하고 줄곧 여기저기 돌아다니면서 살았으니까요."

"네 아버지도 그랬지. 캠핑을 무지하게 좋아했는데."

"아버지가 저를 잘 가르치신 거죠."

나는 오토바이 쪽으로 한 걸음 다가간다.

"무게가 꽤 나갈 텐데 괜찮겠냐? 내가 집까지 태워줄게."

나는 손사래를 친다.

"제 걱정은 마세요."

"길이 젖었는데."

"괜찮아요. 정말이에요."

그가 무슨 생각을 하는지 안다. 그도 술을 마셨고 나도 평소 주량보다 더 마셨다. 나는 술에 취해도 어지간해서는 비틀거리지 않고, 아버지와는 달리 언제 술잔을 내려놓아야 하는지 안다. 나는 아버지처럼 폭음을 한 적도, 정신을 놓을 정도로 마신 적도 없다. 적어도 남들 앞에서 미친 듯이 마시지는 않는다. 다른 FBI 요원들처럼 나는 주로 집에서 술을 마신다.

"제가 이 오토바이를 늘 타고 싶어 했던 거 아시잖아요." 나는 분위기를 가볍게 만들려고 미소를 짓는다. "아버지는 주말마다 저를 불러내 오토바이 고치는 일을 돕게 하셨어요. 저는 오토바이를 타보고 싶었지만 그 말을 감히 꺼내지도 못했죠."

우린 웃음을 터뜨린다.

"마티가 자기 오토바이를 엄청 아끼기는 했지."

"그랬죠. 집에 불이 나면 오토바이부터 먼저 안전한 곳으로 옮기고 나서 저를 구하러 오셨을 걸요."

도시는 나무라듯 고개를 젓는다.

"그런 말은 하지 마라. 네 아버진 네가 아는 것보다 너를 더 많이 사랑했어."

"아버지 오토바이는 어떻게 됐는지 아세요? 아버지가 사고 당시 타신 오토바이요."

진즉에 묻고 싶었지만 적당한 때를 찾지 못해 묵혀두었던 질문이다. 아버지가 돌아가신 지 얼마 되지도 않았는데 그런 걸 묻는 게 성급해 보일 것 같아서였다. 하지만 서픽 카운티를 영원히 떠나기 전에 그 문제를 비롯해 몇 가지 소소한 문제들을 매듭지어야 한다.

도시는 인상을 찌푸리며 기억을 떠올린다.

"압류 차고지로 보냈을 걸. 아직 거기 있을 거야. 확인해볼게."

"과학 수사 연구소로 보낸 게 아니고요?"

"사고인 게 확실하니까. 내가 직접 그 오토바이 반출 허가서에 서명했어. 너한테 갖다줄 생각은 못 했네. 사고로 고철 덩어리가 다 돼서." 그는 아차 싶었는지 움찔한다. "미안하다. 내 말은……."

"무슨 뜻인지 알아요. 괜찮아요. 제가 직접 압류 차고지에 가서 가져와도 되죠?"

"폐차장에 가져다두라고 일러놓을게. 너도 시간 아껴야지."

"아뇨, 괜찮아요. 제가 직접 압류 차고지로 갈게요."

"심하게 망가졌어. 그걸 네가 굳이 봐야 할까 싶다."

"저 다 컸어요, 아저씨. 사망 사고가 나면 차가 얼마나 망가지는지도 이미 봐서 알고 있고요."

"그렇겠지. 하지만 가족이 당한 사고는 얘기가 달라."

그 말을 하면서 도시는 다른 곳으로 눈길을 돌린다. 눈에 눈물이 차오르는 모양이다.

나는 고개를 끄덕이며 생각을 고쳐먹는다.

"아저씨 말이 맞아요. 내일 압류 차고지에 전화할게요. 콜 헤인스 씨가 아직 그곳 담당이시죠?"

"어, 그 친구가 처리해줄 거야. 내일 아침에 확인해서 알려줄게." 도시는 내가 오토바이에 올라타는 모습을 바라보며 묻는다. "저기, 하워드 키드와는 연락됐니?"

"아버지의 변호사요? 예, 내일 집에 들러서 아버지의 부동산 문제를 얘기하자던데요. 깜빡 잊고 있었는데 덕분에 생각났네요."

"그 자리에 내가 같이 있어줄까? 옆에 앉아 있을게. 서류 처리를 도와줄 수도 있고."

"아뇨, 괜찮아요. 뭐 복잡할 것도 없는데요."

"그래, 알았다. 필요하면 언제든 전화해. 서류 처리라는 게 생각보다 정신없을 수 있어."

"고마워요, 아저씨. 이것저것 다요."

도시는 두 손가락을 세워 경례를 붙이고는 저만치 걸어간다. 내가 엔진의 회전 속도를 높이는데 그가 돌아서서 내게 마지막으로 슬픈 미소를 지어보인다.

"저기, 있잖아."

"예?"

"사랑한다."

"저도 사랑해요."

목에서 쉰 소리가 나온다. 누군가에게 사랑한다는 말을 해본 지가 너무 오래됐다.

나는 도시보다 먼저 주차장을 빠져나간다. 낚싯배에서 오랫동안 머물다가 마침내 떠나게 되니 기분이 좋아진다. 차가운 공기가 내 몸을 스치며 생기를 북돋워준다. 선라이즈 도로를 달리고 폰쿼그 다리를 건너 듄로 끄트머리에 있는 집에 도착한다.

여긴 이제 내 집이다. 하지만 영 내 집 같지 않다. 내 집으로 오래 남아 있지도 않을 것이다. 팔아버릴 거니까. 이 집을 갖고 있을 여력도 없고, 여력이 있다고 해도 갖고 있을 이유가 없다. 지난 6년간 나는 한 번도 휴가를 받아 여행을 떠난 적이 없다. 그러니 롱아일랜드의 사우스포크, 좋은 기억만큼이나 나쁜 기억도 잔뜩 묻어 있는 서픽 카운티의 이 낡은 집이 내게 무슨 쓸모가 있단 말인가.

이 집은 나의 할아버지 다라 플린이 1950년대에 손수 지었다. 당시만 해도 만이 내다보이는 경치 좋은 땅을 경찰 월급으로 살 수 있었다. 요즘은 이런 경치를 갖춘 땅을 사려면 50만 달러, 어쩌면 그보다 더 줘야 살 수 있겠지만 말이다.

어쨌든 이 집은 레저용 차량만큼이나 매력 있고 널찍하다. 물론 이 집을 사려는 사람은 집보다는 땅에 관심이 있을 것이다. 비바람에 시달려 낡아빠진 데다, 색 바랜 회색 지붕널과 싸구려 미닫이문이 달린 작은 집일 뿐이니. 그래도 매력이 아주 없지는 않다. ㄱ자 모양 덱에 서면 북쪽으로 시네콕만이 내다보이고 집 양옆으로 펼쳐진 푸른 언덕을 볼 수 있다. 누가 이 습지대의 집을 사든, 여길 불도저로 밀어버리고 수영장과 테니스 코트가 딸린 대저택으로 만드는 건 생각도 하기 싫다. 아마 아버지도 싫어하셨을 것이다.

아버지가 사고를 당했다는 소식을 도시에게 전화로 전해 듣고 이곳에 온 지 일주일이 조금 넘었다. 아직 워싱턴으로 돌아갈 날짜는 정하지 않았다. 당장 돌아가서 급하게 할 일도 없다. 내가 살고 있는 워싱턴시 조지타운에 위치한 승강기 없는 작은 아파트가 딱히 그립지도 않다. 에어컨은 툭하면 고장 나 주방 바닥에 물웅덩이를 만들어놓기 일쑤고, 건물 1층의 인도 식당에서 카레 냄새가 줄기차게 올라오는 곳이다. 이웃에 사는 대학원생들은 빈번하게 대마초를 피우고, 자정이 훌쩍 지난 시간에도 일렉트로닉 댄스 뮤직을 틀어댄다. 가끔은 자기네끼리 싸우거나 섹스를 하는 소리도 들린다. 그들이 음악을 틀어놓으면 베이스 기타의 진동이 내 아파트 벽까지 전해진다. 항의를 할까도 생각했지만 한 번도 실행에 옮긴 적은 없다. 덕분에 잠을 충분히 자지 못하고 있지만 말이다. 복도에서 마주치면 그들은 내게 정중하게 목례를 하고 지나간다. 나에 대해 아무것도 모르는 게 분명하다. 법집행기관에서 일하는 사람인 걸 안다면 대마초를 함부로 피워대지는 않을 테니까. 나에 대해 모르는 게 그들 잘못은 아니다. 나는 한 번 외출하면 몇 주씩 집에 들어가지 않는다. 집에 들어갔다가도 뜬금없는 시간대에 나가고, 아침 일찍 일터로 나갔다가 자정을 훌쩍 넘겨 귀가한다. 나는 애완동물이나 식물, 그 외에 의미 있는 무언가를 키우지도 않는다. 가진 짐이 얼마 되지 않아 더플백 하나에 다 들어간다. 내가 어느 날 갑자기 사라진다고 해도 그들이 알아채기까지 얼마나 걸릴까. 아마 영원히 모를 수도 있다.

서퍽 카운티에 와 있는 동안 나한테 전화를 건 사람은 FBI 행동분석팀 팀장이자 내 상관인 샘 라이트먼뿐이다. 지난달 나는 직무 수행 중에 사람을 총으로 쏴 죽였다. 죽은 자의 이름은 안톤 레즈니크, 미국에서 활동하는 러시아 마피아 중 가장 큰 수익을 내는 마약 거래범이자 여성 인신매매범인 드미트리 노바크의 수하였다. 레즈니크는 친구들 사이에서 '도살업자'라는 별명으로 통했는데 충분히 그런 별명이 붙을 만한 자였다. 그자를 죽인 것에 대해서는 일말의 후회도 없다. 사람을 죽이는 게 기분 좋은 일은 아니지만, 이번에는 특히 견디기 힘들었다. 놈과의 교전 중에 총알이 내 어깨를 스치기도 했고. 엄밀히 말해 나는 운 좋게 죽음을 피했다. 총알이 오른쪽으로 1인치만 더 가까이 왔으면 내 상완동맥을 찢어놨을 것이고, 그럼 난 그 자리에서 죽었을 것이다. 운이 좋아서 배지와 무기를 잠시 내려놓고 상처를 두어 바늘 꿰맨 뒤 유급 병가를 받는 정도로 끝났다. FBI가 외상 후 스트레스장애를 전공한 심리 치료사를 소개해주기도 했다. 의사들은 이제 내 어깨 상처가 거의 다 나았다고 하지만, 아직 저녁마다 한 번씩 쑤신다. 상처 부위 아래의 근육을 마저 낫게 하려면 물리 치료를 받으러 가야 되는데 시간을 내지 못해서일 것이다. FBI는 내 심리 상태가 지금쯤 정상으로 돌아왔어야 마땅하다고 여기지만 아직 돌아오지 않았다. 어쩌면 처음부터 정상이 아니었는지도 모르겠다.

아버지의 죽음 덕분에 나는 일종의 형 집행 유예를 받은 셈이다.

휴가를 내겠다고 하자 라이트먼 팀장이 말했다.

"일단 필요한 만큼 쉬어."

우린 둘 다 그 필요한 만큼이 '최대한 짧게'라는 의미임을 알고 있다. 내 회복을 기다리는 라이트먼의 인내심이 점점 줄어들고 있다. 나를 다시 현장에 내보내든지, 아니면 자르든지 결단을 내리라고 윗선에서 그에게 압박을 주고 있는 게 분명하다. 요즘은 아무래도 그가 후자를 택하는 게 맞지 않나 하는 생각도 든다.

아버지의 독한 맥캘란 위스키를 한 잔 따라 손에 들고 양모 담요를 챙겨 베란다로 나간다. 조용히 혼자 술을 마신다. 아버지도 거의 저녁마다, 석양의 마지막 빛이 사라지고 하늘에 별이 빛날 때까지 이러고 있지 않았을까. 나는 바다의 포효와만 건너편 술집들 중 한 곳에서 흘러나오는 희미한 음악 소리에 귀를 기울인다.

다 끝났다. 다시는 여기로, 집으로 돌아올 일은 없을 것이다. 한때 친구라 여겼지만 이제 더 이상 머릿속에 없는 사람들과의 휴가나, 그들의 생일, 결혼식 따위를 챙기러 오는 일도 없을 것이다. 아버지에게 전화를 드려야 한다는 의무감도, 전화를 안 드렸을 때 죄책감을 느낄 일도 없을 것이다. 아버지의 물건을 불에 태우고 이 집을 팔 것이다. 그리고 다시는 서퍽 카운티로 돌아오지 않을 것이다. 몇 년 만에 처음으로 수면제 없이 잠들 수 있을 것 같다. 덱의 긴 의자에 누워 유목 커피 탁자에 발을 올린다. 눈을 감고 어둠에 몸을 맡긴다.

2

바다갈매기 소리에 잠이 깨어 눈을 뜬다. 빛이 보인다. 순간, 여기가 어딘가 싶다. 깜짝 놀라 일어나 앉아 주변을 둘러본다. 색 바랜 나무 덱. 사방이 탁 트였다. 구름이 떠가는 하늘 아래서 잠 깨는 기쁨을 지금껏 잊고 살았다.

공기도 며칠 전과는 사뭇 다르다. 소금과 토탄 냄새, 그리고 처음으로 장작 냄새가 난다. 몇 집 아래 굴뚝에서 연기가 피어오르고 있다. 나는 자리에서 일어나 그 연기가 슬레이트 빛 하늘로 구불구불 피어올라 흩어지는 모습을 바라본다.

가을이 왔다. 이 섬에서 내가 제일 좋아하는 계절, 생기 넘치는 초록과 파란색이 좀 더 부드러운 갈색과 회색으로 엷어지는 시절이다. 습지대에 빛이 얼룩진다. 덱 너머에 눈처럼 흰 왜가리 한 마리가 옻나무와 수수밭 사이의 습지에 꼼짝 않고 서 있다. 그러다 눈 깜짝할 사이에 부리를 물속에 처박고 송사리 한 마리를 통째로 집어삼킨다. 그리고 다시 다음 희생자를 기다리며 조각상처럼 서 있다. 어렸을 때 나는 왜가리들을 몇 시간 동안 바라보곤 했다. 그들의 새하얀 깃털과 길고 우아한 목을 감상하면서. 꼭 발레리나를 보는 것 같았다. 할아버지는 왜가리들이 몇 년 전에 거의 멸종될 뻔했다고 말해줬다. 여자들이 왜가리 깃털에 환장해서 왜가리를 죽여 모자로 만들었기 때문이라고 했다. 어린 나는 그 얘기를 들으며 가슴이 찢어졌다.

하지만 왜가리들은 무자비한 킬러이기도 하다. 부리를 감추면서 동시에 날개를 펼 줄 안다. 작은 물고기들이 햇볕을 피해 제 날개 밑 그늘로 숨어들게 만든다. 가끔 왜가리들이 주기적으로 최면을 걸 듯, 물속에서 갈대처럼 가느다란 다리를 움직이는 모습을 볼 수 있다. 춤을 추는 듯 보이지만 실은 발 주변의 침전물 속에 숨은 먹이를 흔들어 떠오르게 만드는 것이다. 무언가 움직이는 게 보이면 곧장 덮친다. 그 사실을 알고부터 난 기분이 좋아졌다. 우리는 왜가리를 죽이고, 왜가리들은 작은 물고기들을 죽이는 거였다.

이제 곧 여기도 물이 차가워질 것이다. 그럼 왜가리는 물떼새와 갈매기처럼 생존을 위해 남쪽으로 이동해야 한다. 하룻밤 사이에 이동할 수 있다. 어느 날 눈을 떠보면 사라지고 없는 것이다. 어린 시절 나는 왜가리 떼가 떠나버린 날이면 슬픔에 잠기곤 했다. 왜가리 떼의 이동은 바깥에서 놀 수 있는 계절의 끝, 집 안에서 아버지와 칩거하는 긴 겨울의 시작을 의미했으니까. 롱아일랜드의 겨울은 춥고 어둡다. 대부분의 사람들은 엄혹한 겨울의 수개월을 견디느라 전보다 술을 더 많이 마신다. 아버지도 예외가 아니었다. 올해 왜가리들이 남쪽으로 이동할 때, 나는 여전히 여기 남아 있을까. 아니면 나도 그 새들과 함께 남쪽으로 떠나게 될까. 짐 싸서 떠날 생각을 하기 시작하는 시기가 온 모양이다. 공기의 기운 때문인지 그 사실을 다시금 상기하게 된다.

미닫이문을 열고 집 안으로 들어간다. 욕실로 들어가 수도꼭지를 틀어 찬물을 얼굴에 끼얹고, 컵에 물을 가득 받아 마신다. 전날 밤 빈속에 들이부은 스카치위스키의 기운을 가시게 하기 위해서다. 거울에 비친 내 모습을 바라본다. 살이 빠졌는지 광대뼈가 도드라진다. 녹갈색 눈동자 주변이 퀭하다. 제대로 된 식사를 차려 먹은 지 꽤 됐다. 마지막으로 샤워를 한 게 언제인지 기억도 나지 않는다. 어깨 때문에 샤워하기가 힘들다. 머리만 감아도 쉽게 지치고 만다. 붕대가 물에 젖어 갈아줘야 하는데, 요즘은 그 정도도 힘에 부친다. 손님을 맞이하기에 적당한 몰골은 아닐 줄 알았지만 막상 내 꼬락서니를 보니 기겁하겠다. 그동안 나를 방치하고 살았던 티가 확 난다.

샤워기를 켠다. 오늘 오후에 하워드 키드가 집에 들른다고 했으니 그 전에 내 상태를 좀 가다듬어야 한다. 그가 오면 서류에 서명을 하고 은행 계좌를 닫아야 한다. 집을 팔고 청구서도 처리해야 한다. 옷을 벗어서 타일 바닥에 내려놓는다. 수도꼭지가 부르르 울리면서 숫제 버번위스키 색깔의 물이 쏟아져나온다. 녹물이다. 파이프를 교체해줘야 하는데. 지붕과 덱, 우그러진 방충문도 수리해야 한다. 지난번 허리케인 때 창문 하나가 박살났지만 아무도 유리를 갈아 끼우지 않았다. 아버지는 허리케인 시즌이 올 때마다 창문에 널빤지를 대고 못질을 했고, 덕분에 나무 창틀에는 못 자국이 숱하게 났다. 내가 이 집을 팔 준비가 돼서 부동산 중개업자에게 연락하면, 아마 창틀에 페인트칠이라도 해놓으라고 할 거다. 하지만 나는 그 못 자국들을 사랑한다. 어렸을 때는 못 자국을 두 손으로 쓰다듬으며 돌출된 부위와 대갈못들을 손가락으로 느껴보곤 했다. 그 자국들은 이 집이 수차례 허리케인과 싸워 이겨낸 전투의 상흔이다.

사실상 집 전체를 수리해야 할 지경임을 잘 알고 있다. 하지만 누가 이 집을 구매하든 십중팔구는 철거해버릴 텐데, 굳이 벽에 페인트칠을 하고 새 방충망을 달 필요가 있을까. 그럭저럭 거슬리지 않을 정도로 깨끗이 정리만 하면 될 것이다. 우선 아버지가 사용해온 일상 용품들을 치워야 한다. 생기 없이 번들거리는 눈을 한 수사슴 머리 같은 아버지의 사냥 트로피들도 정리해야 한다. 앞문 위에 아치형으로 걸어놓은 뾰족한 코의 돛새치도. 에어컨에서 물이 새지는 않는지, 냉장고가 작동을 멈추고 이상하게 덜덜거리는 소리를 내지 않는지도 확인해야 한다. 서랍장에 든 아버지의 옷도 정리하고, 아버지가 집에서 사무실로 쓰던 방의 문도 잠가야 한다. 아버지의 총기 보관함에 든 총기들도 꺼내 치워야 한다. 세면대 가장자리에 닳아빠진 칫솔모가 아래로 가게끔 매달아 놓은 아버지의 칫솔도 치워야 한다. 어머니의 유해는 아마 사무실 벽장 뒤편에 놓여 있을 것이다. 어머니의 재가 담긴 놋쇠 주둥이 유골함은 오래 전부터 그곳에 방치됐다. 유골함이 아직 그 자리에 있는지 확신할 수는 없지만 아마 거기 있을 것이다. 지금까지 확인해볼 생각도 하지 못했다.

압류 차고지에 가서 아버지의 오토바이도 가져와야 한다. 고칠 수 있으면 고쳐서 내가 탈 것이다. 고칠 수 없는 상태면 폐차장에 가져다주든가 해야겠지. 직접 처리해야 맞는 일 같아서 콜 헤인스 씨에게 맡기지 않을 작정이다. 아버지와 마찬가지로 그 오토바이와도 제대로 된 작별을 해야 될 것 같다.

행정적으로 처리할 일이 꽤 많아 생각만 해도 기운이 빠진다. 이른 아침 집 주변을 뒤덮은 안개처럼 내버려두면 사라질 것 같아서 지금까지는 애써 무시했다. 하지만 그런 일은 내버려둔다고 해서 사라지지 않는다. 나 말고는 나서서 처리할 사람이 없다. 샤워기에서 드디어 맑은 물이 나오기 시작한다. 샤워기 아래로 가서 선다. 물이 차갑지만 괜찮다. 물의 냉기가 나를 씻어주고 머릿속 하수관에서 거미줄을 걷어내주는 것 같다. 이 집에서는 물을 쓰는 게 늘 쉽지 않았다. 뼛속까지 군인인 아버지는 찬물로 샤워를 하는 게 몸에 좋다고 믿었다. 십대 시절 나는 얼음처럼 차가운 물로 씻게 만드는 아버지에게 분노했다. 아버지의 샤워 시간은 2분, 길어야 3분을 넘지 않았다. 그래서인지 샤워가 마치 전날 지은 죄를 용서받기 위해 벌을 받는 의식 같았다. 찬물로 씻어내리는 짧고 거친 샤워. 아버지는 십대 소녀가 샤워하면서 머리를 감고 린스를 하고 다리털을 면도하려면 시간이 얼마나 오래 걸리는지 전혀 이해해주지 않았다. 어쩌면 알면서 내게도 벌을 주고 싶었던 건지도 모르겠다. 나는 열다섯 살 때 머리를 짧게 잘랐다. 가위로 직접 자른 거였다. 실용성을 중시하는 아버지는 흡족해했다. 드라이기로 머리를 말리고 고데기로 머리를 마는 걸 바보 같은 짓이라 여기는 분이었으니까. 특히 나처럼 운동을 하느라 외모에 신경 쓸 여력이 없는 여자아이는 더욱 머리치장 따위를 할 필요가 없다고 여기셨다. 일리가 없지는 않았다. 그 후 나는 쭉 짧은 머리를 고수해왔다.

샤워를 마치고 몸에 물기를 닦는다. 세면대 밑 상자에서 마지막 붕대를 꺼내 어깨에 감고, 청바지에 티셔츠를 입는다. 소매가 말려 올라가지 않도록 소매에 구멍이 뚫린 티셔츠다. 숄더 하네스를 착용하고 라이트먼 팀장에게 빌려와 반납하지 않은 낡은 FBI 양털 조끼를 걸친다.

침대 옆 탁자의 서랍에서 스미스 앤드 웨슨 권총을 꺼낸다. FBI에서 지급받은 총기를 지난달에 압수당해서 내가 따로 장만해 갖고 다니는 권총이다. 나는 이 권총을 조끼 측면 아래쪽, 하네스 안에 숨겨가지고 다닌다. 적어도 드미트리 노바크가 감옥에 갈 때까지는 이 총을 소지할 생각이다. 내가 안

톤 레즈니크를 총으로 쏘아죽인 후 FBI는 노바크를 체포하고 싶어 한다. 자기가 아끼는 도살업자를 내가 죽였으니 노바크 입장에서는 당연히 기분이 좋지 않겠지. 그러니 노바크를 체포해 감옥에 넣을 때까지, 어쩌면 그 후로도 나는 안전하지 않을지도 모르겠다. FBI 행동분석팀에서 6년 동안 일하면서 나는 노바크 외에도 숱한 적을 만들었다. 원한을 오래도록 기억하는 폭력적인 적들. 그러니 늘 이렇게 권총을 가지고 다닐 수밖에. 아버지도 사무실 벽장 안에 무기를 넣어두고 사셨다. 당연히 벽장문을 잠그고 잘 관리하셨다. 아버지는 잠에서 깨 있는 동안에는 늘 무기를 소지했고, 잘 때도 손을 뻗으면 닿는 곳에 무기를 놓아두었다. 늘 보관하던 자리는 침대 옆 탁자의 서랍 안이었다. 아버지는 응당 그래야 한다고 생각했다. 아버지의 세상에서는 잡아먹거나 아니면 잡아먹히거나 둘 중 하나였으니까. 왜가리 아니면 송사리인 것이다.

주방으로 들어가 커피를 끓인다. 웨스트햄프턴에 있는 서퍽 카운티 경찰서 소관의 압류 차고지 전화번호를 찾아 전화를 건다. 아직 이른 시각이라 콜 헤인스가 와 있지 않으리라는 걸 알고 있다. 그와 아버지의 사망에 대해 이런저런 얘기를 나누고 싶지 않다. 자동응답기에 내 이름과 전화번호를 간단히 남긴 뒤 가급적 빨리 들러서 아버지의 오토바이를 가져가겠다고 말해둔다. 괜한 소란 떨지 않고 빠르게 일을 처리하고 싶다. 박살나서 걸레 쪼가리 같이 돼 있는 아버지의 오토바이를 보면 속이 뒤집히겠지. 아침에 멀쩡한 정신으로 생각해보니 어제 들은 도시의 말이 맞다는 생각이 든다. 그동안 숱하게 범죄현장을 보아왔지만 막상 가족과 관련된 일이니 기분이 사뭇 다르다.

커피포트에 커피가 충분히 담기자 컵에 커피를 따라 들고 덱으로 나간다. 한 모금 마시는데 휴대폰이 울려 컵을 내려놓고 번호를 확인한다. 샘 라이트먼이다. 나는 이를 뿌득 간다. 잠시 숨을 돌리고 전화를 받는다.

"넬 플린입니다."

"어떻게 지내고 있나?"

"더럽게 잘 지내죠."

"어깨는?"

"거의 다 나았어요."

"아버지의 장례식은?"

"끝났습니다."

"이제 돌아올 준비가 된 것 같군."

"저를 불러들이실 준비는 되신 겁니까?"

라이트먼은 나쁜 소식을 전할 때면 늘 그랬듯이 헛기침을 한다.

"그 일에 대해 멀로니와 얘기했어."

폴 멀로니는 업무책임팀 부팀장이다. 한 달 전까지만 해도 나는 FBI 내에 그런 부서가 있는지도 몰랐지만, 알게 된 후 그 사람과 다시는 마주칠 일이 없기를 바랐다. 내가 안톤 레즈니크를 총으로 쏘아 죽인 후, 멀로니는 나더러 기니스 박사에게 심리 상담을 받으라고 권했다. 기니스 박사는 FBI의 의뢰를 받아 요원들의 심리 치료를 진행하는 정신과의사였다. 기니스가 나를 상담하고 멀로니에게 보고서를 올리면, 멀로니는 나를 업무에 복귀시키는 게 타당한지 여부를 최종적으로 판단한다. 시키는 대로 순순히 이런저런 상담을 잔뜩 받지 않으면 멀로니가 나를 업무에 복귀시키지 않겠구나 싶어서 나는 일부러 줄곧 상담을 피해왔다.

"그래서요?"

"멀로니가 걱정하더군. 자네가 상담을 받으러 오지 않는다던데."

"심리 치료는 필요 없어서요. 전 멀쩡합니다."

나는 다친 어깨를 손으로 감싼다. 아직 통증이 있는지 확인해보려고 손가락으로 상처 부위를 만져본다. 아프다. 나는 손을 멈춘다.

"총상 치료 말고도 기니스 박사한테 심리 치료도 받아야지."

"기니스 박사한테는 얘기해뒀습니다."

"넬, 한 번 만나고 치료 끝났다고 말하면 안 되지."

"워싱턴을 떠날 일이 생긴 게 제 잘못은 아니잖아요."

"물론 아니지. 하지만 전화로도 상담 치료를 받을 수 있잖아. 기니스가 자네의 심리 상태가 온전한지 상세한 보고서를 제출해야 자네가 깔끔하게 복귀를 하지."

"알고 있습니다."

"넬, 우린 자네가 필요해. 돌아와."

"부탁하시는 거예요?"

"부탁해서 될 것 같으면 할게."

"그냥 기니스 박사한테 대충 보고서를 써서 올리라고 하시면 안 됩니까? 상담실 소파에 누워서 어린 시절 얘기를 늘어놓고 싶지 않아서요."

심통 사납게 내뱉은 내 말투에 내가 짜증이 난다.

"아무도 자네한테 그러라고 한 적 없잖아."

"기니스 박사는 제가 그렇게 하길 바란다니까요. 상담실 안에 소파가 있는 걸 봤어요. 딱 한 번이지만 그 소파에 누워도 봤고요. 한 번으로 충분합니다."

라이트먼은 자기도 모르게 피식 웃는다.

"그는 정신과의사잖아. 정신과의사들은 다들 그렇게 하더만. 자네도 얘기를 털어놓고 나면 속이 많이 풀릴 거야."

"우리 그만 제 어깨에 총을 쏜 놈들이나 잡는 게 어떨까요? 그게 낫겠는데요."

"그래야지. 안 그래도 작업 중이야."

"더 열심히 해야죠. 더 잘하든가요. 복귀시켜주시면 팀장님을 위해 그 일을 해드리겠습니다. 저는 8개월째 노바크를 추적해왔어요. 저보다 더 가까이 접근한 요원은 아마 없을 겁니다."

라이트먼은 한숨을 쉬었다.

"넬, 자네가 걱정돼. 자네는 거의 지옥 같은 한 달을 보냈어. 내 양심상 심리 치료도 없이 자네를 위험한 업무에 복귀시킬 수는 없어. 알잖아. 자네는 심신을 챙길 줄도 알아야 돼. 기니스가 마음에 안 들면 다른 의사와 연결해줄 수도 있어."

"기니스 박사는 괜찮은 분이에요."

"그럼 그에게 상담 받아. 그러라고 있는 사람이잖아. 기니스도 어렸을 때 모친을 잃었어. 군부대에서 자랐고, 아버지와 둘이 살았다더군."

"그래서요?"

라이트먼은 다시 한숨을 쉬었다.

"둘이 공통점이 있겠다 싶어서."

"알겠습니다. 상담 받죠. 기적을 기대하지는 마시고요."

"기대 안 해. 기니스에게 자네 전화번호 줄게. 힘들면 나한테 전화해도 돼. 사람을 죽이는 게 어떤 기분인지 나도 잘 알아. 잔인한 일이라 마음에 남아 있을 거야. 조심하지 않으면 다치게 돼."

듄로 쪽으로 달려오는 차 소리, 이어서 타이어가 집 밖의 자갈을 밟고 접근해오는 소리가 들린다.

"격려 연설 감사드려요. 누가 와서 이만 끊겠습니다."

라이트먼이 더 뭐라 하기 전에 나는 전화를 끊는다. 권총을 쥔다. 낮이다. 이 집 진입로 근방에 이 동네 해변에 딸린 주차장이 있다. 가끔 길을 헷갈려 이쪽으로 오는 사람들이 있지만, 이렇게 이른 시간에 그런 이유로 이쪽으로 올 사람이 있을 것 같진 않다. 예상 밖의 방문객은 달갑지 않다.

집 뒷문이 삐걱 열리는 소리가 들린다. 나는 덱을 가로질러 집 모퉁이에 몸을 바짝 붙인다. 나무로 된 지붕널이 어깨뼈를 누른다. 방충문과 창문 사이에 낀 파리 한 마리가 머리 위에서 붕붕거린다. 침착하게 총 쏠 준비를 한다. 풀로 뒤덮인 언덕에서 방문객에게 놀란 새들이 푸드덕 날아오른다. 새들은 나처럼 잘 놀라고 객에게 익숙하지 않다.

발소리를 헤아린다. 다섯 걸음이면 계단 위쪽에 다다른다. 키 큰 남성의 모습이 보인다. 순간 나는 공포를 느낀다. 뒷모습이 얼핏 드미트리 노바크 같다.

심장이 미친 듯이 뛴다. 손가락으로 방아쇠를 감아쥐고 그림자 밖으로 나간다.

아무 말도 할 필요 없다. 남자는 항복의 의미로 두 손을 천천히 들어올리며 돌아선다.

"나야, 넬. 리라고."

그의 얼굴을 확인하고 나서야 나는 총을 내린다.

"리 데이비스. 맙소사, 놀라 죽을 뻔했잖아."

"안녕, 꼬마."

동갑인데도 리는 늘 나를 '꼬마'라고 불렀다. 나보다 키가 30센티미터쯤 크기 때문일까. 그는 가까이 다가와 내가 아파 신음을 흘릴 때까지 꽉 껴안는다.

"다쳤어?"

그가 걱정스런 표정으로 물러서며 묻는다.

"별거 아니고 얕은 자상이야." 나는 내 어깨를 툭 친다. 내 얼굴에 천천히 다시 피가 돈다. "한 달 전쯤 총알에 가볍게 스쳤어. 아직 약간 따갑네."

"가볍게 스쳤다니. 네 아버지 입에서나 나올 소린데. 괜찮
다니 다행이네."

"쌩쌩해."

그는 고개를 끄덕이며 나를 위아래로 쳐다본다. 나도 그를
그렇게 바라본다. 그는 햄프턴 베이스 고등학교 시절과 크게
달라지지 않은 모습이다. 여전히 키가 크고 연필처럼 말랐다.
누가 자기를 내려다보며 말하는 걸 못 참는다는 듯 큰 키에
어깨가 살짝 안으로 굽었다. 칠흑처럼 까맣던 머리카락에 은
색 머리카락이 몇 가닥 섞였다. 그는 흰머리가 난 게 싫은 모
양이지만 내 눈에는 오히려 기품 있어 보인다. 주근깨가 있고
선이 흐릿한 얼굴이라 여전히 소년 같다. 적당히 잘생긴 편이
고 매력도 있다. 그의 약지를 흘끗 보니 놀랍게도 반지가 없
다. 삼십 대에는 아이들을 차에 태워 축구 경기에 데려다주는
아빠가 될 줄 알았는데.

고교 시절 리는 괜찮은 여자애들과 데이트를 했다. 미소를
잘 짓고 웃을 때마다 머리카락을 뒤로 쳐 넘기는 필드하키
선수들과 치어리더들. 나 같은 건 안중에도 없이 사는 여자애
들. 나 역시 그들에게 관심이 없다는 걸 보여주려고 애썼지만
내가 그들에게 관심이 있든 말든 신경 쓰는 사람은 햄프턴
베이스 고등학교에서 아무도 없었다. 나는 그저 늘 검은 가죽
재킷을 입고 학교에 와서 고등학생 주제에 대학 수준의 수학
수업을 듣는 조용하고 깡마른 여자애일 뿐이었다. 강력계 형

사인 아버지와 살인 사건 희생자가 된 어머니를 둔 아이. 잔혹하게 살해당한 어머니에 관한 뉴스는 한때 우리 지역에 도배가 됐었다. 수년이 지나도 사람들은 여전히 그 사건에 대해, 어머니에 대해, 우리에 대해 수군거렸다. 그로 인해 학교에서 내게 다가오려는 사람은 없었다.

나는 손으로 머리카락을 쓸어넘기며 말한다.

"인사가 험해서 미안. 직업병이야."

그는 아침부터 제 얼굴에 총구가 겨눠진 게 별일 아니라는 듯 손사래를 친다.

"장례식은? 도시 과장님한테 잘 치렀다는 얘기는 들었어."

"잘 치렀어. 아버지도 나쁘지 않았다고 할 거야."

리는 애써 미소를 짓는다. 그를 장례식에 초대했어야 했나. 강력계 신참 형사 리는 아버지의 마지막 파트너였다. 나와 리는 고등학교 이후로 거의 연락 없이 살았다. 그가 워싱턴에 살고 있고, 조지 워싱턴 로스쿨에 다닌다는 얘기는 들었다. 워싱턴에 있은 지 3년째 되던 해에 그는 어머니가 파킨슨병에 걸렸다는 말을 듣고 고향으로 돌아와 경찰이 됐다. 내 아버지와 비슷한 인생 경로였다. 아버지도 원래 해병대였는데 집에 휴가를 왔다가 내 어머니를 임신시켰다. 아버지는 옳다고 생각한 대로 처신했다. 어머니와 결혼을 했고, 해병대 복무를 마친 후 서픽 카운티로 돌아왔다. 부모님은 하얀 울타리가 있는 작은 집을 사서 가정을 꾸렸고, 아버지는 서픽 카운티 경찰이 됐다. 어머니가 임신하지 않았다면 아버지의 인생은 어떤 방향으로 흘러갔을까. 아마 계속 군에 몸담고 있으면서 고향 쪽은 돌아보지도 않았을 것이다.

경찰보다는 변호사에 더 어울리는 외모인 리가 강력계로 갔다니 놀라웠다. 강력계는 구성원 간의 관계가 긴밀한 집단이라 아무나 들어갈 수 없고 배타적이다. 그런 강력계에서 명령을 내려가며 일하기에 리는 너무 어리고 열정이 넘쳐 보였다. 생전에 아버지는 리에 대해 별로 말이 없었다. 지난주에 도시가 얘기를 꺼내기 전까지 나는 리가 아버지의 파트너였다는 사실도 잊고 있었다. 아버지 장례식에 리를 초대할 생각도 못 했는데 아무래도 초대를 했어야 옳았던 듯싶다. 어쩌면 리는 은퇴를 앞둔 늙다리 술고래 경찰들과 오후 내내 함께 있지 않아도 돼서 좋아했을지도 모른다. 그런 경험은 숱하게 많을 테니까.

"잠깐 있다 가도 돼?"

"그러든지."

우리는 덱에 놓인 나무 탁자 앞에 앉는다. 두 손으로 뒷머리를 받치고 의자에 앉은 리는 등받이에 몸을 기대고 풍경을 바라본다. 폰쿼그 다리 아래로 지나가는 낚싯배가 사라질 때까지 응시한다. 탁자 아래서 초조하게 떨고 있는 그의 무릎이 보인다. 친구로서 방문한 게 아니라는 느낌이 든다. 그러기엔 시간이 너무 이르고, 아버지의 장례식이 끝난 지 얼마 되지도 않았다.

"이 동네에는 얼마나 더 있을 생각이야?"

그가 묻는다.

"모르겠어. 며칠 더 있으려고."

"FBI에서 휴가 받았어?"

"비슷해." 문득 조바심이 난다. "무슨 일이야? 내 안부나 묻자고 들른 건 아닐 테고."

리의 턱이 살짝 긴장한다.

"오늘 이른 아침에 시네콕 카운티 공원에서 일이 생겼어. 개를 데리고 산책 나온 여자가 모래 언덕에 묻힌 소녀의 시체를 발견했어."

"안타까운 일이네."

"난도질당하고 포대에 담긴 상태야."

"아."

우리는 눈을 마주본다. 굳이 설명할 필요도 없다. 지난여름, 열일곱 살짜리 소녀의 시체가 파인 배런스에서 발견됐다. 서퍽 카운티 중앙에 위치한 파인 배런스는 길게 뻗어나간 울창한 숲으로 수렵 금지 구역이다. 그 소녀의 시체도 사지가 절단된 채 포대에 담겨 있었다. 내가 알기로 아버지는 사고로 돌아가실 당시 그 사건을 조사하고 있었다.

"같은 놈 짓일까?"

"그렇게 추정하고 있어. 아니면 모방범이겠지."

"희생자 신분은?"

"아직. 희생자의 턱 안에 금속판이 있어. 특징이라면 특징이지."

"최근 실종자들은?"

"노동절 즈음에 실종된 동네 여자애가 하나 있는데, 그 애가 맞을 수도 있지만 아직 확실히는 몰라."

"그래."

"파인 배런스 경찰서에는 자료가 별로 없더라고. 너희 아버지가 그 사건을 맡았었잖아. 집에 그 사건 기록이 남아 있지 않을까 싶은데. 공책이든 노트북이든."

"집에 아버지 사무 공간이 있어. 난 아직 그 방엔 안 들어가 봤어. 편하게 들어가서 봐."

"그래, 오늘 늦게나 내일쯤 다시 들를게." 그는 손목시계를 확인한다. "현장으로 돌아가봐야겠어."

"그것 때문에 온 거야?"

리는 망설이다 말한다.

"같이 현장에 가자고 말할 생각이었어. 조사에 도움을 좀 받고 싶어서."

내가 얼마나 엿 같은 상황에 놓였는지 일깨워주듯 어깨가 욱신거린다. 나는 어깨에 손을 얹고 발을 당겨 의자에 올린다.

"글쎄, 처리할 일이 있어. 하워드 키드 씨가 이따가 서류를 갖고 들르기로 했거든."

"언제 오는데?"

"점심시간 지나서 온다던데."

"그럼 다섯 시간이나 남았잖아. 그 전에 집으로 돌려보내줄게. 도움 좀 받자. 혹시 이게 연쇄 살인이면……."

그는 말을 끝맺지 못하고 고개를 젓는다.

"도시 아저씨는 왜 FBI에 전화를 안 해? 공식적으로 지원 요청을 하면 되잖아."

"우리끼리니까 말인데, 도시 과장님이 얼마 안 있으면 정년 퇴임이잖아. 말년에 서픽 카운티에서 연쇄 살인범 때문에 난리가 나는 꼴을 보고 싶겠냐."

"약간의 난리 정도는 감수해야지."

"약간이야 그렇지만 어쨌든, 본인이 지켜보는 동안에는 안 된다 이거지. 그러니까 FBI는 안 되고, 네가 도와주면 좋겠어. 너를 자문으로 쓰고 싶다고 과장님한테 요청해뒀어. 공식적으로 투입되는 건 아니야. 네가 이 동네에 머무는 동안만 도와주면 돼."

"아저씨가 그러래?"

"괜찮다고 하셨어. 잡음 나지 않게만 하라고."

"보수는 얼마나 줄 건데?"

그는 잠시 후에야 내가 농담을 한 것임을 알아챈다. 그는 당황한 듯 비딱한 미소를 짓는다.

"야, 넬 플린. 나 잠깐 당황했다."

한숨이 나온다. 지금은 딱히 할 일이 없기는 하다. 이 집을 정리할 생각을 하니 마음도 좋지 않다. 멍 때리고 있을 바에는 범죄현장 주변이나 어슬렁거리는 게 나을 듯도 싶다. 결국 나는 현장에서 몇 시간 정도 다시 머리를 굴려보기로 결정했다. 머리가 여전히 잘 돌아가는지 확인도 할 겸. 남은 커피를 마저 마신 뒤 그에게 묻는다.

"시네콕 카운티 공원 동쪽이야, 서쪽이야?"

"동쪽. 가자. 내 차 타고 가면 돼. 가는 길에 베이글 사줄게. 넌 뭘 좀 먹어야겠다."

3

리가 운전을 하고 나는 차창을 내다본다. 우리는 폰쿼그 다리를 건너 햄프턴 베이스를 통과한다. 이곳은 거의 변하지 않았다. 여전히 작고 특징 없는 집들이 늘어서 있다. 번화가도 없이, 도로를 따라 서 있는 작은 구멍가게들과 물가에 차려진 싸구려 술집들이 보인다. 어시장, 미끼 및 낚시도구 가게, 주유소, 문 앞의 듬성듬성한 잔디밭에 물건을 놓고 파는 중고품 가게는 있지만 레스토랑 체인점이라든지 관광객을 상대로 하는 상점 따위는 없다.

예전과 달리 스타벅스와 대형 슈퍼마켓 킹 컬렌이 들어선 작은 쇼핑몰 거리가 눈에 띈다. 그 앞에 정지 신호등도 있다. 전부 다 아버지가 싫어했을 만한 것들이다. 아버지는 이 섬의 '우리 구역'이 개발되는 것을 달가워하지 않았다. 그 외에는 변한 게 없다. 연례 팬케이크 아침식사 행사를 위해 소방서 앞에 붙여놓은 포스터 여섯 장이 보인다. 학교 끝나고 어머니가 태워주시던 회전뱅뱅이 놀이기구가 공원에 보이자 가슴이 울컥한다. 어색하게 비뚤어진 그 회전뱅뱅이는 어머니가 내게 노래를 불러주는 동안 빙글빙글 돌면서 연신 삐걱거렸다. 자동차가 그 앞을 지나가자 나는 허리를 세우고 차창을 내다본다. 회전뱅뱅이는 녹슬고 여전히 비딱한 채로 그 자리에 서 있다.

마을 변두리에 이르자 우리는 도시가 보트를 세워두는 정박지 앞을 지나간다. 그 옆에 '행크스'라는 술집이 있다. 아버지와 아저씨들은 일을 마치고 행크스에 맥주를 마시러 가곤 했다. 그곳을 지나자 시네콕 운하가 땅덩어리를 반으로 가르듯 흐르는 곳이 나온다. 동네 사람들은 그곳을 잘린 곳이라는 의미로 '컷'이라 부른다. 도로가 좁아지면서 다리로 이어지고, 그 다리는 마치 지혈대처럼 컷을 가로지른다. 지도에서 보면 이 다리는 사우스포크 동쪽 끄트머리를 주요 섬과 연결하는 유일한 장치다. 컷은 물리적으로, 심리적으로 두 지역을 나누고 있다. 피서객과 그 외의 사람들을 구분하는 경계선이기도 하다.

다리를 건너자 햄프턴스다. 그 변화는 즉각적이고 눈에 띄게 다가온다. 컷 동쪽에는 전당포나 미끼 및 낚시도구 가게가 없다. 사우샘프턴 시내 중심가에는 디자이너 의상실과 보석 부티크가 즐비하다. 이곳 레스토랑들은 엄청나게 비싼 해산

물과 프랑스산 와인을 판다. 잔디밭은 깔끔하게 손질돼 있고 백 년 된 느릅나무들이 보초병처럼 길가에 늘어서 있다. 피서 객들은 피서지가 완벽한 모습이길 기대하고, 그런 풍경을 즐기면서 돈을 쓰는 것이다. 그곳은 서퍽 카운티 같지 않은 곳이지만 여전히 같은 마을이다. 이곳 사람들은 여기 말고 다른 동네가 있다는 것도 의식하지 못한다. 그들에게 섬의 우리 구역은 해변으로 가는 길에 지나쳐가는 곳일 뿐이다.

우리는 사다리에 올라 외과 의사처럼 정밀하게 울타리 위쪽을 가위질하는 정원사 옆을 지나간다. 정원사는 기다란 은색 사슬톱을 들고 있다. 톱날이 햇빛을 받아 반짝인다. 미심쩍은 눈초리로 돌아보는 정원사의 눈빛이 줄곧 우리를 쫓는다. 아마 정식 허가증이 없는 정원사일 것이다. 여기서 일하는 정원사들은 거의 그렇다. 내 외할아버지도 그런 정원사들 중 하나였다. 외할아버지와 외할머니는 멕시코 후아레스시에서 국경을 넘었고, 얼마 되지 않아 어머니가 태어났다. 그들은 텍사스에 얼마간 머물다가 북쪽으로 이동해 센트럴 아이슬립 지역에 자리를 잡았다. 외할아버지는 멕시코에서 작은 농장의 소유주였지만, 국경을 넘어온 후로는 정원사로 일하기 시작했다. 외할머니는 양로원에서 청소 일을 했다. 두 분은 내 어머니, 그리고 또 다른 가족과 함께 트레일러를 집 삼아 살았다. 3번 관할구 생활은 녹록지 않았지만 후아레스에서 살 때보다는 형편이 나았다.

차창을 열자 희미한 바다 냄새가 난다. 사슬톱 소리가 잠잠해지고 매미 소리가 들려온다. 길 건너편에서 스프링클러들이 이미 촉촉이 젖어 있는 싱싱한 잔디에 물을 뿌린다. 저 앞에서 테니스복을 입고 색깔 맞춰 바람막이 재킷을 입은 두 소녀가 나란히 자전거를 타고 달려간다. 남쪽 해변으로 가는 모양이다. 나는 노동절 전 주에 늘 학교로 돌아가곤 했는데, 맨해튼의 사립학교들은 9월 말까지도 방학이다. 소녀들은 날씬한 다리로 박자 맞춰 페달을 밟는다. 우리 차가 소녀들 옆을 지나가는데 한 소녀가 두 팔을 위로 들어올리면서 페달에서 발을 뗀다. 자전거 바퀴가 흔들린다. 저러다 떨어지지 싶은 순간, 소녀의 몸이 우리 쪽으로 확 기울었다가 우리 차 조수석 문에 부딪치기 직전에 가까스로 균형을 잡는다. 나는 깜짝 놀라 숨을 들이킨다. 리가 브레이크를 밟는다. 소녀의 말총머리가 차창에 스치는 소리가 들린다. 소녀의 머리에 묶인 분홍색 리본이 내 쪽 창문에 키스하듯 와 닿는다.

"제기랄." 리가 나지막하게 내뱉는다.

소녀들은 웃으며 저만치 가버린다. 우리를 돌아보는 소녀들의 햇볕에 반짝이는 말총머리가 바람에 하늘거린다. 차에 부딪칠 뻔한 게 믿기지 않는다는 듯 둘이서 고개를 까딱거린다. 나는 리가 속도를 내 그 소녀들 옆으로 따라붙어 도로에서 안전하게 자전거를 타야 한다고 설교라도 할 줄 알았다. 하지만 그는 그렇게 하지 않고 그냥 소녀들이 가게 내버려둔다. 이곳 진 레인에 사는 소녀들에겐 아직까지 도로에서 나쁜 일이 생긴 적이 없는 모양이다.

우리는 갈림길에서 쿠퍼스 비치로 방향을 돌리고 우회전해 메도 레인으로 나아간다. 메도 레인은 '억만장자 도로'라고도 알려져 있다. 시네콕만과 대서양 사이에 위치한 좁은 해안 지역으로, 호화 저택들이 줄지어 자리하고 있기 때문이다. 그 어마어마한 저택들 때문에 그 지역에 있는 다른 집들은 손님용 별채처럼 작아 보인다. 저택마다 바다가 내다보이는 수영장과 테니스 코트가 갖춰져 있고, 끝없이 펼쳐진 잔디밭이 딸려 있다. 어느 집에는 특이한 모양의 대형 조각상들까지 세워져 있다. 반짝이는 자홍색 금속으로 만든 거대한 풍선 모양의 개, 뚱뚱한 여성의 나체를 본뜬 청동 조각상. 미술관 같은 분위기인데 들어가 보고 싶은 마음은 들지 않는다. 길 끝에는 모래를 파서 만든 직사각형의 판이 있다. 그 판에 대문자 'H'가 적혀 있다. 우리가 그쪽으로 다가가는데 헬리콥터 한 대가 날아오른다. 날씬한 은색 기체는 이내 구름으로 뒤덮인 흐릿한 하늘로 사라진다.

억만장자 도로는 이름과 어울리지 않게 막다른 길 끝이 수렵 금지 구역인 시네콕 카운티 공원의 동쪽 지역과 붙어 있다. 입장료 30달러만 내면 시네콕 카운티 공원 동쪽 지역에 밤새 캠핑카를 세워둘 수 있다. 동네 사람들은 오프로드용 레저 차량을 세워놓고 낚시를 하기 위해 그 공원을 즐겨 찾는다. 아버지도 관광 비수기 때면 그 공원을 찾곤 했다. 그곳에서 내게 낚시를 가르쳐주기도 했다. 고교 시절 반 친구들은 함께 차를 타고 그 공원으로 몰려가 맥주를 마시며 언덕에서 담배도 피웠다. 나도 종종 따라갔는데 아이들과 어울리는 게 재미있어서라기보다는 술 취한 아버지와 한 집에서 밤을 보내는 것보다는 나아서였다. 우리는 메도 레인 쪽으로 술병과 담배꽁초를 휙휙 던지며 놀았다. 섬 이쪽 지역이 자기네 것인 양 멋대로 구는 관광객들에게 우리가 날리는 소소한 욕이었다.

오늘 그곳은 지겨운 범죄현장이 됐다. 언론이 기사 제목을 어떻게 뽑을지 이미 머릿속에 그려진다. 타블로이드 신문들은 이 사건을 물고 뜯을 것이다. 해안의 수백만 달러짜리 호화 저택들 한가운데서 팔다리가 잘리고 포대에 싸인 채 발견된 소녀. 이보다 더 화려한 매장지가 있을까. 언론이 이 사건을 지난여름 파인 배런스에서 발견된 시신과 연결 짓기 시작하는 순간 수문이 열리듯 난리가 날 것이다. 단독 살인 사건이 아니라 연쇄 살인 사건이라면 전국 뉴스거리다. 웹 포럼 사이트에도 불이 붙겠지. 음모론자들과 범죄 마니아들도 이 사건을 주목하게 된다. 와자지껄한 혼란 속에서 살인자는 유유히 빠져나가고, 언론은 살인자에 관한 흥미 위주의 보도를 쏟아낼 것이다. 그런 보도들은 살인자를 자극해 또 다른 살인을 부른다.

이 섬에서 살인 사건이 난 게 처음은 아니었다. 롱아일랜드는 늘 여자들을 사냥하는 남자들의 온상이었다. 90년대에 9명 이상의 여자를 죽인 조엘 리프킨, 5명을 살해한 로버트 슐먼. 지난 20년 동안 10내지 16건에 달하는 살인을 저지른 것으로 알려진 롱아일랜드 연쇄 살인범은 아직까지 잡히지 않았다. 서퍽 카운티 경찰본부 자료실의 선반 박스에 담긴 수십 건의 미해결 사건 파일과 아직까지 발견되지 않은 시신들은 말할 것도 없다.

"집에 돌아오니까 기분이 어때?"

리가 묻는다. 나는 그를 흘끗 쳐다본다.

"여긴 집 아니거든."

"이 섬 말이야. 그리웠어?"

"아니."

"얼마만이지?"

"10년."

그는 휘파람을 분다. "대학 가느라 떠난 후 한 번도 안 돌아왔던 거야?"

"어."

"토미 스트리트한테 무슨 일이 있었는지는 알아?"

리의 얼굴이 바로 벌게진 걸 보면 내가 꽤나 충격받은 표정이었나 보다.

"미안. 너무 개인적인 걸 물었지?"

그렇다. 지나치게 개인적이다. 하지만 리가 알 리 없다. 그는 일상적인 대화를 하려는 것뿐이다. 톰은 내 고교 시절 남자 친구였다. 내 인생 최초의, 그리고 아마도 가장 중요한 의미가 있던 관계이기도 했다. 고등학교 2학년 때 톰과 데이트를 시작했고, 3학년 때 어쩌다 임신을 하게 되면서 관계가 끝났다. 톰은 나와 결혼하고 싶어 했다. 나 역시 MIT 장학금을 포기하고 그와 결혼해 서퍽 카운티에서 계속 살 생각이었다. 하지만 아버지는 나에게 그렇게 살면 인연을 끊겠다고 경고했다. 리가 그런 전후사정을 알 리 없다. 아버지의 분노를 무릅쓰고 나는 아기를 낳을 작정이었지만 몇 주 후 유산하고 말았다. 리는 그 일로 인해 내 인생의 진로가 완전히 달라졌다는 걸 모른다. 그 일은 결코 톰의 탓이 아니었음에도 불구하고 나는 톰에게 입을 닫아버렸다. 아버지에게도 마찬가지였다. 그 후 나는 중고 시빅에 짐을 싣고 작별 인사 한마디 없이 MIT로 떠나버렸다.

"어떻게 사는지는 몰라. 그동안 연락한 적이 없어서."

절반의 진실이다. 지난 10년 동안 나는 톰의 인생을 온라인으로 지켜봤다. 톰은 여전히 서퍽 카운티에 살고 있었다. 나와 비슷하게 생겼지만 나와는 달리 늘 미소 짓는 얼굴인 베스라는 여자와 결혼했다. 그들은 해나와 엘라라는 이름의 쌍둥이 딸을 두었고, 그 쌍둥이들은 늘 옷을 맞춰 입는다. 톰은 제 아버지처럼 보험 중개인이 되었고, 주말에는 어린이 야구 리그의 코치 노릇을 한다. 톰의 가족은 헤스터라는 이름의 구조견을 기른다. 소셜 미디어에서 볼 때 그들은 삶에 잘 적응해 행복하게 살고 있는 듯하다. 가끔 내가 톰의 곁에 머물렀으면 어떻게 됐을까 생각한다. 토머스 스트리트의 부인으로 살았을까? 우리가 딸이나 아들을 낳았으면 지금쯤 열 살이 됐겠지? 그럼 난 아버지처럼 삶에 갇힌 듯 갑갑함을 느꼈을까? 아니면 베스처럼 사진마다 미소를 짓고 있을까?

"너희 둘이 결혼할 줄 알았어. 그때는 다들 그렇게 생각했잖아."

"고등학교 때 사귄 풋사랑일 뿐이야."

리는 어깨를 으쓱한다. "찐사랑 같았는데."

"10년 전이야."

"너랑 아버님은 그동안 연락을 끊고 살았겠네."

"거의."

"아버님이 파인 배런스 사건에 대해 얘기한 적 있으셔?"

"아버지는 별로 말이 없으셨어. 적어도 나한테는."

"아버님은 네 얘기를 가끔 하셨는데."

나는 놀라 그를 돌아본다. "아버지가?"

"응, 너를 자랑스러워하셨어. 네가 하는 일도 뿌듯해하셨고. 기회가 있을 때마다 네 얘길 하셨어."

우린 둘 다 더 이상 말을 잇지 못한다. 잠시 후 나는 조용히 입을 연다.

"여길 떠나고 수년 동안 아버지와 얘기를 나눈 적이 없어. 아버지와 엮이고 싶지 않았어."

"그런데도 결국 아버님처럼 법 집행 일을 하게 됐네."

"그러게. 닮았나 봐. 몇 년 전에 아버지가 워싱턴에 오셨을 때 아버지와 약간은 풀었어. 가끔 얘기도 나눴고. 최근에는 연락을 못 했지만. 몇 개월 동안 통화도 못 했어."

리는 놀랍지 않다는 듯 담담하게 고개를 끄덕인다.

"작년은 아버님에게 꽤 힘든 해였어. 파인 배런스 사건 때문에 많이 심란하셨을 거야. 워낙 끔찍한 사건이라서. 희생자인 소녀가 겨우 열일곱 살이었거든. 아버님은 그 사건에 감정이입을 많이 하셨어. 그 소녀의 죽음에 대해 신경 쓰는 사람은 본인밖에 없는 것 같다는 얘길 나한테 한 적이 있으셔."

"아버지 말고 그 사건에 신경 쓴 사람이 없었어?"

리는 어깨를 으쓱한다. "언론이 별로 관심을 갖지 않았거든. 희생자가 후진 동네 출신의 윤락녀였으니까. 알잖아. 늘 그래왔던 거."

"어디 출신인데?"

"브렌트우드."

"라틴계?"

"맞아."

"이번 사건 희생자와 동일한 방식으로 당했어?"

"범인이 머리에 직사를 했어. 그 후 사지를 절단하고 빌어먹을 크리스마스트리처럼 포대로 싸서 외딴곳에 묻었어. 희생자의 이름은 리아 샌도벌이야."

"성폭행 흔적은?"

"확인이 어려워. 동물들이 시체를 많이 훼손시키기도 했고, 죽은 지 한 달도 더 된 시점에 지나가던 도보 여행자에게 발견된 거라서."

"실종 시기는?"

"지난여름 7월 4일 독립기념일 연휴 주말쯤이야. 친구에게는 동부 지역으로 일을 하러 간다고 했대. 그 후 안 돌아온 거지. 실종 신고를 해준 사람도 없었어."

"이민세관단속청에서 찾아올까 봐 신고를 안 한 모양이네."

"실종됐다고 생각한 사람이 없었을 수도 있어. 희생자의 신분을 알아내는 데만 거의 두 달이 걸렸거든."

"부모님은?"

"확인했는데 아버지는 사진조차 없고 어머니는 상태가 엉망이야. 희생자가 툭하면 수주일 씩 연락이 닿지 않은 채로 지냈나 보더라고. 여기저기 돌아다니면서 살았나 봐. 가끔씩 이웃들과 교류가 있긴 했는데 그 중 루즈 몰리나라는 여자와 가깝게 지냈어. 둘 다 매춘을 했고, 가끔 모텔이나 고객의 집으로 자기네를 태우고 갈 운전사를 불러다 썼어. 운전사는 전과자인 조반니 칼라브레제야. 와이언댄치 구역에서 리무진 대여업을 하는 놈인데 그놈이 포주인 것 같아. 사제 휠까지 달고 화려하게 치장한 흰색 캐딜락 에스컬레이드를 몰더라고."

리는 말끝에 눈을 위로 굴린다.

"여자애들이 어떻게 운전사를 구했지?"

"확실하진 않은데 아마 온라인에서 구하지 않았을까? 리아는 칼라브레제를 만난 후부터 크레이그스리스트와 백페이지 같은 인터넷 중고 매매 사이트에 광고 게재를 중단했어. 그놈이 리아를 고객들한테 직접 연결하는 역할을 한 거야. 아버님 말에 따르면 부자들이래. 칼라브레제는 나름 고급 손님들을 상대로 장사를 한 거지."

"리아가 실종된 날 밤 칼라브레제가 운전한 차에 탔어?"

"어, 칼라브레제는 모텔 주차장에서 리아를 내려줬다고 했어. GPS로도 확인했어. 모텔 직원도 칼라브레제의 차가 주차장으로 들어와 연석 옆에 차를 댔다가 떠나는 걸 봤다고 증언했고. 리아는 모텔에서 손님과 밤을 보내고 아침에 칼라브레제에게 데리러 오라고 전화를 하기로 돼 있었대. 그런데 그 후 다시는 전화를 안 한 거야."

"그럼 칼라브레제는 알리바이가 있겠네?"

"있어. 밤새 친구들과 파티를 한 거로 확인됐어."

"그날 리아를 만난 손님은?"

"누군지 알아내지 못했어."

"모텔 보안 카메라는? 고객 기록은 확인해봤어?"

"보안 카메라는 몇 달째 고장 난 상태였어. 손님들은 대부분 현찰로 숙박비를 내서 신분 확인이 되질 않아. 보통 그런 식으로 결제를 하기는 해."

"단서 나온 건 있어?"

리는 한숨을 쉰다.

"미심쩍은 정원사가 한 명 있어. 이름은 알폰소 모랄레스, 브렌트우드에 거주해. 리아 샌도벌의 집과 같은 거리야. 리아의 친구 루즈는 리아가 지나갈 때마다 그자가 리아를 빤히 쳐다봤다고 증언했어. 두 번은 리아를 따라간 적도 있대. 루즈는 리아가 자고 있는 밤늦은 시각에 집 근처에서 발소리를 들은 적이 있다고 했어. 뒤창 너머에서 자기들을 들여다보는 남자를 본 것 같다고도 했어."

"그게 모랄레스였다고?"

"그런 것 같대. 그런데 경찰에 신고한 적은 없다더라고."

"모랄레스는 여전히 브렌트우드에 살아?"

"지난번에 확인했을 때는 그랬어."

"루즈는?"

"모르겠어. 아직 거기 살겠지. 요즘은 정박지 쪽에 있는 술집에서 일해. 행크 오고먼의 술집. 행크 기억나지? 루즈를 그 술집에서 몇 번 봤어. 리아한테 일어난 일 때문에 겁먹고 그짓을 그만두길 바라야지."

"뭘 그만둬?"

"몸 파는 거."

나는 잠시 생각 끝에 말한다. "그 일 하는 여자들 대부분이 그렇게 살고 싶어서 사는 게 아닌 건 알지?"

"인생을 어떻게 살지는 다들 선택하는 거잖아."

나는 깊게 숨을 들이마실 뿐 대꾸하지 않는다.

그는 딱 소리 나게 손가락을 튕긴다. "아, 붉은 트럭에 대한 얘기가 있었어. 모랄레스가 적갈색 픽업트럭을 몰거든. 모텔 직원이 리아가 모텔에 왔던 날 밤, 모텔 주차장에서 붉은 트럭을 본 것 같다고 했어. 아닐 수도 있다고 하긴 했지만. 모랄레스 사진을 보여줬을 때 알아보지는 못하더라고."

"모랄레스와 얘기해봤어?"

"두 번. 그 남자, 뭔가 찜찜한 게 있기는 해. 말을 걸면 주변을 이리저리 둘러보면서 내 눈을 똑바로 못 쳐다봐. 우리가 리아에 대한 질문을 하기 시작하니까 초조해하는 기색이 보였어. 처음엔 리아를 본 적도 없다면서 잡아떼려고 했고."

"경찰을 두려워해서일 수도 있잖아."

"그렇긴 하지. 하지만 느낌이 안 좋아. 그는 사우스포크 환경 보호 협회 일도 하고 있어. 그 협회에 대해 들어봤지?"

"물떼새를 보호하는 사람들 모임?"

그는 콧방귀를 뀌었다.

"맞아, 그 사람들 물떼새에 엄청 신경 쓰잖아. 롱아일랜드 섬 전체에서 온갖 프로젝트를 진행하더라. 망할 헤지 펀드 운영자 남편을 둔 아줌마들이 운영하는 단체야. 시간이 남아돌고 돈도 주체가 안 되게 많은 사람들이지. 그들은 자연 보호를 한다면서 땅을 사들여 모래 언덕을 복구하는 일을 해. 작년 여름에 모랄레스는 파인 배런스 내의 그 협회 땅에서 일을 했는데, 시신이 발견된 곳에서 별로 멀지 않아. 모랄레스는 거기서 나무 심는 일을 했어. 나무뿌리들을 뭘로 감쌌는지 알아?"

나는 눈썹을 추어올리며 대답했다. "포대."

"맞아, 모랄레스는 자기 트럭에 포대를 잔뜩 싣고 있었어. 시체를 싼 것과 동일한 제조사에서 만든 포대. 그런데 그 포대는 엄청 흔한 거야. 노스포크 묘목장에서는 대부분 그 포대를 써."

"다른 건 없어? 머리카락이나 피는?"

"없어. 차와 집을 모조리 뒤졌는데 아무것도 안 나왔어."

"DNA는?"

"희생자의 시신이 워낙 심하게 훼손돼서 다른 이의 DNA를 찾기 어려워. 모랄레스는 양손에 긁힌 상처, 다리에 깊고 크게 베인 상처가 있었어. 이제 낫고 있는 걸로 봐서는 상처가 난 지 몇 주일 된 것 같아. 우리가 추측한 사건 발생 시간과 일치해."

"그는 어쩌다 다쳤다고 말했어?"

"일하다 다쳤다고 하더라."

"그럴 수 있긴 하잖아."

"그렇지, 그래서 체포하지 못했어. 너희 아버지는 아직 그를 체포할 증거를 충분히 확보하지 못했다고 생각하셨어."

"네 생각엔?"

리는 한숨을 쉰다. "혐의가 있을 것 같았어. 적어도 그를 이민세관단속청에 넘겨야 된다고 생각했어. 그럼 이 나라에서 추방될 테니까. 미안한 것보다 안전한 게 낫잖아? 하지만 내가 아는 게 있어야지. 강력계에 들어온 지 두 달 밖에 안 됐잖아. 그렇다고 너희 아버지가 그자를 일단 이민세관단속청에 넘기자는 내 제안에 쉽게 수긍하실 분도 아니고."

"그래, 알지."

그는 모래로 뒤덮인 갓길에 차를 대고 엔진을 끈다.

"아버님이 너한테 좀 엄하셨지?"

"응, 옳고 그름에 대한 감각이 워낙 탁월하신 분이잖아."

"그런 아버지 밑에서 자라기가 쉽지 않았겠다. 아버님은 좋

은 분이었지만, 무서울 땐 또 눈물이 쏙 빠지게 무서운 분이
었지."

"대부분의 사람들한테 무서운 사람이었어."

나는 차 문을 연다.

저 앞, 서퍽 카운티 경찰차 뒤에 주차한 뉴스 중계차가 보
인다.

리가 고개를 젓는다. "젠장, 저것들은 독수리 같다니까. 피
냄새만 맡으면 달려와."

"뭘 기대해? 폰퀘그 다리에서도 범죄현장이 훤히 보이겠구
만. 게다가 이번에는 돈 냄새 팍팍 풍기는 곳에서 백인 소녀
시신이 발견됐잖아."

리는 서퍽 카운티 경찰서 로고 SCPD가 들어간 야구 모자
를 뒷좌석에서 꺼내 내게 건넨다.

"써. 5시 뉴스에 얼굴 나오고 싶지 않으면."

4

우리는 차에서 내린다. 스니커즈 운동화에 모래가 흘러들어와 발가락 밑으로 파고든다. 도로변에 세워진 지프차에서 여자가 내린다. 리가 여전히 떠들고 있지만 내 귀에는 들어오지 않는다. 나는 여자가 차 문을 잠그는 모습을 바라본다. 여자는 지나가는 경찰에게 인사를 건네며 체리처럼 붉은 입술로 미소를 짓는다.

21년 전, 앤 마리 마셜은 〈뉴스데이〉의 풋내기 기자였고 나는 일곱 살 어린애였다. 아버지와 내가 시어스 벨로스 카운티 공원에서 캠핑을 하는 동안, 어머니는 햄프턴 베이스에 있는 우리 집에서 살해당했다. 아버지와 함께 집으로 돌아와보니 우리 집 근처에 경찰과 기자들이 바글거렸다. 앤 마리 마셜도 그 기자들 중 하나였다. 어머니가 돌아가신 날 밤에 대한 세세한 기억은 없지만, 사건 다음날 아침의 풍경은 내 본능에 깊게 각인됐다. 집으로 가는 동안 온통 번뜩이는 불빛 때문에 뭔가 잘못됐다는 느낌을 받았다. 그래서 나는 요즘도 안개 속에서 경찰차의 경광등 불빛이 보이면 움찔한다. 아버지는 내게 차에 있으라고 하고는 무슨 일인지 알아보겠다며 차에서 내렸다. 앞유리 와이퍼가 계속 작동했던 기억이 난다. 그날의 기억을 꿈으로 꿀 때면 늘 와이퍼 소리가 들린다. 아버지가 화날 때마다 피웠던 담배 냄새, 그 냄새를 덮기 위해 사용한 소나무 향 방향제 냄새까지도 꿈속에서 희미하게 맡을 수 있다. 범죄현장 감식반원들이 어머니의 시신을 바퀴 달린 들것에 실어 진입로 아래로 밀고 내려오는 모습을 나는 차창 유리에 얼굴을 바짝 댄 채 바라보았다. 시트가 덮여 있었지만 들것에 누운 이가 어머니임을 알 수 있었다. 도시도 그곳에 있었다. 아버지가 도시에게 달려가 품에 안겼다. 남자가 우는 모습을 본 몇 안 되는 순간 중 하나였다.

도시는 우리를 경찰서로 데려갔다. 나는 한 시간가량 아버지와 떨어져 있어야 했다. 도시는 내게 탄산음료를 건네주며 전날 밤에 대해 물었다. 어디서 캠핑을 했는지, 저녁으로 뭘 먹었는지, 몇 시에 잤는지, 밤에 줄곧 잠을 잤는지, 아버지와 계속 함께 있었는지 같은 질문들이었다.

나는 대부분 고갯짓으로 답했다. 내 대답이 중요하단 걸 알고 있었다. 손이 너무 떨려서 아예 엉덩이 밑에 깔고 앉았다. 마침내 도시는 내 어깨를 두드리며 그만 집으로 가도 된다고 했다. 복도에서 도시는 아버지에게 "애는 잘했어"라고 나지막하게 말했다. 아버지는 안심한 표정이었다. 아버지는 내 어깨에 손을 얹고 다정하게 한 번 꼭 잡아주었다. 도시는 내게 한쪽 눈을 찡긋하며 미소 지었다.

얼마 후 같은 블록 아래에 사는 열일곱 살짜리 소년 숀 길로이가 죄를 자백했다. 길로이는 그때 처음 법을 위반한 것은 아니었으나 이번이 마지막이 됐다. 그 전해에 이웃에 사는 어떤 여자는 샤워를 하고 있는데 창밖 나무 뒤에서 길로이가 자기를 쳐다보고 있었다고 했다. 길로이에 관해서는 온갖 소문이 돌았다. 사람들은 길로이가 고양이와 토끼를 죽여 가죽을 벗기고, 그 가죽을 지하실에 보관한다고 수군거렸다. 그게 사실인지, 아니면 남들과 잘 어울리지 못하는 조용하고 이상한 소년에 관한 교외 지역 특유의 헛소문에 불과한지는 나도 알 수 없었다. 초기 자백에 따르면, 길로이는 창문을 통해 내 어머니가 설거지하는 모습을 봤다고 했다. 물론 수차례 거듭된 그의 진술은 형을 선고받고 감옥에 투옥되는 과정에서 일부 달라지기도 했다. 그는 길고 검은 머리카락을 늘어뜨린 어머니가 가슴 쪽이 깊게 파인 윗옷을 입고 엉덩이 바로 밑까지 오는 짧은 치마를 걸쳤더라고 말했다. 어머니의 피부는 여름 내 햇볕에 잘 그을린 황갈색이었다. 길로이는 어머니가 비밀을 간직한 듯 묘한 미소를 지었다고 했다. 그는 어머니에 대한 성적 환상에 사로잡혔다. 그가 집으로 찾아와 현관문을 두드리자 어머니는 그를 기꺼이 안으로 들이고 냉장고에서 꺼낸 시원한 음료를 내주었다. 길로이는 주방에서 어머니를 공격했고, 둘은 한동안 몸싸움을 벌였다. 어머니는 자기 몸을 지키기 위해 카운터 도마 위에 있던 칼을 손에 쥐었다. 하지만 길로이는 어머니를 힘으로 제압하고 칼을 빼앗아 든 뒤 그 칼로 어머니의 가슴을 찔렀다. 한 번도 아니고 무려 여덟 번이나. 심장을 관통해서. 그는 우리 부모님의 욕실에서 샤워를 하고 아버지의 깨끗한 옷으로 갈아입은 뒤, 아무 일도 없었던 것처럼 태연하게 집으로 돌아갔다. 경찰이 물어보러 왔을 때 그는 소파에 앉아 야구 경기를 보고 있었다. 그때도 여전히 내 아버지의 티셔츠와 청바지를 입은 채였고, 어머니의 피가 튄 스니커즈 운동화를 신고 있었다.

길로이는 가석방 없는 종신형을 선고받았다. 길로이에게 형이 선고되던 날 아침, 기자 몇 명이 우리 집 앞에 진을 치고서 아버지와 내가 나오기를 기다렸다. 아버지는 그들을 무시하라고 했다. 나는 아버지의 말대로 했지만, 우리 집 앞 진입로를 지나 연석에서 대기 중인 서퍽 카운티 경찰서 소속 경찰차까지 걸어가는 동안 그 길이 영원히 끝날 것 같지 않았다. 나는 고개를 숙인 채 인도 시멘트의 갈라진 틈새만 헤아리며 발을 옮겼다. 경찰차 앞까지 거의 다 왔을 때 앤 마리 마셜이 소리쳤다.

"넬!"

나는 고개를 들었고, 짧은 순간 우리는 눈이 마주쳤다. 아버지가 곧장 우리 사이로 끼어들어 한 번만 더 접근하면 사람을 괴롭힌 죄로 체포되게 만들어주겠다고 을렀다. 그날 밤, 잠을 자면서 나는 어머니 꿈이 아니라 마셜에 대한 꿈을 꿨다. 그 여자의 빨간 입술이 내 이름을 부르는 꿈이었다. 얼마 지나지 않아 우린 듄로에 있는 할아버지의 집으로 거처를 옮겼다. 어머니와 함께 살았던 집은 팔아버렸다. 얼마 후 그 집은 철거됐다. 누가 형사의 아내가 살해당한 집에서 살고 싶어할까. 우리도 못 살고 나갔는데.

지금 앤 마리는 나를 알아보지 못한다. 당시 나는 어린애였으니 못 알아보는 게 당연하다. 하지만 나는 그 여자를 한눈에 알아봤다. 숀 길로이가 샤완겅크 교도소에 투옥되고 다들 어머니 사건에 대해 흥미를 잃은 후에도 앤 마리는 꾸준히 길로이와 그 사건에 대한 기사를 썼다. 그녀는 길로이가 이해력이 떨어지는 소년이라 경찰들이 하는 질문의 뜻을 제대로 이해하지 못했다고 주장했다. 또한 변호사의 동석 없이 음식과 물도 제공받지 못한 채 수 시간을 경찰에 잡혀 있었고, 그 결과 온갖 모순과 부정확한 사실로 점철된 진술서가 나올 수밖에 없었다고 했다. 길로이는 취조실을 나설 때 손가락이 부러진 상태였으며, 길로이가 죄를 자백한 건 그저 집으로 돌아가고 싶었기 때문이라고 했다. 형을 선고받고 몇 년 후 인터뷰를 한 자리에서 길로이는 내 어머니를 죽였다고 인정했지만, 앤 마리에게 그는 일종의 시금석이 되어 있었다. 그 후 앤 마리는 서퍽 카운티가 부패해가고 있음을 일깨우고, 경고하고, 알리기 위해 몇 번이나 길로이에 관한 기사를 썼다. 경찰이 가난하고 모자란 백인 소년을 범인으로 만들었는데 나머지 우리에겐 무슨 짓을 하겠냐고 묻는 기사들이었다.

그녀의 모습은 요즘도 기사에 함께 실리는 사진 속 모습과 놀라울 정도로 똑같았다. 앞머리를 내린 짧은 은발, 끝없이 고민하는 듯 이마에 잔뜩 주름을 잡은 날카롭고 진지한 얼굴. 그 여자가 고개를 든다. 일순간 나를 쳐다본 것도 같다. 그녀는 턱을 들어올리며 나를 알아본 듯이 눈을 가늘게 뜬다. 하지만 다음 순간 도로를 달려오는 차를 향해 손을 흔들고 있다. 나는 긴장해 올라갔던 어깨를 푼다.

"괜찮아?"

리가 묻는다. 그는 내 등에 가만히 손을 얹는다. 그 손길에 움찔하자 그는 눈치를 채고 나와 몇 걸음만큼 거리를 벌린다.

"괜찮아. 미안. 아는 사람을 본 것 같아서."

우리는 공원 입구에 설치된 바리케이드를 빙 돌아 한참을 걸어간다. 우리가 지나가는데 카메라 플래시가 터진다. 나는 고개를 숙이고 리의 뒤에서 비스듬히 각도를 틀어 카메라를 피한다. 바리케이드를 지나자 클립보드를 들고 서 있는 서퍽 카운티 경찰서 소속 경찰이 보인다. 리는 그에게 조용히 우리 둘의 이름을 말한다. 문득 서퍽 카운티 경찰서의 비공식 자문역을 수락하기 전에 라이트먼 팀장에게 미리 상의를 했어야 했다는 생각이 든다. 물론 팀장은 안 된다고 했을 것이다. 그게 맞는 답이기는 하다. 드미트리 노바크와 그 부하들에게 내가 있는 곳을 광고할 필요는 없으니까. 무엇보다 용의자가 수

감됐을 때 지방 검사와 피고 측 변호사에게 대놓고 소환장을 받는 위치에 놓이고 싶지 않다.

하지만 그런 걱정을 하기엔 이미 늦어버렸다. 범죄현장 기록 담당자가 다분히 공식적으로 보이는 수첩에 내 이름을 기재해버렸기 때문이다. 앤 마리 마셜 때문에 과거의 어두운 시간으로 곤두박질치는 기분이다. 그 여자와 한번은 제대로 얘기를 나누고 서퍽 카운티를 떠나야겠다는 결심을 해본다. 어머니가 돌아가시던 날의 일과 관련해 불확실한 부분이 있었고, 도시가 내 증언에 무게를 실어준 것도 늘 마음에 걸렸다. 그것은 수년 동안 불처럼 꾸준히 내 속을 태워왔다. 고향에 돌아오니 그 불이 더욱 맹렬하게 타오른다. 어쩌면 이번이 서퍽 카운티를 찾는 내 마지막 여행일 수도 있다. 아버지의 집을 정리하고 나면 다시 이곳으로 돌아올 이유는 없다. 숀 길로이에 대해, 내가 시어스 벨로스 카운티 공원의 천막 안에서 곤히 잠들어 있던 그 어두운 시간에 실제로 무슨 일이 일어났는지에 대해 알아야겠다. 앤 마리 마셜은 길로이와 누구보다 많은 얘기를 나눴고, 그의 눈도 들여다보았다. 길로이가 자신의 입장에서 털어놓는 진술도 직접 들었다. 그러니 앤 마리와 직접 얘기를 나눠봐야 비로소 그 사건을 마음에서 내려놓을 수 있을 것 같다.

리와 나는 모래사장을 지나 언덕으로 올라간다. 이 일대가 그동안 전혀 개발되지 않고 있었다는 게 기적 같다. 무척 아름다운 곳이다. 이런 곳이 범죄현장이 됐다는 생각을 하고 싶지 않지만 어쩔 수 없는 사실이다. 사방에 물이 보인다. 남쪽에는 대양의 파도가 모래사장으로 밀려왔다가 쓸려간다. 파도 소리가 심장 박동처럼 규칙적이다. 북쪽에는 색이 짙고 잔잔한 만이 아침 햇살을 받아 반짝거린다.

햄프턴스에 있는 대부분의 해변과는 달리 이곳은 사람의 손길이 거의 닿지 않았다. 언덕에는 풀이 제멋대로 높게 자랐다. 곳곳에 내 무릎보다 높이, 거의 내 엉덩이에 닿을 정도로 높게 자란 풀들이 보인다. 머리 위에서 맴돌던 갈매기들이 껍데기를 열기 위해 게들을 바위에 떨어뜨리고 있다. 갈매기 한 마리가 의기양양하게 발톱으로 물고기 한 마리를 낚아채 올린다. 나는 깊게 숨을 들이마신다. 폐 안 가득 소금기를 머금은 공기가 들어찬다. 나중에 어디든 묻혀야 한다면 이런 곳에 묻히고 싶다. 여기처럼 아름답고 야생의 기운이 남아 있는 곳에.

언덕에 올라가니 사람들로 부산스럽다. 해변 주변에 사우샘프턴 타운 경찰들이 오렌지색 바리케이드를 추가로 설치하고 있다. 저 바리케이드 때문에 사람들의 관심을 더 끌 것 같다. 언덕 아래 주차장에 검시관의 밴이 세워져 있다. 검시관 조수로 보이는 이가 범죄현장 감식반원과 얘기를 나누고 있는 중이다. 시체 매장지에 불빛이 번뜩인다. 근처에 사진기자가 있는 듯하다. 사방에 깔린 경찰들이 증거물을 찾으려고 언덕의 풀숲을 훑고 있다. 경찰들은 마치 사슬로 묶인 죄수들처럼 동시에 발을 옮긴다. 저 멀리서 시체 탐지견이 짖어대자 일순간 모두 멈춰 선다.

"죽은 새를 발견한 겁니다."

누군가 소리치자 언덕에 있던 경찰들은 다시 움직이기 시작했다.

길옆 모래사장에 붉은 깃발 하나가 꽂혀 있다. 리는 그쪽으로 가면서 내게 따라오라고 손짓한다. 가파른 언덕은 대략 높이가 4.5내지 6미터쯤 되는 듯하다. 언덕 꼭대기에 다다르자 나는 가쁜 숨을 고른다. 주변에 옻나무와 블랙베리나무가 빽빽하게 자라 있어 수색이 여의치 않아 보인다. 아버지는 이런 데서 어린애가 탐험을 다니면 안 된다고 경고했었다. 이런 곳에 자라는 풀에는 진드기가 있다고 했다. 나무 울타리가 주변을 둘러싸듯 세워져 있다. 외부인의 접근을 막기 위한 용도인 듯한데 3미터가량이 무너진 상태다. 나는 그쪽으로 걸어가 무릎을 굽히고 내려다본다. 울타리 가장자리를 따라 작은 글씨로 'SFPS'라고 찍혀 있다.

"리." 나는 그를 소리쳐 부른다. 리가 되돌아와 내 옆에 무릎을 굽힌다. "이거 사우스포크 환경 보호 협회의 약자인데, 여기도 그들이 모래 언덕을 복구하는 지역인가 봐."

리는 고개를 절레절레 흔든다.

"그러게 내가 얘기했잖아. 모랄레스가 의심스럽다니까."

우리는 다시 걸어가다가 블랙베리나무 덤불 앞에서 멈춰 선다. 모래사장에 시체 매장지가 표시돼 있다. 꼭 거대한 물떼새의 둥지 같다. 세로 1.8미터, 가로 1.5미터. 경찰들이 그곳에 말뚝을 박고 범죄구역임을 알리는 띠를 오각형으로 둘러쳐놓았다. 발치에 뿌리째 파헤쳐진 풀들이 보인다.

쭈그리고 앉아 돌 더미를 유심히 바라본다. 두께며 넓이가 내 손바닥만 한 작고 납작한 돌 일곱 개가 한자리에 쌓여 있다. 마치 카드 더미처럼 하나씩 쌓아 올린 모양새다.

"이정표네."

나는 그 돌들을 면밀히 바라보면서 중얼거린다.

"길잡이 표식이라고?"

"비슷해. 이런 식의 이정표는 다양한 이유로 수백 년 동안 사용돼왔어. 길을 표시하거나 먹을 것을 숨겨둔 장소를 나타내기도 해. 묘지 주변에 일종의 의식처럼 쌓아두기도 하고."

"자." 리는 내게 라텍스 장갑 한 켤레를 건넨다. 본인도 장갑을 쭉 늘여 길고 앙상한 손가락에 끼운다. 내가 설명을 계속한다.

"이건 분명한 목적이 있어서 쌓아놓은 거야. 돌들이 정확하게 포개져 있어. 이 근처에서 가져온 돌멩이들은 아닌 것 같은데. 검사를 해볼 필요가 있어. 샌도벌 사건 현장에도 이런 돌 더미가 있었어?"

"내가 기억하기론 없지만, 우리가 미처 못 보고 놓쳤을 수도 있어."

"네가 도착하기 전에 현장이 훼손됐을 수도 있겠지. 어쩌면 샌도벌의 시체를 발견한 도보 여행자가 뭔가를 봤을지도 몰라."

"그게 뭐든 현장에 남아 있을까?"

나는 어깨를 으쓱하며 대답한다.

"그래도 한번 확인해볼 가치는 있을 거야." 나는 청바지에
묻은 모래를 털며 일어선다. "FBI에 세라 파텔이라는 친구가
있어. 마이애미 지부에서 일하는데 인신매매 전담팀 팀장이
야. 독특한 방식으로 살해당한 젊은 성 노동자 두 명의 시신이
1년 간격으로 발견된 것인 만큼 그 친구의 팀을 불러 조사를
의뢰하는 게 좋을 것 같아. 그 팀이나 아니면 행동분석팀."

"네가 행동분석팀 소속이잖아."

"말뜻 알면서 그래. 이건 동네 경찰이 해결할 수 있는 사건
이 아니야. 전국 데이터베이스로 자료를 교차 점검해야 돼."

리는 발끝으로 모래를 걷어찬다.

"도시 과장님하고 다시 얘기해볼게."

"아니면 내가 세라 파텔에게 연락해서 개입할지 말지 결정
하게 해도 될 것 같은데."

"그건 안 돼." 리는 단호하게 고개를 젓는다. "절대 안 돼.
도시 과장님이 화낼 거야. 외부에서 개입하는 걸 싫어하셔서.
그리고 이건 과장님 사건이야. 세라 파텔 팀장이 아니라."

나는 동의하지 않지만 더 말해봤자 소용없다는 걸 안다. 우
리는 한동안 침묵한다. 잠시 후 나는 긴장된 분위기를 풀려고
헛기침을 하며 입을 연다.

"시신은 누가 발견했다고 했지?"

"그레이스 비숍이라고 저 거리에 사는 여자 분이야. 엘리엇
비숍의 부인이지."

"재무부 장관 엘리엇 비숍?"

"맞아……, 그레이스 비숍은 사우스포크 환경 보호 협회의 일원이기도 해. 아마 여기서 진행 중인 모래 언덕 복구 프로젝트에 대해서도 알고 있을걸. 아침마다 개를 데리고 이쪽 해변에서 산책을 하나봐. 그 집 개가 달리다가 여기로 와서 시체를 파내 발목뼈 한 조각을 입에 물고 갔어. 그레이스가 개가 물고 있는 발목뼈를 뺏느라 한참 씨름을 했다더라고. 내가 도착했을 때 그레이스는 히스테리 상태였어."

"오전 7시도 되기 전에 시체의 발을 봤다고? 나 같아도 히스테리가 오겠다."

리의 얼굴이 핼쑥하다. 아침은 안 먹을 생각인가. 그는 서퍽 카운티 경찰서에서 근무하면서 살인 사건 희생자를 자주 보지는 못했을 것이다. 나보다는 적게 봤을 게 분명하다. 자동차 사고 희생자는 봤을 테고, 간간히 자살자를 보기도 했겠지. 하지만 살인 사건 현장에는 사람을 불안하게 만드는 요소가 있다. 살인자가 떠나고 한참 지난 후에도 공기 중에 들러붙어 있는 어둠 같은 것. 나는 그것을 잘 안다.

이곳에도 섬뜩한 기운이 남아 있다. 구덩이 안의 시체는 포대로 싸여 있다. 그걸 보니 매년 12월마다 아버지와 함께 노스포크의 묘목장에 갔던 기억이 떠오른다. 우리는 그 묘목장에서 크리스마스트리를 고르곤 했다. 늘 작은 트리만 샀는데 그래야 내가 아버지를 성가시게 하지 않고 혼자 트리 꼭대기까지 장식할 수 있기 때문이었다. 묘목장 주인이 이런 포대로

트리를 싸주면 아버지는 트리를 받아 어깨에 지고 걸어가 우리 차 지붕에 얹은 뒤 끈으로 묶어 고정시켰다. 그리고 우리는 차를 타고 말없이 집으로 향했다. 나는 아버지가 트리를 장식할 기력이 없음을 알고 있었다. 크리스마스 휴가 기간이면 아버지는 평소보다 술을 더 많이 마셨다. 크리스마스트리를 장식하는 전구 전선이 꼬여 있기만 해도 아버지는 분통을 터뜨렸다. 좌절하고 내게 고함을 지르고 물건을 던졌다. 그리고 집을 나갔다가 인사불성으로 취해서야 집으로 돌아왔다. 그동안 내가 혼자 엉킨 전선을 풀고 망가진 전구를 고치고 트리에 전선을 둘러 장식했다는 것도 알아채지 못할 만큼 엉망으로 취한 상태였다.

가만히 보니 포대 아래쪽이 약간 찢어져 있다. 그 사이로 갈색으로 변색된 토막 난 시신이 보인다. 잘린 부분은 소녀의 발목뼈일 것이다. 개가 시신의 발을 깔끔하게 물어뜯어 놓았다. 짓이겨진 유해가 매장지 가장자리에 쓰레기처럼 놓여 있다.

"봐도 돼?"

내 물음에 리는 고개를 끄덕인다. 그는 허리를 굽히고 포대를 젖힌다. 독한 냄새가 올라오자 리는 냄새에 한 대 얻어맞은 듯 뒤로 휘청한다. 사람의 시체 냄새는 아무리 맡아도 익숙해질 수가 없다. 묵직하게 산패한 악취는 땀구멍마다 스며들고 피부 속으로 파고든다. 지나치게 가까이 가면 감염될 것 같은 위험한 냄새다. 처음 시체를 봤을 때 나는 며칠 동안 그 냄새를 떨쳐내지 못했다. 계속 샤워를 하고 손을 씻었는데도 시체 냄새는 마치 화약으로 지져놓은 듯 콧구멍 안쪽에 새겨졌다. 곁눈질로 보니 리가 숨을 크게 들이마시며 손가락으로 코를 움켜잡고 있다.

시체는 부패되고 수축된 상태다. 구더기는 사라졌지만 아직 피부는 남아 있는 걸로 봐서 완전히 해골화가 진행되지는 않았다. 사망한 지 수 주일쯤 돼 보인다. 피부는 가죽과 마찬가지로 오그라들면서 뼈를 감싼다. 사망자의 치아가 짐승처럼 드러나 있다. 앉은 자리에서 자세를 바꾸는데 시신의 턱에 있는 금속판에 햇빛이 반사되어 반짝인다.

'운 좋은 아이네.'

병리학자에게 이런 금속판은 시신의 신원 확인을 빠르게 진행할 수 있는 황금 티켓이다.

리가 진저리를 치며 말한다. "눈이……. 맙소사, 미치겠다."

눈구멍이 비어 있고 해골 일부가 사라진 상태다. 이마 한가운데를 총으로 맞은 듯 보인다. 이 소녀를 쏜 자에게 존경심마저 든다. 사냥꾼이기도 했던 아버지는 총알 한 발로 사냥감을 단번에 죽이는 방법을 내게 훈련시켰다. 짐승의 고통을 최소화하려면 가급적 머리를 쏘는 게 좋다고 했다. 이건 그야말로 완벽한 한 방이다.

살인자는 소녀의 머리에 총을 쏜 뒤 사지를 절단하고, 절단한 사지를 몸통과 함께 노끈으로 묶었다. 비현실적일 만큼 섬뜩한 방법이다. 피범벅인 시체를 그야말로 정확하게 다룬 것이다. 지금까지의 경험으로 미뤄볼 때, 어떤 방식으로 죽었느

냐를 통해 희생자에 관해 많은 이야기를 할 수가 있다.

"리아 샌도벌도 머리에 총을 맞지 않았어?"

리는 쉰 목소리로 대답한다. "어, 직사로 쐈어. 그리고……."

그는 시신을 손으로 가리킨다. '절단했다'는 말이 목구멍 안쪽에 걸렸는지 숨을 힘겹게 삼키는 모습이다. 내가 말한다.

"윤락 여성을 죽인 방법치고는 특이하네."

"어떤 면에서?"

"깔끔하잖아."

"이게 깔끔하다고?"

리는 믿기지 않는다는 눈으로 나를 쳐다본다.

"전문적이라는 뜻이야. 꼭 처형을 한 것 같아."

"갱단이 관여했나?"

"그럴 수도 있어. 꼼꼼해. 무슨 의식이라도 치른 것처럼."

모래 속에서 무언가 반짝이는 것이 보여 나는 리에게 손짓한다.

"거기 뭔가 있어. 금속인 것 같아."

리는 무릎을 바닥에 대고 앉아 뒷주머니에서 펜을 꺼냈다. 그 펜으로 모래를 파내 얇은 금팔찌를 끄집어낸다.

그는 그 팔찌를 햇빛에 들어보인다.

"까르띠에 팔찌야."

"증거물 보관용 비닐에 담아둬."

"그레이스 비숍의 팔찌네. 여기 봐. 안쪽에 그레이스의 이름 앞 글자가 새겨져 있어." 그는 증거물 보관용 비닐을 꺼내 그 안에 팔찌를 담는다. "그레이스한테 돌려줘야 돼. 그분도 참 가엾게 됐지."

나는 한마디하고 싶은 걸 꾹 참는다. 이곳 경찰들이 피서객들에게 굽실대는 게 영 거슬린다. 특히 리가 그러는 게 마음에 들지 않는다. 고교 시절 나는 그를 여기서 종종 봤다. 그는 나를 비롯한 다른 아이들과 함께 메도 레인 쪽으로 맥주 캔을 던지곤 했다. 금팔찌는 증거물로 분류되어야 한다. 어쩌면 그레이스 비숍은 그 금팔찌를 다시 찾을 때까지 다른 팔찌를 착용하고 있거나 금팔찌를 잃어버린 줄도 모르고 있을 수 있다. 뭐, 내 사건도 아니니 너무 신경 쓰지 말아야겠다. 내 문제도 아니고.

"내가 가져갈게." 나는 증거물 보관용 비닐을 향해 손을 내민다. "어차피 그레이스 비숍과 얘기를 나눠보려던 참이었어. 환경 보호 협회의 일원이라면서?"

"어, 그레이스는 모랄레스를 알고 있을 거야. 너희 아버지가 작년 여름에 모랄레스에 대해 그레이스에게 얘기를 한 적이 있으셔."

"병리학자는 어디 있어? 여길 떠나기 전에 얘기를 나누고 싶은데."

"근처에 있을 거야."

그는 돌아서더니 우리 쪽으로 걸어오는 여자 아니, 소녀를 가리킨다. 청바지에 등산화를 신고, 등에 배낭을 진 모습이다. 숱 많은 금발을 땋아서 등 뒤로 늘어뜨렸다. 길고 유연해

보이는 몸, 완벽한 하트 모양의 얼굴. 불안할 정도로 매력적이다.

"저 여자야."

나는 그 여자를 쳐다보다가 리를 돌아본다. "농담하지 마."

"농담 아니야. 제이미 밀코스키라고 젊지만 일은 잘해."

"얼마나 젊은데?"

"올해부터 일을 시작했어."

"그러니까 이번이 저 여자가 맡는 첫 연쇄 살인이라는 거네. 어쩌면 첫 살인 사건일 수도 있고. 저 여자 입장에선 참 신나겠다."

리가 나를 쳐다본다.

"다들 똑똑하다고 하더라고. 플린, 너무 비딱하게 굴지 마. 매력적인 젊은 여자가 머리가 희끗희끗한 남자 못지않게 일을 잘해낼 수 있다는 걸 너를 비롯해 다들 좀 알아야 될 필요가 있어."

나는 그의 칭찬을 무시하지만 이내 얼굴에 열이 확 오른다.

"이런 사건을 초보에게 맡길 순 없어. 너도 알잖아. 사건을 제대로 파고 싶으면 도시로 보내는 게 맞아."

리는 한숨을 폭 쉰다. 그는 인정하지 않겠지만 나는 그가 속으로 동의한다는 걸 알고 있다. 꾸준히 오랜 시간을 들여 경험을 축적하면서 배워나가는 게 우리 일이다. 범죄현장을 수사하려면 과학적 분석뿐만 아니라 예술가적 기교도 필요하며, 우리에게 최고의 선생은 시신이다. 만약 내가 결정할 수 있다면 시신을 니콜 프렌티스 소장에게 보낼 것이다. 니키는 국내에서 인정받는 법의학 인류학자로 뉴욕시에서 검시관 사무소를 운영하고 있다. 전에 니키와 일을 해본 적이 있는데 그 분야에서 가히 최고로 꼽힐 만하다. 물론 이 사건에 대한 결정권은 내게도, 리에게도 없다. 도시가 결정할 사안이다. 아마 도시는 최대한 내부에서 해결하려 들 것이다. 서퍽 카운티의 경찰씩이나 돼서 외부에 사건 의뢰를 하는 것은 자신감 없는 짓으로 해석될 뿐이다. 또한 일반적인 살인 사건이 아니라 연쇄 살인임을 광고하는 꼴이다. 그렇게 되면 결국 FBI가 관여하게 된다.

"과장님은 서퍽 카운티 검시관에게 맡기고 싶어 하셔. 서퍽 카운티 검시관이 감당 못하겠다고 하거나 시신이 심하게 부패된 상태라야 도시로 시신을 보내 DNA 분석을 의뢰할 거야."

리는 이 문제에 대해서는 이미 논의와 결정이 끝났다는 듯 단호하게 말을 맺는다.

"시신이 충분히 부패됐잖아. 맙소사, 리. 서퍽 카운티 검시관에게 맡겨두는 건 시간 낭비라고."

리는 턱을 끄덕이며 눈짓을 한다. 뒤를 돌아보니 어느새 밀코스키가 내 바로 뒤에 서 있다. 그녀가 내게 손을 내민다.

"제이미 밀코스키라고 합니다. 서퍽 카운티 검시관이에요."

적대적이지는 않은 말투다.

"FBI의 넬 플린이라고 합니다."

"두 분을 여기서 만나다니 반갑네요."

"분이라고 할 것까진 없고요."

리가 나에 대해 설명한다. "넬은 마티 플린 형사님 딸이야. 내가 이번 사건에 대해 자문을 요청했어. FBI 행동분석팀 소속이거든."

"아버님 일은 유감이에요. 좋은 분이셨는데."

나는 대답할 말이 없어 고개만 끄덕인다. 이 사건에 개입한 게 벌써부터 후회된다.

밀코스키는 다분히 외교적인 발언을 한다.

"잘 오셨어요. 저희야 도움을 받으면 좋죠. 시신을 도시로 보내야 한다는 의견에는 저도 동의합니다. 니키 프렌티스 씨가 봐주시면 더 좋겠고요."

"미안합니다. 무례하게 굴려던 건 아니었어요."

"솔직하신 거죠." 밀코스키는 나를 향해 짧게 고개를 끄덕인다. "곧 비가 오겠어요. 그 전에 시신을 치워야겠네요."

"그래야죠."

나는 하늘을 올려다본다. 어둑해진 하늘에서 곧 비가 내릴 것 같다. 저 멀리 먹구름이 잔뜩 끼었다. 서늘한 습기에 손목과 발목이 시리다. 이 시신은 여기서 몇 번의 비바람을 견뎌냈을까. 요소별로 얼마나 많이 분해됐을까. 이미 충분히 분해된 것으로 보이긴 한다.

나는 밀코스키가 작업을 할 수 있도록 뒤로 비켜서면서, 리에게도 손짓해 물러서게 한다. 그는 그 자리에서 잠시 뭉그적대며 밀코스키를 쓱 훑어본다. 그가 내 옆으로 오자 나는 그의 이두박근을 세게 꼬집어준다.

그는 손으로 팔을 감싼다. "어우 씨, 왜 그래? 아야."

"범죄현장에서 여자 엉덩이나 빤히 쳐다보는 게 맞는 짓 같냐?"

"빤히 쳐다본 거 아니거든."

"리." 나는 그를 쏘아본다.

"그래 1초쯤 봤다. 아니, 2초쯤 봤나. 그게 다야."

나는 돌아서서 주변 풍경을 바라본다. 저 아래 해변에서 두 사람이 바리케이드 주변을 어슬렁대고 있다. 기자는 아니고, 아침나절에 해변에 산책 나왔다가 궁금함을 못 참고 현장에 접근한 호기심 많은 동네 사람인 듯하다. 이 공원이 외지기는 하지만 공공장소라는 걸 그 사람들을 보니 실감이 난다. 쓰러진 울타리 정도로는 접근을 막을 수 없다. 해변이 끝나고 공원이 시작되는 지점도 모호하다. 사람들은 분명 이 언덕들을 가로질러 왔다갔다 했을 것이다. 여기서 담배도 피우고 소풍도 즐기고 산책도 했겠지. 앞으로 여기서 찾아낼 족적이며 담배꽁초, 머리카락이 모두 아무 쓸모없을 거란 얘기다.

다만 시신이 묻힌 지점은 굳이 찾아오기가 힘든 곳이다. 주변에 빽빽한 덤불이 자라고 있어서 지독히 야심만만한 개들이 아니면 굳이 여기까지 땅을 파헤치러 오지는 않는다. 이 일대에서 이곳 덤불이 제일 무성하다. 시신을 숨기기에는 좋지만 땅을 파서 매장하기에는 상당히 힘든 곳이라는 뜻이다.

나는 햇빛을 피해 손으로 눈을 가리며 검시관의 밴을 내려다본다. 여기서 주차장까지는 400미터쯤 된다. 살인자가 시신을 차에 싣고 주차장까지 와서 언덕의 덤불을 헤치고 꼭대기까지 올라오는 장면을 머릿속에 그려본다. 이곳 덤불은 뿌리가 깊고 억세다. 시신을 묻기 위해 땅을 깊게 파야 했을 것이다. 최소한 깊이 120에서 150센티미터, 폭 90센티미터 정도. 시체가 발견되지 않길 바랐다면 더 깊이 파야 했을 것이다.

범인이 남자라도 혼자 하기는 힘들다. 거의 괴력을 요하는 수준일 테니까. 땅을 파는 데에만 몇 시간은 족히 걸렸을 것이다. 밤이라도 여기서 땅을 파고 있으면 저 아래 주차장에서 훤히 보인다. 왜 굳이 행인의 눈에 띌 위험까지 무릅썼을까? 이 부근에는 시신을 묻기에 더 적합하고 외딴곳도 많은데. 길 건너에는 만도 있다. 노끈 1.8미터와 콘크리트 덩어리만 있으면 훨씬 편하게 시체를 처리할 수 있다.

"이 공원은 수개월 동안 폐쇄됐어. 모래 침식 현상 때문에." 내 생각을 읽기라도 한 듯 리가 설명한다. "그래서 밤에 여길 드나드는 사람은 없었을 거야."

"그래도 해변에는 여전히 사람들이 돌아다니잖아."

"그렇지."

"이 근처에 인적이 아예 없는 공원들도 많은데."

"그래."

"왜 하필 여기일까?"

"범인이 여기서 일을 한 적이 있어 잘 아는 곳이라?"

"글쎄, 지난 수 주일 동안 환경 보호 협회 측이 인부들을 시켜서 여기서 작업을 진행했는지 알아볼 필요가 있겠어. 울타리를 보니까 그랬을 것 같기는 해."

"그래, 알았어."

"경찰서에서 식물학자는 불렀어?"

"모르겠는데. 식물학자도 필요해?"

나는 무릎을 굽히고 풀 한 덩어리를 집어든다.

"범인이 땅을 파면서 풀들을 뿌리째 잘 파낸 것 같아. 풀뿌리가 거의 손상되지 않았어. 땅을 파고 시신을 묻은 후에 이 풀들을 다시 심은 것 같은데 언뜻 봐서는 원래 심어져 있던 것과 구분이 안 될 정도야. 범인이 그런 점을 고려하지 않고 무작정 서둘러서 땅을 팠다면 풀뿌리도 마구 잘랐겠지. 굳이 시간을 들여 뿌리까지 온전히 파낼 게 아니라."

"흥미롭네. 여기가 살인 장소가 아닐 수도 있겠어. 피가 튄 흔적이 없잖아. 싸운 흔적도 안 보이고. 일부러 여기다 묻은 것 같아. 범인은 미리 느긋하게 계획을 짜놓고 움직인 건가."

그의 추측에 나는 답답해하며 고개를 젓는다.

"시신을 묻기에 영 생뚱맞은 곳은 아니야. 물에 던지는 것보다 더 안전할 수도 있어. 리아 샌도벌의 경우처럼, 땅에 묻는 게 부패는 더 빠르니까."

"샌도벌이 발견됐으니, 범인은 땅에 묻는 게 안전하지 않다는 걸 깨우쳤을 텐데."

"그럴지도 모르지. 아니면 여기가 범인에게 의미 있는 장소이거나, 나중에 다시 찾아올 수 있는 곳일지도 몰라. 그래서 언덕의 풀들도 신중하게 다시 심었을 거야. 여기가 공공장소지만 시신이 아무에게도 발견되지 않기를 바랐겠지. 자기만 알고 싶었던 거야. 그렇다면 이정표를 만들어놓은 것도 설명이 돼."

"자기만의 정원을 꾸며놓은 거네."

"연쇄 살인의 경우 흔히 그렇게들 해."

"모랄레스가 정원사잖아. 풀뿌리에 대해서도 잘 알겠네."

"그래, 모래 언덕 복구 프로젝트를 맡아서 작업 중이었을 테니 매장 장소를 느긋하게 물색할 시간도 있었겠지. 어쩌면 매장지를 준비해뒀을 수도 있어. 미리 구덩이를 팠겠지."

눈 옆으로 무언가 움직이는 것이 언뜻 보여 고개를 든다. 공원이 내다보이는 작은 발코니가 있는 집 쪽이다. 그레이스 비숍의 집 바로 옆집이다. 그 집 창문에 불이 꺼져 있다. 착각일 수도 있지만 조금 전 그 집에서 무언가 움직인 것 같다.

"저 집에는 누가 살아?" 나는 발코니를 가리키며 묻는다.

"제임스 미첨이라고 금융 일을 하는 사람이야. 바로 옆이 그레이스 비숍의 집이야."

"그 남자와 면담한 경찰 있어?"

"집에 없더라고. 평소에 거의 집에 없다던데."

"지금 어디 있는데?"

리는 어깨를 으쓱한다. "미첨은 맨해튼과 팜비치에도 집을 갖고 있어. 브리티시 버진 아일랜드에도 섬을 하나 갖고 있대."

"섬?"

"어, 개인 소유의 섬이지. 그 사람 이름을 딴 섬이라더라. 리틀 세인트 제임스라나. 어때, 섬 이름 마음에 들어?"

"됐고, 그 사람 찾아봐. 그가 소유한 집의 대지 경계선에서 90미터 떨어진 지점에서 소녀의 시체가 발견됐어. 그의 집에서 일을 한 사람들의 목록을 전부 뽑아. 뭔가를 목격했거나 소리를 들었을 수도 있어."

"알았어."

"나는 그레이스 비숍을 만나볼게."

"같이 가줄까?"

"혼자 얘기를 나누는 게 좋겠어. 식물학자를 섭외해줘. 제임스 미첨의 위치도 파악하고. 그의 집에서 일한 적 있는 사람들의 목록을 확보하고 연락해봐. 이따 여기서 다시 보자. 한 시간 안에 집으로 돌아가야 돼."

나는 바리케이드를 지나 걸어가면서 앤 마리 마셜을 쳐다본다. 앤 마리는 저 앞에서 지프차에 올라타고 있다. 나는 걸음을 재촉하지만 이미 늦었다. 앤 마리는 차 문을 닫고 메도 레인을 따라 차를 달린다. 그 차의 타이어가 내 쪽으로 모래를 흩뿌린다.

5

제임스 미첨의 집 주변을 천천히 돌아다니며 살펴본다. 대지 주변의 울타리는 억세고 높은 편이다. 대문은 산업용 금속으로 만들어졌다. 문틈으로 완만하게 경사진 잔디밭이 들여다보인다. 멀리서 보면 유리와 강철을 주 소재로 언덕 위 높은 곳에 지어진 집일 뿐이다. 집 안도 물론 멋지게 꾸며져 있겠지. 하지만 왠지 모르게 차가운 느낌이라 기분이 좋지 않다.

위잉 하는 기계음이 들려 고개를 든다. 대문 옆 기둥에 설치된 보안 카메라가 나를 보고 있다. 내가 왼쪽으로 한 걸음 옮기자 카메라도 따라 움직인다. 손을 흔들자 보안 카메라는 그에 맞춰 이리저리 움직인다. 가운데 손가락을 들어 보이고 싶은 충동이 일지만 참기로 한다. 나는 진입로를 따라 왔던 길로 다시 내려간다. 카메라가 여전히 내 뒤를 주시하고 있다. 저 카메라는 내 이미지를 찍어 누군가의 컴퓨터로 전송할 것이다. 거리로 내려가 바로 옆에 있는 비숍 부부의 집으로 향한다. 제임스 미첨의 집 보안 카메라는 드디어 움직임이 멎었다. 대체 누가 화면을 보고 있을지 궁금하다.

비숍 부부의 집도 앞이 대문으로 막혀 있다. 메도 레인에 있는 집들은 대부분 그렇다. 나는 키패드로 다가가 초인종을 누른다.

키패드 너머에서 사람 소리가 들리자 나는 스피커에 대고 말한다. "FBI 요원 넬 플린입니다. 그레이스 비숍 씨를 만나러 왔습니다."

대문이 열린다. 대지가 미첨의 집처럼 널찍한데 그 집보다는 덜 깔끔해 보인다. 잔디밭은 잘 가꿔져 있고, 진입로 옆에는 수국 덤불과 무궁화 덤불이 자라고 있다. 채소밭과 과수원까지 갖춰져 있다. 나무 사이에서 한 여자가 원예용 장갑을 벗으며 걸어나온다. 챙 넓은 모자를 쓴 여자는 구겨진 리넨 셔츠에 청바지를 입었다. 정원 일을 하느라 얼굴이 발갛게 익은 모습이다.

"안녕하세요. 그레이스예요."

여자의 목소리에 부드러운 남부 억양이 배어 있다.

서로를 향해 걸어간 우리는 과수원과 진입로 중간쯤에서 마주 보고 선다. 그레이스 비숍은 아름다운 여자다. 키 크고 날씬하며 고상한 분위기를 지녔다. 악수를 위해 내민 그녀의 손에는 소박한 금반지가 끼워져 있고 짧은 손톱에는 매니큐어가 발라져 있지 않다. 뜻밖이다. 나는 경계심을 살짝 낮춘다.

"방해가 된 건 아닌지 모르겠습니다, 비숍 부인."

"편하게 그레이스라고 불러요. 그리고 방해 안 됐어요. 생각을 다른 곳으로 돌리려고 정원 일을 하고 있던 것뿐이에요. 오늘 좀 힘들었거든요."

"알고 있습니다. 유감입니다. 몇 가지 질문을 좀 드려도 되겠습니까?"

"그러세요. 앉아서 얘기할까요? 나도 좀 쉬고요."

그레이스의 머리 선에 땀방울이 살짝 맺혀 있다. 그녀는 손목으로 땀을 훔치며 따라오라고 손짓한다.

꺾인지붕으로 된 그 집에는 흰색 목재 덧문이 달려 있고, 베란다가 집을 둘러싸듯 사방에 설치돼 있다. 계단의 난간을 타고 자라 올라가는 나팔꽃이 인상적이다. 멀리서 바다의 웅얼거림이 배경음으로 들려온다. 영화나 잡지에서나 볼 법한 집이다. 오래된 집의 장엄한 분위기를 갖추고 있으며 세심하게 관리되어온 집. 그레이스는 현관문 쪽 베란다에 놓인 흰색 고리버들 의자 앞에서 허리를 굽히고 그 위에 놓인 쿠션들을 정돈한다. 의자 덮개에는 햇살처럼 노랗고 유쾌한 색깔의 줄무늬가 들어가 있다. 의자 덮개와 어울리는 색깔로 된 차양이 바람결에 머리 위에서 펄럭인다.

"마실 것 좀 드릴까요? 레모네이드? 아이스티? 아니면 달콤한 차는 어때요? 내가 달콤한 차를 꽤 잘 타요. 원래 남부 출신 여자들은 남부식 취향을 버리질 못한답니다."

그녀는 애달픈 미소를 지어 보인다. 꽤나 초조해하는 듯하다. 그녀는 벌새처럼 베란다를 왔다갔다 서성이면서 이런저런 말을 하고, 덮개의 보풀을 당기고, 식물의 갈색 잎사귀를 떼어낸다. 범죄현장 목격자들한테 흔히 볼 수 있는 모습이다. 시체를 발견하는 것은 자동차 사고나 강도를 당한 것만큼이나 큰 충격으로 다가온다. 신체적으로도 영향을 미치기도 한다. 어떤 사람들은 정신적으로 무너져 휴식을 필요로 하기도 한다. 그레이스처럼 아드레날린이 과도하게 분비돼 산산이 부서진 신경을 좀처럼 가라앉히지 못하는 사람들도 있다.

"감사합니다만 괜찮습니다." 나는 금팔찌가 담긴 비닐을 꺼낸다. "데이비스 형사가 해변에서 이걸 발견했습니다. 부인께 돌려드리라고 하던데요."

"아!"

그레이스는 서성거림을 멈춘다. 내가 비닐째로 건네자 그녀는 그걸 만져도 되는지 확신이 서지 않는 듯 조심스럽게 손을 내민다.

"꺼내도 되나요?"

"그럼요."

그레이스는 투명한 증거물 보관용 비닐에서 팔찌를 꺼내 들고 의자에 앉는다.

"걸쇠를 채우는 걸 도와주시겠어요? 오늘 손이 좀 떨리네요. 아침 내내 뭘 먹지도 못했어요."

"그러죠."

나는 그레이스 옆에 앉아 몸을 기울인다. 팔찌의 양 끝에 달린 걸쇠를 모아 푸른 정맥이 돋보이는 그녀의 하얀 손목에 채운다.

그레이스는 손가락으로 팔찌를 쓰다듬으며 조용히 말한다.

"오늘 아침에 재스퍼와 실랑이를 하다가 떨어졌나봐요. 사방을 다 찾아봤어요. 줄이 낡아서 세면대 배수구로 내려갔을까봐 걱정했는데. 어머니가 돌아가시기 전에 주신 선물이라 손에서 푼 적이 없어요. 돌려줘서 정말 고맙습니다."

"오늘 아침 일 때문에 충격이 무척 크셨나봐요."

그레이스의 얼굴이 어두워진다.

"끔찍했어요. 재스퍼가 사냥개거든요. 내가 알기로는 그래요. 구조견으로 일하기도 했어요. 재스퍼를 보면 텍사스에서 살 때 키웠던 쿤하운드가 생각나요. 다리가 길고 후각이 발달한 개라 그런가, 제대로 훈련을 안 시키면 말썽을 피워대죠."

"텍사스에서 자라셨나봐요?"

"예, 샌안토니오시 남쪽에 있는 오래된 목장에서 어린 시절을 보냈어요. 아버지는 석유 기업가셨는데 사냥하는 걸 좋아하셨어요. 덕분에 나는 여섯 살 때부터 트랩 사격을 했죠. 요즘은 매티턱 사격장에서 사격을 해요. 거기 아시죠?"

"잘 압니다." 나는 속으로 놀란다. 매티턱 사격장 주차장에는 벤틀리 같은 고급 차량이 별로 없다. 대부분 SUV나 우리 아버지 차 같은 픽업트럭들이다. 경찰과 소방관, 농부들이 자주 찾는 동네 사람들의 모임 장소다. "저도 거기서 사격을 배웠어요.”

“몇 살 때요?”

“어렸을 때죠. 아마 예닐곱 살 때쯤일 거예요.”

그레이스는 수긍이 간다는 듯 고개를 끄덕이며 말한다.

“여자가 세상을 살아가려면 스스로를 보호하는 방법을 배워야 한다고 아버지는 늘 말씀하셨어요.”

“현명한 분이셨네요.”

“우리끼리 얘기지만 이 동네의 고루한 사교 클럽보다 그 사격장이 훨씬 좋아요.”

“재스퍼를 데리고 나가서 사냥을 하시나요?”

“어머, 아니에요. 난 새나 사슴을 총으로 쏘는 걸 좋아하지 않아요. 무력한 짐승을 죽이는 건 잔인한 짓이잖아요. 클레이 피전 사격*이나 즐기는 거죠. 조류 관찰도 좋아해요. 롱아일랜드는 특히 철새가 이동을 시작할 무렵에 조류를 관찰하기 참 좋거든요. 아까 뭘 물어보셨죠? 아, 재스퍼. 그래요. 미안합니다. 오늘 정신이 없네요. 예전에 누가 재스퍼에게 물건을 되찾아오는 훈련을 시켰던 모양이에요. 툭하면 달려가서 뭔가를 물어와요. 죽은 새를 물어오기도 하고, 죽은 바다거북을 물고온 적도 있어요! 맙소사, 냄새가 어찌나 지독하던지 상상도 못할 정도예요. 그걸 문간에 자랑스럽게 올려놓는다니까요. 주인에게 감사를 표하는 저 나름의 방식인가 봐요. 처

* 점토를 구워 만든 원반을 허공에 던져 쏘는 사격.

음에 집으로 데려왔을 때 재스퍼는 뼈만 앙상했어요. 나는 관광 비수기 때면 해변에 재스퍼를 풀어놔요. 마음껏 뛰어노는 걸 좋아하거든요. 오늘 아침에 재스퍼가 흙을 파헤치기에 또 뭘 가져오려고 저러나 했는데……." 그레이스는 몸서리치며 크게 숨을 내쉰다. "그 언덕에 올라가게 내버려두는 게 아니었어요. 원래 그래야 맞죠. 그러니까 내 말은, 내가 환경 보호 협회 구성원이잖아요. 사람들 못 들어오게 하려고 망할 울타리까지 세우게 했는데 개가 들어갔으니!"

"그래도 재스퍼가 그 위에 올라간 덕분에 저희가 그 소녀의 시체를 발견할 수 있었어요."

그레이스는 고개를 절레절레 흔들었다.

"짐승 같은 작자나 그런 짓을 하죠. 어서 범인을 찾으시길 바랄게요."

"그래야죠."

"경찰이신가요?"

"FBI입니다. 이번 사건에 자문을 해주고 있어요."

그레이스는 굳어 있던 표정을 푼다.

"아, 잘됐네요. FBI에서 사람을 보냈다니 다행이에요. 다른 데서는 이 말을 전하지 말아주세요. 사실 난 이 동네 경찰을 믿지 않아요."

"어째서 그런 말씀을 하시죠?"

"작년에 비슷한 사건이 있었잖아요. 그때도 젊은 여자 시체가 발견됐는데 22구경 권총으로 눈 사이를 맞고 팔다리가 절단된 시체라고 들었어요. 이번 사건이랑 똑같이 포대에 싸인 채 발견됐고요."

"파인 배런스 사건 말씀이시군요."

"그래요. 도보 여행자가 발견했다고 들었어요. 상상이 돼요? 인적 드문 곳에서 시체를 봤으니 얼마나 놀랐을까요. 오늘 아침에 나도 정말이지 무서워서 죽는 줄 알았어요. 집이 근처라 그나마 다행이었죠. 재스퍼를 질질 끌면서 집까지 달려갔어요."

"유감입니다."

"이곳 경찰은 작년 사건도 해결을 못했어요. 해결할 의지가 있는지도 모르겠고요."

반박하고 싶다. 아버지의 입장도 변호할 겸 그 사건에 신경 쓰는 사람이 있었다는 걸 알려주고 싶다. 하지만 끝내 입을 닫고 예의를 차리며 고개를 끄덕인다.

"그 사건에 대해 그동안 좀 알아보셨나요?"

"예, 그 여자가 발견된 곳이 길 옆인데 사우스포크 환경 보호 협회가 산불 이후에 복구 중이던 지역이었어요. 경찰관이 나를 찾아와서 알폰소 모랄레스에 대해 묻더군요. 우리 환경 보호 협회의 의뢰를 받아 일하는 정원사예요. 나는 경찰에게 잘못 짚었다고 말했어요. 알폰소는 좋은 사람이에요. 겸손하고 일도 열심히 하고요. 파리 한 마리 다치게 할 사람이 아니에요."

"모랄레스 씨를 개인적으로 아시나요?"

"내가 고용했으니까 잘 알죠. 한 번씩 여기 와서 일도 봐주고 있어요."

그레이스는 베란다 너머 잔디밭과 정원을 손으로 가리킨다.

"환경 보호 협회가 시네콕 카운티 공원 이외의 지역에서도 언덕 복구 작업을 하고 있죠?"

"그럼요. 그 프로젝트를 위해 1년 동안 기금을 모았고, 언덕 복구를 할 수 있게 해달라고 또 1년 동안 사우샘프턴 타운을 설득했어요. 이런 프로젝트에 대해 지방 정부가 얼마나 반발하는지 알면 놀랄 거예요. 공동체 전체에 이득이 되는 일인데도 그런다니까요."

그 프로젝트를 생각만 해도 진이 빠진다는 듯, 그레이스는 한숨을 쉬며 소파 쿠션에 등을 기댄다.

"언덕 복구에 뭐가 필요한데 그런가요?"

"흐음, 사실 좀 복잡해요. 모래 언덕은 취약한 생태계거든요. 고도로 특화된 동물군과 식물군에게 서식지를 제공해요. 모래 언덕에서 자라는 식물은 척박한 삶의 방식에 적응하게 돼요. 기온도 달라지고 기질도 달라지니까요." 그녀는 별안간 얼굴을 붉히며 말을 덧붙인다. "미안합니다. 지나치게 기술적인 얘기였죠?"

"저는 기술적인 답변을 좋아하는 편입니다."

"몇 년 동안 환경과 관련된 공부를 해왔어요. 저한테는 너무나 중요한 일이라서 모든 사람들이 해안 생태계에 관한 전문 지식을 갖고 싶어 하지 않는다는 사실을 잊곤 해요."

"연쇄 살인범에 대해 저도 같은 입장이라 이해합니다."

그레이스는 그 말에 놀라면서도 소리 내어 웃는다.

"경악스러운 게 뭔지 아세요? 이 동네 여자들이 점점 지루한 삶에 익숙해져간다는 거예요. 동네 칵테일파티에 종종 다니는데, 여기 여자들은 다들 하버드나 예일, 스탠퍼드 졸업생이에요. 대학을 졸업하고 헤지 펀드 매니저와 결혼해 아이를 낳고 가정주부로 사는 거죠. 그리고 뇌엽절리술이라도 받은 것처럼 멍하니 생기를 잃고 살아요. 늘 하는 얘기라곤 테니스 경기라든지 인테리어 디자인에 대한 게 전부고요. 그런데 요원님은 다르네요. 신선해요."

"부인도 그러세요."

"뭐, 그렇겠죠. 그렇게 살려고 애쓰니까. 하지만 난 아이를 낳지 못했어요. 그래서 다른 데 마음을 쏟게 된 거예요."

"미안합니다."

나는 미간을 찌푸린다. 지나치게 개인적인 영역으로 대화가 흘러가자 당황스럽다.

그레이스는 손사래를 친다.

"아, 괜찮아요. 난 그런 얘기를 편하게 하는 편이에요. 엘리엇도 그렇고요. 우리 사이에 아이가 생길 수 없다는 사실을 인정한 후 우리가 합의한 것 중 하나가 바로 다른 방식으로 인생을 의미 있게 살아보자는 거예요."

"부인께서 하시는 환경 보호 운동은 무척 의미 있는 활동입니다."

"덕분에 바쁘게 지내고 있어요. 내 일도 엘리엇이 하는 일만큼이나 중요하죠."

"남편께서 재무부 장관이시죠?"

"맞아요. 남편은 금융계에서 일하다가 몇 년 전에 은퇴했어요. 자신이 받은 것을 국가에 돌려주고 싶어 했고요. 그는 워싱턴 DC에서 오랜 시간을 보내는 걸 처음에는 힘들어했지만 우린 잘 해내고 있어요. 남편이 지금 내 곁에 있으면 얼마나 좋을까요."

그레이스는 잔디밭으로 시선을 돌린다. 그녀의 턱이 떨리고 있다.

나는 하던 얘기로 돌아가기 위해 다시 운을 떼운다.

"모래 언덕 복구 작업은 언제 시작되죠?"

"사우샘프턴 타운은 6월 말에 공원을 폐장하기로 합의했어요. 여름이 성수기다보니 처음에는 반발이 심했어요. 하지만 우린 꾸준히 그들을 설득했죠. 우리가 공원 사용을 제한하기 시작하니까 사람들은 엄청나게 항의했어요. 피해도 컸죠."

그레이스의 얼굴이 어두워진다. 금방이라도 울음을 터뜨릴 것 같은 표정이다.

나는 부드럽게 말한다. "그럴 때 사람들은 참 심하게 굴죠."

"자기네가 무슨 짓을 하는지도 모르고 난리를 쳤어요. 쓰레기를 버리고 모닥불을 피워대는 건 애교일 정도로요. 물론 나도 이번에 잘못을 저질렀어요. 그 근처에서 재스퍼를 풀어줘서 멋대로 달려가게 만들었으니. 그러면 안 된다는 걸 누구보다 잘 알면서 말이에요."

그레이스는 두 손에 얼굴을 묻고 훌쩍인다.

나는 잠시 침묵하다가 묻는다. "모랄레스 씨도 공원 내에서 언덕 복구 작업을 진행했나요?"

"예, 그곳에서 일한 사람들 명단이 있어요. 필요하다면 드릴게요."

"주시면 도움이 될 것 같습니다. 감사합니다. 그런데 모랄레스 씨가 제임스 미첨 씨를 위해 일을 한 것도 알고 계세요?"

그 말에 그레이스는 힘들어하는 표정으로 움찔한다.

"알고 있어요. 우리 집은 미첨 씨네와 경계선을 맞대고 있으니까요. 사생활 보호가 더 필요할 것 같아서 알폰소 모랄레스와 그의 팀에게 경계선에 나무를 심어달라고 요청했어요. 미첨 씨도 그걸 보고 자기네 대지의 나머지 조경을 해달라며 그 사람들을 고용했을 거예요."

"모랄레스 씨가 지금은 여기 없는 건가요?"

"없어요. 나는 여름에 추가로 일손이 필요할 때만 그를 부르거든요. 비수기일 때 그는 노스포크에 있는 요양원 중 한 곳에서 일을 해요."

"어느 요양원인지 아십니까?"

그레이스는 망설이는 눈치다. 눈을 깜박거리며 자신의 손을 내려다본다. 어느 요양원인지 알지만 모랄레스를 곤란하게 하고 싶어 하지 않는 듯하다.

"지금은 기억이 안 나네요."

"알겠습니다. 미첨 씨가 지금 어디 있는지 혹시 아세요?"

"여기엔 없어요. 한 번씩 왔다갔다 하더라고요."

"그 집에서 일하는 직원들이 있을 것 같은데요. 미첨 씨가 여기 없는 동안 집을 관리해주는 사람들이요."

"있겠죠. 저렇게 큰 집을 유지하려면 도우미는 필수니까요. 하지만 그 부분에 대해서는 잘 몰라요. 저 집에 가본 적도 없고요."

그녀의 목소리에 희미하게 경멸이 담겨 있다.

"미첨 씨를 만나본 적은 있으세요?"

"예, 하지만 우리는 그 사람과 교류하지 않아요. 내가 우리 집과 그 집 경계선에 나무를 심은 것도 그럴 만한 이유가 있어요."

"이유를 말씀해주실 수 있을까요?"

그레이스는 턱을 미묘하게 움직인다.

"그 사람이 한 번씩 파티를 여는데 어쩔 때는 몇 날 며칠 계속돼요. 소음이 어찌나 심한지 말도 못 해요. 정치인이나 기업 대표 같은 유명 인사들이 주로 참석하는데 여자들도 부르더라고요. 젊은 미인들이요. 그 여자들을 부르는 게 주목적인 것 같았어요."

"젊은 여자들을 즐겁게 해주는 게 그의 목적이라고요?"

그레이스는 한쪽 눈썹을 추어올린다.

"아뇨, 그 여자들이 그 사람을 즐겁게 해주는 거겠죠."

"그렇군요."

"우리도 팜비치에 집이 있거든요. 미첨 씨는 거기서도 유명해요. 한 번 가서 물어보세요. 온갖 얘길 다 들을 수 있을 테니까. 그 사람은 부자지만 그 동네 사교 모임에는 끼질 못해요. 여기서나 거기서나 마찬가지죠. 이런 말하기 좀 그렇지만, 그 사람 성향 때문에요."

"경찰에 신고는 해보셨나요? 파티 소음 문제로요."

"아, 신고해봤자 경찰은 아무것도 안 할 거예요."

"왜 그렇게 말씀하시죠?"

"여기 사람들은 다 그를 아니까요. 경찰도 마찬가지고요. 경찰들은 알면서도 못 본 척해요. 그 사람의 영향력이 대단하고 권력자 친구들도 있으니 그렇겠죠. 팜비치 사람들 얘기로는 경찰국장도 그 사람한테 뇌물을 받아먹는다고 하더라고요. 판사니 상원의원이니, 파티에 온갖 종류의 사람들을 다 초대해요. 신고해봤자 그 사람들이 경찰 조사를 다 막을 텐데 무슨 소용이 있겠어요."

"여기서도 그런다고요? 경찰서 내에 미첨 씨 친구가 있다고 생각하시는 건가요?"

"우리끼리니까 말해도 되죠?"

"그럼요."

"있다고 확신해요."

진입로를 따라 다가오는 발소리가 들린다. 고개를 돌리고 보니 리가 우리 쪽으로 걸어오고 있다.

나는 그레이스에게 말한다.

"데이비스 형사예요. 만나신 적 있으시죠?"

"오늘 아침에 잠깐요."

그레이스가 일어선다. 모처럼의 분위기가 깨져버렸다. 그레이스는 어색하게 미소를 지으며 인사를 한다.

"다시 보네요, 데이비스 형사님. 팔찌를 돌려줘서 고마워요."

"당연히 돌려드려야죠. 얘기 나누시는데 방해가 됐다면 죄송합니다."

"아니에요. 뭐 도와드릴 일이라도 있나요?"

"아뇨, 부인. 플린 요원을 데리러온 겁니다." 리는 이렇게 말하며 자신의 손목시계를 손으로 톡 친다. 시계를 보니 벌써 오후 2시가 다 됐다. 하워드가 지금쯤 집에 도착했거나 오는 길일 것이다.

"비숍 부인, 시간 내주셔서 감사합니다." 나는 일어서서 손을 내민다. 그레이스는 내 손을 잡고 악수한다. "큰 도움이 됐어요."

"최대한 도와야죠. 내가 한 말 명심하세요. 의문 나는 게 있으면 전화해요. 어떤 식으로든 기꺼이 조사를 돕고 싶어요."

"그러겠습니다. 감사합니다."

리를 따라 비숍 부부의 집 진입로를 내려간다. 베란다에서 우리를 끝까지 지켜보는 그레이스의 시선이 느껴진다.

6

하워드 키드가 현관문 앞 계단에 서서 나를 기다리고 있다. 손에는 서류 가방을 들었다. 오후 햇살이 그의 정수리에 반사되어 반짝거린다. 그는 추위로 코끝이 붉게 상기됐다. 체온 보호를 위해 방수 코트 목깃을 위로 세우고 몸을 웅크린 모습이다. 생일 파티가 끝나고 어머니를 기다리는데 어머니가 깜박 잊고 데리러오지 않아 곤란해하는 아이 같다. 집 앞에서 얼마나 오래 기다렸을까. 우리가 진입로를 따라 올라가자 그는 안심이 되는지 손을 크게 흔든다.

리는 차를 세우며 말한다. "이럴 때는 내가 변호사가 아닌 게 다행이라는 생각이 들어."

나는 콧방귀를 뀐다. "아, 불쌍한 하워드. 저 직업에도 즐거운 면이 있겠지."

"죽음과 세금 문제를 다루는 직업이잖아. 돈 문제로 싸우는 가족들을 지켜보거나."

"그래, 우리 집에서 좋은 점은 싸울 일이 없다는 거야."

"돈 문제로? 아니면 가족 문제로?"

"둘 다." 나는 차 문을 열고 자갈 깔린 바닥으로 내려선다. "이따 얘기하자."

"그래, 전화할게. 오늘 아침에 도와줘서 고마웠어."

"고맙긴 뭘."

리는 차를 후진해 듀로로 빠져나간다. 내가 그에게 도움이 되기는 했는지 모르겠다. 사건을 더 복잡하게만 만든 것 같다. 리 데이비스에게 다시는 연락이 없을 수도 있다는 생각이 들자 살짝 우울해진다.

하워드를 돌아보며 애써 미소를 지어본다. 사실 변호사와 얘기를 나눌 기분이 아니다. 누구하고라도 마찬가지다. 하지만 이미 너무 오래 미뤄뒀던 일이다.

"안으로 들어가시죠. 커피 드실래요? 아니면 뜨거운 차?"

"차로 하죠. 고맙습니다."

"별안간 날씨가 추워졌네요. 그렇죠?"

"그러게요. 어느새 가을이 왔나봅니다."

"그러게 말이에요."

나는 녹슨 자물쇠에 열쇠를 넣고 이리저리 돌린다. 문을 잡고 씨름을 하다가 겨우 연다. 하워드는 내 뒤를 따라 집으로 들어온다. 문득 집이 먼지투성이에다 수리가 필요한 상태임을 자각한다. 아버지는 늘 간소한 것을 좋아했고 강박적일 정도로 깔끔했다. 뭐든 고장 난 곳이 있으면 바로바로 고쳐놔야 직성이 풀리는 사람이었다. 덕분에 집은 예쁘지는 않지만 제 기능을 했고 정돈이 잘돼 있었다. 적어도 내가 기억하는 바로는 그랬다.

자유로운 영혼의 소유자였던 어머니는 집이 어수선해도 만족했다. 어머니는 거실 바닥에 커다란 종이를 펼치고 물감과 붓을 꺼내놓곤 했다. 그리고 음악을 틀고 나와 함께 종이에 물감을 칠했다. 마룻바닥에 물감이 떨어지거나 손과 옷에 묻어도 우리는 개의치 않았다. 어머니는 요리할 때도 그런 식이어서 그릇을 이것저것 체계 없이 꺼내고, 바닥에 밀가루를 흘려놓았다. 오븐에 빵을 굽는 동시에 가스레인지로 칠라낄레스*를 요리하는 식이라 빵 향기와 칠라낄레스의 톡 쏘는 향기가 주방에서 뒤섞이곤 했다. 어머니는 집안일을 하면서 콧노래를 흥얼거렸다. 간을 볼 때도 냄비에서 스푼으로 바로 떠서 맛을 봤다. 어머니가 요리를 하는 동안, 나는 어머니의 발치에 앉아 샐러드 그릇에 채소를 담고 물기를 털거나 색깔별로 향신료를 정리해 받침대에 올려놓았다.

아버지는 집이 더럽다는 이유로 어머니와 자주 다퉜다. 아버지는 깨끗하고 조용한 집으로 귀가하길 바랐다. 하지만 어

---

* 계란 프라이, 소스, 치즈, 토르티야 칩 등을 넣어 만드는 전통 멕시코 아침 식사.

머니는 여긴 집이지 군대 기지가 아니라고, 아이를 키우려면 집이 지저분해지는 건 어쩔 수 없다고 주장했다. 어머니는 내가 가구가 더러워지는 걸 걱정하지 않고 마음껏 색칠하고, 뭐든 흘리고, 이것저것 만들어 먹어보고, 담요와 소파 쿠션으로 요새를 만들며 놀기를 바랐다. 밤이면 나는 몰래 침대에서 빠져나가 계단 꼭대기에 앉아 두 분이 싸우는 소리를 듣곤 했다. 부모님은 내가 잠든 줄 알았을 것이다. 부모님이 싸우는 소리를 들으면서 나는 깊은 죄책감을 느꼈다. 나는 어머니와 함께 집을 지저분하게 만든 공범이었다. 어머니는 빨래를 해야 할 시간에 나와 낮잠을 자곤 했는데, 그건 내가 어머니의 품에 안겨 잠드는 걸 좋아했기 때문이었다. 또한 어머니는 저녁 식사를 차리기 위해 서둘러 집으로 돌아가기보다는 내가 해변이나 공원에서 좀 더 놀 수 있게 해주셨다. 나를 행복하게 만들어주고 싶으셨기 때문이었다. 그건 우리 모녀의 비밀이었고, 어머니는 아버지에게 사실대로 말하지 않았다. 어머니에 대한 아버지의 노여움은 쌓여만 갔고, 그 노여움은 오로지 어머니에게 향했다. 그렇게 어머니와 싸우고 나면 아버지는 집 밖으로 나가면서 현관문을 쾅 소리가 나게 닫았다. 곧 이어 아버지가 한밤중에 오토바이를 타고 멀리 가버리는 소리가 들려오곤 했다. 물론 두 분은 사이가 좋을 때도 있었다. 그럴 때면 두 분은 와인 병을 따고 음악을 틀어놓고 춤을 추었다. 어머니는 아버지의 가슴에 가만히 머리를 기대고 몸을 흔들었다. 나는 그런 게 사랑이라고 생각했다. 어머니가 관리한 집처럼 엉망진창이고 불완전한 것이 사랑인 줄 알았다. 두 분의 결혼 생활은 불안정하지만 열정적이었다. 나는 고등학생이 되어서야 모든 결혼 생활이 다 그렇지는 않다는 걸 알게 됐다. 톰 스트리트의 부모님이 우리 부모님처럼 싸우는 모습, 맨발로 춤추는 모습은 상상조차 할 수 없었다. 그의 부모님은 사랑하는 사이라기보다는 사업 파트너처럼 서로에게 늘 예의를 지켰다. 어떤 결혼이 더 안 좋은지 나는 알 수 없었다.

어머니가 돌아가신 후 집에서 물감은 사라졌고 제빵 도구들도 없어졌다. 거실 바닥에 있던 내 장난감들은 전부 바구니에 담겨 내 방에 놓였다. 그곳이 원래 장난감들이 있어야 할 자리라는 것을 나는 그때부터 명확히 인식했다. 우리 집에서는 더 이상 음악 소리가 들리지 않았다. 옷장에 있던 어머니의 옷도 사라졌다. 어머니에 대한 기억은 놀라울 정도로 빠르게 사라져갔다. 나는 약장과 주방 아래 좁은 공간 등 집 안에서 어머니의 흔적을 찾아다녔지만 아무것도 없었다. 어머니는 그저 스쳐가는 흔적처럼 한 번씩 내게 돌아올 뿐이었다. 파티에서 본 어떤 여자한테서 풍기는 향수 냄새, 어느 레스토랑에서 굽는 엠파나다* 냄새를 맡으며 나는 어머니를 떠올렸다. 해변에서 빨간 수영복을 입은 여자를 보면 마치 환각지**처럼 어머니가 생각나 가슴이 미어졌다. 아버지는 어

---

* 고기, 생선, 야채 등을 재료로 사용하는 중남미의 스페인식 파이 요리.
** 절단된 팔다리가 아직 그 자리에 있는 것처럼 느끼는 증상.

머니에 대한 얘기를 입에 올리지 않았고, 나도 감히 묻지 못했다. 우리 집에서 어머니의 존재는 철저히 사라졌다. 남은 거라곤 벽장 뒤편에 놓인 어머니의 유골함뿐이었다. 집은 아버지의 성격을 닮아갔다. 실용적이고 정돈되고 각 잡힌 집으로. 어머니는 애초에 그 집에 살았던 적도 없는 것처럼 완전히 증발해 흔적조차 남지 않았다.

그런데 뭔가 잘못됐다. 집은 언제부터 이런 상태였을까. 아버지가 돌아가시기 전 몇 주일 동안일까. 아니면 10년 전부터 쭉 아버지는 이렇게 사셨던 걸까. 아버지는 집에 사람들을 초대한 적이 없었으므로, 이 집은 아버지와 함께 천천히, 조용히 퇴락했을 수도 있다. 아버지는 벽에 생겨난 균열과 창문에 붙은 기름때를 못 봤을까? 먼지가 자욱하다 못해 햇빛이 비치면 허공에 부옇게 떠다닌다. 잡동사니들도 잔뜩 쌓였다. 하워드가 주목해서 볼 만한 물건들은 하나도 없지만, 나는 집이 변했음을 느낀다. 아마 아버지도 알았을 것이다. 한쪽 구석에 쌓여 있는 오래된 신문 더미는 분명 아버지의 신경에 거슬렸을 것이다. 주방 카운터 위에는 개봉조차 하지 않은 청구서들이 쌓여 있다. 이 모든 게 아버지답지 않다. 아버지는 아침마다 침대를 깔끔하게 정돈해서, 나는 아버지가 침대에서 잠을 자기는 하는지 의문을 품기도 했었다.

"집이 지저분해서 죄송합니다." 나는 이렇게 중얼거리며 서둘러 주방으로 가 가스레인지에 티 포트를 올린다. "집이 춥네요. 불이라도 지펴야 되는데 보일러 상태가 안 좋아요."

"뜨끈한 차 한 잔이면 충분합니다."

"편한 자리에 앉으세요."

하워드는 거실을 둘러보다가 안락의자에 가 앉는다. 나는 찬장에서 차가 담긴 상자를 꺼내고, 그는 서류가방 걸쇠를 연다. 그가 가방에서 서류를 한 뭉치 또 한 뭉치, 그리고 또 한 뭉치 꺼내 커피 테이블에 깔끔하게 늘어놓는다. 서류에는 여기저기 표시가 돼 있다. 내가 서명을 하거나 이름 머리글자라도 적어야 하는 부분인 듯하다. 가족 없이 혼자 살다 죽은 아버지가 남긴 거라고는 이 집 한 채뿐일 것이다. 서류가 저렇게 많은 건 채무 관련 기록 때문일까.

"무슨 회사 합병이라도 준비하시는 것 같네요."

내 말에 그가 싱긋 웃는다. "미안합니다. 서류가 좀 많죠."

나는 컵 두 개에 차를 따른다. 컵은 짝이 맞지 않고 제각각이다. 하워드는 SCPD라고 적힌 컵이고, 나는 '키스해줘요. 난 아일랜드인입니다'라고 적힌 이 빠진 컵이다. 설탕은 없어서 나는 아예 권하지도 않는다. 하워드가 이렇게 차 한 잔으로 때우는 맛없는 영국식 아침 식사를 좋아해야 할 텐데. 이것 말고는 줄 것도 없다.

"고맙습니다."

그는 두 손으로 컵을 받쳐 든다. 컵에서 올라오는 뜨거운 수증기가 그의 얼굴에 닿는다.

"어디에 서명하면 되나요?"

내가 묻자 그는 나를 쳐다보며 미간을 찌푸린다.

"서명 전에 논의할 게 있습니다."

나는 소파에 기대어 앉는다. "그래요."

"아버님과 부동산 계획에 대해 논의한 적 있으십니까?"

"아뇨."

"재산에 대해서는요?"

"이 집 말씀하시는 건가요?"

"예, 이 집도 포함됩니다. 아버님은 재산이 꽤 있으십니다."

"꽤 있다고요? 이 집 땅값이 어느 정도 나가긴 하겠지만 그외에는……."

나는 말끝을 흐린다. 이 집 말고 아버지가 갖고 있을 만한 재산이 떠오르지 않는다.

"다른 재산도 있으십니다. 해외 은행 계좌도 갖고 계시고요."

나는 눈썹을 추어올린다. "해외 은행 계좌요? 케이맨 제도에 만들어놓는 계좌 같은 걸 말씀하시는 건가요?"

"예, 케이맨 국제 은행입니다. 그 계좌에 금액이 얼마나 들어 있는지는 저도 모릅니다만 아버님께서는 사망하시기 얼마 전에 그 계좌에 대해 저에게 말씀하셨어요. 따님이 그 계좌를 쓸 수 있게 해주길 바라셨습니다."

"죄송한데, 너무 혼란스럽네요. 아버지는 경찰이셨어요. 아버지가 해외 은행 계좌에 돈을 왜 넣어두셨죠?"

그는 고개를 흔든다. "이유에 대해서는 말씀을 안 해주셨어요. 저도 알고 싶지 않았고요. 다만 따님께 전달하겠다고 아버님께 약속했습니다."

그는 내게 명함을 건넨다.

케이맨 국제 은행, 저스틴 모런 상무.

"여기로 연락해보시면 도움을 받으실 수 있을 겁니다."

나는 명함을 보면서 이 상황을 이해하려고 안간힘을 쓴다. 아버지가 해외 은행 계좌를 갖고 있을 이유가 무엇인지 도저히 모르겠다. 익숙하면서도 싸한 느낌이 밀려온다. 두려움이다.

눈을 질끈 감는다. 일곱 살 어린 시절로 돌아간다. 나는 아버지의 차 뒷좌석에 앉아 있고, 흐릿한 아침 햇살 속에서 경찰차들의 경광등이 번쩍인다. 아버지는 남은 밥과 콩 요리를 데워 아침 식사로 차려놓는다. 나는 속이 쓰리고 거북하다. 아버지와 도시 아저씨가 얘기를 나눈다. 그들은 창백하고 초췌한 얼굴로 입술을 움직인다. 무언가 안 좋은 일이 일어났나 본데 그게 뭔지 모르겠다.

앞니 뒤쪽에 혀를 대고 꾹 누른다. 앞니 하나가 없다는 사실에 움찔하고 놀란다. 이가 빠진 자리에 뿌리가 많이 약해져 있다. 혀를 떼자 입 안에 피가 흘러 쇠 맛이 난다.

"따님?"

나는 눈을 뜬다. 하워드가 이마에 깊은 주름을 잡으며 나를 쳐다보고 있다.

"그 계좌 말고 다른 것도 있나요?"

내 물음에 하워드는 한쪽 눈썹을 추어올린다. 내가 간단하게만 묻자 놀란 눈치다.

"이 집이 따님 소유가 됩니다."

"알겠어요."

"이 집을 매물로 내놓을 생각이 있으시면 부동산 중개업자를 소개해드리죠. 집 안에 있는 가구들에 대해서도 평가를 받아야 될 겁니다."

나는 커피 테이블과 그 너머에 있는 오래된 소파를 손으로 가리킨다.

"15분이면 평가가 끝날 것 같은데요. 안 그래요?"

하워드는 어색하게 헛기침을 한다.

"아버님이 돌아가시기 전에 유언장을 고쳐 쓰려고 하신 것을 알고 있습니까?"

"아뇨." 나는 기분이 먹먹해져 차가 담긴 컵을 그와 내 사이에 놓인 탁자에 내려놓는다. "아버지가 이 집을 저한테 남겨주지 않을 생각이셨나봐요?"

"그건 아닙니다. 이 집은 따님 거예요. 다만 아버님은 작년 여름에 리버헤드 지역에 있는 아파트 한 채를 2년간 임대 계약하셨어요."

"아파트요?"

"예, 여기 주소가 있습니다." 그는 탁자 너머로 쪽지를 건넨다. "아버님은 그 아파트에 대해 별 말씀은 없으셨어요. 다만 별도로 만든 은행 계좌에서 그 아파트의 집세와 공과금이 나가도록 해놓으셨죠. 아버님에게 혹시 무슨 일이 생기더라도 그 집에 사는 사람은 임대 기간 동안 계속 거기서 살 수 있도록 해주고 싶어 하셨어요."

당황한 나는 앉은 자리에서 움직거린다. 하워드는 서류를 이리저리 넘긴다. 어색한 주제로 넘어갔음을 둘 다 눈치 챈 탓에 분위기가 거북해진다.

"그 집에 사는…… 세입자를 위해서요?" 내가 묻는다.

"여자 분인데, 단순한 세입자는 아니었던 것 같습니다."

"그 여자 이름은 아세요?"

"아뇨, 따님이 아실 줄 알았습니다."

나는 답답해서 한숨을 푹 쉰다.

"아파트에 대한 얘기도 그렇고, 그 아파트에 산다는 여자에 대한 얘기도 지금 처음 들어요."

"아버님이 만나는 분이었을 수도 있습니다. 따님이 기분 나빠할까봐 말 안 하신 것일 수도 있어요."

"전 어린애가 아니에요. 아버지는 여자 친구가 생겼다고 저한테 말 못할 분도 아니시고요."

"저도 당신과 비슷한 나이의 딸이 있습니다. 민감한 문제일 수 있어요."

"제가 뭘 어떻게 해야 하죠?"

"음, 알아서 결정하시면 됩니다. 아버님의 뜻은 분명했어요. 그 여자 분을 최대한 돌봐주고 싶어 하셨죠. 유언장을 고쳐 쓸 생각까지 하셨을 정도로요."

"고쳐 쓰지는 않으셨다면서요."

"그렇죠, 우린 아버님이 돌아가시기 일주일 전쯤에 유언장에 대한 얘기를 나눴습니다. 아버님의 재산은 모두 따님께 상속됩니다. 다만 저는 솔직하게 말해드리고 싶은 겁니다. 아버님이 어떤 식으로든 돌봐주고 싶어 했던 사람이 있었다는 것을 따님도 아셔야 될 것 같아서요. 물론 그 여자 분에 대해 따님은 어떤 법적 책임도 질 필요가 없습니다. 아버님의 유언장은 유효합니다. 그 여자 분이 유언장 실행을 반대하고 나선다 해도, 두 사람이 결혼을 한 상태가 아니기 때문에 그분은 아버님의 재산에 대해 권리를 주장할 수 없습니다. 모든 재산은 따님에게 가게 될 겁니다. 다만 저는 아버님의 의중을 알려드려야 해서 말씀드린 겁니다."

나는 소파 등받이에 기대어 팔짱을 낀다. 술을 마시기엔 너무 이른 시간일까.

"음, 젠장. 복잡하긴 하네요."

"미안합니다. 진심으로 드리는 말씀이에요. 아버님이 당신한테 재산을 상속해주지 않으려 했다고 생각하진 마세요. 다만 그 여자 분에게 의무를 다하고 싶어 하셨을 뿐입니다."

"아버지 인생에 다른 여자가 있었다면 아버지를 위해 잘된 일이라고 생각해요. 어머니가 돌아가신 지 21년이나 됐잖아요. 저는 아버지가 수도승처럼 살길 바라진 않았어요."

"그동안 아버님과 연락은 하고 지내셨습니까?"

또다시 내 입에서 한숨이 나온다.

"아뇨, 10년 전부터 사이가 멀어져서요. 제가 고등학생일 때부터요."

"아버님께 그 얘긴 들었습니다."

나는 눈썹을 추어올린다. "아버지가 뭐라고 하셨어요?"

"다른 주에 있는 대학에 억지로 가게 만드셨다고, 따님이 본인처럼 서퍽 카운티에 발목 잡힌 채 살게 하고 싶지 않았다고 하셨어요. 따님이 아버님을 절대 용서하지 않을 거라고도 하셨고요."

나는 고개를 끄덕인다. 아버지는 어머니로 인해, 나로 인해 이곳에서 발목 잡힌 듯 살았구나 싶어 마음이 좋지 않다.

"저는 아버지를 용서했어요. 간간이 얘기도 나눴고요. 하지만 늘 약간은 껄끄러운 사이였어요. 우린 둘 다 고집이 세거든요. 어느 한쪽이 사과하길 바랐지만, 누구도 선뜻 나서지 않은 거죠."

"안 된 일입니다."

"알아요. 아버지는 1년에 몇 번 전화를 해서 생일 축하한다거나 즐거운 크리스마스 보내라고 말해주곤 하셨어요. 그게 전부였죠. 둘 다 서로의 사생활에 대해서는 깊게 알려고 하지 않았어요."

"아버님은 사생활을 중시하는 분이셨죠."

"맞아요."

"아버님의 경찰 동료들 중에 그 여자 분을 아는 분이 있지 않을까요?"

"글렌 도시 씨가 어제 아버지의 장례식을 준비해주셨는데 여자 친구 얘기는 없었어요. 그 여자 분이 아버지에게 중요한 의미가 있는 분이고, 도시 씨도 알았다면 저한테 말씀을 해주셨을 거예요."

"도시 씨는 그 여자 분에 대해 모르셨나 봅니다."

"그 여자 분 연락처 갖고 계세요?"

그는 고개를 젓는다. "죄송합니다. 제가 가지고 있는 건 그 아파트 주소뿐이에요. 아버님이 아파트 임대계약서 사본을 저한테 주셨는데 그 계약서에 주소가 적혀 있습니다. 그 아파트의 집세와 공과금은 제가 은행에 확인한 바 서픽 카운티 은행 계좌에서 빠져나가고 있습니다. 말씀드렸다시피 유언장에 따라 따님은 아버님의 부동산을 모두 물려받게 됩니다. 그 유언장은 유효하고요. 그러니 그 계좌에 들어 있는 돈도 따님 것입니다. 그 돈을 어떻게 쓸지는 따님이 결정하시면 됩니다."

나는 눈을 감고 소파에 머리를 기댄다. 불현듯 지독한 피로가 밀려온다. 뼈 마디마디가 쑤시고 머리는 납덩이가 된 것 같다. 이대로 앉아 있다가 잠이 들 것 같다.

하워드는 눈치를 챘는지 서류 더미를 탁자에 대고 툭툭 두드려 정리한 후 일어선다. 나는 눈을 뜨고 그를 쳐다보며 말한다. "죄송합니다. 오늘 좀 힘든 하루였어요."

"이해합니다. 쉬세요. 서류를 두고 갈 테니 검토하시고요. 물어볼 게 있으면 전화 주세요. 시간 있을 때 서류를 다 읽고 나서 저와 좀 더 자세한 얘기를 나누시죠."

나는 일어서서 손을 내민다.

"감사합니다, 하워드 씨. 고마워요."

그는 악수 대신 나를 한 번 안아준다.

"저는 이 일을 수년째 해오고 있습니다. 가족 간에 부동산 문제가 얽히면 복잡해지죠. 아버님의 인생 중 어떤 부분 때문에 놀랄 수도 있을 겁니다. 다만 아버님이 늘 당신을 신경 썼다는 건 아셔야 해요. 아버님의 인생에서 당신은 제일 중요한 사람이었어요. 그 사실은 절대 의심하지 마세요. 제 사무실에 오실 때마다 아버님은 늘 따님 얘길 하셨어요."

나는 어떻게 반응해야 할지 알 수가 없어 어깨를 으쓱한다. 한 지붕 아래서 살 때도 아버지는 내게 늘 수수께끼 같았다. 나는 아버지에 대해 잘 모른다는 생각을 자주 했다. 아버지 역시 나를 이해할 능력이나 의향이 있었는지 의문이다. 문득 서로 그럴 기회가 없었다는 생각이 든다. 견디기 힘들 정도로 거북스런 슬픔이 밀려온다. 입술을 깨물어 그 통증으로 눈물을 참아본다.

"혹시 상담을 받고 있나요? 도움이 필요하다면 심리치료사를 몇 명 추천해드릴 수 있습니다만."

"괜찮아요. 신경 써주셔서 감사합니다."

그는 고개를 끄덕인다. 그는 서류 가방을 집어 들고 우리는 함께 현관문으로 향한다. 그는 어색하게 격식을 차리며 손을 내밀고 우리는 악수를 나눈다. 그가 떠나자 나는 주방으로 가서 술을 따라 몇 입에 나눠 마신 후 한 잔 더 따른다. 그리고 소파에 주저앉는다. 알코올이 혈관을 타고 흐르며 몸을 따뜻하게 데워준다. 나는 충동적으로 기니스 박사의 전화번호를 누른다.

"앤드루 기니스입니다."

전화벨이 울리자마자 그가 받는 바람에 나는 놀라 말문이 막힌다. 전화벨이 울리다가 자동 응답으로 넘어갈 것으로 예상했고 음성 메시지나 남기려고 했었다. 이렇게 대화를 나눌 준비는 되어 있지 않았다. 나는 망설이다 입을 뗀다.

"넬 플린입니다." 내 목소리가 메마르고 딱딱하다. 마치 그가 내게 전화를 걸어온 것 같은 분위기다. "행동분석팀 샘 라이트먼 팀장님 밑에서 일하고 있습니다."

"기억해요. 몇 주 전에 만났죠."

"박사님의 심리 치료에 진작 응했어야 했는데 늦었네요. 아버지가 돌아가셔서 장례식 때문에 지금 롱아일랜드에 와 있습니다."

"마음이 아프네요. 한 달 동안 정말 힘드셨겠어요."

"다들 그렇게 말하더라고요."

"하고 싶은 얘기 있으신가요?"

나는 스카치위스키를 한 모금 마신 후 대답한다.

"지금 하라고요? 상담 약속부터 잡아야 하지 않나요?"

"원하신다면요. 편한 대로 하세요."

나는 머뭇거린다. 전화를 끊고 스카치위스키나 마시고 싶기도 하다. 하지만 오늘 기니스 박사에게 상담을 받지 않으면 또 나중으로 미뤄버릴 것 같다. 게다가 그의 목소리를 들으니 묘하게 위안이 된다. 오랜 친구처럼 따뜻한 목소리여서일까.

"어디서부터 얘기를 시작해야 하죠?"

"원하는 지점에서부터요."

"어제 아버지의 재를 뿌렸어요. 아버지는 겨우 쉰두 살이셨어요."

"가슴 아프네요. 아버님이 어떻게 돌아가셨는지 여쭤봐도 될까요?"

"오토바이 사고였어요. 술에 취한 상태셨고, 늦은 시간에 도로도 젖어 있었죠. 적어도 제가 들은 건 그래요."

"믿지 않으시나 보네요?"

"뭘 믿어야 될지 모르겠어요. 제가 아버지를 제대로 아는지도 모르겠고요. 저는 집에 10년 만에 왔거든요. 집에서 같이 살 때도 아버지와 거의 말을 안 했어요."

"어머니는요? 살아 계신가요?"

"아뇨, 제가 어렸을 때 돌아가셨어요. 가족은 저와 아버지뿐이었어요."

"안타깝네요."

"아버지는 해병대 출신 경찰이셨어요. 새벽 5시면 일어나서 꼬박꼬박 달리기를 하러 나가시는 분이었죠. 비가 오나 눈이 오나, 몸이 아프거나 전날 밤을 새워도 거른 적이 없으셨어요. 규율에 강박적으로 집착하는 분이었거든요. 다만 술이 문제였죠. 술이 아버지의 약점이었어요. 하지만 술에 취해도 약해지는 분은 아니었어요. 지독한 원칙주의자였고요. 적어도 제가 아는 아버지는 그랬어요. 그런데 아버지가 해외 은행 계좌에 돈을 쌓아뒀다는 걸 오늘 알게 됐어요. 저도 모르게 시내에 아파트도 빌리셨더라고요. 그 아파트에는 웬 여자가 살고 있고요. 아버지의 여자 친구인가 봐요."

"아버지가 만나는 분이 있어서 속이 상했나요?"

나는 스카치위스키를 한 모금 삼키며 그 질문에 대해 생각해본다.

"아버지의 인생에 대해 제가 아는 게 너무 없구나 싶어서 속이 상하죠."

"아버지가 스스로를 다치게 만들었다는 점 때문에 마음이 안 좋으신가요?"

"어쩌면요. 그런데 누군가 아버지를 다치게 했을 수도 있다는 생각이 들어요." 줄곧 머릿속에 맴돌던 생각을 처음으로 소리 내어 말해본다. 뱉고보니 영 이상하고 낯설다. "모르겠어요. 피해망상일 수도 있겠죠."

"누군가가 왜 아버지를 다치게 했을까요?"

"아버지는 강력계 형사였어요. 돌아가실 당시에 어떤 사건을 조사 중이셨고요. 작년 여름에 살해된 젊은 윤락 여성과 관련된 사건이에요. 오늘 경찰이 두 번째 시체를 찾았어요. 첫 번째 여성과 동일한 방식으로 살해되고 매장된 젊은 여성의 시체예요."

기니스는 대답하지 않는다. 문득 내가 횡설수설하고 있다는 생각이 든다. 말이 꼬이기 시작했다. 술을 너무 많이 마셔서 그런가. 피곤해서 그런가. 어쩌면 두 가지 이유가 모두 적용될지도 모르겠다.

"미친 소리라고 생각하시죠?"

질문이라기보다는 진술에 가깝다.

"그런 말 안했습니다."

"미친 소리처럼 들릴 것 같아서요. 아버지는 경찰이셨고 살인 사건을 조사 중이셨어요. 그게 다예요."

"신경 쓰이는 부분이 있나 봅니다."

"느낌이 안 좋아요." 소파에서 일어서자 피가 머리로 훅 몰린다. 나는 도로 앉아 소파 팔걸이에 머리를 기댄다. 방이 빙글 돌다가 멈춘다. "제가 왜 박사님한테 이런 얘길 하고 있는지 모르겠네요. 죄송해요."

"죄송할 거 없습니다. 저는 상담을 하는 사람이니까요."

"뭐 좀 물어봐도 될까요? 비공개를 전제로요."

"우리 얘기는 공개되지 않아요. 우리가 나누는 모든 얘기는 비밀로 유지돼요."

"FBI가 박사님에게 비용을 지불하잖아요."

"그렇다고 우리가 나누는 얘기를 FBI가 들을 수는 없습니다. 의사와 환자 간의 비밀 유지 특권이 있으니까요. 저는 환자와의 비밀을 철저하게 지키는 사람입니다."

"저에 대해서 보고서를 쓰셔야 되잖아요. 비밀을 지키면서 어떻게 저에 대해 보고서를 쓰세요?"

그는 신중하게 대답한다.

"저는 요원님의 정신 상태가 직무 수행에 적합한지 여부에 관한 보고서를 쓸 겁니다. 우리가 상담 중에 나눈 대화에 관해서가 아니라요. 차이가 이해되십니까?"

"구분하기 애매할 것 같은데요."

그는 한숨을 쉰다. 내가 까다롭게 굴고 있다는 걸 우리 둘다 안다.

"보고서에 대해서는 걱정하지 마세요. 요원님이 정신적 외상을 극복하도록 돕는 게 제가 할 일입니다. 업무책임팀에 보낼 보고서나 대충 쓰는 게 아니라요."

그의 말투에 경멸이 담겨 있어 나는 입가에 살짝 미소를 짓는다.

"솔직히 말하면, 한 달 내내 제 마음에 가장 큰 상처를 입힌건 제가 여기로 돌아왔다는 사실이었어요. 서픽 카운티로요."

"고향으로 돌아가는 것에 대해 많은 사람들이 비슷한 기분을 느낍니다. 슬픈 일을 겪게 되면 더욱 그렇죠."

"여기로 오니까 예전 기억이 잔뜩 떠올라요. 그 중 일부는 전혀 즐겁지 않은 기억이에요."

"그 기억에 대해 얘기하고 싶나요?"

"모…… 모르겠어요."

"괜찮습니다."

"다른 누군가가 범죄에 연루됐을 수 있다는 얘기를 제가 하면, 그걸 FBI에 보고하셔야 되나요?"

"상황에 따라 다릅니다."

"어떤 상황이요?"

"다양한 기준이 있는데, 누군가 위험에 처했다는 판단이 드느냐가 우선적으로 기준이 되겠죠. 환자와의 비밀 유지 특권을 깨서 누군가를 보호할 수 있다면 어쩔 수 없이 깨야 한다고 생각합니다. 이해가 되시나요?"

나는 그의 말을 곱씹어본다. 술잔에 담긴 얼음이 바닥에 닿아 딸그락거린다. 나는 카운터 쪽으로 고개를 돌려 그 위에 놓인 술병을 바라본다. 반 이상 비었다. 놀랍다. 생각보다 많이 마셨다. 이런 상태로 비밀을 털어놓으면 안 되겠다는 생각이 든다. 특히 내 상관에게 보고서를 올려야 하는 정신과의사에게는 더더욱 하면 안 될 일이다.

"오늘은 여기까지 하고 나중에 상담 약속을 잡을게요."

"알겠습니다. 쉬어요. 괜찮아지면 언제든지 전화하고요."

7

편히 쉴 수가 없다. 마음이 좋지 않다. 밤새 뒤척이다 보니
어느새 방이 가장자리부터 밝아오기 시작한다. 확실하게 날
이 밝자 나는 아버지의 픽업트럭을 몰고 리버헤드로 향한다.
이른 시간이라 마을은 아직 잠들어 있다. 아침으로 블랙커피
두 잔을 마시고 정신을 차리긴 했지만 아직 반쯤 잠에 취한
상태다. 가게들은 문을 닫았고, 오가는 차량도 거의 없다. 하
워드가 알려준 주소지 맞은편, 메인가에 주차할 자리를 찾아
차를 세운다.

아버지가 임대한 아파트는 메인가 97번지 꼭대기 층이다.
그 작고 네모난 건물은 '오맬리'라는 아일랜드식 술집과 공허
한 눈의 빅토리아풍 인형들이 나란히 진열된 칙칙한 드러그
스토어 사이에 샌드위치처럼 끼어 있다. 한 층에 한 가구가

생활하는 3층짜리 건물이다. 집주인은 1층에 산다고 들었다. 아버지는 작년 여름, 그러니까 6월부터 저 아파트 3층을 임대했다. 여기서 보니 2층은 비어 있는 듯하다. 창문을 널빤지로 막아놓은 걸 보면 알 수 있다. 별로 멋진 아파트는 아니다. 원래 아버지는 집의 심미적인 측면에 대해 그다지 신경 쓰지 않는 편이었다. 은둔하는 삶을 선호하셨으니, 위층과 아래층에 아무도 살고 있지 않은 3층 아파트가 아버지 마음에 들었을 것 같기도 하다. 게다가 살펴보니 건물 뒤쪽 주차장의 출입구를 통해 눈에 띄지 않고 아파트를 드나들 수 있게 되어 있다.

이 아파트의 월세는 천 달러다. 서퍽 카운티의 방 두 개짜리 아파트 월세에 비하면 지나치게 비싸다고 할 수는 없지만 그렇다고 싼 것도 아니다. 아버지는 왜 본인 수입에서 꽤 큰 비중을 차지하는 금액까지 지불하면서 두 번째 집을 마련했을까. 우리 집에서 차로 겨우 15분 거리에 있는 아파트인데. 사무실로 쓰려고 하셨을 수도 있다. 하지만 집에도 아버지가 사무실로 쓰는 방이 따로 있다. 아니면 밤에 오맬리 술집에서 술을 마시고 집으로 운전해 오기보다는 바로 위층으로 올라가 자려고 마련하신 집인 걸까. 그럴듯하긴 한데 그런 이유라면 지나친 돈 낭비다. 아버지는 그런 식으로 돈을 낭비하는 스타일이 아니다.

가장 확실한 대답은 아버지에게 여자 친구가 있어서라는 이유일 것이다. 동거할 준비는 안 돼 있지만 어떤 식으로든

책임을 지고 잘해주고 싶어서 그 아파트를 임대했을 수도 있다. 언젠가는 그 아파트로 들어가 여자 친구와 같이 살면서 이 집은 팔 생각이었는데, 미처 실행에 옮기지 못하고 돌아가신 것인지도 모른다. 그렇다고 해도 그 여자 친구라는 분이 듄로에 있는 집에 온 흔적이 전혀 없다는 게 이상하다. 여자 친구는커녕 다른 방문객도 전혀 없었던 듯 보인다. 약장에 여분의 칫솔도 없고, 서랍장에는 여자 잠옷도 없으며, 냉장고에는 와인이나 청량음료 하나 준비돼 있지 않다. 온통 아버지의 물건들뿐이다. 아버지의 버번위스키와 스카치위스키, 아버지의 옷, 아버지의 무기들. 아버지의 집, 듄로의 집에서 아버지는 철저히 혼자였다.

저 아파트 집주인에게 물어보면 답을 얻을 수 있을지도 모른다. 아버지가 서퍽 카운티 은행에 따로 만든 계좌를 확인해보니 잔고가 2만 5천 달러 들어 있다. 1년치 집세와 공과금을 충분히 내고도 남을 금액이다. 밤새 고민한 끝에 나는 그 여자를 찾아서 그 계좌에 있던 돈을 주는 게 맞다고 결론내렸다. 어떤 이유로 인해 그 여자를 못 찾으면, 혹은 찾았는데 끔찍한 인간인 것 같으면 자선 단체에 기부해버리면 그만이다. 애초에 아버지가 나에게 주려고 마련한 돈이 아니라고 하니 갖고 싶지도 않다.

나는 더 많은 돈을 원하지 않는다. 돈 쓸 곳도 별로 없다. 아버지는 생명 보험금과 듄로의 집을 내게 유산으로 남겼다. 그것만 해도 꽤 많은 돈인데 케이맨 제도에 계좌까지 있다고 하니 더 말할 필요도 없겠다. 물론 해외 계좌에 대해서는 좀 더 알아봐야겠지만 확인을 해도 될지 모르겠다. 괜히 그 계좌를 들쳤다가 직장을 잃을 수도 있겠다 싶어서다. 어젯밤 벽난로 앞에 앉아 스카치위스키를 다섯 잔째 즉, 마지막 잔으로 마시면서 저스틴 모런의 연락처가 담긴 명함을 불 속에 던질까 말까 고민했다.

결국 던지지 않고, 침대 옆 탁자 서랍 안에 넣어두었다. 오늘은 더 급하게 처리해야 할 일이 있다. 아버지의 아파트, 아버지의 여자 친구, 아버지의 오토바이, 아버지의 사건, 아버지의 인생. 아침 8시도 되지 않았는데 벌써부터 지친다.

집주인의 집 초인종을 누른다. 집 안에서 개 짖는 소리가 교향곡처럼 퍼져나간다. 이른 아침에 남의 집을 찾아온 게 마음에 걸리지만 더 기다릴 수가 없다. 오늘은 긴 하루가 될 것이다. 어쩌면 긴 한 주일지도 모르겠다. 시체들과 불가사의로 점철된 시간이 나를 기다리고 있다. 밤새 잠을 못 잤으니 서둘러 일을 처리하는 게 좋을 것 같다.

문 안쪽에서 발을 질질 끌며 걸어오는 소리가 들리고, 개 짖는 소리가 잦아든다. 자물쇠 세 개가 차례로 열리는 소리가 들린다. 자물쇠를 세 개나 잠그다니 과한 것 같다. 문이 빼꼼 열리지만 안전 고리는 풀지 않았다. 잠옷을 입고 목욕용 가운을 걸친 반백의 남자가 문을 5센티미터쯤 열고 그 사이로 나를 내다본다.

"무슨 일입니까?"

그가 나를 노려본다. 개들이 그의 발치에 모여 있다.

나는 최대한 밝게 인사를 건넨다.

"안녕하세요. 레스터 심스 씨인가요?"

"그렇습니다만."

"저는 넬 플린이라고 합니다. 저희 아버지인 마틴 플린 씨가 이 건물 3층을 빌려 사셨어요."

그는 인상을 쓰면서 손으로 턱을 쓰다듬는다.

"빌려 살진 않았는데."

"여기가 메인가 97번지 아닌가요? 임대 계약서 가져왔어요."

나는 가방을 열고 서류철을 꺼낸다.

"그분이 임대료는 냈는데, 여기 사는 것 같진 않던데."

"아버지가 여기 사신 게 아니면 누가 사셨죠?"

"그런 것까지 왜 묻는지 모르겠네."

"아버지가 돌아가셨어요. 저는 아버지의 유일한 유산 수령인이고 유언 집행자예요. 괜찮으시면 집에 들어가서 이 문제를 의논하고 싶은데요."

문이 닫힌다. 문득 그가 경찰을 부른 게 아닌가 하는 생각이 든다. 잠시 후 안전 고리를 푸는 소리가 들리고 현관문이 삐걱 열린다. 흥분한 개들이 발톱으로 바닥을 긁어댄다. 내가 집 안으로 들어가자 개 한 마리가 앞발을 들더니 내 배에 가져다 댄다. 주둥이가 말 주둥이에 버금갈 정도로 큰 개라 그 힘에 밀려 나는 바닥에 주저앉을 뻔한다.

레스터는 그 개의 목 끈을 잡고 세게 당긴다.

"안 돼, 브루투스." 그가 날카롭게 꾸짖자 개는 바로 몸을 수그린다. "미안합니다. 물지는 않아요. 아침 산책 전에는 늘 이렇게 흥분해 있어서. 들어오세요. 집이 지저분해도 이해하시고요."

그는 주방에 놓인 작은 나무 탁자를 가리키며 묻는다.

"커피 드실래요? 만들어놨는데."

"주시면 감사하죠."

"어떻게 드릴까?"

"블랙으로 주세요."

그는 고개를 끄덕이고 컵 두 개에 커피를 따른다.

"아버님 일은 유감이에요. 언제 돌아가셨죠?"

"열흘 전에요."

"경찰이셨죠?"

"서퍽 카운티 경찰서 강력계 소속이셨어요."

"업무 중에 살해당하셨나요?"

"아뇨, 그런 건 아니에요. 오토바이 사고로 돌아가셨어요."

레스터는 실망한 표정으로 고개를 끄덕인다.

"참 안타까운 일이군요."

"아버지와는 잘 아는 사이셨나요?"

"별로요. 아버님은 작년 여름에 이 아파트를 찾아와서 임대하고 싶다고 했어요. 사무실처럼 쓸 거라고 하더군요. 그때가 7월 말이었을 거예요. 정확히 기억은 안 납니다만."

"사무실로 쓴다고 하셨다고요?"

"예, 그렇게 말하셨어요. 일주일에 한두 번 왔다갔다 하시더만요. 한 달쯤 지나서 열쇠를 한 벌 더 만들어달라고 합디다. 친구가 와서 살 거라고. 그래도 되는지 묻더군요."

"그래요?"

나는 커피를 한 모금 마신다. 레스터는 나보다 커피를 잘 끓인다. 내가 커피를 하도 못 끓이니 그렇게 느끼는 것 같기도 하다.

그는 어깨를 으쓱한다. "나야 세입자가 조용히 집 잘 치우고 살면서 제때 임대료만 내면 상관할 게 없죠. 게다가 아버님 친구라고 하는 마리아는 좋은 여자였어요. 집 밖으로 잘 안 나오는 것 같긴 했지만 한 번씩 머핀을 만들어서 우리 집 문 앞에 놔두곤 했어요. 그리고 작년 겨울에 내가 고관절이 골절됐을 때 마리아가 내 외출을 도와줬어요. 개들을 데리고 나가 산책도 시켜주고 우편물을 가져와주고 쓰레기도 내다 버려줬죠."

"마리아……. 혹시 성도 아세요?"

"크루즈라고 한 것 같은데. 쿠바계 여자였어요. 몰랐습니까?"

"예, 아버지가 그 여자 분을 이 아파트에서 살게 했다는 건 알아요. 온 김에 그분을 만나 인사라도 하고 갈게요. 정리할 일도 있고 해서요."

레스터가 눈썹을 추어올린다. "그게, 일단 임대료는 그쪽이 계속 내도 괜찮습니다만, 마리아는 떠났어요. 2주일쯤 전에 짐을 뺐어요."

"짐을 뺐다고요? 확실해요?"

"예, 개들을 데리고 산책 나가다가 마리아가 커다란 가방을 택시에 싣는 걸 봤어요. 도와줄까 했더니 괜찮다고 하더군요. 그러고는 나를 꼭 안고 열쇠를 돌려줬어요. 엉엉 울던 모습이 생각나네요. 어디로 가느냐고 물어도 대답 대신 고개만 저었어요. 예전에 마리아가 마이애미에 가족들이 살고 있단 얘길 한 적이 있는데, 아마 그리로 가지 않았을까 싶네요. 마리아는 여기 주소로 받는 우편물이 거의 없어서 새 주소도 남기지 않았어요. 어쨌든 임대 계약은 아직 유효해요."

"정확히 언제 떠났나요? 기억나세요?"

"흠, 어디 보자. 일요일 밤이었나? 그래요, 맞아요. 그날 내가 좋아하는 텔레비전 프로그램을 보고 있는데 누이가 전화를 했어요. 누이는 일요일마다 전화를 해서 온갖 잔소리를 하거든요. 그러니까 지금부터 10일, 아니 11일 전이네요."

"11일 전이라고요." 숨이 막힐 지경이었다. 바로 아버지가 돌아가시기 전날이었다. "3층 열쇠 가지고 계세요? 직접 내부를 보고 싶어서요. 가능하다면 마리아도 찾고 싶고요."

레스터는 발을 끌며 주방 카운터 쪽으로 걸어간다. 우편물이 가득 담긴 바구니를 한참 뒤적이더니 열쇠를 꺼낸다. 그가 열쇠를 꺼내든 순간 나는 움찔한다. 그 열쇠가 달린 열쇠고리는 내가 집을 떠나기 전 크리스마스 때 아버지에게 선물로 드린 것이다. 열쇠고리 끝에 작은 스위스 아미 나이프가 달려 있고, 측면에 아버지의 이름 마틴 대니얼 플린의 첫 글자인

'MDF'가 새겨져 있다.

"열쇠 여기 있습니다."

"감사합니다. 제가 며칠 갖고 있어도 되나요?"

"그러세요. 다음 달 임대료만 낸다면 얼마든지."

"알겠습니다. 잠시만요. 지금 바로 수표를 써드릴게요."

8

3호실 현관문은 두꺼운 금속 재질이다. 문에 안전 고리가 두 개나 설치된 것이 아버지의 마음에 들었을 것 같다. 창문에는 강철봉들도 박혀 있다. 기본적인 방범 시설이지만 효과는 뛰어나다.

마리아는 정말 이사를 나갔다. 아파트 안에 개인 물건은 남아 있지 않다. 벽에 그림도 걸려 있지 않고 옷장에는 옷 한 벌 남아 있지 않으며 욕실에는 세면도구도 없다. 최근에 사람이 살았던 흔적이라곤 침대 위의 살짝 구겨진 시트, 화분 몇 개, 식기 세척기에 담긴 컵들뿐이다. 냉장고에서 시큼한 냄새가 풍겨 열어보니 유통기한이 지난 우유 한 통, 오렌지 주스, 오래된 중국 요리 포장 상자 세 개가 들어 있다. 얼른 냉장고 문을 닫는다. 이 아파트에서 나가기 전에 쓰레기를 내다버려야겠다. 적어도 앞으로 한 달 동안 이 아파트는 내 것이니 쓰레기 정도는 버려야겠지.

거실에 책상이 하나 놓여 있다. 맨 위 서랍을 열자 잡다한 펜과 연필, 종이 클립, 프린터 용지, 그리고 40달러가 담긴 봉투가 들어 있다. 돈도 못 챙긴 걸 보니 마리아는 정말 급하게 떠난 모양이다. 서랍 뒤쪽에 있는 폴라로이드 사진 한 장을 끄집어낸다. 다정하게 어깨동무를 한 두 젊은 여자가 찍혀 있다. 젊어 보이고—나보다는 어려 보인다— 둘 다 아름답다. 자매일 수도 있겠다. 똑같이 긴 흑발에 다갈색 피부이고, 광대뼈가 높다. 둘 중 한 명이 마리아일까.

주머니에서 휴대폰이 위잉 소리를 낸다. 사진을 내려놓고 휴대폰 화면을 확인한다. 리의 전화라 바로 받는다. 그는 살인 사건을 조사 중인 사람치고는 지나치게 쾌활한 목소리다.

"좋은 아침이야. 어젯밤에는 좀 쉬었어?"

"별로. 넌?"

"전혀." 그는 소리 내어 웃는다. "그런데 좋은 소식이 있어. 시체의 신원이 나왔어."

"빠르네."

"말했잖아. 밀코스키가 일을 잘 한다니까."

내가 대답을 하지 않자 그가 말을 이어간다. "밀코스키가 희생자의 턱 안에 있던 금속판의 번호를 추적했는데, 노동절 즈음에 실종된 소녀인 걸로 확인됐어. 이름은 아드리아나 마르케스, 열여덟 살이고 리버헤드 출신이야. 리아 샌도벌과 비슷하게 살았어. 매춘을 하고 크레이그스리스트와 백페이지에 광고 싣고. 외모도 비슷해. 긴 흑발, 자그마한 체구에 매력적인 외모."

나는 손가락으로 폴라로이드 속 여자들을 짚으며 묻는다.

"가족은?"

"많지 않아. 모친은 돌아가셨고, 부친은 주 북부 교도소에서 복역 중이야. 언니인 엘레나 마르케스와 함께 살았어. 아드리아나의 실종 신고를 한 사람이 바로 엘레나야."

"남자 친구는?"

"헤어진 남친이 있어. 그놈이 좀 골 때려. 저질 윤간범에 MS-13*의 일원이야."

"훌륭하네. 놈의 알리바이를 확인해봐."

"가중폭행죄로 미드 스테이트 교도소에 들어가 있어. 6월부터 쭉."

"알았어. 그럼 놈은 용의선상에서 제외네. 갱단이 연루됐는지는 좀 더 알아봐야겠다."

"언니가 아드리아나 실종 신고를 하면서 집 밖에 적갈색 픽업트럭이 서 있는 걸 본 적이 있다고 했어. 두 번 이상 봤다고."

"그래서?"

"모랄레스의 픽업트럭이 적갈색이야."

"그럼 모랄레스의 소재를 파악해서 잡아야 되는 건가?"

* 중앙아메리카 및 미국에 있는 대규모 폭력조직.

"도시 과장님은 언니인 엘레나부터 만나고 오라고 하셨어. 희생자 신원이 뉴스에 나오기 전에 알려주라고. 너랑 같이 가고 싶은데."

"제일 가까운 친족에게 알리는 일이라. 내가 차암 좋아하는 일이네."

"지금 집이야? 가는 길에 너 태우고 가면 돼."

"리버헤드에 와 있어. 메인가에 있는 커피숍이야. 그리로 올래?"

"알았어. 갈게. 아, 나 도넛 하나만 사줘. 커피도."

"너 완전 틀에 박힌 경찰 같은 거 알아?"

리는 낄낄 웃는다. "뭐, 내가 팀에 적응하려고 최선을 다하고 있긴 하지. 이따 보자."

20분 후, 리가 메인가 커피숍 앞에 차를 세운다. 나는 도넛과 커피를 손에 들고 인도에 서 있다. 리가 손을 뻗어 조수석 문을 열어준다. 딱 보니 꼴이 말이 아니다. 그도 나를 보면서 같은 생각을 할 것 같다.

그는 커피를 향해 손을 뻗으며 말한다. "덕분에 살았다."

"알아."

"같이 가준다고 해서 고마워. 이런 일이 제일 힘들더라고."

"그렇지 뭐."

"계속 해도 쉬워지진 않겠지?"

"가족한테 얘기해주는 거? 그렇지, 쉬워지진 않지. 그게 쉬워지면 휴가를 가야 할 때인 거고."

내 휴대폰에 이 지역 번호가 뜬다. "잠깐만, 전화 받아야겠다."

리는 '어서 받아'라고 말하는 듯 고개를 끄덕인다.

"넬 플린입니다."

"넬, 나 압류 차고지에서 일하는 콜 헤인스다. 기억할지 모르겠는데 너희 아버지와 종종 같이 낚시를 다니곤 했어."

"예, 기억하죠. 목소리 다시 들으니 반가워요, 콜 아저씨."

"아버지 일은 정말 유감이야. 그 소식을 듣고 마시와 나는 엄청 충격을 받았어."

"생각해주셔서 감사합니다."

"너희 아버지는 좋은 사람이었어, 넬. 정말 좋은 사람이었어."

나는 이런 대화를 그만 끝내고 싶어 헛기침을 한다.

"아버지 오토바이 말인데요."

"그래, 오토바이. 세게도 박았더라. 나무 같은 데다가 처박은 것 같더만. 내가 혹시 모르니까 경찰에 과학 수사 연구소로 갖다주라고 했어. 브레이크 고장일 수도 있고. 나라면 오토바이 제조업체를 고소할 거야."

"경찰은 그 오토바이를 왜 과학 수사 연구소로 안 가져간 거죠?"

"그러게. 그냥 여기 갖다놨더라고. 그러더니 오늘 도시가 나한테 전화를 해서 폐차장으로 가져가라고 하더라."

나는 인상을 쓴다. "아직 폐차장으로 가져가진 않으셨죠?"

"안 가져갔어. 네가 자동응답기에 남긴 메시지를 들었지.

네가 오토바이를 직접 보고 결정하는 게 낫겠다 싶더라고. 네가 결정하고 알려주면 처리하마. 보험금 관련된 문제도 있을 수 있으니까—"

"나중에 들를게요. 고맙습니다, 콜 아저씨."

"그래, 조만간 보자."

내가 전화를 끊자 리가 묻는다. "누구야?"

"압류 차고지의 콜 헤인스 씨. 아버지의 오토바이를 가지고 계셔."

"아, 이런. 미안. 내가 대신 처리해줄까?"

"아니, 내가 할 거야." 문득 리에게 모든 얘기를 하지는 않았다는 걸 자각하며 시선을 옆으로 돌린다.

리는 도넛을 4분의 1쯤 입에 넣고 나머지는 비닐에 도로 담는다. 그리고 곧 차를 후진시켜 메인가로 진입한다. 무전기가 소리를 내기 시작한다. 치이익 소리에 이은 짧고 날카로운 코드 알림 소리. 경찰 배치요원이 배치 명령을 내릴 때 쓰는 그 소리를 듣자 걷잡을 수 없는 향수가 밀려든다. 예전에는 나도 코드를 능숙하게 구사했는데, 수년째 들어보지 못했다. 차창에 이마를 대고 옆으로 지나가는 메인가의 상점들을 바라본다. 어렸을 때 아버지는 경찰차 앞좌석에 나를 태워주곤 했다. 무전기를 켜고 각 코드가 어떤 의미인지도 전부 알려주셨다. 10-16은 가정 불화 사건, 10-33은 비상 사태, 10-79는 검시관 호출. 아버지는 나중에 코드로 깜짝 퀴즈를 내기도 했는데 나는 그때 외운 걸 아직도 기억하고 있다.

엘레나 마르케스의 집은 리버헤드 공동묘지에 면한 막다른 길에 위치해 있다. 차창 밖으로 묘지들이 지나간다. 마지막 안식처로 삼기에 딱히 좋은 곳은 아니다. 육각형 철조망이 묘지 주변을 에워쌌고, 스프링클러가 멀리까지 물을 뿌리지 못하는지 잔디밭이 군데군데 갈색으로 시들었다.

이 묘지는 예전에 와본 적이 있다. 중학교 때 여기서 현장학습을 했다. 역사 과목을 가르치는 맥매너스 선생님이 방습지와 숯을 나눠주면서 가장 흥미로워 보이는 묘비의 탁본을 떠오라는 숙제를 내준 것이다. 나는 1862년에 사망한 사람의 묘비를 골랐다. 열여덟 살에 버지니아주 글로버스턴 전투에서 사망한 존 다운스의 묘비였다. 그는 12연대 D중대 소속이었다. 탁본을 만들어 집으로 가져와 아버지에게 보여줬더니 아버지는 그걸 반으로 찢으면서 남의 묘비에, 특히 나라를 지키다 세상을 떠난 사람의 묘비에 이런 짓을 하는 건 예의 없는 짓이라고 했다. 그때 아버지는 술을 마시고 있었다. 아버지의 숨결에서 위스키 냄새가 풍겼다. 술에 취한 아버지의 눈은 점점 탁해졌고 목소리는 차가워졌다. 그 정도로 취했을 때는 아버지를 피해야 한다는 걸 그때는 미처 알지 못했다. 아버지는 내 팔을 거세게 붙잡았고 팔에 멍 자국이 남았다. 처음에 멍은 보랏빛이다가 얼마 후 역겨운 초록색으로 변했다. 탁본이 찢어진 사유를 맥매너스 선생님에게 설명하기 창피해서 나는 모아둔 돈으로 방습지와 숯을 따로 샀다. 체육 시간을 땡땡이치고 자전거를 타고 근처 묘지로 가서 새로 탁본을 만들었다. 그 후 멍 자국을 가리려고 긴 소매를 입기 시작했다. 멍이 옅어진 후로도 수개월 동안 긴 소매를 고집했다.

묘지 입구에 '리버헤드 묘지. 1859년 설립'이라고 적힌 간판이 붙었고, 그 아래 좀 더 작은 간판에 '매장지 여유 있음'이라고 적혀 있다. 이 집 식구들은 아드리아나를 이 묘지에 묻을까. 문득 아버지의 집 벽장 안 유골함에 담겨 있는 어머니의 재가 생각난다. 아버지는 어머니의 재를 보내지 못하고 곁에 끼고 살았다. 어머니가 돌아가시고 두 달이 지나서야 세인트 아그네스 성당에서 되는 대로 장례식을 치렀는데 어머니의 친구들이 장례식을 대부분 준비해주었다. 그때 나는 너무 어려서 그런 식의 장례식이 이상하다는 것도, 오래된 묘지에 매료되는 내 성향이 정상이 아니라는 것도 몰랐다. 롱아일랜드의 묘지들은 대부분 조용하고 아름답다. 무려 1600년대에 조성된 묘지들도 있다. 나는 학교가 파하면 한번씩 자전거를 타고 마을에 있는 묘지로 놀러가곤 했다. 그곳 묘비들은 대부분 낡고 오래됐는데 봄이면 분홍색 벚꽃이 풀밭을 온통 뒤덮었다. 나는 벤치에 앉아서 해가 저물 때까지 책을 읽었다. 어머니의 죽음을 애도하기 위해 어딘가를 가는 게 도움이 된다는 사실을 그때는 몰랐다. 어머니의 유해를 집에 보관하다 보니 아버지나 나나 과거의 상처를 제대로 봉합할 수 없었다는 것도 알지 못했다. 서퍽 카운티로 돌아온 지금에야 처음으로, 어머니의 유해를 어떻게든 처리해야겠다는 생각이 든다.

리는 묘지 맞은편, 회갈색 칠이 된 작은 집 앞에 차를 세운다. 변변찮은 잔디밭이 경사진 채로 도로로 이어져, 마치 그집 땅이 인상을 쓰고 있는 것처럼 보인다. 집 앞 진입로에 어린 소녀가 웅크리고 앉아 있다. 아이는 보라색 티셔츠를 입고 투명한 젤리 샌들을 신고 무릎에 엘모 인형 그림이 그려진 바지를 입었다. 비딱하게 양 갈래로 묶은 곱슬머리가 각기 다른 방향으로 뻗쳐 있다. 아이는 땅바닥에 시선을 꽂은 채 돌멩이를 하나씩 집어서 빨간 플라스틱 컵에 담고 있다. 고등학생들이 학교 파티에서 음료를 따라 마실 때 쓰는 컵이다. 아이는 우리가 차에서 내리는 소리를 듣더니 그 자리에 얼어붙는다. 마치 가게에서 물건을 훔치다가 걸린 것처럼 우리를 빤히 쳐다본다. 나는 미소를 지으며 손을 살짝 흔들지만 아이는 반응하지 않는다. 아이의 입술에 침 거품이 맺혀 있다. 아이는 커다란 눈을 깜박이며 우리가 다가오는 모습을 가만히 지켜본다.

우리가 초인종을 누르기도 전에 집 안에서 여자가 현관문을 연다. 긴 치마에 다갈색 피부가 드러나는 하얀 민소매 티셔츠 차림이다. 머리카락을 뒤로 모아 묶어서 목덜미가 드러나 있다. 얼굴은 아름다운 편이지만 삶에 지친 무게가 느껴진다. 눈 밑 살이 반달처럼 늘어져 있다. 여자는 피곤한 눈으로 우리를 쳐다보며 말한다.

"잠시만요." 여자는 리에게 이렇게 말한 후 옆으로 고개를 돌려 아이에게 소리친다.

"이사벨! 벤 아키 포르 파보르이리 와."

자갈길에 앉아 있던 아이가 고개를 든다. 아이는 마지못해 마지막 돌멩이를 컵에 담고 현관문 쪽으로 달려온다. 여자는 허리를 굽히고 아이를 안아 올려 엄지 측면으로 아이의 입을 문질러 닦아준다. 집 안에서 텔레비전 소리가 요란하게 들린다. 텔레비전 만화 영화의 정신 사나운 전자음과 창턱에 놓인 라디오에서 흘러나오는 뉴스 소리가 경쟁하듯 소음을 만들어낸다. 여자는 아이를 내려놓고 엉덩이를 토닥이며 말한다. "디에고한테 가 있어."

아이는 아장아장 걸어가 이내 시야에서 사라진다. 여자는 굳은 표정으로 우리에게 돌아선다.

"무슨 일로 오셨죠?"

"엘레나 마르케스 씨 맞습니까?"

"예, 무슨 일인데요?"

"저는 서퍽 카운티 경찰서의 데이비스 형사입니다. 이쪽은 FBI의 플린 요원이고요. 안에 들어가서 말씀 드려도 될까요?"

엘레나는 머뭇거린다. 우리가 자기를 찾아온 이유를 짐작한 듯하다. 어쩌면 이 여자가 우리를 집으로 들이지 않을지도 모른다는 생각이 든다. 잠시 후 여자는 문을 열고 안으로 들어오라고 손짓한다.

그녀가 리에게 묻는다. "실종자 찾는 일을 담당하는 분들인 가요?"

"꼭 그렇지는 않습니다."

거실은 비좁고 지저분하다. 찌그러진 방충망이 창문마다 씌워져 있어 거실로 햇빛이 잘 들어오지 않는다. 식당의 식탁에는 아침을 먹고 남은 찌꺼기들이 즐비하다. 스푼이 꽂힌 시리얼 그릇들, 반쯤 마시고 남은 오렌지 주스 컵, 버터 바른 토스트의 가장자리가 담긴 접시. 그릇이 네 개다. 이 집에 또 누가 살고 있는지, 나이는 어떻게 되는지 궁금하다. 이 집 사람들은 시네콕 카운티 공원에서 발견된 시신에 대해 들었을까. 엘레나는 소파에 놓인 세탁물 바구니를 치우고 우리에게 앉으라고 손짓한다. 자신은 우리 맞은편의 안락의자에 가 앉는다.

엘레나가 차분한 목소리로 말한다.

"아드리아나 일로 오셨군요. 언덕에서 시체가 발견됐다고 뉴스에서 들었어요. 그 애 맞죠?"

"유감입니다, 마르케스 씨." 리는 고개를 천천히 끄덕인다. "동생 분 맞습니다."

엘레나는 나를 쳐다보며 말한다.

"여기 오신 이유가 그것 때문이군요. 여자가 실종됐다고 FBI 요원을 보내지는 않잖아요."

내가 말한다. "애도를 표합니다. 듣기 힘든 얘기인 거 압니다."

그녀는 고개를 젓는다. "아뇨, 모르실걸요. 누구 하나 신경 쓴 사람도 없었어요. 실종 신고를 하러 경찰서에 갔을 때 남자 경찰이 저한테 뭐라고 했는지 아세요? 제 동생이 윤락녀냐고 묻더라고요. 그게 제일 먼저 한 질문이었어요. 내가 '맞아요.

그런 일을 좀 하긴 했어요'라고 했더니 그 경찰은 더 적을 것
도 없다는 듯이 수첩을 접더군요. 마치 제 동생이 사람도 아
니라는 듯이요."

나는 움찔하며 항변한다. "그런 뜻은 아니었을 겁니다."

리가 설명하고 나선다. "작년 여름에 실종된 여성이 있습니
다." 한눈에 봐도 리는 잔뜩 긴장한 기색이다. 말을 하는 내내
다리를 위아래로 떨어서 그의 허벅지를 손으로 눌러 진정시
키고 싶다. "그 여성도 성 노동자였습니다. 그 남자 경찰은 혹
시 어떤 패턴이 반복되는 것인지 확인하려고 그랬을 겁니다."

"아, 패턴이 있긴 하네요. 실종이 됐든 말든 아무도 신경 쓰
지 않는 갈색 피부의 여자라는 점이요."

"저희가 신경을 쓰고 있습니다." 리는 하소연하듯 말한다.

"제 동생이 사우샘프턴 출신의 백인이었어도 대우가 그랬
을까요? 아마 걔를 찾으려고 빌어먹을 주방위군까지 나섰겠
죠. 제 생각이 틀렸다고는 하지 마세요."

어린 이사벨이 거실 문 앞으로 다가온다. 입에 문 고무젖꼭
지를 맹렬히 빨면서 달려온 이사벨을 엘레나가 품에 안아 올
린다. 이사벨은 엘레나의 품에 안겨 어깨에 머리를 기댄다.

"애가 피곤한가 봐요. 어젯밤에 아무도 잠을 못 잤어요."

"이해합니다. 저희가 그만 가길 바라시면……."

엘레나는 고개를 저으며 아이를 품에 꼭 껴안는다. 우리한
테서 시선을 돌리고 조그맣게 숨을 몰아쉬며 눈물을 흘린다.
우리는 아무 말도 할 수가 없다. 엘레나가 눈물을 흘리며 몸을

떨고 있는데도 아이는 알아채지 못한 눈치다. 그저 제 엄마의 어깨에 머리를 기댄 채 눈을 스르르 감는다. 엘레나의 가슴이 들썩이며 부드러운 리듬을 만들자 잠이 오는 모양이다.

그대로 1분, 2분이 흘러간다. 이사벨이 눈을 반짝 뜬다. 일어나 앉아 엘레나의 무릎을 뒤로하고 복도로 달려가버린다.

아이가 거실에서 나가자 엘레나는 소매 끝으로 눈가에 맺힌 눈물을 닦는다.

"이사벨은 제 동생을 무척 좋아했어요. 아드리아나가 오후마다 이사벨을 봐줬거든요. 제 이모가 죽은 줄은 꿈에도 모를텐데, 어떻게 설명해야 될지 모르겠어요."

"아이가 몇 살이죠?" 내가 묻는다.

"두 살 다 되어가요."

"집에 다른 자녀가 있나요?"

"일곱 살짜리 남자애요. 이름은 라파엘이에요."

"두 아이에게 사실대로 말해주세요."

엘레나가 내게 인상을 쓴다.

"둘 다 너무 어려요. 이런 일을 전혀 이해 못할 거예요."

"저희 어머니가 살해당하셨을 때 전 일곱 살이었어요. 어머니가 돌아가셨다는 사실을 누군가가 말해줬을 때 저는 속으로 감사했어요. 아이들은 어른들이 생각하는 것보다 세상을 더 잘 이해합니다. 솔직하게 말해주면 오히려 고마워해요."

내 말에 엘레나는 날이 무디어지고 굳었던 표정도 풀어진다. 내가 너무 말이 많았나 싶다. 엘레나가 나지막하게 묻는다.

"아드리아나가 살해된 건가요?"

"현재로서는 그렇게 보입니다. 정말 유감입니다. 검시관 보고서가 나오면 좀 더 자세히 알 수 있을 겁니다."

"대체 그 애한테 무슨 일이 있었던 거죠?"

"아직 조사가 초기 단계라서요."

리는 조심스럽게 얼버무린다. 물론 좀 더 설명할 수도 있을 것이다. 머리에 총을 맞았고 사지가 절단됐으며 포대와 노끈으로 시신이 결박됐다는 등의 설명 말이다. 하지만 그는 더 길게 말하지 않는다. 우리는 피해자 가족에게 천천히, 한 번에 하나씩 정보를 공개하도록 훈련받았다. 이 여자가 당장 모든 사실을 세세히 알 필요는 없다. 우리가 언론에 공개하지 않는 이상 이 여자도 당분간은 시신의 상태에 대해 자세히 들을 일은 없을 것이다.

리가 덧붙여 말한다. "조만간 검시관 사무실에서 우리 쪽에 자세한 설명을 해줄 겁니다. DNA 샘플을 주시면 저희한테 큰 도움이 될 거예요. 제가 잠시 입 안쪽을 면봉으로 문지르겠습니다. 시신의 신원 확인을 위해 필요한 과정입니다."

그러자 엘레나는 고개를 살짝 든다. 그녀에게 작은 희망을 안겨준 리를 한 대 걷어차고 싶다.

"그럼 제 동생이 아닐 수도 있다는 거네요? 잘못 알았을 수도 있다는 거죠?"

그녀의 목소리가 간절한 희망으로 떨린다.

"아뇨, 동생 분 맞습니다. 턱에 있는 금속판에 번호가 새겨

저 있어서 시스템을 통해 신원을 알아냈어요. 재확인하기 위해 DNA 검사를 진행하려는 겁니다. 죄송합니다. 제가 설명을 잘 했어야 했는데…… 동생 분 맞습니다."

"직접 봐야겠어요. 동생한테 데려다주실 수 있죠?"

"아직은 안 됩니다. 곧 보실 수 있게 해드리죠. 지금은 저희 쪽 의사들이 검사 중이라서요."

"제 동생인데 왜 못 보게 하세요? 제 가족이라고요. 못 보게 막을 순 없어요."

나는 최대한 부드럽게 설명한다.

"마르케스 씨, 동생 분에게 무슨 일이 일어났는지 알아내려면 의사들이 자세히 검사하도록 해줘야 해요. 이해하시죠? 지금 마르케스 씨가 저희 질문에 대답을 해주시는 게 수사에 가장 큰 도움이 됩니다."

엘레나는 공허한 눈을 크게 뜨고 나를 쳐다본다. 내 말이 귀에 잘 들어가지 않는 듯하다. 고개를 돌려 문 쪽을 쳐다보다가 다시 내게로 시선을 돌린다. 그러다 마지못해 도로 의자에 앉아 쉰 목소리로 말한다. "물을 좀 마셔야겠어요."

리가 벌떡 일어나 "제가 가져올게요"라고 말하고는 주방으로 간다.

그가 자리를 비우자 나는 질문을 던진다.

"동생 분이 실종된 날에 대해 말씀해주실 수 있나요?"

엘레나는 눈물을 흘리며 어깨를 으쓱한다.

"노동절이 낀 주 금요일이었어요. 아드리아나는 파티에 간다고 하더라고요. 저는 걔가 매춘을 한다는 걸 알고 있었어요. 그 전부터 알았죠."

"어떻게 아셨어요?"

"제가 바보처럼 보이세요?"

"전혀요. 그래도 자세히 설명해주시면 도움이 될 것 같습니다."

그녀는 한숨을 푹 쉰다. "아드리아나를 데리러 차가 집 앞으로 오곤 했어요. 캐딜락 에스컬레이드요."

"똑같은 차가 계속 왔나요?"

"거의 그랬어요. 아드리아나는 친구가 데리러온 거라고 했죠. 운전석에 앉은 남자는 우리 집이 있는 블록 저 아래쪽에서 아드리아나를 기다리곤 했어요. 그 차를 타고 나간 날에는 집에 늦게 오거나, 아예 외박을 하고 아침에 돌아올 때도 있었어요."

"사진을 보여드리면 그 차를 운전한 남자를 알아보실 수 있겠어요?"

"아, 그럼요. 제가 나가서 그 남자에게 따끔하게 한마디한 적도 있었어요. 내 집 앞에서 썩 꺼지라고, 안 그러면 경찰을 부르겠다고. 그런데 그놈이 웃으면서 '해봐'라고 하더라고요. 사람 놀리듯이. 그 개자식이요."

"그 차가 흰색이었나요?"

"예, 흰색 맞아요. 화려한 사제 휠이 달렸고요. 그런데 아드리아나가 실종된 날 밤에는 다른 차가 왔어요. 검은색 세단이요. 타운카* 같았어요.”

“운전한 사람은 예전과 동일했나요?”

“모르겠어요. 얼굴을 못 봤어요.”

“알겠습니다. 많은 도움이 될 것 같네요.”

그때 리가 돌아와 엘레나에게 물 잔을 건넨다.

“고마워요.” 엘레나는 이렇게 말하며 물을 한 모금 마신다. 그녀의 손이 떨리고 있다. 잔에 담긴 물이 흔들린다. 엘레나는 잔을 떨어뜨릴까봐 걱정되는지 손으로 꽉 잡는다.

내가 다시 묻는다.

“경찰에 신고한 적은 있으세요? 흰 차를 타고 온 남자에 대해서요.”

“아뇨, 아드리아나를 곤란하게 만들고 싶지 않았어요.”

리가 끼어든다. “동생 분이 매춘을 하는 걸 원치 않으셨군요.”

“당연하죠. 형사님 같으면 여동생이 그러고 다니는 걸 좋아라하시겠어요?” 엘레나는 숨을 들이마신 후 천천히 말을 이어간다. “쉽게 돈을 버는 일이긴 하죠. 크레이그스리스트, 백 페이지 같은 데다 광고를 내면 전화가 오니까. 아드리아나는 단골손님들도 있었어요. 걔가 무슨 남자 친구 대하듯이 단골들이랑 얘기하는 걸 들은 적이 있어요. ‘안녕 자기야, 여행은 어땠어?’ 뭐 이런 식으로 개소리를 하더라고요. 아드리아나가 어렸잖아요. 걔는 사람들을 믿었어요. 학교 다닐 때도 늘

* 유리문으로 앞뒤 자리를 칸막이한 문이 4개인 자동차.

그랬어요."

내가 말한다. "다정한 사람이었네요."

"맞아요. 마음이 넓은 애였죠. 간호사가 되고 싶어 했어요. 감수성도 좋은 편이었죠. 누구하고든 함께 시간을 보내면 그날 안으로 절친한 친구가 됐죠. 다들 아드리아나에겐 고민도 잘 털어놨어요."

"동생 분은 학교를 마쳤나요?"

엘레나는 고개를 젓는다.

"걔가 학습에 문제가 좀 있었어요. 학교생활을 힘들어하기도 했고요. 사실 우린 안정적인 환경에서 성장하질 못했어요. 필요한 것도 있었고, 그럭저럭 살 만은 했지만요. 아버지는 늘 밖으로 돌았고 어머니도 곁에 없었어요. 무슨 뜻인지 아시죠? 아드리아나는 제가 키우다시피 했어요. 저는 걔한테 고등학교 졸업장이라도 받아야 한다고 늘 말했지만, 걔는 홀로서기를 하고 싶어 했어요. 돈을 많이 벌어서 돌아오겠다며 집을 나갔죠. 그러다 밑바닥 생활을 하는 놈이랑 사귀었나 보더라고요. 그놈이 주 북부 교도소에 갇히고 나서야 선택의 여지가 없으니 집으로 돌아왔어요. 저는 아드리아나에게 일자리를 알아보라고 했고 그 문제로 자주 다퉜어요. 저는 걔가 제대로 된 일을 하길 바랐어요. 거지같은 매춘이 아니라요. 그문제로 많이도 싸웠죠."

그녀는 또다시 한숨을 쉰다. 지칠 대로 지친 한숨이다. 그러고는 두 손에 얼굴을 묻으며 속삭이듯 내뱉는다.

"제발 매춘을 그만두길 바랐는데."

리가 묻는다. "동생 분이 매춘 일을 하러 나갈 때 어디로 가느냐고 물어보셨나요? 도착하면 문자 보내라고 하신 적은요?"

엘레나는 그 질문에 발끈하며 눈을 가늘게 뜬다.

"그래요, 있어요." 다분히 방어적인 말투다. "걔는 대답을 해줄 때도 있었고 씹기도 했어요. 걘 열여덟 살이었어요. 도저히 통제가 안 되는 나이잖아요. 제가 해줄 수 있는 건 머물 집을 제공해주는 게 다였어요. 일 하느라 바쁘기도 했고요."

"그렇죠. 죄송합니다. 제가 괜한 말을 했나 보네요……."

"그래도 걔가 집에 도움을 많이 주기는 했어요. 식료품도 사오고 피자도 사오고요. 이사벨도 종종 봐줘서 우린 주간 보호소에 애를 자주 보낼 필요가 없었어요. 고객들이 많아서 그런지 돈도 꽤 벌더라고요. 몸치장에 돈을 많이 쓰긴 했지만 집으로 현금을 많이 가져왔어요."

"몸치장이라면, 어떤 의미인지?"

"아시잖아요. 머리도 하고, 손톱 손질도 하고, 화려한 옷도 사고요. 파티에 참석하는 일을 시작하고부터는 외모에 엄청 신경을 쓰는 것 같았어요. 가서 직접 보세요." 엘레나는 복도 건너편의 문을 손으로 가리킨다. "저기가 아드리아나의 방이에요."

엘레나는 이 말을 하며 신경이 곤두서는 눈치다. 어깨를 곧추 세우고 꼿꼿하게 등을 편다. 물 잔을 어찌나 세게 잡고 있는지 저러다 잔을 부술 것 같다. 리는 알아채지 못한 듯하다.

리가 입을 여는 걸 보고, 나는 그가 엘레나의 화를 더 돋울 것 같아 가로막고 나선다.

"리, 가서 아드리아나의 방을 좀 살펴봐. 나는 마르케스 씨에게 몇 가지 더 물어볼 테니까."

리는 할 일이 생겨 다행이라는 듯 고개를 끄덕인다. 그가 자리를 뜨자 엘레나는 몸에 힘을 풀고 의자 등받이에 기댄다. 그녀의 몸에서 에너지가 모조리 빠져나간 듯하다. 눈꺼풀까지 파르르 떨리는 모습이다. 이대로 계속 눈을 감고 싶어 하는 것처럼 보인다.

"아드리아나는 그날 저녁 8시쯤 집에서 나갔어요. 애들은 저녁을 먹는 중이었고요. 와서 같이 먹자고 했는데 아드리아나는 나가봐야 된다고 했어요. 미리 약속된 게 아니고 갑자기 하게 된 일이었는지 서두르는 눈치였어요. 한껏 치장을 했더라고요. 하이힐에다가 몸에 착 붙는 드레스까지."

"핸드백을 들고 나갔나요?"

"가방을 들고 나가긴 했어요. 토트백이요. 밤을 새우고 올 작정이었던 것 같아요."

"동생 분이 차에 타는 걸 보셨어요?"

"예, 바깥까지 따라나갔죠. 차에 올라타는 아드리아나를 소리쳐 불렀는데 못 들었는지 대답도 없었어요."

"평소와 다른 차를 타고 갔다고 하셨는데, 운전자도 같은 사람이었던 것 같으세요?"

"모르겠어요. 차창에 선팅이 되어 있어서 못 봤어요."

"눈을 감아보실래요? 그 차를 떠올려보세요. 그 차가 출발하는 모습을요. 뭔가 눈에 띄는 게 없나요?"

엘레나는 눈을 깜박이다가 감는다. 곧 질끈 감더니 중얼거린다. "번호판이 노란색이었어요."

"그렇군요. 그 외에는요?"

"번호판에 5가 있었던 것 같아요." 엘레나는 눈을 뜨고는 좌절한 표정으로 고개를 젓는다. "S였을 수도 있어요. 모르겠어요. 전 이런 거 원래 잘 못해요."

"잘하셨어요. 전에 본 적이 없는 차라고 하셨죠?"

"예."

"동생 분이 실종됐다는 걸 언제 아셨나요?"

"제가 토요일에 교대 근무를 하거든요. 사우샘프턴에 있는 병원에서 청소 일을 해요. 아침 6시 반에 집에서 출발하죠. 그때 식구들은 다 자고 있었어요. 아드리아나의 방문이 닫혀 있어서 집에 돌아온 줄 알았어요. 문 열고 확인해볼 생각은 못 했고요."

엘레나는 손을 얼굴로 가져간다. 나는 그녀가 눈물을 흘리며 온몸을 들썩이는 모습을 조용히 바라보다가 나지막하게 위로한다.

"당신 잘못이 아니에요."

내 입에서 나오는 이 말이 더없이 공허하다.

엘레나는 발작적으로 높아진 목소리로 말한다.

"제가 언니인데. 동생이 집에 돌아왔는지 확인을 했어야 했어요."

나는 테이블 너머로 손을 뻗어 화장지 통을 그녀에게 건넨다. 그녀가 코를 풀자 나는 조용히 묻는다.

"토요일 몇 시에 집으로 돌아오셨죠?"

"저녁 6시쯤이요. 집에 오니까 애들이 텔레비전을 보고 있었어요. 디에고한테, 디에고는 제 남자 친구예요. 아드리아나는 어디 있냐고 물었더니 종일 못 봤다고 하더라고요. 신경이 확 곤두섰어요. 방문을 열어보니까 아드리아나가 없더라고요. 두 번 전화를 했는데 안 받았어요. 바로 음성 메시지로 넘어갔어요."

"동생 분이 하룻밤 이상 외박을 한 적 있나요?"

"아뇨, 제가 기억하기로는 없어요. 하지만 그날은 주말이었어요. 디에고도 처제가 밖에 나가서 신나게 노는 모양이니 훼방 놓지 말라고 했어요. 그는 제가 동생에게 지나치게 간섭을 한다고 생각해요. 아드리아나를 애 취급한다고. 그래서 내버려 둔 거예요. 하지만 걱정이 돼서 그날 밤을 뜬눈으로 샜어요. 뭔가 잘못된 것 같은 느낌이 들더라고요. 어떤 느낌인지 아시죠? 뼛속에서부터 불안감이 느껴지는 거예요. 아침까지 기다려도 안 돌아와서 경찰에 전화를 했어요."

"누구와 통화를 했는지 기억하세요?"

"아뇨, 911에 전화를 했더니 경찰서로 연결해줬어요. 그 전화를 받은 경찰이 직접 와서 신고서를 작성해야 한다고 해서 경찰서로 갔죠. 그리고 그 머저리 같은 경찰과 얘기를 한 거예요. 그는 아드리아나가 윤락녀냐고 물었고요. 제 동생에 대해서도 그렇고, 저에 대해서도 그렇고 우리한테 눈곱만큼도 관심이 없는 게 다 티가 났어요."

"실종 신고서를 보니까 이 집 밖에 서 있는 붉은색 트럭을 봤다고 하셨던데요."

엘레나는 지금까지 잊고 있던 것이 생각난 듯 천천히 고개를 끄덕인다.

"예, 맞아요. 픽업트럭이었어요."

"동생이 실종되기 직전이었나요?"

"예, 그 전날 본 것 같아요."

"차에 탄 사람은 보셨어요?"

"봤죠. 어떤 남자가 그 차에 앉아 있었어요. 얼굴은 못 봤어요. 야구 모자를 쓴 남자였는데 차 밖으로 나오질 않더라고요. 우리 집을 줄곧 지켜보는 것 같아서 소름이 끼쳤어요."

"그 후로 그 픽업트럭을 다시 보셨나요?"

"아뇨, 어쩌면 아무것도 아니었을 수도 있어요. 모르겠어요."

엘레나는 뭔가 할 말이 있는지 머뭇거린다.

나는 조용히 말을 건넨다.

"마르케스 씨, 중요하다고 생각되는 게 있으면 말씀해주세요. 다른 사람한테는 얘기 안 할게요. 지금 갖고 계신 정보가 동생 분을 해친 범인을 찾는 데 도움이 될 수도 있어요."

엘레나는 눈물이 차오르는 눈으로 나를 바라본다.

"아드리아나가 임신 중이었던 것 같아요."

"왜 그렇게 생각하시죠?"

그녀는 어깨를 으쓱한다. "그게, 직감이에요. 부쩍 피곤해하는 것 같았어요. 두 번인가 아침에 구토를 하는 소리도 들었고요."

"임신했는지 물어본 적은 있으세요?"

"아뇨, 확실한 것도 아니고 해서요. 걔가 다른 티는 내질 않았어요. 준비가 되면 말해주겠거니 했죠."

"실종되기 며칠 전부터 혹시 혼란스러워하는 눈치는 없었나요? 뭔가를 숨기는 것 같았다거나, 평소와 다르게 행동했다든가요."

엘레나는 입술을 잘근잘근 씹으며 생각을 하다가 말한다.

"솔직히 말해도 되죠? 행복해하는 것 같았어요."

"행복해했다고요?"

"예, 마치 인생에서 구름이 걷히기라도 한 것처럼요."

"뱃속 아기 때문에 기분이 좋았던 것일 수도 있겠네요."

엘레나는 고개를 끄덕인다.

"저도 그렇게 생각했어요. 전보다 전화기를 더 오래 붙들고 있더라고요. 누군지 몰라도 속삭이며 통화도 자주 하고요. 보통 밤늦게 그렇게 통화를 했어요. 한 번은 걔가 집 전화로 통화를 하기에 내선 전화로 몰래 엿들은 적이 있어요. 궁금해서요. 상대방은 남자였어요. 아드리아나에게 신중해야 한다고 말하더라고요. 자기 지위 때문이라나 뭐라나."

"동생 분은 뭐라고 했나요?"

"알겠다고 하더라고요. 그에게 해가 되는 짓은 절대 안 한다고. 그러니까 그 남자가 '내가 널 돌봐줄게. 모든 걸 알아서 챙겨줄게'라고 했고, 아드리아나는 훌쩍거리면서 울기 시작했어요."

"동생 분에게 그 통화에 대해 물어본 적 있으세요?"

"아뇨, 사생활을 침해한다고 느끼게 하고 싶지 않았어요. 물어봤어도 대답을 해줬을 리도 없고요."

"그렇군요. 이 집 전화기의 통화 기록을 조회해서 동생 분과 통화한 사람이 누구인지 알아보겠습니다. 다른 경찰과 얘기하신 적 있으신가요? 동생 분 실종 신고를 하신 후에요."

"그날 저녁 늦게 경찰이 우리 집으로 찾아왔어요. 키 큰 백인 남자였어요. 흑발이었고, 군인처럼 머리를 아주 짧게 깎았더라고요. 그는 아드리아나의 방을 둘러봤어요. 아드리아나에 대해 몇 가지 질문도 했고요. 좀 특이했어요. 아주 조용한 성격 같았고요. 뭔가를 찾고 있는 것 같던데, 신경이 바짝 곤두서 있다는 게 느껴졌어요."

"뭔가를 찾고 있었다고요?"

"예, 책상을 계속 살펴보더라고요. 옷장도 들여다보고요."

"그분이 뭔가를 가져갔나요?"

"책상 속에서 휴대폰을 하나 꺼내더라고요. 깜짝 놀랐어요. 아드리아나가 휴대폰을 놓고 다니는 애가 아니거든요. 그 휴대폰은 아드리아나의 것 같지 않다고 제가 말했는데 그분은 그 휴대폰을 가져갔어요."

목이 콱 졸리는 기분이다. 뒤에서 어린애 우는 소리가 들리기 시작한다.

"그분 이름은 기억하세요?"

엘레나는 인상을 쓰면서 기억을 더듬더니 나를 올려다보며 말한다.

"성이, 플린이라고 했던 것 같아요. 요원님이랑 같네요."

9

귓속이 웅웅 울린다. 애 우는 소리가 점점 커지고 있다. 엘레나가 의자에서 일어서며 말한다.

"죄송합니다. 이사벨한테 가봐야겠어요."

아버지의 이름을 듣고 정신이 멍해진 나는 고개를 끄덕인다.

"그러세요. 가보세요."

엘레나는 복도로 나간다. 천천히 일어서는데 현기증이 인다. 집으로 돌아가 아버지의 사무실을 살펴봐야겠다. 그곳에 아드리아나의 휴대폰이 있는지 확인해야 한다.

아드리아나의 침실 문 앞에 서서 생각을 거듭한다. 아드리아나가 실종된 후 아버지가 이 집을 찾아온 적 있느냐고 리에게 물어봐야 할까? 아니, 묻지 않는 게 좋겠다. 중요한 정보라고 생각했으면 그는 내게 진즉에 말했을 것이다. 아무래도

리는 모르는 것 같다. 아버지는 왜 파트너인 리에게 알리지도 않고 몰래 이 집에 다녀갔을까?

아드리아나의 방으로 들어가본다. 좁기는 하지만 일인용 침대 하나와 작은 책상 하나는 들어갈 만한 크기다. 방 한쪽 구석에 책들이 쌓여 있다. 고개를 옆으로 돌려 제목들을 살펴본다. 해부학 책, 《실용 영양학 안내서》, 세인트 조지프 단과 대학에서 운영하는 간호학 프로그램의 안내 책자, 그 학교에서 8월 28일에 열리는 설명회에 관한 전단지. 아드리아나는 그 날짜에 굵은 검은색 펜으로 동그라미를 쳐놓았다.

책상 바로 위에 창문이 나 있다. 창밖으로 이웃집 벽이 내다보인다. 그 집에서 어떤 여자가 빨랫줄에 널린 빨래를 걷고 있는 중이다. 갑작스레 불어온 바람이 그 여자의 머리카락을 헝클어뜨리고 치맛자락을 날린다. 치마가 곧 벗겨질 듯 퍼덕거린다. 여자가 고개를 들어 내 쪽을 쳐다본다. 눈이 마주치자 여자는 인상을 쓰며 고개를 돌린다. 그러고는 빨랫줄에 남은 빨래를 마저 걷어서 서둘러 집 안으로 들어가 버린다.

나는 눈을 감고 미첨의 집 창문을 머릿속에 떠올려본다. 모래 언덕이 내다보이는 발코니가 달린 창문이다. 그 집에 사는 누군가는 뭔가를 알고 있는 게 분명하다. 그레이스 비숍도 뭔가를 더 아는 것 같은데 내게 마저 털어놓지 않았다. 아드리아나가 살해된 날 밤에 대해, 미첨의 집에 드나든 여자들에 대해, 그 집에서 열린 파티에 대해, 그 파티에 자주 참석한 남자들에 대해, 제임스 미첨에 대해 더 할 말이 있지 않았을까.

그레이스는 이곳에서뿐만 아니라 팜비치에서도 미첨과 이웃으로 살고 있다. 이웃들이 생각보다 많은 걸 아는 경우가 종종 있다. 다시 그레이스와 얘기를 나눠봐야겠다. 이번에는 혼자 찾아갈 생각이다.

벽 너머에서 엘레나가 이사벨에게 불러주는 노랫소리가 들린다. 단조로 된 느리고 우울한 노래다. 가사는 기억나지 않지만 어렸을 때 들은 적이 있는 것 같다. 그 노래를 듣고 있는데 오싹 소름이 돋는다. 언뜻 어머니의 목소리가 들린 것 같아서다. 아이의 울음소리는 차츰 잦아들고 이내 그친다. 이사벨이 제 엄마의 품에 안겨 있는 모습이 떠오른다. 이사벨은 아드리아나에게도 그렇게 안겼을까. 엘레나는 아드리아나가 이사벨을 무척 예뻐했다고 했다. 어쩌면 아드리아나는 뱃속 아기와 함께 인생을 새로 시작해보려고 했을지도 모른다. 아기의 아버지가 돈 많고 권력 있는 남자라면 더더욱 그랬겠지. 어쩌면 그래서 아드리아나는 살해당했을지도 모른다.

아드리아나의 침대 위쪽에 코르크판이 걸려 있다. 코르크판에는 사진들, 고객용 입장권, 명함 몇 장이 압정으로 꽂혀 있다. 그 사진들을 가만히 들여다본다. 그 중 누가 아드리아나인지 바로 알 수 있다. 아드리아나는 함께 사진을 찍은 사람들 사이에서 단연 눈에 띈다. 활짝 웃는 입 모양이 반듯하고 얼굴은 좌우대칭이 완벽하다. 언니와 닮았는데 좀 더 고운 편이다. 얇은 뼈대, 둥글고 높은 광대뼈, 크고 초롱초롱한 눈. 젊음으로 인해 외모가 더욱 빛난다. 윤기 있는 담갈색 피부,

숱 많고 반질반질하며 흑요석처럼 검은 머리카락. 대부분의 사진에서 가운데 가르마를 탔고 머리카락을 뒤로 길게 늘어뜨렸다. 웃을 때 뺨에 생기는 보조개 때문에 따뜻한 분위기가 감돌아 누구든 말 붙이기가 쉬워 보인다.

몸을 앞으로 기울여 좀 더 찬찬히 살펴본다. 그 중 아드리아나와 엘레나가 해변에서 나란히 찍은 사진이 눈에 띈다. 물이 잔잔한 걸 보니 바다가 아니라 만인 듯하다. 햄프턴 베이스에 있는 메슈트 해변인 것도 같다. 어렸을 때 부모님과 함께 그곳에 놀러간 적이 있다. 물 위에 떠 있던 부표들이 아직도 기억난다. 안전하게 헤엄칠 수 있는 곳을 알려주는 부표라고 했다. 아버지는 나를 어깨에 태우고 그 부표까지 걸어갔다가 다시 해변으로 돌아오곤 했다. 어머니는 해변에 남아 우리를 보며 손을 흔들었다. 해변의 모래사장에 어머니의 그림자가 길게 드리워졌다.

사진 속에서 자매는 서로 팔짱을 낀 채 물가에 나란히 서 있다. 여름이 끝나갈 무렵이었을 것이다. 햇빛이 엷고 밝다. 수면에 햇빛이 닿아 반짝인다. 진하게 선탠한 아드리아나는 고개를 뒤로 젖히고 눈을 감은 채 입을 벌리고 웃고 있다. 머리카락을 뒤로 모아 땋았는데, 몇 가닥이 흘러내려 얼굴 주변에 나부낀다. 행복한 표정이다. 행복을 느끼며 살아 있을 때의 모습이다.

'아드리아나는 엘레나와 닮았구나. 내 어머니와도 닮았어.'

문득 어떤 이미지가 멍 자국처럼 선연히 떠오른다. 내 손을 꼭 잡은 어머니의 모습. 우리는 메슈트 해변에 있고, 발밑에는 조개껍데기들이 깔려 있다. 우리는 조개껍데기들을 모아 내 이름이 적힌 들통에 담는다. 조개껍데기가 들통에 떨어질 때마다 기분 좋게 '달그락' 소리가 들린다. 날카로운 조개껍데기가 내 발가락 아래의 부드러운 살을 베어놓는다.

"우노하나,"

어머니는 스페인어로 숫자를 세며 검은 눈동자로 내 눈을 마주본다. 어머니의 속눈썹은 숱이 많고 아름답다. 어머니가 나를 안아줄 때마다 나는 내 뺨에 닿은 채 파닥이는 어머니의 속눈썹을 느낄 수 있다.

어머니는 진지한 표정을 지으려고 하지만 잘 되지 않는다. 우리는 둘 다 웃고 있다.

내가 말한다. "도스둘,"

"트레스셋." 어머니는 셋을 세자마자 나를 안고 빙글 돈다. 어머니는 축이 되어 한 바퀴 또 한 바퀴를 돈다. 내 몸은 지상과 수평으로 날고 있다. 우리는 서로의 손을 꼭 잡는다. 내가 이 손을 놓으면 모래와 조약돌, 부서진 조개껍데기로 뒤덮인 바닥에 모질게 떨어지게 될 것이다. 분명 아플 테니 어머니의 손을 놓을 수가 없다. 어머니도 내 손을 놓지 않는다.

나는 신나고 신경이 곤두선 채로 빙글빙글 돈다. 마침내 팔에 힘이 빠진 어머니가 그만 멈춘다. 우리는 둘 다 모래사장에 주저앉아 웃음을 터뜨린다. 이리저리 뒹굴다가 텅 빈 하늘을 올려다본다. 어머니의 귀가 내 귀 바로 옆에 있다. 우리는 노느라 힘이 들어 가슴을 들썩이며 소리 내어 웃는다.

나는 코르크판에서 그 사진을 떼어 햇빛에 비춰본다. 전에 아드리아나를 본 것 같은 기분을 떨칠 수가 없다. 왜일까? 뒤섞어놓은 필름 슬라이드처럼 기억이 흐려진다. 전에 정말 본 적이 있는 건가, 아니면 어머니와 비슷해서 착각하는 건가? 고향에 돌아오니 사방에서 어머니가 보인다. 마을에서 길을 건널 때도, 해변을 걸을 때도, 꿈에서도. 수년 동안 어머니 꿈을 이렇게 자주 꾼 적이 없었다.

"예뻤네. 슬픈 일이야, 안 그래?"

뒤에서 리의 목소리가 들려 나는 깜짝 놀란다.

"예쁘지 않았어도 슬픈 일이지." 의도한 것보다 날카롭게 말이 나온다.

"그렇지. 내 말은—"

"무슨 뜻인지 알아."

나는 코르크판 쪽으로 다시 돌아선다. 리가 보지 않는 틈에 손에 들고 있던 사진을 주머니에 슬쩍 넣는다. 심장이 빠르게 뛴다. 아버지는 왜 이 집을 찾아왔을까? 돌아가시기 전에 이 사건을 파인 배런스 사건과 연관 지으셨을까? 그랬다면, 어떤 방식으로 하셨을까? 아버지가 아는 정보를 나도 알아야 한다. 아버지가 본 것을 나도 보고 싶다. 아버지도 지금 나와 같은 기분이었을까? 아버지도 아드리아나를 보면서 뭔가 익숙한 느낌이 들어 본능적으로 끌렸던 걸까?

코르크판 하단에 명함 한 장이 꽂혀 있다. 작고 네모난 검은색 명함이다. 명함 한쪽 구석에 은색으로 'GC 리무진 서비스'라고 적혀 있고, 조그맣게 휴대폰 번호가 기재돼 있다. 주머니에서 장갑을 꺼내 손에 끼우고 최대한 신중하게 그 명함을 코르크판에서 떼어낸다. 증거물 보관용 비닐에 담는데 은색 글자에 빛이 반사된다.

옷장 앞에 서 있던 리가 내 쪽으로 돌아선다. 그의 손가락에 자그마한 흰색 핸드백이 들려 있다. 금색 사슬 끈이 달리고 앞부분이 누비로 된 핸드백이다.

"이것 좀 봐. 샤넬이야. 이런 가방은 얼마나 할 것 같냐?"

"2천 달러쯤? 더 비쌀 수도 있겠지."

리는 이맛살을 찌푸린다. "여자들은 이해를 못하겠어."

"나도 마찬가지거든."

나는 옷장으로 다가간다. 마치 이 방에 두 사람이 살았던 것처럼 상반된 분위기의 옷들이 한 옷장에 들어 있다. 옷의 절반은 평범한 십대 소녀들이 입는 것이다. 대충 개켜놓은 청바지와 티셔츠 들이 옷장 바닥에 쌓여 있고, 그 뒤쪽에는 스니커즈가 놓여 있다. 한쪽 구석에는 안감이 털로 된 어그 부츠 한 짝이 아무렇게나 놓여 있다. 스니커즈 앞쪽에는 하이힐들이 도열해 있고 몇 켤레는 상자 안에 담겨 있다. 나는 허리를 굽히고 상자 하나를 열어본다. 종이 포장지를 열고 바닥이 빨간색인 하이힐을 꺼낸다. 바닥을 보니 신은 흔적 없이 매끈하다. 그 하이힐의 굽 높이는 내 손목부터 손가락 끝까지 정도, 그러니까 내 손바닥만 한데, 끝이 단검처럼 날카롭다.

"한 번도 안 신은 거야."

내 말에 리가 묻는다. "선물 받은 건가?"

"그럴 수도 있지." 나는 허리를 펴고 옷들을 이리저리 살펴본다. "비싼 옷들이 잔뜩 있네. 이런 걸 사들일 여유는 없었을 텐데."

"돈 많은 고객들을 물었나 보지."

"그럴 수도 있고."

버그도프 굿맨 백화점 이름이 적힌 옷 가방을 꺼내 지퍼를 연다. 그 안에 스몰 사이즈 하얀색 칵테일 드레스가 들어있다. 짧은 소매에 플레어스커트로 된 비교적 얌전한 드레스다. 신문 사회면에 등장하는 여자들이 입는 것 같은 종류다. 소매에 붙은 가격표에 '2,200달러'라고 적혀 있다.

리가 놀랍다는 듯 휘파람을 분다.

내가 설명한다. "비싼 취향을 가진 돈 많은 고객이었나봐. 아마 아드리아나가 아니라 다른 사람이 이 옷을 골라줬을 거야. 아드리아나가 대낮에 도시의 버그도프 굿맨 백화점에 들어가서 쇼핑을 했을 것 같진 않거든. 혹시 그 백화점에 들어갔다고 해도 이런 드레스를 고르지는 않았을 거야." 나는 닳아빠진 컨버스 스니커즈 한 켤레를 집어들며 말을 덧붙인다. "아드리아나가 한가할 때 신는 신발은 이런 종류니까."

"백화점에 가서 이 옷을 누가 샀는지 알아봐야겠네."

나는 고개를 끄덕인다.

"아드리아나는 이 옷을 입고 어딘가에 갈 예정이었을 수도 있어."

"어딜?"

"이걸 봐봐." 나는 옷에 붙은 라벨을 가리킨다. "이 드레스는 리조트 컬렉션이야."

"젠장, 그건 또 뭔데?"

"부잣집 여자들이 휴가 때 입는 옷이라고. 밝은 색깔에 열대식물무늬가 들어간 옷. 끈 달린 샌들을 신고 입으면 어울리는 옷."

"그런 건 어떻게 아냐?"

"잡지에서 봤지."

리는 코웃음을 친다. "뭐, 〈보그〉 같은 잡지 말이야? 네가 패션에 관심이 많은 줄 몰랐다."

나는 대꾸하지 않고 흰색 비단 바지를 옷장에서 꺼내 리의 눈앞에 들이민다.

"봐봐. 이런 것도 리조트용 바지야. 버그도프 굿맨 백화점에 가서 진열된 옷을 싹 다 사는 거지. 이브닝 드레스 하나만 사는 게 아니라 평상복도 같이. 그러니까 내 말은, 아드리아나는 이런 옷을 입고 갈 만한 고급스러운 곳으로 갈 예정이었어. 아드리아나가 그 장소에 어울리는 옷을 입길 바라는 어떤 사람과 함께."

"그냥 햄프턴스에서 열리는 파티에 입고 가려고 했을 수도 있잖아."

"그럴 수도 있지. 그런데 리아 샌도벌이 실종되던 날 밤에 조반니 칼라브레제라는 남자가 운전하는 차를 이용했잖아?"

"그랬지."

"아드리아나도 그 남자의 서비스를 이용했어. 실종되던 날 밤은 아니고, 그 전에. 엘레나 얘기로는 아드리아나가 대머리 남자가 운전하는 흰색 캐딜락 에스컬레이드를 탔다고 했어. 우연은 아닌 것 같지 않아? 그 남자를 한번 찾아가보는 게 좋겠어."

"그래, 그런데 그건 나중으로 미뤄야 돼." 리는 휴대폰을 들어보인다. "도시 과장님이 여기 일을 마치자마자 검시관 사무실로 오래. 거기서 만나자고 하셨어. 이번 사건에 대해 언론이 벌써 냄새를 맡고 달려들었나봐. 과장님이 언론에 상황 설명을 해야 한대."

"알았어. 이것들 좀 가방에 챙겨. 옷들도."

리는 고개를 끄덕인다. 나는 그를 도우러 가면서 재킷 주머니에 손을 넣고 사진을 손가락으로 만지작거린다.

불현듯 기억이 난다. 전에 아드리아나를 어디서 봤었는지. 아드리아나가 어머니를 닮았기 때문만은 아니다. 아드리아나는 내가 메인가 97번지 아파트 3층 방의 책상 속에서 찾아낸 폴라로이드 사진 속의 두 여자 중 한 명이다.

10

리버헤드에서 하포그까지는 자동차로 가면 얼추 35분 정도 걸리는 거리다. 하루 중 이 시간대에는 도시 반대 방향으로 향하는 차량들이 대부분이다. 차에 타자마자 혼자 가는 편이 낫겠다는 판단이 선다. 그레이스 비숍과도 다시 얘기를 나눠보고 싶다. 그레이스는 리가 나타나자 입을 다물어버렸다. 서퍽 카운티 경찰서 소속의 경찰을 아무도 믿지 않는 듯했는데 그 이유를 알 것 같다. 아버지의 오토바이도 가져와야 하고, 리가 어깨 너머로 쳐다보지 않는 동안 아버지의 사무실도 뒤져봐야 한다.

"메인가에 세워둔 내 트럭 근처에서 내려줄래? 검시관 사무실에서 보자."

"그래, 내 차 뒤를 따라 오게?"

"들를 곳이 있어. 먼저 가. 나 기다리지 말고."

"가는 길 아냐? 밀코스키가 너 없이 설명을 시작하는 건 별론데."

한숨이 나온다. 생각보다 리를 떨쳐내기가 쉽지 않다. 물론 그의 말처럼 검시관의 보고를 놓치고 싶지도 않다. 하는 수 없이 단독 조사는 뒤로 미뤄야겠다.

"알았어. 그럼 가는 길에 압류 차고지에 잠시 들르자. 아버지의 오토바이와 관련해서 서류 몇 장에 서명을 해야 되는데 몇 분 안 걸릴 거야."

그는 손목시계를 들여다보며 고개를 짧게 끄덕인다.

"그래, 알았어. 걱정 마. 그 일 마치고 같이 검시관 사무실로 가자."

15분 뒤 우리는 웨스트햄프턴에 있는 압류 차고지 주차장으로 들어간다. 나는 내 트럭을 세우고, 리도 제 차를 세운다.

그가 차창을 내리며 묻는다. "같이 가줄까?"

"아니, 기다리고 있어. 금방 올게."

트럭에서 내린 나는 차 문을 잠근다. 엘레나 마르케스와 얘기를 나누고 나니 아버지의 죽음과 관련해 뭔가 있다는 느낌이 점점 강하게 들고 있다. 바람에 날아가던 아버지의 재가 떠오른다. 부검을 하기엔 이미 늦었지만 사고 난 오토바이를 조사하는 건 아직 늦지 않았다.

콜 헤인스 씨가 나를 맞이하러 나온다. 그는 예전 그대로다. 건장한 체구에 불그레한 얼굴, 두툼한 손, 뒤로 묶은 머리.

턱수염을 길렀는데 털이 희끗희끗하다. 서픽 카운티 경찰서 크리스마스 파티 때면 그는 늘 산타 복장으로 아이들을 무릎에 앉히고 사진을 찍어주곤 했다.

"안녕하세요, 콜 아저씨."

나는 가급적 밝은 표정을 지으려고 애쓴다.

"그래, 넬." 그는 나를 안아주고 뒤로 물러서며 미소를 짓는다. "좋아 보이는구나. 피자를 한두 판 먹여야 될 것 같긴 하지만 그래도 괜찮아 보여."

"아저씨도 좋아 보이세요."

그는 껄껄 웃는다. "올해부터는 산타 노릇을 하면서 가짜 수염을 안 붙여도 되겠어. 가짜 수염이 싫진 않았지만 더럽게 가려웠거든."

"아저씨는 늘 멋진 산타였어요."

그는 내게 손가락을 흔든다. "넌 건방진 꼬맹이였지. 내 무릎에 앉아서 눈을 빤히 들여다보면서 말했잖아. '안녕하세요, 콜 아저씨.' 내가 누군지 다 안다는 듯이 말이야."

나는 미소를 짓는다.

"저기, 급하게 몰아붙이려는 건 아닌데 리 데이비스가 기다리고 있어서 좀 서둘러야겠어요."

콜이 눈썹을 추어올린다. "리 데이비스? 네 아버지의 파트너였지?"

"예."

"좋은 놈이야. 걔가 결혼은 했나?"

"아뇨." 나는 문득 그의 말뜻을 알아차리고 덧붙인다. "아, 아니에요. 저는 그가 맡은 사건을 도와주고 있어요. 오랜 친구잖아요."

"으흠."

"정말이에요, 아저씨. 일 때문에 같이 다니는 거예요."

"그래, 알았다. 따라와. 오토바이를 보여주마."

우리는 줄줄이 서 있는 차들 옆을 지나간다. 차들 중 일부는 완전히 고물이 돼서 조만간 폐차장으로 가야 될 듯하다. 상태가 괜찮아 보이는 차들은 소유주가 가지러 오거나, 조사가 필요한 경우 과학 수사 연구소로 보내게 될 것이다.

줄 끝에 야외에서 폭풍우를 두 번 이상 맞은 것 같은 녹슨 금속 덩어리가 보인다. 그 덩어리를 지나자 아버지의 할리 데이비슨 로드 킹의 짓이겨진 잔해가 놓여 있다.

"여기 있다." 콜은 어깨를 으쓱한다. "네 아버지가 죽던 날 밤에 뭘 하고 있었던 건지 모르겠어. 시속 290에서 320킬로미터까지 밟지 않았으면 이 정도로 망가질 수가 없어."

"그러게요. 어쩌면 브레이크 고장이었을지도 모르겠어요."

"나도 그 생각을 했어. 그래서 말인데 아무래도 원인을 알아보려면 과학 수사 연구소로 보내는 게 좋겠다. 그쪽에서도 네 가족 일이니 더 빠르게 처리해줄 거야."

나는 고개를 젓는다.

"아뇨, 그리로는 보내지 않을 생각이에요."

콜은 미간을 찌푸린다. "그래?"

나는 뭐라고 말해야 할지 궁리하며 입을 꾹 다문다. 과학 수사 연구소로 보내고 싶지 않지만, 콜의 의심을 사고 싶지도 않다.

"우리끼리니까 하는 얘긴데 사실 아버지 때문에 좀 걱정을 했어요. 아버지가 많이 우울해하셨거든요. 만나는 여자 분이 있었다고 들었는데 그분하고 헤어지셨나 봐요."

그는 눈썹을 추어올린다. "그랬구나."

"예, 그래서 아버지가 스스로 목숨을 끊으신 게 아닌가 하는 생각을 했어요. 겉으로 봐서는 그런 것 같은데, 좀 더 알아보려고요. 그래야 저도 아버지를 편히 보내드릴 수 있을 것 같고요."

"그래, 알았다. 내 동생한테 봐주라고 할까? 타이가 수리를 잘 하잖냐."

나는 마음을 놓으며 고개를 끄덕인다.

"좋은 생각이에요. 아버지도 오토바이를 늘 타이 아저씨한 테 맡기셨죠. 그런데 아저씨가 괜찮다고 하실까요?"

"당연하지. 타이도 네 아버지를 좋아했어. 걔가 오토바이를 잘 아니까 문제없을 거다. 오늘 중에 와서 보라고 할게."

"이 얘긴 우리끼리 비밀로 해주실 수 있어요? 도시 아저씨와 그 팀원들 모르게 하고 싶어요. 그분들이 아시면 힘들어하실 수도 있어서요."

"알았다." 그는 입에 대고 지퍼를 채우는 시늉을 한다. "우리 셋이서만 아는 거로 하자. 약속하마."

"고맙습니다, 콜 아저씨. 도와주셔서 정말 감사드려요."

나는 그와 포옹을 한 후 주차장으로 돌아온다. 아버지의 트럭 앞에 서서 찬찬히 바라보다가 힘겹게 숨을 삼킨다. 차체가 온통 녹이 슬어 햇빛 아래서 보니 틀림없는 적갈색이다.

"다 처리했어?"

흘러간 노래들이 나오는 라디오 채널을 듣고 있던 리가 얼른 라디오를 끄며 묻는다. 그는 진심 어린 미소로 나를 맞아 준다. 순간 나는 갈등한다. 아버지의 죽음에 석연찮은 구석이 있다고 생각했으면 리는 나를 이 사건에 끌어들이지 않았을 것이다. 리는 그 정도로 교활한 놈은 아니다. 그런데 또 생각해보면 윗선에서 리를 내게 보낸 이유가 그래서일 것도 같다. 내가 왔던 곳으로 조용히 돌아갈 때까지 옆에서 나를 지켜보게 하기 위해서.

"어, 기다리게 해서 미안. 서류에 서명 좀 하느라고."

그는 고개를 끄덕이며 시동을 켠다.

"잘 정리했다니 다행이다. 출발하자. 검시관 사무실로 갈 테니까 내 차를 따라와."

우리는 적당히 속도를 내며 도로를 달려간다. 나는 트럭을 몰고 리의 자동차 뒤를 따라간다. 우리는 리아의 시신이 발견된 파인 배런스 수렵 금지 구역, 서픽 카운티 경찰서 본부가 위치한 애팽크 지역을 지나간다. 길옆으로 소나무 숲이 우거졌다가, 내 기억에서 잊힌 지 오래인 마을들이 나타난다. 어렸을 때 나는 이 마을들의 특이하고 신비로운 이름을 좋아했다. 한때 야생 동물들이 잔뜩 살았던 호수와 숲으로 이루어진 아름다운 곳이었음을 알려주는 이름이라 좋았다. 그 후 상점가와 주유소, 너저분한 상업 시설이 들어찼지만 말이다. 론콘코마 마을은 '경계선을 이루는 호수'를 의미하는 알곤킨 인디언족의 말에서 비롯된 이름이고, 코페그 마을은 '쉼터'라는 뜻이다. 지금 우리가 가고 있는 하포그 마을은 '달콤한 물의 땅'이라는 의미다. 적어도 마을 입구의 색 바랜 표지판에는 그렇게 적혀 있다.

서퍽 카운티 검시관 사무실은 도로변에서 약간 떨어진 곳에 있는 오래된 흰색 사무용 건물 안에 있다. 건물 밖에는 나무 몇 그루가 듬성듬성 서 있고 잔디밭의 잔디는 대부분 죽어 있다. 주차장에는 차가 절반도 안 차 있다. 분위기가 마치 최근에 파산으로 법정 관리를 신청한 회사의 본사를 보는 듯하다. 법의학자들을 이토록 활기 없는 곳에서 일하게 만들다니 고약한 결정이다. 적어도 도시에서는 건물 밖으로 나가면 사람들로 북적이는 인도와 경적을 울려대는 택시들, 인파로 붐비는 지하철이라도 볼 수 있을 텐데, 여기에서 볼 수 있는 건 어쩌다 한 번씩 지나가는 차량과 꽤액 하고 울며 지나가는 거위 떼뿐이다.

트럭에서 내리는데 어깨에 빗방울이 떨어진다. 공기가 습기를 잔뜩 머금었다. 멀리서 천둥이 우르르 울린다.

"여기가 범죄현장 같네."

리는 이렇게 말하며 한숨을 쉰다. 그는 차 문을 닫고 따라

오라며 내게 손짓한다.

건물 안으로 들어가는데 하늘에서 빗방울이 떨어지기 시작한다. 회전문을 통과하자 쏴아 하고 비 오는 소리가 들린다. 우리가 신분증을 내밀자 안내 데스크 뒤에 앉은 지루한 표정의 경비원이 침침한 눈으로 들여다본다. 우리는 방명록에 이름을 적는다. 나는 줄 끝에 큼직하게 N이라고만 휘갈겨 적는다. 리는 경비원에게 고개를 끄덕여 알은체를 한다. 경비원은 우리를 회전식 문으로 통과시킨다. 우리는 승강기를 타고 지하층으로 내려간다.

리는 형광등 트랙 조명이 달린 복도를 굽이굽이 앞장서서 나아간다. 형광등 불빛 때문에 사람들이 전부 창백하고 병색어려 보인다. 문득 사무용 건물에서, 특히 이런 건물에서 매일 일하지 않아도 되니 다행이라는 생각이 든다. 나도 사무실이 있기는 하지만 사무실에는 거의 붙어 있지 않는다. 주로 현장에 나와서 일을 하고 매 사건마다 다른 현장으로 출동한다. 대부분의 경우 여행 가방과 노트북만 챙겨들고 모텔을 나서서 현장으로 간다. 조사가 진행 중인 동안에는 지역 법집행기관이 마지못해 제공하는 거지 같은 회의실에도 주기적으로 들른다. 불평하는 것처럼 들릴 수도 있지만 딱히 불만은 없다. 나는 돌아다니는 걸 좋아한다. 길에서 일하며 고독을 즐긴다. 열악한 환경에서 난관을 헤쳐나가는 것도 즐겁다. 그렇게 일하다보면 몸에서 아드레날린이 솟는다. 그런데 일주일 내내 같은 건물로 출근해 똑같은 자리에 주차하고, 똑같은 사람들과 함께 승강기를 타고, 구내식당에서 똑같은 메뉴로 점심을 먹는 것은 상상만 해도 오싹하다. 만약 그런 직장 생활을 하게 된다면 길게 버텨야 최대 일주일일 것이다. 아버지는 그만큼도 못 버텼겠지만.

리는 검시관 사무실에서 일하는 사람들을 전부 아는지 지나가는 사람 모두에게 사근사근하게 고개를 끄덕여 인사한다. 나는 그의 품성 좋은 쾌활함이 짜증나면서 부럽기도 하다. 아버지를 비롯해 내가 만난 강력계 형사들은 대체로 우울한 인간관을 갖고 있다. 그래서 자신의 삶으로 받아들인 소수의 사람들에게만 잘 대해주고, 나머지에게 미심쩍은 시선을 거두지 않는다. 어쩌면 리는 아직 강력계에서 일한 지 오래되지 않아서 인간에 대한 믿음을 잃지 않았는지도 모르겠다. 어쩌면 그가 드물게 심지가 굳고 긍정적인 사람들 중 하나일 수도 있다. 어느 쪽이든 리와 아버지가 드라마 〈오드 커플〉*의 오스카와 펠릭스처럼 몇 날 며칠을 함께 보내는 모습은 상상이 되지 않는다. 누가 누구 때문에 더 짜증을 냈을지도 가늠하기 어렵다.

승강기에 올라타자 리는 자그마한 천장 스피커에서 흘러나오는 음악에 맞춰 흥얼거리기 시작한다. '당신이 내쉬는 숨 하나하나Every Breath You Take'라는 노래의 연주 버전이다.

---

* 닐 사이먼의 동명 희곡을 원작으로, 대비되는 성격을 가진 대학 동창생 두 남자가 룸메이트가 되면서 생기는 에피소드를 코믹하게 그린 드라마.

내가 비딱하게 말한다. "이게 스토커에 대한 노래인 건 알지?"

그는 웃으며 받아친다. "더 폴리스의 노래잖아. 이건 고전이야. 플린, 나중에 너 노래방 좋아한다고 말하기만 해봐. 노래방 가면 이 노래는 내가 부른다."

"내 취미 아니야."

"나는 당신을 지켜보고 있을 거예요."

리가 노래 가사로 대꾸한다. 그는 마치 권총을 쏘듯 손가락으로 나를 조준한다. 일부러 바보처럼 구는 건지, 비꼬는 건지, 아니면 위협을 가하려는 의도인지 분간이 가지 않는다. 나는 이를 악문다. 어느 쪽이든 리는 신경을 긁고 있다.

"이 일 마치고 너희 아버지 사무실에 들러도 돼?"

리가 묻는데 승강기 문이 열린다. 나는 대답하지 않고 리의 옆을 지나 복도로 나간다. 어디로 가야 하는지 알지도 못하면서.

"어이, 천천히 가. 꼬마야, 우린 저기로 가야 돼."

리가 승강기 맞은편의 스테인리스 스틸 문을 가리킨다. 문에 '검시실 1'이라는 표지판이 붙어 있다.

"날 그렇게 부르지 마."

"뭘?"

"꼬마라고 했잖아. 난 스물여덟 살이야."

리는 두 손을 들어올리며 조용히 사과한다.

"미안, 넬. 알았어."

그는 상처받은 표정이다. 괜히 날카롭게 굴었나 싶어 당황스럽다. 리가 검시실 문을 열고 나를 먼저 안으로 들여보낸다. 난 그의 옆을 지나가며 말한다.

"고마워."

그는 말없이 고개를 끄덕인다.

FBI에서 일하는 동안 나는 병리학자, 검시관, 감식반원 들과 숱하게 얘기를 나눴지만 부검하는 자리에 참석한 적은 별로 없었다. 보통 그들은 부검을 마치고 시신을 냉동실에 넣은 후 나를 불러 설명한다. 수사 중에 새로운 시신이 발견됐다고 해도 우리는 통상적으로 부검하는 자리에는 가지 않는다. 경찰과 감식반원이 편하게 일할 수 있도록 조용히 물러나 있다가 부검이 끝난 후에 안으로 들어가 우리 일을 진행한다.

리는 나보다 부검을 많이 본 듯하다. 범죄현장에 출동한 경찰들 중 누군가는 검시실에 들어가 부검대에 누운 시신의 신원을 확인해야 하는데, 그런 일은 보통 신참이나 호구가 하는 편이다. 상급 형사들은 뒤에서 검시 보고서나 기다린다. 내가 보기에 리는 신참인 데다 호구 기질까지 있어서 원래 맡아야 하는 횟수보다 더 자주 검시실에 들어간 듯하다.

부검을 몇 번 봤든 시신 앞에서 전혀 아무렇지 않을 수는 없다. 특히 이번 사건의 시신은 내 신경을 곤두서게 만들고 있다. 죽은 여자가 내 어머니를 많이 닮았고, 아버지가 관여했던 사건임을 내가 알고 있으며, 나를 제외하고 누구든 용의자가 될 수 있는 상황이라 더욱 그럴 것이다. 어떤 이유에서

든 지금 나는 신경이 몹시 예민해져서 마치 전선이 타는 것처럼 치직 소리라도 낼 것 같다. 검시실로 들어가는데 속이 울렁거린다. 스웨터 목 안쪽으로 코를 묻고 최대한 구역질을 참아본다.

냄새가 제일 먼저 공격해 들어온다. 죽음의 냄새와 세척제 냄새가 섞여 있어 강철 위장이라도 속이 뒤집히고 말 것이다. 일반적으로 검시실에는 창문이 없고 어두우며 열악한 천장 조명만 켜져 있다. 바닥과 개수대에는 종종 얼룩이 져 있는데 그 얼룩을 안 쳐다보려고 해도 자꾸만 시선이 간다. 부검대 측면은 마치 정육점 도마 끝처럼 홈이 패여 있어서 액체가 흘러 내려가게 되어 있다. 벽에는 해부를 위한 스테인리스 작업대가 놓여 있는데 그곳을 보통 구역질 공간이라고 부른다. 작업대 위쪽에는 산업용 오븐 시설 같은 커다란 환기 후드가 설치돼 있다. 니키 프렌티스가 도시에서 운영하는 검시관 사무실처럼 규모가 큰 최신식 시설에는 아예 구역질을 위한 방까지 갖추고 있다. 그동안 열악한 검시실을 몇 군데 봤지만 여기는 그 중에서도 최악이다. 비좁은 검시실은 환기도 제대로 되지 않는다. 이곳에서는 디지털 이미징이라든지 화상 회의 같은, 내가 다른 데서 본 멋진 최신 기술은 전혀 구현되지 않는다. 저 위쪽 어딘가, 벽에 생긴 보이지 않는 균열에서 새어나온 물방울들이 마치 메트로놈처럼 규칙적으로 떨어지고 있다. 이 시설이 자금 지원을 받은 게 도대체 언제쯤인지 궁금해진다.

나중에 일을 마치고 여길 떠나도 계속 머릿속에서 울려댈 끔찍한 소음도 문제다. 시신의 살과 뼈를 자르는 데 사용하는 드릴의 위잉, 털털털 소리. 그리고 그 소리에 섞여드는 음악 소리. 많은 병리학자들과 감식반원들이 부검을 하면서 음악을 틀어놓는 편이다. 뉴욕에서 일하는 어떤 이는 부검할 때 살사 음악을 틀어놓았다. 키웨스트에서 만난 또 다른 이는 지미 버핏의 '선원의 아들의 아들'을 무한 반복으로 틀어놓았다. 그래야만 할 수 있는 일인 걸까. 골절단기의 소음을 묻어주는 음악이라도 있어야 암울한 공간에서나마 일하는 즐거움을 느낄 수 있겠지. 하지만 나는 검시실에서 음악을 들으면 뼛속까지 인지부조화가 생긴다. 키웨스트에서 일을 마친 후, 지미 버핏의 '천국의 치즈버거'를 들을 때마다 구역질이 치밀어 오르곤 했다.

밀코스키는 검시실에 고전 음악을 틀어놓았다. 침울한 분위기에 그나마 어울리는 '월광 소나타'다. 방 한쪽 구석에 있는 작은 스피커에서 흘러나오는 음악이 타일 바닥을 밟고 들어가는 우리의 발소리를 덮는다. 밀코스키는 흰색 실험실 가운을 걸쳤고 손에는 라텍스 장갑을 꼈으며 입에는 마스크를 했다. 방에 들어가서 보니 희생자의 몸통을 좀 더 자세히 들여다보느라 스툴을 밟고 서 있다. 손에는 작은 톱을 들었다.

고개를 든 밀코스키가 문 옆에 선 우리를 보며 말한다.

"어서 오세요. 언제쯤 오실지 궁금해하던 참이었어요."

"늦어서 미안합니다. 어딜 좀 들르느라고요."

리는 자세한 설명 없이 말을 마친다.

밀코스키는 마스크를 내리고 진지한 얼굴로 살짝 미소를 짓는다. "괜찮습니다. 이제 마무리를 하는 중이었어요."

"신원 확인이 잘 됐어요." 리는 엘레나한테서 받아온 DNA 샘플을 들어보인다. "추가 확인을 위해 피해자 언니의 DNA를 면봉으로 채취해왔습니다."

"거기 두세요."

밀코스키는 닦아낸 지 얼마 안 된 듯, 반짝이는 작업대를 손으로 가리킨다. 우리가 부검대를 돌아 가까이 가자 그녀는 기대에 찬 표정으로 우리를 쳐다보며 설명을 시작한다.

"아드리아나 마르케스, 18세 여성. 키는 168센티미터, 체중은 54킬로그램 정도. 금속판을 확인한 결과 2년 전 턱 골절을 당했어요. 나이는 어린데 녹록지 않은 삶을 살아온 거로 보여요." 밀코스키는 피해자의 해골을 가리키며 말을 잇는다. "여기도 가는 금이 간 골절 흔적이 있는데 거의 치료가 된 상태예요. 오른쪽 검지는 두 군데 부러졌지만 제대로 치료가 되지 않았고요. 둘 다 오래된 상처라 사인과는 무관합니다."

"사인은 뭐죠?"

"근거리에서 머리에 총을 맞아 사망했어요. 정확한 위치에 쏜 클린 샷이죠. 즉사했어요."

"전문가의 솜씨 같네요."

"이 여자를 죽인 게 누군지 몰라도 무기를 익숙하게 다루는 자일 거예요. 자신감이 떨어지는 사람은 머리가 아니라 몸부터 쏘니까요. 그러니 가설을 세워보자면, 피해자는 공격자와 아는 사이이거나 적어도 자신에게 가까이 오는 것을 허락할 만큼 공격자를 믿었던 거로 보여요. 이렇게 머리에 총 한 방을 쏴서 효과적으로 죽이려면 근거리여야 하니까요."

내가 말한다. "범인은 남자일 겁니다. 피해자가 전에 본 적이 있거나 정기적으로 보는 사람. 피해자가 믿는 사람."

나는 그게 내 아버지일 수도 있다고 생각하지만 말로 내뱉지는 않는다.

옆에서 리가 거든다. "아니면 친구나 가족일 수도 있겠죠. 전남친이 MS-13의 일원이라던데요."

내가 묻는다. "방어흔은요?"

나는 절단된 시신에서 시선을 뗄 수가 없다. 마치 어린아이가 바비 인형을 분해했다가 다시 맞출 방법을 몰라 위치만 대강 맞춰 늘어놓은 듯, 시신 조각들이 부검대 위에 놓여 있다. 전에도 훼손된 시신을 본 적이 있지만 이렇듯 완전히 절단된 사지와 몸통이 한곳에 매장된 것은 처음 본다. 일반적으로 범인이 시간을 들여가며 시신을 자르는 이유는 시신 조각들을 여러 곳에 나눠 처리해 시신의 신원이 밝혀질 위험을 낮추기 위해서다. 자른 부분을 모두 모아 깔끔하게 포장하고, 오가는 차량들도 많은 공원에 얕게 묻어놓을 것 같으면 왜 굳이 시간을 들여 시신을 잘랐을까?

"방어흔은 안 보여요. 눈에 띄는 건 피해자의 긴 인조 손톱입니다. 이런 종류의 손톱은 잘 부러지는데 보시다시피 멀쩡

해요. 몸싸움을 했으면 한 개 이상 부러졌을 거예요. 시신이 워낙 많이 훼손되어서 단정할 수는 없지만 성폭행 흔적도 보이지 않아요."

"성폭행을 당하지도 않았고 싸운 흔적도 없다면 어째서 손목이 묶여 있었을까요?"

밀코스키가 고개를 끄덕이며 대답한다.

"좋은 질문이에요. 그런데 노끈으로 묶여 있던 건 손목뿐만이 아니에요. 발목도 묶여 있었어요. 시신이 발견됐을 당시 발목을 묶었던 노끈은 끊어진 상태였지만 현장에서 그 노끈을 찾아냈어요. 발목에 결박된 흔적도 뚜렷이 남아 있고요."

나는 고개를 저으며 말한다.

"이해가 안 되는군요. 손과 발을 순순히 묶이고 있을 사람이 있을까요?"

그러자 리가 한마디한다. "창녀라면 그럴 것 같은데?"

내가 날카롭게 쏘아보자 그가 얼른 고쳐 말한다.

"미안, 성 노동자라면."

"피해자가 의식이 없는 상태로 묶였을 거라고 생각했어요."

나는 차분하게 말하며 리에게 등을 돌리고 밀코스키를 바라본다.

밀코스키는 고개를 젓는다. "사망 후에 묶였어요."

"그래요? 이유가 뭘까요?"

"모르죠. 손목과 발목에 찰과상이 있긴 한데 출혈 흔적은 없어요."

나는 눈을 감는다. 문득 떠오르는 기억이 있다. 아버지와 함께 추운 날 밖에 서 있던 기억이다. 밤하늘에 반짝이는 별들이 떠 있다. 지상에는 새로 내린 촉촉한 눈이 하얗게 깔렸다. 내 장화의 한쪽 바닥에 난 구멍으로 차갑고 축축한 진창이 스며든다. 진창은 두꺼운 양모 양말을 적시며 천천히 올라와 발목을 감싼다. 발에 점점 감각이 사라진다. 나는 불편한 느낌을 떨치려 몸을 이리저리 움직여보지만 소용없다. 눈은 그친 것 같은데 눈송이들이 간간이 떨어진다. 공기 중에 발삼나무와 솔잎 냄새가 진하게 배어 있다. 숨을 내쉬자 입김이 크리스털처럼 하얗게 얼어붙는다.

"저 나무로 할까. 넬, 어떻게 생각해?"

아버지는 높이와 폭이 비슷한 자그마한 전나무를 손으로 가리킨다. 그 전나무 위로 구름이 빠르게 달을 가리며 지나간다. 어둠의 바다에서 별들이 희미하게 빛난다.

나는 얼른 대답을 못 한다. 그 나무가 마음에 든다. 갖고 싶다. 우리 집 거실 한쪽 구석에 저 나무를 세워두고 꼭대기에 별을 달면 분위기가 확 밝아질 것 같다. 2년 전 할아버지가 돌아가신 후로 우리는 크리스마스트리를 산 적이 없다. 두 번의 크리스마스를 트리 없이 보냈다. 아버지는 아침 식사 시간에 내 의자 위에 신문지에 싼 작은 선물을 올려놓았을 뿐이었다. 2년 동안 크리스마스 장식들은 우리 집 좁은 공간에서 먼지로 뒤덮였다. 동네 슈퍼마켓에서 급하게 사온 파이를 알루미늄 쟁반에 놓고 데워 텔레비전을 보며 먹는 것으로 두 번의 크리스마스 저녁을 보냈다. 어머니가 펠트 천으로 만든 빨간 포인세티아 꽃 장식이 그립다. 어머니와 함께 팝콘을 튀겨 화관 사이사이에 꿰고 전나무 가지에 장식으로 걸쳐놓던 시절이 그립다. 오븐 안에서 익어가던 햄 냄새, 어머니가 밀대로 밀고 접어 마법처럼 파이 껍질로 만들어낸 반죽에 손자국을 남겼던 기억이 애달프다.

이 전나무가 갖고 싶다.

하지만 아버지의 손에 들린 도끼와 묘목장 주인의 성마른 표정을 보니 그러면 안 되겠다는 생각이 든다. 그 전나무는 키가 나만큼 밖에 되지 않을 정도로 작다. 여기 놓아두면 더 자랄 것이다. 지금 그 전나무의 가지는 다른 큼직하고 생기를 잃어가는 전나무들처럼 부연 청회색이 아니라 밝은 초록색이다. 결국 누군가 저 전나무를 잘라가겠지만 올 겨울은 아닐 것이다. 저 전나무를 잘라가는 사람이 굳이 나일 필요는 없다.

나는 고개를 저으며 말한다. "더 큰 나무로 할게요."

그 나무 옆을 지나가면서 작은 전나무를 돌아본다. 나뭇가지가 한 층 한 층 쌓아올린 탑처럼 구부정하게 위로 뻗어 있다. 그 나무가 내게 미소를 지어주는 것 같다.

우리는 좀 더 자란 전나무를 고른다. 길고 날씬하며, 인상적인 모양의 가지는 별로 없는 전나무다. 이런 전나무는 이 묘목장에만 수백 그루가 있다. 롱아일랜드를 통틀어 계산하면 수천 그루일 수도 있다. 그래서 나는 그 나무를 고른다. 특별하지 않으니, 그리워할 일도 없을 것 같아서.

아버지가 도끼로 그 나무를 후려친다. 첫 도끼질에 나뭇가지 전체가 흔들린다. 솔잎이 바닥으로 훌훌 떨어진다. 도끼질 몇 번 만에 나무가 쓰러진다. 그 모습을 보며 나는 속이 울렁거린다. 묘목장 주인이 몸통을 잡아주는 동안 아버지는 노끈으로 나뭇가지를 묶는다. 그리고 두 사람이 함께 그 나무를 포대로 감싼다. 아버지는 그 나무를 한쪽 어깨에 메고 긴 보폭으로 성큼성큼 걸어간다. 나는 내 발자국을 남기기 싫어서 아버지의 발자국을 따라 폴짝폴짝 뛰어간다.

"보통 나무를 묶을 때 이런 식으로 묶죠. 나뭇가지를 고정해야 포대로 묶기 편하거든요."

내가 설명을 하는데 뒤에서 글렌 도시의 목소리가 들려 우리는 고개를 돌린다.

"알폰소 모랄레스." 도시의 보트를 타고 아버지의 유해를 뿌린 것이 오래 전 일인 것만 같다. "그는 8월 내내 시네콕 카운티 공원에서 언덕 복구 프로젝트를 진행했어. 사우스포크 환경 보호 협회에 확인했어. 확실한 건 그자가 그런 식으로 묶는 걸 잘 한다는 거야."

리가 고개를 끄덕이며 맞장구를 친다. "그렇죠."

그러자 밀코스키가 말한다.

"몇 가지 더 말씀드릴 게 있어요." 그녀는 학생들이 주목하기를 바라는 선생처럼 목소리에 살짝 날을 세운다. "첫째, 피해자는 사후에 복부를 수차례 가격당했어요. 나무로 된 물건으로 맞은 것 같아요. 복부에 박혀 있는 나무 파편을 찾아냈거든요. 그 파편은 분석을 위해 과학 수사 연구소로 보냈습니다."

리가 묻는다. "야구 방망이 같은 걸까요?"

"좀 더 얇아요. 대가 긴 빗자루 같기도 해요."

내가 나선다. "갈퀴일 수도 있겠네요."

그러자 밀코스키가 고개를 끄덕인다.

"예, 갈퀴일 수도 있어요. 야구 방망이였으면 시신이 더 많이 훼손되었을 테니까요. 이 점을 주목할 필요가 있다고 봐요. 사후에 시신을 때린다는 건 원한이 있다는 의미도 되니까요. 이를테면 치정 범죄 같은 거죠."

"피해자가 임신 중이었나요?"

내 물음에 모두가 나를 쳐다본다.

밀코스키는 눈썹을 추어올린다.

"임신 중이었다고 해도 초기였을 거예요. 몇 가지 검사를 해볼 수는 있어요."

"해주세요."

그러자 리가 내게 묻는다. "임신 중이었다는 생각은 왜 했어?"

나는 어깨를 으쓱하며 대답한다. "그냥 느낌이야."

밀코스키가 말한다.

"시신에서 담뱃재를 발견했어요. 범인은 흡연자일 겁니다."

"담배 브랜드도 알 수 있을까요?"

"글쎄요, 연구소에 알아봐달라고 요청할게요."

리가 옆에서 중얼거린다. "모랄레스가 골초던데."

나는 밀코스키에게 묻는다. "또 다른 사항은요?"

"총상의 각도로 볼 때 총을 쏜 사람은 피해자보다 키가 몇 센티는 더 크다는 계산이 나와요. 왼손잡이고요."

"피해자의 키가 168센티미터 정도라고 하셨죠?"

"예, 그러니까 범인의 키는 178에서 185센티미터 사이가 되겠죠."

"모랄레스의 키가 몇이죠? 그가 오른손잡이인지 왼손잡이인지 파악됐나요?"

내 물음에 아무도 대답하지 못한다. 밀코스키가 대답을 하려는데 도시가 가로막는다.

"이제 그만 가지. 언론이 이 사건을 물고 늘어지고 있어. 이번에는 범인이 틈새로 빠져나가게 둘 수 없어."

"과장님, 다음 일정은 뭐죠?"

"경찰서로 돌아가야지. 거기 수사본부를 차려놨어. 다 같이 모여서 얘기를 해보자고."

두 남자가 먼저 검시실을 빠져나가고 나는 미적대며 뒤에 남는다. 슬쩍 몸을 돌려 밀코스키에게 명함을 건네며 나지막하게 말한다.

"저기, 더 할 얘기가 있었던 것 같은데요."

밀코스키는 어깨를 으쓱한다.

"저분들 바쁘신가 봐요."

"더 할 얘기가 있으면 언제든 전화 주세요. 명함에 내 전화 번호가 있어요."

밀코스키는 고개를 끄덕이며 명함을 주머니에 넣는다.

"피해자가 임신 중이었는지 최대한 알아볼게요. 확인이 안 될 수도 있겠지만요."

"최선을 다해주세요."

그녀와 약속하듯 눈빛을 주고받은 뒤, 검시실을 나와 복도를 걸어간다. 곧 리와 나란히 보조를 맞춰 걷는다.

주차장에서 도시는 리의 어깨를 툭 치며 말한다.

"이 사건을 빨리 해결하면 넌 영웅이 되는 거야. 우리 경찰서로서도 큰 성과를 올리는 것이고. 너한테도 당연히 좋은 일이지."

"최선을 다하겠습니다, 과장님."

"작년 여름에 모랄레스를 좀 더 팼어야 했는데 아쉬워."

"범인으로 특정할 만한 증거가 없었으니까요."

도시는 마뜩잖은 듯 혀를 끌끌 차면서 주머니에서 씹는 담배 스콜이 담긴 깡통을 꺼낸다. 하지만 뚜껑을 열고 담배를 꺼내지는 않는다. 마치 어린애가 애착 담요를 움켜쥐듯 손에 쥐고만 있다. 10년 전 내가 이 섬을 떠날 무렵 그는 담배를 끊겠다고 했었다. 그 결심을 지키지 못한 모양이다.

도시는 고개를 절레절레 흔든다.

"흐음, 이번에는 끝을 봐야지. 죽은 애는 안타깝게 됐어. 일이 이렇게 되면 안 되는 거였는데."

"가서 모랄레스를 데려올까요?"

"영장부터 받아야지. 이번에는 한 번에 제대로 해야 돼."

"영장을 발부받을 만한 증거가 있을까요?"

"머호니 판사한테 전화를 할 거야. 좋은 사람이니 꾸물대면서 우리 발목을 잡진 않겠지. 판사도 우리가 여기서 뭘 상대하는지 알고 있어. 경찰들이 우리 공동체를 위해 무슨 일을 하고 있는지 그도 다 알고 있다고." 도시는 리의 경찰차 측면을 손으로 툭 치며 덧붙인다. "경찰서에서 보자."

11

 서픽 카운티 경찰본부의 회의실 중 한 곳에 사건 수사본부
가 차려졌다. 방 앞쪽에 화이트보드 두 개가 나란히 놓였는데
그 중 하나에는 '파인 배런스(리아 샌도벌)' 다른 하나에는
'시네콕 카운티 공원(아드리아나 마르케스)'이라는 제목이
적혔다. 두 화이트보드에는 각각 관련 사진들이 붙어 있는데,
두 희생자 모두 젊고 날씬하고 예뻐서 얼핏 보면 마치 한 사
건에 대한 자료처럼 보인다. 두 희생자는 나이와 체중, 키까
지 같다. 둘 다 긴 흑발이고 매력적인 미소, 다갈색 피부, 초
롱초롱한 검은 눈동자를 가졌다. 범죄현장의 모습도 거의 흡
사하다. 아드리아나도 리아처럼 노끈으로 묶이고 포대로 둘
러싸였다. 둘 다 인적이 드물고 으스스한 수렵 금지 구역에
매장되었다. 또한 그들은 1년 간격을 두고 똑같이 뜨거운 한

여름의 금요일에 실종됐다. 어떤 이들은 세 건 이상 살인을 해야 연쇄 살인범으로 쳐준다고 말한다. 하지만 이렇게 꼼꼼하고 주의 깊고 노련하게 두 여자를 죽인 자가 연쇄 살인범이 아니라면 대체 누굴 연쇄 살인범이라고 불러야 할까.

문득 또 다른 희생자들이 있을 것이라는 생각이 든다.

"틀림없어."

내 혼잣말을 듣고 리가 묻는다. "뭐라고 했어?"

"샌도벌은 아주 깔끔하게 살해됐어. 머리에 총 한 발을 맞고 사지를 절단당하고 보란 듯이 매장됐지. 매장지 선택과 매장 방식도 기술적으로 완벽해. 외딴 지역이긴 하지만 마치 발견되길 바라는 듯이 땅을 얕게 파고 묻었어. 한 달만 더 늦게 발견됐어도 신원 확인이 힘들 정도로 심하게 부패됐을 거야. 아무래도 샌도벌이 놈의 첫 번째 희생자가 아니라는 생각이 들어."

"희생자가 더 있다는 거네."

"그런 것 같아. 미해결 사건의 희생자들 중에 비슷한 방식으로 살해된 경우를 찾아봤어?"

"최대한 찾아봤는데 3개 주에 걸친 지역에서는 없었어."

"조사 지역을 좀 더 확대해봐. 살인범이 최근에 이 지역으로 이주해왔을 수도 있어."

"이민자인가."

"그런 말은 안 했는데."

"놈이 몇 번 더 살인을 저질렀는데 우리가 아직 시체를 못

찾은 것일 수도 있겠네."

"가능성이 있어."

화이트보드에 붙은 사진 한 장이 시선을 잡아챈다. 가까이 다가가 확인을 하는데 숨이 가빠진다.

"리."

"왜?"

"이거 좀 봐."

리아 샌도벌의 시신이 묻힌 파인 배런스의 매장지 사진이다. 사진 중앙에 구덩이가 있고 포대로 둘러싼 리아의 시신이 그 구덩이 안에 들어 있다. 하지만 내가 보고 있는 것은 그 구덩이가 아니다. 사진 가장자리에 있는 작은 돌무더기다. 언뜻 봐서는 놓치기 쉽게 생겼다.

"맙소사."

"루페 있어? 돋보기는?"

"있어." 리는 고개를 돌려 복도를 지나가는 젊은 남자에게 소리친다. "도널리, 돋보기 좀 갖다줘. 지금 바로!"

도널리는 고개를 끄덕이고는 서둘러 복도를 걸어간다. 도널리가 돌아오길 기다리고 있는데 수사본부로 경찰들이 들어오기 시작한다. 대부분 이 사건에 대한 설명을 들으러 온 강력계 형사들이다. 기본적인 절차 업무를 지원하기 위해 동원된 듯한 신참들도 몇 명 보인다. 가능한 인원을 전부 동원한 걸 보면, 이번 사건이 수년 동안 서퍽 카운티에서 일어난 사건 중 가장 잔혹한 사건인 모양이다. 그런데 전부 내부 인원이다. 도시가 외부 지원을 극구 안 받으려고 하는 것이 줄곧 신경에 거슬린다. 내가 FBI 소속이기 때문만은 아니다. 아무리 좋게 봐도 근시안적인 판단이고, 나쁘게 보면 수사에 해를 끼칠 수 있는 의심스런 결정이다. 도시가 외부 지원을 받지 않고 꾸물거릴수록 살인자는 더 멀리 달아날 것이다. 도시가 특정한 용의자를 염두에 두고 있다면 이렇게 하는 것이 맞겠지만.

도널리가 돋보기를 가지고 돌아온다. 리는 돋보기를 들고 사진을 다시 살펴본다.

"이정표 맞네." 그의 말에 나는 소름이 돋는다. "젠장, 어떻게 이걸 못 봤지. 이게 무슨 의미인 것 같아?"

"이번 사건이 모방범의 짓일 가능성을 배제해야겠지. 경찰들도 저기에 돌무더기가 있는 걸 몰랐으니 언론에 새어나갔을 리도 없잖아."

"살인자에게 돌무더기는 무슨 의미일까?"

"나중에 돌아와서 매장지를 다시 찾으려고 표시를 해놓은 것일 수도 있고, 심리적으로 중요한 의미를 갖는 표식일 수도 있겠지. 범인은 정기적으로 야영과 도보 여행을 하는 사람이거나 어린 시절에 야영과 도보 여행을 경험했을 거야."

그리고 나는 속으로 생각한다.

'아버지처럼.'

서픽 카운티의 주립 공원에서 어렸을 때부터 야영을 해왔고, 최근까지도 야영을 계속했던 사람.

리는 생각에 잠긴 표정으로 미간을 찌푸린다. "다른 누군가에게 알리기 위한 표식이라면?"

"무슨 뜻이야?"

"팀으로 움직인 것일 수도 있잖아? 한 명이 구덩이를 파고 다른 한 명이 거기 시신을 묻고."

"흥미로운 이론이네."

"시네콕 매장지는 접근이 쉽지 않아. 아무리 밤새 작업할 수 있었다고 해도 혼자 구덩이를 파고 주차장에서 시신을 끌고 올라가는 건 말도 못하게 힘들어. 시신의 사지를 자른 것도 그래서일 거야. 좀 더 쉽게 옮기려고."

"모랄레스가 관여했을 수 있지만 공범이 있었을 거야."

리가 눈썹을 추어올린다.

"그래야 말이 돼. 밀코스키는 범인이 키가 크고 왼손잡이일 거라고 했어. 그런데 모랄레스는 그렇지 않아. 그는 몸집이 작은 편이거든. 그러니까 모랄레스는 시신을 자르기만 했을 수도 있어. 너희 아버지 사무실에 가서 확인을 해보자. 아버님이 어떤 정보를 언제 습득하셨는지 알아봐야겠어."

우리 뒤로 점점 사람들이 들어찬다. 나는 고개를 돌려 사람들을 훑어본다. 경찰들 대부분은 리가 어서 설명을 시작하길 기다리며 그를 쳐다보고 있다. 리는 이 사건의 주 수사관으로서 동료들에게 사건 개요를 설명해야 한다.

"누구 기다리는 사람 있어?" 내가 묻는다.

"도시 과장님. 영장을 받으려고 머호니 판사님이랑 통화 중

이셔."

리는 토론을 준비하는 고등학생처럼 초조해한다. 공책을 이리저리 넘기고, 두 사건의 사실 정보를 입으로 소리 없이 외우는 모습이다. 나는 긴장이 다소 풀린다. 리는 사람 마음을 누그러뜨리는 면이 있다. 성실한 사람이라 본능적으로 의심이 들어도 자꾸만 그를 믿고 싶어진다.

"하나만 묻자. 개인적인 질문이야."

내 물음에 리가 건성으로 대답한다. "그래."

"우리 아버지가 만나는 분이 있었어?"

"만나는 분? 무슨 뜻이야?"

"여자 친구가 있으셨냐고."

리는 놀란 표정으로 나를 쳐다본다.

"몰라. 평소에 그런 얘기를 나누는 사이는 아니었거든."

"아버지가 마리아라는 여자에 대해 말씀하신 적 없어?"

"없어. 너희 아버지는 사생활을 중요시하셨어. 난 아버님의 절친도 아니었고."

"하루에 열 시간씩 경찰차에서 붙어 지냈으면서."

"그건 맞지만, 아버님은 내가 입도 뻥긋 못하게 하셨어. 조용히 내 음악 취향에 대한 평가만 하셨지."

"네 음악 취향은 정말 구리던데."

그는 손가락을 세우며 경고한다.

"나중에 노래방에 같이 가서도 그런 말이 나오나 보자."

"생각해볼게. 부탁 하나만 들어줄래?"

"물론이지. 말해."

"아버지가 리버헤드 지역에 아파트 한 채를 임대하셨어. 마리아 크루즈라는 여자가 그 집에서 살았더라고. 마리아는 몇 주 전에 그 집을 떠났는데, 지금 그 여자가 어디 있는지 알고 싶어. 아버지한테 중요한 분이었으면 나도 알아두기는 해야 할 것 같아서."

"신원 조사를 해달라고?"

"그래 주면 고맙고. 어떻게 찾아야 될지 방법을 모르겠어. 리버헤드 지역 메인가 97번지가 그 아파트 주소니까 거기서부터 조사를 시작하면 될 거야."

나는 그 아파트에서 아드리아나 마르케스가 찍힌 사진을 봤다는 말은 하지 않기로 한다.

리가 싱긋 웃는다.

"알았어. 너희 아버지는 사실 인기남이었어."

그 말에 불안해진 나는 인상을 쓴다. "뭐라고?"

"여자들이 아버님을 엄청 좋아했거든. 잘생기셨잖아. 게다가 어떤 여자들은 경찰이라면 사족을 못 써. 우리가 어딜 가든 아버님에게 술을 사겠다는 여자들이 있었어." 리는 소리 내어 웃는다. "아버님은 고맙다며 술을 받아 드시고는 그 여자들을 퇴짜 놓으셨지만."

"흠, 만나는 여자가 있어서 그랬을 수도 있잖아."

리는 어깨를 으쓱한다.

"최대한 알아볼게." 그는 문을 가리키며 덧붙인다. "도시 과장님한테도 가서 물어봐. 너희 아버지랑 짝짜꿍이 잘 맞으셨잖아."

마침 방으로 들어온 도시가 등 뒤로 문을 닫는다. 웅성거림이 순식간에 가라앉는다. 도시는 시작하라는 뜻으로 리에게 손짓을 한다.

리는 헛기침을 하며 자리에서 일어선다.

"아시다시피 마티 플린 형사님과 저는 샌도벌 사건을 함께 수사 중이었습니다. 그런 인연도 있고 해서 마티 형사님의 딸 넬 플린에게 오늘 업무 협조를 요청했습니다. FBI 행동분석팀 소속인 넬이 우리와 함께 일하게 된 것이 우리에게 행운으로 작용할 것이라 믿습니다. 넬의 전문 지식은 분명 큰 도움이 될 겁니다."

좌중이 일제히 고개를 돌려 나를 쳐다본다. 여기저기서 내게 인사를 건넨다. 나는 짧게 목례를 한 뒤 펜과 종이를 붙들고 괜히 무언가를 적는 척한다. 리가 설명을 이어간다.

"시간이 없으니 간단히 설명하겠습니다. 리아 샌도벌의 시신은 작년 8월에 발견됐습니다. 플린 형사님과 제가 그 사건과 관련해 찾아낸 유일한 인물은 알폰소 모랄레스라는 정원사였죠. 그는 리아의 집 건너편에 살고 있었습니다. 리아의 시신이 발견된 땅에서 작업을 하기도 했고요." 리는 롱아일랜드 지도를 손으로 가리킨다. 파인 배런스 수렵 금지 구역 한가운데에 붉은색으로 큼직하게 X 표시가 되어 있다. "우리는 브렌트우드에 있는 모랄레스의 집과 그의 자동차, 적갈색

195

GMC 픽업트럭까지 샅샅이 조사했습니다. 피해자의 시신을 싼 것과 비슷한 포대와 노끈이 그의 트럭에서 발견됐고, 집에 있는 깔개에서는 포대 섬유가 나왔습니다. 그 트럭은 리아 샌도벌이 마지막으로 목격된 여관 주차장에 세워져 있던 트럭과 모양이 일치했습니다. 우리는 두 번에 걸쳐 모랄레스를 심문했습니다. 그는 팔과 다리에 싸움의 흔적처럼 보이는 심하게 긁힌 상처가 있었지만, 살인과 명확하게 연결 지을 증거를 충분히 확보하지 못해서 결국 그를 풀어줘야 했습니다."

리는 도시를 흘끗 돌아본다. 도시는 속내를 알 수 없는 차분한 표정이다. 리는 잠시 얼굴이 벌게졌다가 가라앉는다.

"그리고 새로운 사건이 발생했죠. 어제 시네콕 카운티 공원에서 발견된 시신을 보고 우리는 모랄레스를 가장 유력한 용의자로 꼽았습니다. 그는 아드리아나 마르케스가 실종됐을 때 시네콕 카운티 공원에서 일하고 있었습니다. 공원에 면한 땅에서도 일을 했고요. 이 화이트보드에 표시된 증거들을 보면 두 사건이 정확히 같은 특징을 갖고 있음을 알 수 있습니다. 그래서 우리는 이 두 사건의 범인이 한 사람이라고 가정하고 수사하기로 했습니다. 모랄레스가 유력한 용의자고요."

맨 앞자리에 앉은 형사가 손을 들고 질문한다.

"두 번째 희생자와 모랄레스의 연결점은 뭡니까?"

"아직 모랄레스와 아드리아나 마르케스 사이에 직접적인 연결점은 찾지 못했습니다. 아드리아나의 언니 엘레나는 동생이 실종되기 며칠 전에 집 앞에 서 있는 적갈색 트럭을 봤다고 했습니다. 엘레나가 묘사한 트럭 외관은 모랄레스가 모는 트럭과 일치합니다. 리아 샌도벌이 실종된 날 밤 모텔에서 목격된 트럭과도 일치하고요."

나는 앉은 자리에서 어색하게 몸을 움직인다. 그 트럭의 외관은 내가 아침 내내 타고 다닌 아버지의 트럭과도 일치한다. 지금 서픽 카운티 경찰서 주차장에 보란 듯이 서 있는 트럭 말이다.

"그리고 아드리아나 마르케스의 시신과 그 주변에서 다량의 담뱃재를 찾아냈습니다. 모랄레스는 상습 흡연자이니 범인의 특징에 맞아떨어집니다."

내가 나선다. "검시관은 피해자를 쏜 범인이 키가 크고 왼손잡이일 거라고 했습니다. 모랄레스는 그런 특징에 맞지 않을 텐데요."

그 사실을 지적한 나를 마땅찮게 볼 수도 있을 텐데 리는 티를 내지 않는다.

"그렇죠, 그 특징에는 맞지 않습니다. 모랄레스의 키는 170센티미터이고 오른손잡이죠. 그래서 우리는 공범이 있을 거라는 가능성도 염두에 두고 있습니다. 모랄레스의 파트너가 희생자를 총으로 쏘아 죽이고, 모랄레스가 일터에서 시신을 처리했을 수도 있으니까요."

"특별히 아드리아나를 범행 대상으로 삼은 과정이나 이유는요?"

"두 희생자 모두 온라인에 매춘 서비스 광고를 낸 윤락 여성입니다. 모랄레스는 두 희생자와 온라인을 통해 접촉했을 겁니다."

론 아나스타스가 헛기침을 하자 모두의 시선이 그에게 쏠린다. 만에서 아버지의 재를 뿌린 후로 그를 처음으로 다시 봤다. 그는 무척 지친 모습이다. 창백한 얼굴로 커피가 담긴 큼직한 컵을 손에 쥐고 있다. 아버지가 돌아가신 후 아나스타스가 강력계에서 가장 상급 형사가 됐을 것이다. 나는 그가 사람은 좋지만 특별히 예리한 편은 아니라고 생각해왔다. 무엇보다 그는 도시에 대한 충성심이 깊다. 이런 이유로 아나스타스가 장차 강력계를 이끌 것이라는 계산이 선다. 아나스타스가 입을 연다.

"오늘 아침 일찍 샐리 헤이스라는 여자한테 전화가 왔습니다. 제임스 미첨의 집에서 가사도우미로 일하고 있는 여자입니다. 제임스 미첨의 집은 공원과 인접해 있죠. 우리는 그 집에서 일하는 사람들에게 전부 연락을 했습니다. 그 여자의 남편도 그 집에서 관리인으로 일하고 있더군요. 미첨이 해외여행 중이라 헤이스 부부는 지난 한 달 동안 미첨의 집 손님 숙소에서 머물면서 그 집의 수리를 감독하고 있는 중입니다. 헤이스 부인은 몇 주 전에 시네콕 카운티 공원의 주차장으로 들어오는 붉은색 트럭을 봤다고 했습니다. 밤이라서 운전자가 누구인지는 보지 못했지만, 모래 언덕에서 누군가가 땅을 파고 있는 걸 분명히 봤다더군요. 환경 보호 협회에서 그 지역에 언덕 복구 프로젝트를 진행 중이라 평소 근무 시간보다

늦게까지 일을 하나 보다 생각했답니다. 그런데 오늘 아침에 뉴스를 보고 심상찮은 기분이 들어 신고를 한 겁니다."

나는 다른 사람들도 나와 같은 생각을 할지 궁금해하며 입술을 잘근잘근 깨물고 질문을 던진다.

"붉은색 트럭이 확실하다던가요?"

"예, 정문 앞을 지나가는 걸 봤다고 했습니다. 미첨의 집 바깥에 보안등이 있어요. 꽤 늦은 시각이라고 했습니다. 밤 11시쯤이라 언덕 복구 작업을 하기엔 맞지 않는 시간입니다. 나중에 그 집에 들러서 헤이스 부인에게 사진을 몇 장 보여주고 모랄레스의 트럭을 본 게 맞는지 확인하겠습니다."

미첨의 집 대문 밖에 설치된 보안 카메라에는 동작 감지 센서가 있다. 그 센서라면 오가는 이 없이 고요한 늦은 밤에 집 앞으로 지나가는 차량을 포착했을 것이다. 보안 카메라 테이프를 어떻게 입수해야 할까. 그 시간에 그 집 앞을 지나간 게 모랄레스의 붉은 트럭인지 확인해야 한다. 만약 아버지의 트럭이라면 누구보다 내가 제일 먼저 알아야 한다.

다실바가 선언하듯 말한다.

"우리가 찾는 범인이 모랄레스가 맞는 것 같네요."

리도 고개를 끄덕이며 동의한다.

"우리 생각도 그렇습니다. 일단 영장이 나오기를 기다리고 있는 중입니다. 눈과 귀를 활짝 열고 기다려봐야죠. 무엇보다 모랄레스에게 공범이 있을 수 있다는 점을 명심해야 합니다. 신고 전화도 계속 들어오고 있으니 조만간 실마리를 잡을 수 있겠죠. 자, 그럼 여기까지 하겠습니다. 업무에 복귀들 하시죠."

경찰들은 삼삼오오 모여 떠들면서 흩어진다. 리는 발표를 잘 마쳐 마음이 놓이는지 깊게 숨을 내뱉는다.

젊은 경찰 한 명이 방으로 들어와 도시에게 말한다.

"과장님, 머호니 판사님께서 연락 주셨습니다. 영장 나왔습니다."

도시가 묻는다. "모랄레스가 지금 어디 있지?"

리는 손목시계를 확인한다. "아직 해럴드 농원에 있을 겁니다. 놈이 도망치기로 결심하지 않았다면요."

도시는 리와 나를 차례로 손으로 가리키며 지시한다.

"자네 둘, 이놈을 또 놓치기 전에 가서 잡아."

12

롱아일랜드섬은 리버헤드에서 두 갈래로 갈라진다. 그 사이로 페코닉강이 폭넓게 흐른다. 노스포크에는 농장들이 주로 위치해 있어 베리와 백일초, 라벤더, 포도덩굴이 만에서부터 해협까지 수 에이커에 걸쳐 자란다. 각 마을을 잇는 대로는 하나뿐이라 눈 한 번 감았다 뜨면 마을 하나를 지나쳐버리게 된다. 하늘은 넓고 길은 고요하다. 도로에서 돌을 던지면 닿을 거리에 있는 초원에는 말이며 소가 흔히 돌아다닌다. 이곳의 낡고 평범한 농가들은 새거포닉과 브리지햄프턴 지역에 위치한 그림처럼 완벽하게 복원된 농가들과는 다르다. 널빤지의 페인트는 세월의 흐름에 너덜너덜하게 벗겨지고, 지붕널은 늙은이의 치아처럼 우수수 떨어져 내린다. 그래도 이런 풍경을 대체할 만한 것은 없다. 이곳은 헛간마저도 아름답다. 썩어가며 자연 풍경의 일부가 된다. 서퍽 카운티가 부자들을 위한 여름 유원지 이상이었던 시절과의 접점이라 할 만하다.

리버헤드를 지나면 와인 양조장과 농산물 가판대뿐인 작은 마을 애쿼보그가 나온다. 그 중 해럴드 농원이 소유한 가판대가 제일 유명한데 가을이면 수확 활동이 활발해 사과, 옥수수, 호박, 오이, 토마토 등이 해럴드 농원 로고가 박힌 나무 상자에 그득그득 담긴다. 사람들은 나무 상자들을 보기 좋게 쌓아올리고 계절에 맞춰 가판대를 장식한다. 이제 9월 말이라 사방에 허수아비들이 보인다. 셀로판 포장지로 감싼 설탕 조림 사과와 잼이 꽤 높은 값에 판매된다. 주말이면 건초를 실은 짐수레들이 준비되고, 옥수수 밭에 펼쳐진 거대한 미로는 아이들을 즐겁게 한다. 이 시기에는 미리 구매한 전용 주머니를 이용해 작은 인공 개울에서 화석과 준보석 채취 놀이도 즐길 수 있다.

한마디로 이곳은 사우스포크의 주말 여행객들과 도시의 주간 여행객들을 불러모으는 여행지다. 그림 같은 풍경을 자랑하는 해럴드 농원은 섬의 중심 동맥인 495번 도로를 따라 길고 접근하기 편리하게 펼쳐져 있다. 깅엄 앞치마를 두르고, '나넷'이라는 이름이 적힌 귀여운 사과 모양 이름표를 부착한 백발의 할머니가 카운터를 본다. 신선한 사과즙 도넛 향기가 공기 중에 퍼져나간다. 할머니 뒤에 놓인 냉장고에는 값비싼 치즈가 들어 있고, 근처 포도원에서 생산된 와인들이 줄지어

놓여 있다.

비 때문인지 가판대는 대부분 비어 있다. 해질 무렵이라 사람들은 폭풍우에 대비하기 위해 집으로 가고 있다. 뒤늦게 물건을 사고 계산하는 사람들이 몇 명 있긴 하지만 가판대를 둘러보는 손님은 이제 없다. 앞치마를 두른 남자가 농산물이 담긴 묵직한 나무 상자들을 점포 안으로 들이고 있다. 또 다른 남자는 점포 차양을 내리는 중이다. 가판대의 텅 빈 양옆으로 갑작스레 바람이 불어와 온몸에 한기를 끼얹는다. 조끼와 스니커즈 운동화가 아니라 우비에 고무장화를 신고 올 걸 그랬다.

바람이 서까래에 매달린 현수막을 잡아챈다. '10월 1일, 해럴드 농원 가을 축제'라고 적힌 현수막이다. 바람에 뜯긴 현수막이 힘없이 바닥으로 떨어지자 카운터를 보던 여자가 당황해 조그맣게 소리를 지른다.

리와 도시는 현수막을 주워주려고 서둘러 그리로 걸어간다. 그때 내 휴대폰이 울린다. 하포그 마을의 검시관 사무실에서 온 전화다. 나는 가판대 뒤로 돌아가 목소리를 낮추고 전화를 받는다.

"여보세요?"

"제이미 밀코스키예요."

뜻밖이다.

"안녕하세요, 무슨 일이죠?"

"요원님 추측이 맞았어요. 아드리아나 마르케스는 임신 중이었어요."

맥박이 빨라진다.

"그렇군요. 몇 주나 됐죠?"

"얼마 안 됐어요. 3개월 안쪽인 것 같아요. 임신 때문에 살해당했다고 생각하세요?"

"글쎄요, 살인에 대한 동기 중 하나로 추가할 순 있겠죠. 희생자의 언니 얘기로는 희생자에게 남친이 있는 것 같다고 했어요. 부자 남친이요. 신속히 확인해주셔서 감사합니다."

"제 일인 걸요. 우리끼리 얘기지만, 저는 이 동네 경찰이 이번 사건을 수사하는 게 마음에 들지 않아요. 연쇄 살인을 염두에 두고 있다면 제대로 된 과학 수사 연구소에서 조사를 진행해야 되잖아요."

"나도 같은 생각이에요."

"그냥 제 생각일 뿐이에요. 솔직히, 제가 조사를 해서 결과를 내놓아도 관심 있게 들어줄 사람도 없을 것 같고요."

"혹시 샌도벌 사건에 관한 의료 기록에 접근할 수 있나요?"

"아뇨, 그건 별개 사안이라서요. 여기 시설은 엉망이라 온전한 장비가 없어요. 작년 가을에 기록실에 물난리가 나서 샌도벌 사건 관련 자료를 포함해 상당수의 서류들이 훼손됐어요."

"안타깝네요."

"시신을 도시로 보내고 싶어요. 니키 프렌티스 씨 얘기를 하셨잖아요. 친구 사이세요?"

"예, 업무상 친구에요. 믿음이 가는 사람이죠. 몇 번 같이 작업을 했는데 판단력이 뛰어난 편이에요."

"제가 비공식적으로 도움을 요청한다면 그분이 응할까요?"

"비공식적이라면, 어떤 의미인지?"

"실은 서퍽 카운티 검시관 사무실 소속이 아닌 외부인은 이
번 사건에 개입하지 못하게 하라는 말을 들었거든요."

"도시 과장님이 그렇게 말했나요?"

"예, 입장이 확고하세요. 그러니까 이번 일은…… 비밀로
해야 해요."

그녀는 엄격한 학자 같은 말투지만 나는 싱긋 웃음이 난다.

"알겠습니다. 니키한테 전화해서 상황을 설명하세요. 내 친
구라고 하고, 내 추천으로 전화했다고 하면 될 거예요. 니키
는 신중한 사람이에요. 도움을 줄 수 있는 상황이면 잘해줄
겁니다."

"그러죠, 고마워요. 진심으로요."

"계속 소식을 알려주세요."

"그쪽도요."

나는 전화를 끊고 주변을 둘러보며 상황을 파악한다. 트랙
터와 트럭이 동시에 지나갈 수 있을 정도의 폭 넓은 진입로
에서 인부 세 명이 일을 하고 있다. 그들은 토탄 자루를 트럭
에 옮겨 싣는 중이다. 운동복 상의에 야구 모자를 썼는데 비
가 오든 말든 아랑곳하지 않는 분위기다.

나는 그들의 말소리가 들릴 정도로 가까이 다가간다. 간간
이 스페인어로 지시를 내리는 것 외에는 대체로 조용히 일만

하고 있다. 꽤 힘든 일인 듯 묵직한 토탄 자루를 옮기며 거친 숨을 내쉰다. 그들 중 모랄레스는 없다. 그래도 확실히해두기 위해 옆으로 지나가는데 아무도 나를 눈여겨보지 않는다. 수 년 동안 이 일을 하면서, 몸집이 작고 별 특징 없는 나 같은 사람이 갖는 이점을 파악했다. 나는 사람들의 시선을 끌지 않는다. 이마에 서픽 카운티 경찰이라고 써 붙이고 다니는 것 같은 리나 도시와는 다르다. 진입로에서 일하고 있는 남자들은 나를 미심쩍은 눈으로 보지 않는다. 옆으로 지나가는 내게 예의상 고개를 끄덕여 인사를 하고 잠시 쳐다보는 게 전부다. 나는 진입로 끝으로 마저 올라간다.

여기저기 서 있는 트럭 몇 대의 윤곽이 보인다. 트럭 가까이로 다가가는데 빗방울이 거세진다. 나는 두 손을 주머니에 찔러넣고 몸을 웅크린다. 청바지가 비에 젖어 몸에 붙는다. 스니커즈 운동화도 흠뻑 젖었다. 하늘에 번개가 몇 번 치더니 나지막하게 우르르 천둥이 울린다. 모두가 얘기하던 폭풍우가 드디어 온 모양이다.

뒤에서 날카로운 고함 소리가 들린다. 고개를 돌려 보니 한 남자가 농장 가판대 뒤에서 진입로를 향해 달려가고 있다. 리와 도시가 진창이 된 잔디밭을 철벅거리며 그 남자를 쫓아간다. 나는 제일 가까이에 있는 트럭 뒤로 뛰어간다. 폐가 불에 타는 듯 숨이 차고 어깨가 욱신거린다.

'젠장, 라이트먼 팀장님. 팀장님 말대로 물리 치료를 잘 받을 걸 그랬네요.'

조끼 지퍼를 열고 권총을 꺼낸다. 진창에 발이 미끄러지는 바람에 휘청하다가 트럭 측면에 기대어 겨우 중심을 잡는다. 흘러드는 빗물 때문에 눈을 연신 깜박인다.

그제야 남자가 보인다. 자동차들 사이에서 튀어나온 그가 오른손을 앞으로 뻗는다. 그 손에 권총이 들려 있다.

남자는 고개를 돌려 도시와 리를 돌아본다. 이 위치라면 총을 쏴서 제압할 수 있지만 그렇게 하지 않는다. 대신 세 걸음만에 남자에게 달려든다. 내 발소리를 듣고 남자가 돌아보지만 이미 늦었다. 나는 방심한 그를 붙잡아 바닥에 쓰러뜨린다. 그는 덩치가 작은 편이다. 강단 있는 체구지만 나보다 별로 크지 않다. 그의 손에서 권총이 떨어진다. 나는 진창에 그의 얼굴을 처박는다. 그가 몸을 이리저리 틀지만 나는 그를 단단히 붙잡고 놓지 않는다. 무릎으로 그의 등을 찍어 누르면서 머리에 총구를 겨눈다.

이를 악물고 그에게 명령한다.

"움직일 생각 마."

"에사 페라개 같은 년이." 놈이 나지막하게 내뱉고는 옆으로 고개를 돌려 침을 뱉는다.

우리는 그 자세로 힘겨루기를 한다. 짧은 시간이지만 영원처럼 느껴진다. 억수같이 쏟아지는 빗물에 머리카락이 얼굴에 들러붙어 앞을 분간할 수가 없다. 마침내 뒤에서 발소리가 들린다.

리가 말한다. "젠장, 플린. 잘했어."

"좀 도와주면 좋겠는데."

내 무릎 밑에서 모랄레스가 꿈틀거린다. 나는 그의 갈비뼈를 더 세게 찍어 누른다. 그는 내 무게에 저항하느라 거세게 숨을 들이쉬고 내쉰다.

도시가 옆으로 다가와 무릎을 꿇고 모랄레스에게 수갑을 채운다. 그제야 나는 옆으로 물러나 쏟아지는 빗물을 맞으며 벌렁 드러눕는다. 눈을 감은 채 자갈밭에 누워 몸을 덜덜 떤다. 어깨에 다시 통증이 밀려온다. 잠시 후 리가 내 몸을 잡아 일으켜 세워준다.

13

"괜찮아, 꼬마? 의사한테 안 가봐도 되겠어?"

리가 또 나를 '꼬마'라고 부르지만 이번만은 타박하지 않기로 한다. 집까지 차로 태워주겠다는 그의 제안을 나는 잠자코 받아들인다. 직접 운전을 하기는커녕 눈을 뜨고 있는 것조차 힘에 부친다. 나는 그의 차 조수석에 쓰러지듯 앉아버린다. 아버지의 트럭은 해럴드 농원 주차장에 세워뒀다. 도시가 나중에 부하 직원을 시켜 그 트럭을 우리 집으로 가져다주기로 했다. 샌도벌이 실종된 모텔에서 목격된 트럭, 엘레나 마르케스가 집 앞에서 봤다는 트럭, 제임스 미첨의 집에서 일하는 샐리 헤이스가 한밤중에 시네콕 카운티 공원에서 봤다는 트럭의 특징이 내 아버지의 트럭과 일치한다는 것을 아무도 알아채지 못한 걸까. 어쩌면 이미 알고 있을 수도 있다. 사실을 알고도 모르는 척하는 걸까봐 지독하게 두렵다.

눈이 스르르 감긴다. 어깨의 통증이 극심하다. 자동차 지붕으로 떨어지는 빗소리가 마치 북소리 같다. 어깨부터 손가락 끝까지 통증이 퍼져나간다. 타이레놀과 술로 통증을 달래놓았지만 조만간 의사에게 보여야 될 듯싶다. 지금은 안 된다. 할 일이 너무 많다. 일단 아버지의 사무실부터 들어가 확인을 해야 한다. 그레이스 비숍과도 따로 얘기를 나눠봐야 한다. 밀코스키에게 연락해 상황도 알아봐야 한다. 일분일초가 아깝다.

"괜찮아. 술로 달래지지 않는 통증은 없어."

"아까는 대단했어." 리는 고개를 절레절레 흔든다. "그 개자식이 무기까지 들고 설칠 줄 몰랐네."

"겁이 나서 그랬을 수도 있어."

리가 나를 흘끗 쳐다본다. "좋게 봐줄 필요 없잖아?"

"좋게 봐주는 게 아니라 현실적으로 그렇잖아. 모랄레스는 불법 체류자고, 전에 경찰에 불려가 심문을 받은 적도 있어. 그러니 경찰이 두렵겠지."

"당연히 두려워해야 되는 상황이잖아."

"모랄레스에 관해 경찰이 확보한 건 정황 증거뿐이야. 거기다 그럴듯한 이유를 갖다 붙일 수도 있겠지. 하지만 배심원단을 설득할 수 있을 정도는 아니야."

"모랄레스는 두 사건 현장에서 모두 일을 했어."

"양쪽 현장에서 일을 한 사람이 어디 한둘이냐."

"두 시체를 싸는 데 사용한 포대가 그의 차에서 발견됐어."

"노스포크 어디에서든 살 수 있는 포대라고 네 입으로 말했잖아."

"놈은 담배를 피워."

"그만해. 서퍽 카운티에 흡연자가 몇 명이나 있는데 그래?"

"샌도벌이 실종된 모텔 앞, 마르케스 자매의 집 앞, 그리고 밤늦게 시네콕 카운티 공원에서 모랄레스의 픽업트럭이 목격됐어."

"아니, 그 세 장소에서 목격된 건 붉은색 트럭이야. 모랄레스의 트럭인지는 확실히 알 수 없어. 추정일 뿐이야."

안전벨트가 어깨를 누르는 느낌이라 나는 상처가 압박을 받지 않도록 안전벨트를 뒤로 약간 당긴다.

"솔직히 네가 모랄레스를 의심하는 가장 큰 이유는 그가 무기를 소지했고 체포에 불응했기 때문이잖아."

내 말에 리가 짜증 섞인 한숨을 내쉰다.

"아나스타스 형사가 모랄레스의 집을 수색할 거야. 심문은 도시 과장님이 직접 하기로 했어. 그럼 우리도 필요한 증거를 확보할 수 있겠지."

나는 또다시 몸을 뒤척여보지만 좀처럼 편한 자세를 취할 수가 없다. 리에게서 몸을 돌리고 빗물이 쏟아지는 차창 밖을 내다본다. 모랄레스를 범인으로 확정한 듯한 리의 말투가 마음에 걸린다. 20년 전 앤 마리 마셜이 '경찰, 필요한 증언을 확보하려 숀 길로이를 폭행'이라는 제목으로 쓴 기명 논평 기사가 떠오른다.

"모랄레스가 범인이 아니라는 증거도 수두룩하다는 건 알지?"

"뭐, 키 때문에?"

"그래, 일단 키에서 걸려. 밀코스키는 총을 쏜 범인이 아드리아나보다 클 거라고 확실하게 말했어. 그런데 모랄레스는 나랑 키가 비슷해. 그리고 밀코스키는 총을 쏜 범인이 왼손잡이라고 했는데, 아까 보니까 모랄레스는 오른손잡이더라. 아드리아나의 방 옷장에 있던 옷들도 생각해봐. 아무리 봐도 모랄레스가 아드리아나에게 비싼 샤넬 가방이며 루부탱 구두를 선물로 보낼 형편은 아니잖아."

"그래서? 아드리아나를 쏜 범인은 따로 있을 수도 있어. 그렇다고 크게 달라질 건 없어."

"아드리아나가 실종되던 날 밤에 타운카를 보내 아드리아나를 차에 태운 사람도 모랄레스는 아닐 거라고 봐."

"그건 모르는 거야. 어쩌면 칼라브레제가 그 타운카의 주인이라서 그날 에스컬레이드 대신 타운카에 아드리아나를 태웠을 수도 있어."

"그럴 수도 있겠지. 그건 칼라브레제에게 확인해봐야 할 사항이야. 그런데 전과자인 칼라브레제가 자신이 운영하는 리무진 서비스를 이용해 매춘 영업을 했고, 그와 함께 일하던 두 여자가 시체로 발견됐다는 게 뭔가 마음에 걸리지 않아? 제임스 미첨이라는 남자도 뭔가 거슬려. 젊은 윤락 여성들과

난잡한 파티를 벌여온 그가 하필이면 두 시체 중 한 구의 매장지인 공원 근처에 살고 있는 거잖아. 바윗덩어리를 하나 들어올렸는데 그 밑에서 덩굴식물 수백만 줄기가 딸려나온 것 같아."

"나도 전부 신경 쓰여. 하지만 지금은 모랄레스가 두 살인 사건의 주요 용의자야. 그는 경찰의 체포에 불응하면서 무허가인 것이 분명한 권총까지 휘둘렀어. 그러니 매춘 조직과 다른 남자들에 대한 조사를 시작하기 전에 모랄레스에게 초점을 맞추고 수사를 진행하는 것이 옳다고 봐. 도시 과장님이 모랄레스를 심문해서 단서를 찾아낼 수도 있잖아. 거기서부터 시작해봐야지."

나는 이를 악문다. 왜 이렇게까지 모랄레스를 범인으로 확정짓고 싶어 하는지 궁금하다. 어쩌면 아버지를 용의자로 의심하는 이가 나 말고도 있을 거라는 생각이 든다. 간담이 오싹해진다. 혹시 아버지를 살인 사건 용의자로 엮지 않으려고 결심한 도시가 무고한 이를 범인으로 몰려고 작정한 거라면? 그가 마티 플린의 딸인 나를 제외하고 FBI의 개입을 한사코 마다하는 이유도 그래서인 걸까.

이제 어쩔 수 없다는 생각이 들어 트럭을 걸고넘어지기로 한다.

"알다시피 나는 오늘 종일 붉은색 트럭을 몰고 다녔어. 그 트럭의 원래 주인은 너도 알다시피 키 크고 왼손잡이인 데다 전문적으로 총을 쏘는 남자였어."

'사망 2주 전에 아드리아나의 집을 방문한 남자, 두 희생자와 생김새가 비슷했던 내 어머니와 결혼했던 남자 말이야.'

리가 인상을 쓴다. 표정을 보니 지금껏 그 가능성에 대해서는 생각을 안 해본 듯하다.

"무슨 소릴 하는 거야? 너희 아버지 짓이라고?"

"가능성이 있어. 솔직히 모랄레스보다는 아버지가 밀코스키가 말한 범인 특징에 더 가까워."

"넬, 무슨 소리야. 맙소사, 너희 아버지는 경찰이셨어."

"성격이 불 같으셨지. 술 문제도 있으셨고. 살인범으로 의심받는 게 이번이 처음도 아니야."

리는 부아가 나는 듯하다. 내가 반대를 위한 반대를 하고 있다고 생각하는지 점점 못 참겠다는 표정이 되어가고 있다.

"우린 FBI 행동분석팀이 아니야. 그렇다고 수개월 동안 수사하면서 증거도 없이 아무나 잡아들이지도 않았어. 우린 서퍽 카운티 경찰서 강력계니까. 경찰관 수도 그렇고 수사 자원도 한정돼 있어서, 수사의 요점에서 벗어나지 않으려고 애쓰고 있는 게 사실이야. 그러니 우리 쪽 사람을 용의자로 의심하는 괴상한 이론을 밀어줄 여력은 없어."

"미안. 난 네가 요주의 인물을 쥐어짜서 자백을 받아내는 것보다는 살인 사건을 제대로 해결하고 싶어 하는 줄 알았지. 네가 우리 아버지의 사무실에 들어가려고 애쓰는 게 혹시 그래서니?"

"오늘 밤에는 너도 그만 진정하는 게 좋겠다. 들어가서 쉬어. 술이라도 좀 마시고. 난 가서 범인 심문에 대비해야 돼.
수사 진행 상황은 계속 알려줄게."

"내 의견을 듣지도 않을 거면 애초에 왜 이 사건에 끌어들
였어?"

리는 우리 집 앞 진입로로 들어가 차를 세운다. 그는 내 질
문에 대답하지 않고 간단히 묻는다.

"집 안까지 데려다줘?"

"졸업 무도회에 다녀온 것도 아니고 됐어. 차 태워줘서 고
마워."

빗속으로 발을 내딛은 나는 필요 이상으로 차 문을 세게 닫
는다.

14

하늘에 먹구름이 잔뜩 끼었다. 소금기를 머금은 빗물이 홈통을 거쳐 쏴아아 쏟아져 내린다. 아침부터 기온이 크게 떨어졌다. 손이 덜덜 떨려 자물쇠에 열쇠를 꽂아 넣기가 쉽지 않다. 리가 엔진을 공회전하며 기다리고 있다. 그는 내가 집 안으로 들어가 문을 닫을 때까지 현관 앞 베란다를 헤드라이트로 비춰준다. 잠시 후 자갈에 타이어를 세차게 긁으며 진입로에서 물러가는 그의 차 소리가 들린다. 나는 유리창 너머로 점점 멀어지는 그의 차 후미등을 바라본다.

스위치를 켜지만 불이 들어오지 않는다. 정전이다.

"젠장."

내 목소리가 현관 복도에 공허하게 울려 퍼진다. 폭풍우가 칠 때 듄로에서 정전이 되는 건 흔한 일이다. 그래서 이웃들은 대부분 예비 발전기를 집에 갖춰놓고 사는데, 아버지는 그런 데다 돈을 쓰는 분이 아니었다. 무엇보다 어둠에 동요하지 않으셨다. 집 안 곳곳에는 손전등 여러 개가 갖춰져 있다. 식료품 저장실에는 통조림이 쌓여 있고, 불을 땔 때 필요한 장작도 충분하다. 가슴이 무겁지만 애써 스스로를 달래본다.

'난 괜찮아.'

벽난로에 불부터 때기로 한다. 신문과 불쏘시개, 장작을 차례로 넣는다. 곧 거실에는 타닥타닥 소리를 내는 열기와 환한 빛이 차오른다. 욕실로 들어가 젖은 옷을 벗는다. 체온을 올리는 데 도움이 안 될 것 같으니 굳이 샤워를 할 필요는 없을 것 같다. 아버지의 사무실을 확인하는 게 급선무다. 엘레나 마르케스가 아버지의 이름을 입에 올린 후부터 쭉 아버지의 사무실을 둘러봐야겠다는 생각을 했다. 수건으로 몸에 묻은 물기를 닦는다. 옷은 진흙투성이고 머리카락에도 진흙이 묻었다. 피에 젖은 옷이 뻣뻣하다. 어깨에 감은 붕대를 떼어내자 벌어진 상처에 찬 공기가 닿아 뜨끔거린다.

옷을 갈아입고 커다란 손전등과 발판 의자를 찾아낸다. 아버지는 보관장 안의 커피 캔에 사무실 열쇠를 감춰뒀다. 십대 시절, 이틀에 걸쳐 이 집을 구석구석 체계적으로 살피면서 알아낸 사실이다. 나는 아버지가 허락한 것보다 늘 더 많은 정보를 갖고 있었고, 더 예리하고 고집 센 사람으로 자라났다. 최고의 형사에게 배운 덕분이었다.

아무 표시 없는 열쇠가 녹슨 철사 고리에 매달려 있다. 거실을 가로질러 걸어가 자물쇠에 열쇠를 꽂는다. 사무실 문을 열면서 괜스레 움찔한다. 어째서 지금도 아버지의 사무실에 멋대로 들어가면 안 될 것 같은 기분이 드는 걸까. 이곳은 내게 출입이 허락되지 않는, 아버지의 내밀한 공간이었다. 아버지가 이 사무실에 있는 동안에는 노크조차 함부로 할 수 없었다. 노크를 하려면 충분히 타당한 이유가 있어야 했다.

지금은 타당한 이유가 있다. 나는 아버지의 죽음이 두 살인 사건과 관련돼 있을지 모른다는 느낌을 떨쳐낼 수가 없다. 아버지가 그 여자들을 죽였으면 어떻게 하지? 가능성만으로도 애가 탄다. 어쩌면 아버지는 그녀들을 죽인 뒤 스스로 목숨을 끊었을 수도 있다. 내 생각보다 복잡한 사정이 있을지 모르니, 뒤로 한 걸음 물러나 보다 큰 그림을 봐야 될 수도 있겠다.

사무실 안에서 퀴퀴한 냄새가 난다. 천장에서 물방울이 똑 똑 떨어지는 소리가 들린다. 손전등을 구석구석 비춰보지만 물이 새는 곳을 찾을 수가 없다. 나는 아버지의 책상에 놓인 액자 속 사진을 손전등 불빛으로 비춘다. 가까이 다가가 사진을 집어 들고 자세히 들여다본다. 아버지와 글렌 도시의 사진이다. 롱아일랜드 해협의 푸르고 탁 트인 풍경을 배경으로, 도시의 보트를 타고 나란히 서 있는 모습이다. 사진 속 하늘은 구름 한 점 없이 고요하다. 여름의 끝자락인 듯하다. 햇볕에 알맞게 그을린 두 남자는 환하게 웃고 있다. 도시는 오클리 선글라스를 꼈고, 아버지는 서펵 카운티 경찰서 로고가 박힌 야구 모자를 내려 써 얼굴에 그림자를 드리웠다.

그들은 거대한 줄무늬 농어 한 마리를 함께 들고 서 있다. 아직도 기억이 난다. 35킬로그램에 달하는 그 농어는 이 지역에서 잡힌 농어들 중 제일 큰 편에 속했다. 덕분에 지역 신문에도 났다. 아버지와 내가 그럭저럭 얘기를 주고받으며 살았던 수 년 전의 일이었다. 아버지는 그 농어를 잡은 것이 자랑스러웠는지, 기사를 오려 내게 우편으로 부치기까지 했다.

줄무늬 농어는 원래도 무척 아름다운데, 사진 속 농어는 크기며 비율이 특히 훌륭하다. 은색 비늘로 뒤덮인 몸통이 늦은 오후의 햇살을 받아 반짝거린다. 저항의 의미로 벌린 주둥이, 가만히 노려보는 둥근 눈. 어렸을 때 나는 아버지에게 우리가 잡은 물고기를 도로 물에 놔주자고 했었다. 아버지에게 잡힌 물고기가 물로 돌아가고 싶어 주둥이를 뻐끔거리며 보트 갑판에서 꿈틀대는 모습이 보기 싫었다. 그 물고기를 죽이는 건 더 싫었다.

아버지는 한 번 잡은 물고기를 물에 놔주는 건 잔인한 짓이라고 했다. 물고기는 이미 입에 상처가 나서 망가진 상태라 야생에서 살아남기 어렵다고 했다. 차라리 신속하고 깔끔하게 끝을 내주는 편이 낫다고, 그게 차라리 인간적이라고 했다. 아버지는 그런 목적으로 사용하는 작은 몽둥이를 '사제'라고 불렀다. 그 몽둥이로 물고기의 두 눈 사이를 정확히 내리쳐 단박에 죽이거나 기절시켰다.

어머니는 낚시도 사냥도 야만적인 짓이라 여겼다. 아버지가 낚시 도구를 꺼낼 때마다 어머니는 못마땅해하며 코를 찡 그랬다. 아버지가 처음 총 쏘는 방법을 가르쳐준 날이 아직도 생각난다. 그날 부모님은 주방에서 말다툼을 했다. 분노에 찬 어머니의 짧고 날카로운 목소리가 서까래까지 닿았다. 그렇게 화를 내던 어머니가 어째서 화를 누그러뜨렸는지 모르겠다. 아버지는 나를 불러 서둘러 내려오라고 재촉했다. 나는 계단을 달리듯 내려갔다. 어머니는 나를 꼭 껴안았다가 놓아주며 속삭였다.

"아버지랑 가서 재미있게 놀다 와."

그러고는 다 괜찮다는 듯 내 등을 쓰다듬어주었다. 아버지가 트럭을 몰고 진입로에서 빠져나갈 때 나는 백미러를 통해 집에 있는 어머니의 모습을 살피면서 뒤를 연신 흘끔거렸다. 입을 굳게 다문 어머니는 팔짱을 낀 채 주방 창문으로 우리를 보고 있었다.

아버지와 도시는 열정적인 사냥꾼이었다. 그들은 사냥을 스포츠처럼 즐기면서 스릴과 포획의 승리감을 만끽했다. 그런데 그들이 사냥한 것이 과연 물고기와 사슴, 새가 전부였을까? 아니면 좀 더 큰 먹이를 노렸을까? 상처 입은 여자들의 목숨을 끊어놓는 짓도 했을까? 야생에서 홀로 살아남기 힘든 그녀들의 짐을 덜어준다는 이유로?

나는 차마 더 볼 수가 없어 아버지와 도시의 사진을 책상에 엎어놓는다. 그 아래 서류 캐비닛으로 시선을 돌린다. 캐비닛에는 숫자 4개를 전부 맞춰야만 열리는 자물쇠가 걸려 있다. 나는 바닥에 무릎을 대고 숫자를 맞춰보기 시작한다. 아버지의 생일에 이어 내 생일을 이루는 숫자들을 이리저리 조합해 적용해본다. 자물쇠는 꿈쩍도 하지 않는다. 그러다 마지막으로 어머니의 생일로 시도해본다. 숫자가 맞아떨어지면서 자물쇠가 열린다. 성공이다.

캐비닛 안에는 서류들이 꼼꼼하게 정리돼 있다. 아버지는 파일마다 강박적일 정도로 정확한 블록체로 제목을 적어놓았다. 나는 파일들을 훌훌 넘겨본다. '유언장'이라고 적힌 파일과 '은행 명세서'라고 적힌 파일을 넘기자 'GC 리무진 서비스'라고 적힌 큼직한 아코디언 파일이 보인다.

그 파일을 꺼낸다. 다른 파일보다 묵직하다. 표지를 넘기자마자 사진 한 장이 바닥으로 툭 떨어진다. 그 사진을 집어서 들여다보는데 목구멍으로 쓰디쓴 담즙이 올라온다. 아드리아나 마르케스의 사진이다.

멀리서 망원 렌즈로 찍은 사진인 듯하다. 파티복을 차려입은 아드리아나가 창고처럼 생긴 건물로 들어가고 있다. 붕대로 칭칭 감은 듯 몸에 착 붙는 파란 원피스, 하이힐, 목에 걸린 커다란 금색 십자가 목걸이가 눈에 띈다. 입술에는 진한 빨간색 립스틱을 발랐다. 이마를 찌푸리며 어깨 너머로 뒤를 돌아보고 있다. 누가 자기를 지켜보고 있는 줄 아는 것 같다. 사진을 뒤집어보니 뒷면에 아버지의 필체로 '마르케스, 18세. 18년 8월 29일에 GC 리무진 서비스를 이용'이라고 적혀 있다. 아드리아나가 실종되기 이틀 전이다.

서류철을 열어보니, 맨 밑에 선불폰이 있다. 내가 찾던 휴대폰 같다. 엘레나가 아드리아나의 실종 신고를 한 후 아버지가 아드리아나의 방에서 가져갔다는 바로 그 휴대폰. 그리고 아드리아나가 사진 속에서 착용한 금색 십자가 목걸이도 선불폰 옆에 나란히 놓여 있다.

의자에서 일어서는데 피가 머리로 확 솟는다. 휘청하는 몸을 가누며 눈을 감는다. 몸 상태가 영 좋지 않아 똑바로 서 있기도 힘들다. 제발 좀 쉬게 해달라고 몸이 비명을 지르고 있다.

'수사를 계속해야 돼.'

이대로 쓰러져 누우면 다시는 못 일어날 것 같다.

'아버지는 왜 이 여자의 목걸이를 갖고 있었을까?'

잠시 후 눈을 뜬 나는 롱아일랜드가 표시된 대형 지도를 바라본다. 사무실 벽에 길게 붙어 있는 그 지도는 어렸을 때 본 적이 없는 새 지도다. 아버지는 왜 여기에 이 지도를 붙여놨을까. 나는 따로 표시된 지점이 있는지 보려고 지도로 다가간다. 시신이 발견된 장소들이 나름의 의미를 가졌을 수도 있다. 어머니가 살해되던 날 밤, 아버지와 함께 캠핑을 했던 시어스 벨로스 카운티 공원에 시선이 잠시 머문다. 지도에 초록색으로 표시된 그 지역을 들여다보다가 애써 시선을 돌린다.

문득 롱아일랜드가 사람의 몸과 같은 형상임을 지도를 보며 처음으로 깨닫는다. 전에는 왜 한 번도 그런 생각을 해보지 않았을까. 지금 보니 롱아일랜드는 물 위에 둥둥 떠 있는 여인의 시체 같다. 브루클린은 여인의 머리에 해당된다. 여인의 얼굴은 남쪽의 대양을 향해 있다. 스미스타운만은 등허리를 이룬다. 노스포크와 사우스포크를 이루는 두 다리는 리버헤드에서 갈라진다. 그 사이에는 도시와 아버지가 어린 나를 데리고 보트를 탔던 페코닉만이 자리하고 있다.

점심으로 먹을 샌드위치와 주스, 맥주를 쿨러에 담은 뒤 도시의 보트를 타고 출발했던 기억이 떠오른다. 도시를 비롯한 아버지 친구들과 함께 아버지의 유해를 뿌렸던 바로 그 보트다. 보트의 이름은 시합 시간을 뜻하는 '바우트 타임'인데, 생각해보면 꽤나 역설적인 이름이다. 어린 내 얼굴에 흩뿌려지던 소금물, 무릎에 올라앉아 보트를 조종하는 척하며 노는 내게 도시가 지어주던 미소가 여전히 생각난다. 내가 두 손으로 타륜을 붙잡으면 도시는 몇 초 동안이지만 타륜에서 손을 떼어 내가 마음껏 조종하는 기분을 느끼게 해주었다.

지도로 다가가 '파인 배런스 수렵 금지 구역'을 확인한다. 남쪽으로 시선을 내려 '시네콕 카운티 공원'을 바라보다가, 그 위의 '시어스 벨로스 카운티 공원'으로 눈길을 돌린다. 어머니가 살해되던 시각에 아버지와 함께 캠핑을 했던 곳이다.

세 곳 모두 주립 공원으로, 온통 푸르른 초목이 우거져 있으며 전부 이 집에서 그리 멀지 않은 곳에 있다.

나는 바닥에 주저앉는다. 어머니가 살해당한 주말, 그해 여름의 기억이 스냅 사진처럼 밀려온다. 두서없이 흩어진 기억이다. 기억의 세밀한 부분들은 세월이 가면서 조금씩 바뀌었다. 공원에 도착하자마자 비가 내렸던 것 같기도 하고, 좀 더 나중에 우리가 천막에 들어가고 나서야 비가 내리기 시작했던 것 같기도 하다. 꿈속에서 아버지는 늘 암녹색 옷을 입고 있었다. 그런데 나중에 아버지와 함께 차에 짐을 싣는 사진을 보니 그날 아버지는 파란 재킷 차림이었다. 수사 업무를 하다 보면 기억이라는 게 얼마나 변덕스러운지 알게 된다. 충격적인 기억일수록 더욱 그렇다. 기억을 품고 산 세월이 길어질수록 사실과 멀어질 가능성도 높아진다.

그날 아버지와 나는 한 시간가량 걷다가 밤을 보낼 천막을 치기 시작했다. 보슬비가 내리면서 몸이 으슬으슬 추웠다. 좀 더 편안한 자리를 고를 수도 있었지만 아버지가 훈련 교관처럼 앞서나간 바람에 어쩔 수 없었다. 투덜거리거나 아버지의 선택에 의문을 제기하는 짓은 안 하는 게 신상에 좋음을 나는 잘 알고 있었다. 아버지와 보조를 맞추기 위해 나는 짧은 다리로 아버지보다 두 배는 빨리 종종걸음을 쳐야 했다.

내가 나뭇가지에 발이 걸려 넘어지고 나서야 아버지는 비로소 걸음을 멈췄다. 나는 까진 무릎을 손으로 움켜잡고 눈물을 참았다. 손가락 아래서 피가 흐르기 시작했다.

"괜찮나?"

아버지는 내 옆에 무릎을 굽히고 앉아, 몸을 숙이며 내 다친 무릎에 입을 맞춰주었다. 좀처럼 스킨십을 하지 않는 분이라 평소에 볼 수 없는 드문 행동이었다.

"괜찮아요. 우리 어디로 가는 거예요?"

"저쪽으로 몇 분만 가면 연못이 있어. 네 마음에도 들 거다.

피곤하면 돌아가도 돼. 어떻게 할지 결정해라."

"얼마나 더 가야 되는데요?"

아버지는 고개를 돌려 길 끝에 있는 무언가를 손으로 가리켰다.

"저기 보이지? 이정표라는 건데, 도보 여행자들이 길을 찾도록 도와주는 거다. 저게 있으면 목적지에 거의 다 왔다는 뜻이지."

나는 고개를 끄덕이며 일어섰다. "알았어요. 가요."

이정표.

온몸이 덜덜 떨린다. 양 무릎을 모아 두 팔로 감싼 채 몸을 떤다. 아드리아나의 무덤 옆에서 본 이정표가 어째서 낯설지 않았는지 이제 그 이유를 알았다. 이정표는 내 머릿속 깊고 어두운 곳에 묻혀 있던 옛 기억을 흔들어 깨웠다. 리아 샌도벌의 무덤 옆에도 이정표가 있었다. 순전히 우연일 수도 있지만, 내 의심이 사실임을 드러내는 증거일 수도 있다. 아버지가 두 여자를 죽였을지도 모른다는 의심 말이다.

어쩌면 아버지는 어머니까지 죽였을 수도 있었다.

15

지도 맞은편 벽에 대형 화이트보드가 있다. 서퍽 카운티 경찰서 수사본부실에 있던 것과 같은 종류다. 나는 일어서서 책상 서랍을 뒤져 화이트보드용 마커를 찾아낸다. 마커를 손에 쥐고 화이트보드에 이름을 쭉 써내려간다.

제임스 미첨
알폰소 모랄레스
조반니 칼라브레제
글렌 도시

그리고 맨 아래에 덧붙인다.

마틴 플린

화이트보드 한가운데에 두 희생자의 이름을 적는다. 미첨과 모랄레스를 한 줄로 그어 연결하고 도시와 플린도 한 줄로 연결한다. 조반니 칼라브레제를 두 희생자와 연결시키고 모랄레스를 샌도벌, 미첨과 연결 짓는다. 아버지의 이름은 아드리아나 마르케스, 글렌 도시, 그리고 아직 구체적인 증거는 없지만 미심쩍은 인물인 칼라브레제와 연결시켜 놓는다.

아드리아나의 사진을 꺼내 화이트보드에 테이프로 붙인다. 이것도 엄연한 증거다. 그 옆에는 리버헤드의 아파트에서 가져온 폴라로이드 사진을 붙인다. 금색 목걸이를 꺼내 손 안에서 이리저리 굴리며 들여다본다. 몸에 착용한 물건이니 누군가의 선물일까, 매일 이 목걸이를 착용했을까, 아니면 특별한 날에만 걸었을까. 신의 보호를 받기 위해서? 아니면 그저 행운을 바라는 뜻으로?

나는 이 목걸이를 착용한 아드리아나의 사진 위로 목걸이 줄이 늘어지도록 화이트보드 모서리에 목걸이를 걸어둔다. 아버지가 이 목걸이를 가지고 있었다는 사실이 신경 쓰인다. 아버지가 멀리서 아드리아나를 지켜보기만 했다면 어떻게 이 목걸이를 가질 수 있었을까? 나는 인상을 쓰며 뒤로 한 걸음 물러선다. 수많은 퍼즐 조각들을 모았지만 그 중 아귀가 맞는 게 없다. 화이트보드에 거미줄처럼 죽죽 그어진 줄들은 서퍽 카운티에서 제일 부유한 이들을 제일 가난한 이들과 연결 짓고 있다. 어쩌면 이 줄들은 아무런 의미도 없을지 모른다. 모랄레스가 두 여자를 죽여 환경 보호 협회 소유의 땅에 묻어버린 게 전부일 수도 있다. 그렇다면 아버지는 왜 아드리아나 마르케스의 행적을 쫓았을까? 모랄레스가 범인이라는 증거만큼이나 범인이 아니라는 증거도 수두룩한데, 도시는 어째서 모랄레스를 두 살인 사건의 범인으로 성급히 확정 지으려 할까? 칼라브레제를 용의자로 보는 사람은 왜 아무도 없는 걸까?

전화기를 들어 오랜 친구 세라 파텔의 번호를 누른다. FBI의 지원이 필요한 상황이다. 라이트먼 팀장에게 전화를 할 수도 있지만 괜히 긁어 부스럼만 만들 수 있다는 생각에 그만두기로 한다. 세라는 반골 기질이 있는 편이고 인신매매 전담팀 팀장이니만큼, 필요에 따라 바로 팀을 동원해 몇 시간 만에 결과물을 내줄 수도 있을 것이다.

세라는 기분 좋게 놀란 목소리로 전화를 받는다.

"넬, 오랜만이야. 잘 지내지?"

"그럼요. 아니 실은, 엿 같아요. 엉망이에요."

수화기 너머로 사람들이 떠드는 소리, 베이스 기타 소리가 들려온다. 레스토랑에 있거나 파티에 참석 중인 모양이다. 너무 솔직하게 내 현재 상황을 털어놓은 것 같아 자괴감이 든다. 나는 사회적 고립에 가까울 정도로 남들과 사생활을 공유하지 않는 편인데, 서퍽 카운티에 온 후로는 부쩍 누군가에게 속내를 털어놓고 있다.

"죄송해요. 지금 시간 괜찮으세요? 너무 갑자기 전화를 드렸죠."

"괜찮아. 목소리 들으니까 좋네. 무슨 일이야? 지금 어딘데?"

"롱아일랜드에 와 있어요."

"거기는 왜?"

"아버지가 오토바이 사고로 돌아가셨거든요."

"어머나, 넬. 유감이야."

그녀의 목소리가 부드러워진다. 수화기 너머에서 들려오는 배경 소음이 차츰 줄어들더니 쿵, 하고 문 닫히는 소리가 들린다.

"아버지가 경찰이셨지?"

"예, 강력계에 계셨어요. 돌아가실 당시에 어떤 사건을 수사 중이셨는데, 꽤 큰 사건이에요. 제가 지금 전화를 드린 것도 그 사건 때문이에요. 사건 해결에 도움이 필요해서요."

"내가 뭘 해주면 돼?"

"작년 여름에 도보 여행자들이 공원에서 열일곱 살짜리 여성의 시신을 발견했어요. 총을 맞고 사지가 절단된 시신인데, 희생자의 이름은 리아 샌도벌이에요. 리아는 엘살바도르 출신이고 브렌트우드에서 자랐어요. 아버지가 진행하셨던 사건인데 끝을 보지 못하셨어요. 그런데 어제 또 다른 희생자의 시신이 발견됐어요. 시신의 상태는 리아와 비슷해요. 멕시코 출신이고 리버헤드에 거주하던 여자예요. 리아와 마찬가지로 총을 맞고 사지가 절단됐어요. 누군가 그 여자의 시신을 시네콕 카운티 공원의 모래 언덕에 묻어놨어요."

"아, 젠장. 뉴스에서 봤어. 경찰이 용의자를 체포하지 않았어?"

"예, 엘살바도르 출신 남자예요. 이 지역에서 정원사로 일하고 있는 불법 체류자이기도 하고요."

"자기는 그 남자가 범인이라고 생각하지 않는구나."

"두 희생자 모두 성 노동자였어요. 조반니 칼라브레제라는 이름의 전과자가 운전하는 자가용 서비스를 이용했고요. 고급 손님들을 상대로 하는 매춘 조직인 것 같아요."

"내 전문 분야네."

"두 번째 시신이 발견된 장소는 억만장자의 집 바로 앞이에요. 그 억만장자의 이름은 제임스 미첨이에요. 확대 해석의 여지가 있을 수도 있지만—"

"아, 미첨이라면 나도 알고 있어."

"그러시군요." 흥분한 나는 숨을 크게 내쉰다.

"성 범죄자로 이름난 놈이야. 젊은 여자들을 좋아하지. 놈은 친구들에게 젊은 여자들을 대주고, 친구들은 놈에게 대가를 제공하고 있어."

"친구들이 그를 보호해주는 건가요?"

"보호해줄 뿐만 아니라 그의 펀드에 투자도 해. 그의 청탁도 들어주고 있지. 미첨은 바닥부터 올라온 놈이야. 브롱크스에서 성장기를 보냈고, 대학을 중퇴한 바람에 학위도 못 받았어. 그런데 지금 억만장자로 살고 있잖아. 그가 그 위치까지 어떻게 올라갔는지, 왜 대단한 권력자들이 그에게 돈을 맡기는지 정확히 아는 사람은 없어. 하지만 그가 권력자들에게 더러운 향응을 제공하고 그 대가를 챙기고 있다는 의심은 들어. 그의 펀드는 투자자들의 돈을 갈취하다시피 하는데도 여전히 잘 굴러가고 있거든."

"미첨의 이웃집 사람 얘기로는 미첨이 이곳 경찰들에게 뇌물을 주는 것 같다던데요."

"아, 그럴 거야. 어디 경찰뿐이겠어. 판사와 상원의원한테도 뇌물을 먹이겠지. 우리는 한동안 미첨과 부통령의 관계를 캐고 있었어."

"그래요? 어떤 관계인데요?"

"그게, 미첨이 팜비치에 있는 집 침실마다 카메라를 설치해뒀다는 얘기가 있었어. 그 집에 드나든 여자한테 들었는데, 부통령이 니카라과 출신의 열다섯 살짜리 불법 체류자 소녀와 성관계를 하는 영상을 미첨이 가지고 있대. 극보수주의자에 툭하면 성경 구절을 인용하는 유부남 부통령이 남들에게 보여서 좋을 모습은 아니지."

"그 영상을 보셨어요?"

"아니, 우리는 영상을 확보하려고 애썼어. 미첨의 집에 드나든 여자들하고도 얘기를 해봤는데, 다들 자기네 모습이 녹화되고 있는 걸 알고 있더라고. 그 중 한 여자가 미첨의 파티에 자주 참석하는 남자들의 신원을 우리에게 알려주기도 했어. 고위급 정치인들의 이름을 줄줄이 언급하면서 상세하게 설명해주더라. 부통령도 그 중 하나야. 우린 그 여자의 증언

을 중심으로 자료를 수집하고 있었는데 어느 날 그 여자가
사라져버렸어."

"사라졌다고요?"

"그래, 흔적도 없어."

"살해됐을까요?"

"솔직히, 그럴 가능성도 있다고 봐. 그 여자가 우리에게 협
조하고 있다는 걸 미첨이 알았다면 어떻게든 그 여자를 없애
야 했을 테니까. 그 일에 연루된 다른 사람들도 마찬가지겠지
만. 문제는 시신이 없으니……."

세라는 말끝을 흐린다. 수화기 너머에서 그녀가 어깨를 으
쓱하는 모습이 눈앞에 그려진다.

"수사는 어떻게 됐어요?"

"흐지부지됐어. 우리는 다른 사건으로 넘어가야 했지. 마찬
가지로 추접한 인신매매 사건이지만. 그런 짓을 하는 놈들은
끝도 없는데 우리 팀원은 머릿수가 한정돼 있으니, 할 수 있
는 일이라도 하는 수밖에. 우리가 할 수 있는 일이 좀 더 많으
면 좋겠다는 생각은 늘 해. 언젠가는 가능하겠지."

"지난 수년 동안 팜비치 지역에서 발견된 무연고 여성 변사
체들을 조회해주실 수 있어요? 그 중 총상을 입고 사지를 절
단당한 뒤 포대에 싸인 채 버려진 시신이 있는지 확인 부탁
드려요. 미첨이 여자들에게 매춘을 시키고 사람을 시켜 그 여
자들을 죽이게 했다면, 서픽 카운티에서만 그런 짓을 했을 것
같지가 않아서요."

세라는 잠시 생각 끝에 대답한다.

"알았어. 그런데 이번 사건은 미첨의 짓 같지가 않아. 물론 그놈이 쓰레기인 건 두말할 필요도 없어. 살인도 충분히 저지를 수 있는 작자지. 하지만 자기 집 뒷마당에 여자를 묻어놓는 건 너무 멍청한 짓이잖아. 미첨은 멍청하진 않거든."

"허둥지둥하다가 묻었을 수도 있겠죠. 어쩌면 여자가 그를 협박하려고 하니까 순간적으로 열 받아서 일을 저지른 것일 수도 있고요."

"집 앞에다 묻는 것보다는 발목에 콘크리트 덩어리를 매달아 바다에 던지는 게 낫지 않아?"

"알아요. 젠장, 그렇죠. 말이 안 되기는 해요."

"두 희생자 모두 미첨과 관련돼 있다고 확신해?"

"의심은 드는데 아직 증거가 없어요."

"그럼 계속 파봐. 매춘 조직이 실재한다는 것과 미첨이 단골이라는 걸 증명하면 그를 고발하기가 훨씬 쉬워질 거야."

"미첨은 이번 사건과 확실히 엮여 있어요. 느낌이 그래요. 그가 서픽 카운티 경찰들에게 뇌물을 먹이고 있는지도 알아봐야겠어요. 미첨의 이웃은 그럴 거라고 말하더라고요. 뇌물을 받은 게 사실이면, 이곳 경찰들이 리아 샌도벌의 죽음에 대해 제대로 조사를 하지 않은 이유도 뇌물 때문인 거겠죠."

"서픽 카운티 경찰들 말이야?"

"예."

"자기 아버지가 서픽 카운티 경찰이셨다며."

"맞아요."

"그럼 아버지의 친구들이겠네? 자기가 어렸을 때부터 보고 자란 사람들?"

어쩌면 내 아버지의 짓일 수도 있어요, 라는 말이 목 끝까지 올라온다.

"예."

"이 토끼 굴을 계속 파도 정말 괜찮겠어?"

"그럼요, 파야죠. 진실을 알아야겠어요."

세라는 잠시 뜸을 들인 후 말한다.

"우린 여기서도 미첨을 지켜보고 있어. 놈이 실수를 저지르길 기다리는 중이야. 언젠가 꼬리가 밟히겠지. 분명 그럴 거야."

"이번 사건은 미첨이 전부가 아니에요. 아드리아나와 리아에 관한 사건이기도 해요. 그들도 우리와 다를 게 없는 여자들이에요. 저는 사람들이 그 여자들의 이름을 알길 바라요. 그래서 더 누가 그 여자들을 죽였는지 밝히고 싶은 거고요. 그 여자들도 그만한 대우는 받을 자격이 있잖아요."

"자기가 이 일에 매달리고 있는 거 라이트먼 팀장도 알아?"

"아뇨, FBI에 공식적으로 지원 요청을 하진 않았어요. 그랬다간 서픽 카운티 경찰의 심기를 건드릴 테니까요. 팀장님한테 전화한 것도 그래서예요."

나는 현재 엄밀히 말해 병가 중이며, 이번 사건을 파고 있는 걸 라이트먼 팀장이 알면 가만있지 않을 거라는 말은 굳이 하지 않는다.

"알았어."

세라는 마지못해 수긍하는 목소리다. 우리가 탁한 물에 뛰어들었다는 느낌이 오는 모양인데, 그녀의 생각은 틀리지 않았다.

"이 매춘 조직을 운영하는 것으로 추정되는 남자부터 조사를 시작해보자."

"그 남자의 이름은 조반니 칼라브레제예요. 와이언댄치 구역에서 'GC 리무진 서비스'라는 리무진 대여업을 하고 있어요. 그가 희생자들을 자기 차로 실어날랐어요."

"경찰에게 뇌물을 먹인 사람이 있다면 바로 그놈이겠네."

"그의 활동 내역을 파헤쳐볼 필요가 있어요."

"두 희생자 말고 이 매춘 조직에 속한 여자들이 더 있겠지?"

잠시 생각 끝에 나는 한 여자를 떠올렸다.

"있어요. 첫 번째 희생자인 리아 샌도벌의 친구 루즈 몰리나요. 루즈도 칼라브레제 밑에서 일을 했어요."

"좋아, 그 여자를 찾아봐. 우리 쪽으로 끌어들이자."

"겁이 나서 협조하지 않을 수도 있을 거예요."

"당연히 그렇겠지. 누군가 칼라브레제의 여자들을 살해하고 있다면, 다음 목표는 그 여자가 될 수도 있어."

나는 문 쪽으로 걸어가며 대답한다. "바로 찾으러 갈게요."

"저기, 넬?"

"예?"

"신중해야 돼. 뒤도 조심하고. 미첨은 똑똑하고 위험한 놈이야. 나하고 계속 연락을 유지하도록 해. 자기가 갑자기 사라지는 일은 없으면 좋겠어."

"조심할게요."

"그래야지. 그런데 미첨은 수하를 여럿 부리고 있는데 자기는 혼자잖아."

"더는 혼자가 아니에요. 팀장님이 있잖아요."

16

유리문에 빗물이 마구 흩뿌려진다. 틀 안에서 유리가 덜덜거린다. 다친 어깨 위로 스웨터를 끌어내려 겨우 입고 있는데, 집 밖에서 자동차 타이어가 자갈길을 밟고 올라오는 소리가 들린다. 침실 창밖을 내다보니 서퍽 카운티 경찰서 소속경찰차가 우리 집 진입로로 올라와, 아버지의 붉은 트럭 바로 뒤에 멈춰 선다. 운전자가 헤드라이트를 끄고 앞좌석에서 내린다. 목깃을 세운 우비에 모자를 쓴 그 남자는 우리 집 창문을 흘끗 쳐다본다. 론 아나스타스다. 나는 재빨리 숨을 들이마시며 창틀 아래로 몸을 숨긴다. 태엽을 지나치게 많이 감은 시계처럼 심장이 빠르게 쿵쾅거린다. 옆으로 드리워진 커튼이 흔들거린다. 그가 나를 봤을까. 현관 초인종 소리가 울린다. 나는 론이 어서 떠나길 기다리며 눈을 질끈 감는다. 현관문이 잠겨 있지 않으니, 그는 문손잡이만 돌리면 안으로 들어올 수 있다. 그는 파트너와 함께 왔지만 나는 혼자다. 나는 천천히 권총으로 손을 뻗는다. 고개를 돌리고 귀를 바짝 세운다.

조용하다. 마침내 저벅저벅 발소리가 들리고 차 문이 쾅 닫힌다. 이윽고 경찰차는 집에서 멀어진다. 차 소음이 지붕을 때리는 묵직한 빗소리에 묻혀 증발한다. 그대로 1분, 2분이 지나간다. 멀리서 천둥이 우르르 울린다. 나는 일어서서 비 내리는 바깥을 내다보며 급하게 숨을 내쉰다. 일단 그들은 물러갔다.

만과 대양 사이에 샌드위치처럼 끼어 있는 듄로는 폭풍우가 칠 때면 종종 범람하곤 한다. 얼마 안 있어 길이 물에 잠기면 나는 폭풍우가 지나갈 때까지 이 집에 꼼짝없이 갇히는 신세가 되고 말 것이다. 기다릴 여유가 없다. 서둘러 계단을 내려가 책상 위에 놓인 아버지와 도시의 사진 액자를 집어 든다. 그리고 현관문 옆의 벽장에서 아버지의 우비를 찾아 입는다. 우비가 워낙 커서 밑자락이 무릎에 닿을 정도다. 아버지에 대해 조사하면서 아버지의 옷을 입고 아버지의 차를 운전하려니 기분이 묘하다. 하지만 선택의 여지가 없다. 아버지가 어떤 사람인지 알아야 한다. 우비에 달린 모자를 덮어쓰고 폭풍우 속으로 발을 내딛는다.

아버지의 픽업트럭 열쇠가 운전석에 놓여 있다. 운전석에 올라타 시동을 건다. 진입로를 벗어나자마자 듄로 가장자리부터 물이 차오른다. 타이어도 거의 물에 잠겼다. 만이 닫히고 있다. 다리를 건너려는데 경찰차 한 대가 내 옆으로 지나간다. 그 차는 나와 반대 방향으로 가고 있다. 어쩐지 편치 않은 기분이 든다. 운전석 아래로 몸을 웅크려야 될 것 같다. 하지만 이제 와서 방향을 돌려봐야 소용없다.

행크 오고먼의 술집은 '마리나 바 앤드 그릴'이라는 정식 명칭이 있지만 그 이름으로 부르는 사람은 없다. 사람들은 그곳을 '행크 오고먼네'나 '행크스'라고 부른다. 정식 명칭대로 그곳은 식당 겸 술집이다. 그 이상도 그 이하도 아니다. 바닥에는 톱밥이 흩어져 있고 뒤쪽에는 낡은 당구대가 있다. 그 당구대가 왼쪽으로 살짝 기울어 있음을 모르는 사람은 없다. 구멍이 숭숭 뚫린 다트판, 레너드 스키너드와 AC/DC 같은 가수들의 클래식 록 음악만 줄창 틀어대는 주크박스. 이 술집의 분위기를 좌우하는 인물은 바로 주인인 행크다. 은퇴한 경찰인 행크는 큰 덩치에 턱수염을 길렀으며 머리카락은 타는 듯이 붉고 팔 전체에 문신을 했다. 단번에 눈에 띄는 인물이다. 일주일에 엿새 정도는 저녁마다 바 뒤에서 칵테일을 만든다. 서퍽 카운티 경찰들에게는 공짜로 술을 제공하곤 한다. 그의 술집에서 외지인은 거의 본 적이 없는데 아마 행크가 동네 사람들만 모이는 분위기를 원해서일 것이다. 도로에는 마리나 바 앤드 그릴을 알리는 표지판조차 없다. 술집 문 위에도 간판은 없다. 내가 이 동네에 대해 잘 몰랐다면 그 집을 정박지 시설의 일부인 낡은 판잣집 정도로 여겼을 것이다.

주차장에 차 두 대가 보인다. 헤드라이트가 켜져 있다. 술집 안에서 희미한 음악 소리가 들려온다. 술집 안으로 들어가자 머리 위에서 종소리가 울린다. 거의 비어 있다시피 한 술집에 내가 입장했음을 알리는 소리다. 등 뒤에서 바람이 휘이 소리를 내며 함께 들이닥친다. 나는 머리카락을 손으로 쓸어 빗물을 털어낸다.

바에는 한 남자가 스카치위스키를 앞에 놓고 구부정하게 앉아 있다. 뒤쪽 부스에는 커플이 바짝 붙어 앉아 있다. 한쪽 구석에 놓인 텔레비전에서 지역 뉴스가 흘러나온다. 폭풍우가 롱아일랜드 해변 쪽으로 맹렬하게 접근하고 있다는 소식이다. 화면 구석에 통계 숫자가 깜박인다. 예상 강우량, 풍속, 해변 폐쇄. 일기예보관은 "서퍽 카운티에 가장 큰 피해가 예상됩니다. 해안가에 거주하는 주민들은 피난 준비를 하셔야 합니다"라고 알린다.

행크가 주방에서 나온다. 내가 기억하는 모습 그대로다. 덩치가 산만 해서 위협적일 정도지만 다정한 사람이다. 격자무늬가 들어간 버튼다운식 셔츠, 그 위에 '주방장에게 키스하세요'라고 적힌 앞치마를 입었다. 그는 나를 보고 앞니 사이의 벌어진 틈이 다 보이도록 환하게 미소 짓는다. 그는 바 너머로 몸을 기울여 어색하게 포옹을 하면서 곰 앞발 같은 손으로 내 등을 토닥인다.

"넬 플린, 언제 얼굴을 보려나 했더니. 도시한테 네가 왔단 얘긴 들었다."

"다시 봐서 반가워요, 행크 아저씨. 조만간 들러야지 하고
있었어요."

"아버지 일은 유감이야. 늘 여기서 보던 사람인데. 앞으로
도 그리울 거다."

"감사해요. 여긴 아버지가 즐겨 찾던 곳이죠."

"그랬지."

그는 더 할 말이 있는 듯하다가 입을 다문다. 나는 아버지
가 죽던 날 밤, 어디 있다 오는 길이었는지 도시에게 굳이 묻
지 않았다. 거의 매일 밤마다 그랬듯, 아버지는 행크스에서
술을 마시다가 나왔을 게 뻔하니까. 어차피 그런 건 중요하
지 않다. 나는 아버지의 죽음이 행크의 탓이라 여기는 듯한
인상을 주고 싶지 않다. 그날 밤 행크가 아버지에게 술을 안
췄다고 해도 아버지는 다른 데서 술을 찾아 마셨을 것이다.
술은 늘 아버지가 있는 곳을 찾아왔다. 다만 아버지가 정말
술 때문에 사고가 나서 돌아가신 것인지 의문이 나던 참이
기는 하다. 양심의 가책으로 인해 고의로 목숨을 끊은 것일
수도 있다.

"아버지한테 잘해주신 거 알아요. 감사드려요."

"네 아버지는 죽던 날 밤에 여기 왔었어. 도시한테 들었지?"

"묻지 않았어요. 어차피 사고였잖아요. 아버지의 오토바이
타이어는 닳아빠진 상태였고, 도로 노면은 비에 젖어 있었
어요."

"그날 네 아버지는 술을 마시지 않았어. 콜라 한 잔 마신 게 다야. 네 아버지는 여기서 다실바를 만나기로 했는데 다실바가 오질 않았어. 그래서 나랑 같이 텔레비전으로 스포츠 경기를 봤지. 난 네가 그것만은 알아주면 좋겠구나. 네 아버지는 술을 끊었어. 정말 독하게 끊었어."

놀랍다.

"정말이요? 언제부터요?"

그는 어깨를 으쓱한다.

"몇 달 됐지. 아버지한테 얘기 못 들었니? 하루아침에 딱 끊은 거야. 그 후로는 여기 와서도 콜라만 마시다 갔어. 빈 집에 덩그러니 혼자 있으니 사람들이랑 어울리고 싶어서 여기 오나 보다 했지. 술을 끊은 게 네 덕분이라고 생각했는데."

"아니에요. 저는 아버지와 술 얘길 한 적도 없어요."

"음, 난 네가 영향을 준 줄 알았다. 네 아버지가 너를 위해 술을 끊고 싶단 얘기를 한 적이 있거든. 결국 술을 끊은 걸 보고 정말 자랑스러웠어."

"아버지가 만나는 분이 있었다는 얘기를 들었어요. 마리아라는 여자 분인데, 혹시 아버지가 그분을 여기에 데려오신 적 있어요?"

행크는 양쪽 눈썹을 추어올린다.

"아니, 누가 그런 얘길 하디?"

"오랜 친구가요."

"네 아버지는 거의 밤마다 여길 왔어. 혼자 오거나 아니면 서퍽 카운티 경찰서 동료들이랑 왔지. 여자를 데려온 적이 있었다고 해도 난 본 적이 없어."

"괜한 걱정은 마세요. 그냥 한번 물어본 거예요."

"뭐 마실래? 서비스로 주마."

나는 얼른 대답하지 못한다. 아버지의 금주에 대한 얘기를 듣고 술을 주문하려니 앞뒤가 안 맞는 기분이 들어서다. 하지만 오늘은 정말 짜증나는 하루였다. 어깨도 쑤시고 신경도 곤두서 있다.

"맥캘란 위스키 니트*로 주세요." 나는 지갑을 꺼내며 덧붙인다. "그리고 돈 낼게요. 계산할 거예요."

행크는 손사래를 친다. "돈은 넣어둬."

그는 바 저쪽으로 자리를 옮겨 다른 손님의 술잔에 술을 채운다. 위스키가 나오길 기다리며 나는 술집 안을 둘러본다. 루즈의 모습은 보이지 않는다. 날씨 때문에 오늘 밤은 행크 혼자 일을 할 모양이다. 바깥에서 바람이 울부짖는 소리가 들려온다. 바람이 극도로 흥분해 날뛰고 있다. 오늘 같은 날 술집 문을 열어놓다니 놀랍다. 하지만 다시 생각해보니 행크의 집은 이 건물 바로 위층이라, 가게 문을 닫는다고 해도 딱히 갈 곳도 없을 듯하다. 적어도 가게에는 전기가 들어오니 열어놓는 게 나을 수도 있겠다.

텔레비전 채널이 일기예보에서 지역 뉴스로 돌아간다. 도

---

* 상온의 술을 병에서 잔으로 그대로 따라 마시는 방식.

시의 차 뒷좌석에서 수갑을 찬 채 끌려 나오는 알폰소 모랄레스의 모습이 보이자 나는 앉은 자리에서 허리를 세운다. 모랄레스는 얼굴이 카메라에 잡히지 않도록 고개를 푹 숙이고 몸을 웅크려 옷깃에 얼굴을 감춘다.

텔레비전에서 기자의 멘트가 흘러나온다.

"오늘 오후, 서픽 카운티 경찰은 애쿼보그의 해럴드 농원에서 용의자를 멋지게 체포했습니다. 농원 직원 알폰소 모랄레스는 경찰들을 피해 도주하며 무기까지 휘둘렀는데요. 그 장면을 동네 주민 메리 캐서베티스가 휴대폰으로 촬영했습니다."

흔들리는 확대 영상이 이어진다. 농장 가판대 뒤에서 달려나와 들판을 가로지르는 모랄레스의 모습이다. 그런데 저 멀리 주차장 트럭 뒤에 웅크리고 있는 내 윤곽이 보이자 나는 소스라치게 놀란다. 그림자에 가려져 아무도 나라는 걸 알아보진 못하겠지만, 내가 지역 뉴스에 나온 것이다. 라이트먼 팀장이 알면 어떤 반응일지 생각만 해도 당혹스럽다. 전화로 내게 고함을 지르는 그의 목소리가 벌써부터 들리는 듯하다. '동네 농장에서 도둑잡기 놀이를 하다니 제정신이야? 어떻게 망할 텔레비전에 나올 생각을 해! 차라리 발신인 주소까지 써서 드미트리 노바크에게 크리스마스 카드라도 보내지 그래?'

내가 모랄레스를 덮치기 직전에 영상이 끊긴다. 기자가 다시 화면에 나와 떠든다.

"방금 보신 장면은 애쿼보그의 해럴드 농원에서 오늘 오후에 촬영된 것입니다. 경찰은 서퍽 카운티에서 젊은 여성 두 명을 살해한 혐의를 받고 있는 무장한 용의자 남성을 체포했습니다."

터져버렸다. 언론이 두 건의 살인 사건을 한데 엮었다. 리아 샌도벌은 더 이상 미해결 사건의 희생자가 아니다. 이제 연쇄 살인 사건의 희생자 중 한 명이 됐다.

맥캘란 위스키를 들고 온 행크가 텔레비전을 향해 고갯짓을 한다.

"엄청난 뉴스지? 너도 들었어? 어제 아침에 시네콕 카운티 공원에서 젊은 여자의 시체가 발견됐대. 사지가 다 잘린 상태였다더라. 경찰들이 그 범인을 잡았나봐."

"사실 제가 여기 온 것도 그 사건 때문이에요."

행크가 눈썹을 추어올린다.

"아, 그래?"

"도시 과장님이 저한테 사건에 대한 자문을 해달라고 하셨어요. 아버지도 돌아가실 당시에 그 사건을 수사 중이셨고요."

"그럼 곧 경찰이 진상을 알아내겠구나."

"작년 여름에도 비슷한 사건이 있었어요. 파인 배런스에서 젊은 여성의 시신이 발견됐죠. 그 여성의 이름은 리아 샌도벌이에요."

"그래, 기억나. 그 여자의 친구가 여기서 일하고 있어. 루즈

몰리나라고."

"같은 놈이 한 짓 같아요."

"아, 제기랄." 행크가 고개를 절레절레 흔든다. "루즈가 오늘 일찍 퇴근하고 싶다고 하더라. 멍청하게도 난 탐탁잖은 표정을 지었지 뭐냐. 무슨 일이 일어난 줄도 모르고."

"루즈가 몇 시쯤 떠났어요?"

"오후 4시쯤이었나? 루즈가 정오에 출근했거든. 가게 문 달을 때까지는 있을 줄 알았지."

"이 말이 위로가 될지 모르겠지만, 루즈가 모랄레스 때문에 일찍 퇴근한 건 아닐 거예요. 모랄레스는 오후 5시쯤 체포됐으니까요. 루즈가 여기서 일한 지 얼마나 됐죠?"

"1년쯤 됐지. 부지런하고 좋은 애야. 오늘 일찍 퇴근한다고 했을 때 눈치 주지 말 걸 그랬다. 늘 성실한 애인데. 오늘 폭풍우 때문에 내가 기분이 좀 안 좋았어."

"루즈가 여기서 일한 게 1년쯤 됐다고요? 경찰들이 리아의 시신을 발견한 직후부터 일하기 시작한 거네요?"

"그렇지."

행크는 바 저쪽을 흘끗 돌아본다. 바 끄트머리에 앉은 남자는 반쯤 졸고 있다. 술잔을 앞에 두고 머리를 두 손으로 받친 채 구부정하게 앉아 있는 모습이다. 행크가 목소리를 낮추고 말을 잇는다.

"우리끼리 얘기지만, 도시가 루즈를 여기서 일하게 해주라고 부탁했어. 루즈는 매춘을 하다가 붙잡혔는데, 친구 일이 있고 나서 거의 정신이 나갈 정도로 겁을 먹었나봐. 도시가 루즈를 안타까워하면서, 나만 괜찮으면 여기서 일을 시켜봐 달라고 했어. 뒤로 슬쩍 부탁을 한 거야. 루즈도 생활하려면 돈이 필요하니까."

"루즈가 여기서 무슨 일을 하고 있죠?"

"청소도 하고 웨이트리스 일도 하고. 지난주에는 폭풍우에 대비해 창문에다 덧문도 달았어. 내가 필요로 하는 일은 뭐든 다 해."

"루즈는 도시와 어떻게 알게 된 거예요?"

"수사 중에 알게 됐겠지. 잠깐, 오늘 체포된 남자가 루즈의 집 건너편에 살지 않아? 정원사라며? 도시한테 들었어. 도시가 전에 그 남자 사진을 보여주면서 그놈이 여기 와서 얼쩡 대는지 잘 보라고 했거든."

"맞아요. 알폰소 모랄레스요."

"그래, 맞아. 그 짐승 같은 새끼. 작년에 경찰이 그놈을 잡아 처넣었으면 여자가 또 죽어나갈 일은 없었을 텐데." 행크는 멈칫하며 얼굴이 벌게지더니 덧붙였다. "무례하게 굴려던 건 아니야. 너희 아버지가 저놈을 잡으려고 최선을 다했다는 걸 내가 왜 모르겠냐."

"무례라고 생각 안 해요. 저기, 루즈를 만나려면 어디로 가야 되죠? 얘기를 좀 나눠보고 싶어요."

"그래, 저 뒤에 주소가 있을 거다." 그는 카운터에 내 위스키를 내려놓으며 덧붙인다. "날씨가 험해지고 있어. 내가 너라면 밖에 안 나갈 거다. 날씨가 이런데다 어둡기까지 한데 차를 타고 돌아다니는 건 미친 짓이야. 특히 브렌트우드로 가는 건 정말 위험해. 그곳은 어두워지면 절대 안전하지 않아."

17

행크스를 나와 곧장 브렌트우드로 차를 몬다. 모랄레스의 집 앞에 경찰차 두 대가 서 있다. 경찰차의 붉은 경광등 불빛에 신경이 곤두선다. 나는 우비 모자를 내려 써 최대한 얼굴을 가리고 서둘러 루즈의 집 현관문 앞으로 걸어간다.

루즈가 창가에 서서 경찰들을 내다보고 있다. 그녀의 시선이 곧 내 쪽을 향한다. 나는 초인종을 누르고 기다린다. 루즈가 창문 앞에서 사라진다. 잠시 동안 안에서는 아무 반응이 없다. 그러다 안에서 발소리가 들리고 자물쇠 푸는 소리가 들린다. 루즈가 현관문을 연다. 바깥에서 불어닥친 거센 바람에 그녀의 머리카락이 얼굴 뒤로 휙 넘어간다. 맨발에 잠옷 바지, 연분홍색 운동복 상의 차림이다. 그녀는 추위에 몸을 움츠리며 팔짱을 끼고 있다. 꽤 어려 보인다. 눈을 휘둥그렇게 뜬, 겁먹은 어린애 같다. 집 안의 뒷방 쪽에서 아기 울음소리가 들린다.

"루즈 씨인가요?"

그녀는 말없이 고개를 끄덕인다.

"FBI 요원 넬 플린이라고 합니다. 친구 분인 리아 샌도벌에 관해 몇 가지 물어볼 게 있어서 찾아왔어요."

내가 신분증을 내밀자 루즈는 그걸 받아 들여다보더니 내 어깨 너머로 모랄레스의 집 쪽을 흘끗 살핀다.

"경찰들이 그를 체포했죠?"

"예, 오늘 오후에요."

루즈는 입술을 잘근잘근 깨물며 생각을 하다가 묻는다.

"그런데 저한테 물어보실 필요가 있나요?"

우비 모자를 타고 빗물이 폭포처럼 흘러내린다. 매끈한 우비를 타고 내려온 빗물은 내 발치의 갈라진 시멘트 바닥에 고여 웅덩이를 이룬다. 나는 추워서 몸이 오들오들 떨린다. 어깨도 아프다. 루즈는 현관문 앞에 꼿꼿이 서 있다. 나를 경계하는 눈치이긴 한데, 길 건너 경찰들에 대해서는 더 심하게 경계하는 듯 보인다. 요즘은 나도 마찬가지다.

"연쇄 살인에 대한 조사를 진행 중입니다. 리아와 관련된 일이 전부가 아니라서요. 어제 시네콕 카운티 공원에서 시체 한 구가 추가로 발견됐어요."

"들었어요."

"아드리아나 마르케스라는 여성입니다. 모랄레스는 두 사건의 범인으로 의심받고 있어요. 경찰들이 그를 붙잡아 현재 심문 중이고요."

리아의 눈이 확 커지면서 얼굴이 창백해진다.

"아드리아나요? 리버헤드에서 사는 여자요?"

"아는 사람인가요?"

"아, 맙소사."

루즈가 나지막하게 내뱉는다.

"미안합니다. 두 사람과 다 아는 사이인 줄 몰랐네요."

"경찰들은 그가 아드리아나도 죽였다고 생각하죠?"

"그렇게도 추측하고 있어요. 리아에 대해 몇 가지 질문을 할 수 있으면 도움이 될 것 같은데요. 그 두 사건이 어떻게 관련이 되어 있는지 알아내려고 하는 중입니다."

루즈는 두려움 가득한 눈으로 나를 쳐다본다.

"그 여자는 어떤 식으로 죽었어요? 리아와 같은 식인가요?"

"비슷합니다."

루즈는 허리를 굽힌다. 구토를 하려나 했는데, 눈을 감고 손바닥으로 입을 틀어막는다.

나는 길 건너에 서 있는 경찰차들을 돌아본다. 서퍽 카운티 경찰서 조끼를 입은 두 남자가 모랄레스의 집에서 나오고 있다. 나는 그들이 나를 눈여겨보지 않았기를 바라며 얼른 돌아선다.

"안에 들어가서 얘기를 나눠도 될까요?"

그제야 루즈가 눈을 뜬다.

"FBI 요원이라고 하셨죠? 경찰이 아니라? 경찰이랑은 다시는 얘기하고 싶지 않아서요."

"경찰과 또 얘기를 하실 필요는 없습니다. 나한테 한 얘기는 비밀로 하면 돼요."

"제가 리아와 아드리아나에 관해 중요한 얘기, 도움이 될 만한 얘기를 해드리면 저와 제 남동생이 여기서 빠져나갈 수 있게 도와주실 수 있나요?"

"어디로 가려고요?"

"어디로든요. 여기서 벗어나기만 하면 돼요. 이 섬에서 나가 다른 안전한 곳으로 가고 싶어요. 저희 안전을 확보해주시기 전까지는 아무 얘기도 못 드려요."

루즈의 커다란 눈에 간청하는 빛이 담겨 있다.

나는 생각 끝에 천천히 대답한다.

"알겠습니다. 루즈 씨와 남동생의 안전을 위해 할 수 있는 일은 다 해드리죠."

"아뇨, 안전을 약속해주셔야 해요. 저희가 여길 떠날 수 있게 해주셔야 한다고요."

"약속할게요. 필요하다면 증인 보호 프로그램에 넣어드릴 수도 있어요. 믿어도 됩니다."

루즈는 미간을 찌푸리고 나를 쳐다보며 생각을 거듭하는 눈치다.

"알았어요. 그런데 다른 데 가서 얘기해요. 집에 가족이 있어서요. 다들 자고 있거든요."

"시간이 늦었으니 내일 다시 오겠습니다."

"아뇨." 루즈는 경찰차의 깜박이는 경광등을 고갯짓으로 가리키며 덧붙인다. "지금 얘기하는 게 좋겠어요."

우리는 차를 타고 이동하기로 한다. 자정에 가까워진 시간이라 가게들은 대부분 문을 닫았다. 하지만 루즈가 나와 함께 있는 모습을 들킬까봐 두려워하니, 우리는 차를 타고 동쪽으로 계속 이동하며 얘기를 나누기로 한다. 당장 집을 떠나는 것만으로도 루즈는 마음이 약간 놓이는 표정이다. 집 앞 도로를 벗어나, 경찰차의 경광등 불빛이 뒤로 멀어지자 루즈는 비로소 움츠렸던 어깨를 편다.

"음악 들을래요?"

나는 라디오를 손으로 가리킨다. 빗방울이 트럭 지붕을 두드리고, 와이퍼가 앞유리의 빗물을 맹렬하게 닦아낸다. 루즈는 앞으로 몸을 기울여 라디오를 켠다. 라디오 채널을 이리저리 돌린다. 팝 음악이 나오는 채널을 틀었다가 고전 음악으로 바꾸더니 또 다른 채널로 넘어간다. 그러다 지역 뉴스 방송인 103.9 채널에서 손을 멈춘다.

흥분한 남자의 목소리가 라디오에서 흘러나온다.

"바로 이게 문제예요. 서픽 카운티는 요즘 강력 범죄가 기승을 부리고 있죠. 그런데 브렌트우드 같은 라틴계 주민이 대부분인 동네들을 제외하면 서픽 카운티는 대체로 평화로운 분위기란 말입니다."

또 다른 목소리가 묻는다.

"해결책이 뭡니까? 서픽 카운티를 분리라도 해야 할까요? 라틴계 주민들을 강제 추방이라도 해요? 부유층이 모여 사는 지역과 빈곤층이 모여 사는 지역이 혼재하는 카운티들은 많습니다. 맨해튼도 그 중 한 예라고 할 수 있고요."

"그렇습니다. 하지만 서픽 카운티는 대단히 넓은 곳입니다. 그런데도 섬 동쪽 절반에 해당하는 지역을 1개 경찰대가 관할하고 있어요. 그 경찰이 일부 말썽 많은 동네들만 선별해서 시간과 자원을 써야 한다면—"

"하지만 그곳 경찰은 그 동네에 시간을 쓰고 있지 않죠. 오히려 서픽 카운티의 부유한 지역을 관리하느라 시간과 자원을 과도하게 쓰고 있는 게 사실입니다. 반면에 격주로 총격 사건이 벌어지고 있는 브렌트우드 하이 같은 지역에는 경찰들이 코빼기도 안 보이고 말이죠."

"서픽 카운티의 불법 체류자들을 적극적으로 강제 추방한다면 다른 그림을 볼 수 있을 겁니다."

내가 손을 뻗어 라디오를 끄려는데 루즈가 만류한다.

나는 애써 명랑하게 묻는다. "삼촌과 함께 살고 있죠?"

루즈는 고개를 끄덕인다.

"남동생은 몇 살이에요?"

"미구엘은 열네 살이에요. 다음 달이면 열다섯 살이 돼요."

"미구엘. 이름 좋네요. 우리 외할아버지 이름이랑 같아요."

루즈가 나를 돌아본다.

"정말요?"

"예, 미구엘 산토스. 멕시코 후아레스시 출신이셨어요. 외할머니가 임신 중이셨는데 두 분은 여기로 건너와서 내 어머니를 낳고 싶어 하셨어요. 그래서 국경을 넘었고 다시는 뒤를 돌아보지 않으셨어요."

"그럼 어머니가?"

"예, 텍사스에서 태어나셨어요. 그분들은 제 어머니가 십대였던 시절에 센트럴 아이슬립으로 거처를 옮기셨어요. 여기서 몇 블록 떨어지지 않은 곳이에요."

"어머, 대박." 루즈는 얼른 입을 틀어막으며 덧붙였다. "죄송해요. 요원님이 라틴계일 줄은 생각도 못 했네요."

"다들 그래요. 성이 폴린이다 보니까……."

나는 어깨를 으쓱한다.

"외조부모님은 여기서 계속 사셨어요?"

"그랬죠, 지나칠 정도로 오래요. 비자가 결국 만료됐죠. 정식으로 신분을 입증할 서류도 마련하지 못하셨어요. 하지만 그분들에게 그런 건 중요하지 않았어요. 외할아버지는 자신을 자랑스러운 미국인으로 생각하셨거든요. 집 앞 잔디밭에 성조기도 꽂아놓으셨어요. 매년 7월 4일이면 여느 미국인들처럼 바비큐 파티도 하셨고요."

루즈는 비 내리는 차창 밖을 내다본다. 그러다 손거스러미를 이로 물어뜯는다. 그녀의 어깨에 손을 얹으며 다 괜찮을 거라고 말해주고 싶지만, 함부로 말할 수는 없다. 내 외조부모가 살다 간 시절은 지금과는 달랐다. 물론 그분들의 삶도 전혀 녹록지는 않았다. 두 분 모두 투잡을 뛰었고 쓰리잡까지 해야 할 때도 있었다. 건강보험에도 가입하지 못했고 교육도 받지 못했으며 사회 안전망의 보호도 받지 못했다. 집에는 늘 돈이 모자랐다. 냉장고에 음식을 채워넣지 못할 때도 있었다. 하지만 지금 루즈가 겪는 것처럼 강제 추방의 위협에 늘 시달리며 살지는 않았다.

"리아가 산살바도르* 출신이라서 우린 금방 친해졌어요."

"고향에서도 알던 사이였나요?"

"아뇨, 학교에서 만났어요. 그런데 알고보니까 같은 거리에 살고 있더라고요. 리아는 다른 애들과 달랐어요. 진짜 똑똑했 거든요. 우린 둘 다 열심히 공부했어요. 돈을 많이 벌어서 이 동네를 떠나고 싶었어요."

"이해해요. 우리 어머니도 낮에는 남의 집 청소를 하고 밤에는 학교에 다니셨어요. 할 일은 해야 한다는 주의셨죠."

"리아도 같은 말을 하곤 했어요."

"경찰 보고서를 보니까 리아가 생활비를 벌려고 매춘을 했 던데, 아드리아나 마르케스도 마찬가지였어요. 그 부분에 대해 혹시 아는 게 있나요?"

루즈는 대답하지 않는다.

"두 사람 다 처음에는 크레이그스리스트와 백페이지에 광고를 냈고, 조반니 칼라브레제를 만난 후부터는 광고 게재를

* 엘살바도르 공화국의 수도.

그만뒀더군요."

루즈는 여전히 아무 말이 없다.

"그 남자를 어디서 만날 수 있는지 알려줄 수 있어요?"

"그가 그 두 사람을 죽인 건 아니에요. 그렇게 생각하셨다면 틀렸어요."

"어떻게 알죠?"

"조반니가 어떤 사람인지 아니까요. 그는 리아를 아꼈어요. 아드리아나도 중요하게 생각했고요. 두 사람이 그에게 돈을 많이 벌어다주니까 그랬겠죠."

"그가 두 사람을 일하는 곳까지 차로 태워다주고 데리고 오는 일을 했죠?"

루즈는 한숨을 푹 쉬며 말한다.

"그게 전부가 아니었어요. 조반니를 만나기 전까지 리아는 인터넷에 매춘 광고를 냈어요. 호텔이나 손님의 집에서 만남을 가졌죠. 손님 차에서 할 때도 있었고요. 안전하지 않은 방법이었어요. 그러다 조반니를 만나면서 안전을 보장받게 된 거예요. 조반니는 손님이 리아를 난폭하게 다루지 못하게 해줬고, 일한 대가도 챙길 수 있게 해줬어요. 그리고 조반니는 고정 고객들을 두고 있었어요. 밑에 두고 부리는 여자들을 꽤 까다롭게 뽑았죠. 조반니의 고객들이 어느 정도 급이 있는 여자들을 좋아했거든요. 수준만 맞으면 기꺼이 돈을 지불했어요. 아드리아나와 리아는 조반니에게 돈을 제일 많이 벌어다주는 애들이었어요."

"리아가 실종되던 날 밤에 무슨 일이 있었나요? 칼라브레제는 리아를 모텔 주차장에 내려줬는데, 그건 별로 안전한 방법 같지가 않아서요."

"조반니의 잘못이 아니에요. 리아가 원했던 거죠. 그날 밤에 제가 리아와 함께 있었어요. 그날 단골 고객 중 한 명이 사우샘프턴에서 파티를 열었는데, 원래 우린 그 파티에 가기로 돼 있었어요. 그런데 막판에 어떤 손님이 리아에게 전화를 한 거예요. 파티에서 만난 적 있는 남자였는데, 그 남자가 리아에게 따로 만나고 싶다고 했어요."

"잠깐만요, 그날 당신이 칼라브레제, 리아와 같은 차에 있었다고요?"

나는 목소리를 높이지 않으려 애쓴다.

"네." 루즈의 뺨을 타고 눈물이 또르르 흘러내린다. "내 입장이 곤란해질까봐 아무한테도 말 못 했어요. 사실 저는 아는 게 없어요. 리아가 누굴 만났는지도 못 봤고요. 우린 모텔 주차장에서 리아를 내려주기만 했어요. 그 후 리아를 보지 못했어요."

"알겠습니다. 당신 잘못이 아니에요."

"그날 리아를 그 모텔에 내려주는 게 아니었어요."

"사건이 일어날 줄 몰랐잖아요."

루즈는 고개를 젓는다.

"조반니는 안달복달을 했어요. 리아가 얼른 일을 마치고 나와야 다른 여자들과 함께 파티장으로 데려갈 수 있었거든요.

그런데 계속 안 나오니까 우린 뭔가 잘못됐구나 싶었어요. 뭐라고 설명은 못하겠는데 느낌이 안 좋았어요."

"어디서 열리는 파티라고 했죠?"

"사우샘프턴이요. 엄청 부잣집이에요. 그 집 남자는 파티를 자주 열고 조반니는 늘 그 집에 여자들을 댔어요. 돈도 꽤 잘 줬죠. 하룻밤에 천 달러씩 쳐줬어요."

"그 고객의 이름은 알아요?"

루즈는 고개를 젓는다.

"집 앞으로 데리고 가면 그 집이 맞는지 확인은 가능해요?"

루즈는 휘둥그레진 눈으로 나를 쳐다본다.

"그 집으로 다시는 가기 싫어요."

"안으로 들어가진 않을 거예요. 그 집 앞 거리를 지나갈 테니까 맞는지 확인만 해주면 돼요. 괜찮죠? 그리고 지금 그 집에는 아무도 없어요. 확실해요."

루즈는 대답을 못 한다. 소리 없이 울고 있다. 그녀의 두 뺨을 타고 눈물이 흐른다.

"리아가 죽은 뒤로 저는 다시는 그 집에 안 가겠다고 그들에게 말했어요."

"그들이 누구인데요?"

"조반니랑 다른 사람들이요."

"그 사람들 이름을 말해줄 수 있어요?"

루즈는 고개를 젓는다.

"혹시 글렌 도시였나요? 그가 당신이 행크스 술집에서 일할 수 있게 해줬다는 얘긴 들었어요."

"말 못 해요."

"루즈, 내 얘기 잘 들어요. 조반니 밑에서 일하던 여자 둘이 죽었어요. 이 일에 경찰들이 개입하고 있다면 내가 꼭 알아야 돼요. 당신을 비롯해서 조반니 밑에서 일하는 다른 여자들이 위험에 처하지 않으려면 이 방법밖에 없어요."

"대신 미구엘과 저를 이 섬 밖으로 빼내주신다고 약속해주세요."

"그럴게요. 그러려면 날 도와줘야 돼요. 당신이 날 도와주면 나도 당신을 도울게요."

루즈가 고개를 돌린다. 우리는 서로의 눈을 마주본다.

"2년 전에 글렌 도시 과장님이 불시단속을 하다가 리아를 붙잡았어요. 그때 리아는 온라인으로 매춘 광고를 내놓은 상태였어요. 도시 과장님은 리아를 만나 선택을 하게 했어요. 이민세관단속청에 잡혀가든가 조반니 밑에서 일하든가 하라고요."

내 얼굴에 순간적으로 피가 확 몰린다. 나는 브레이크를 밟으며 트럭의 속도를 늦춘다.

"잠깐만요, 도시가 리아를 조반니에게 연결시켰다고요? 글렌 도시가 확실한가요?" 그의 이름을 말하는데 숨도 제대로 쉬어지지 않는다. 아버지의 재를 뿌린 후 주차장에서 나를 안아주던 도시의 모습이 떠오른다. 나는 도시의 가슴에 머리를 기대고 서서, 앞으로도 계속 그와 연락하며 지내자고 마음먹었다. 그에게 사랑한다는 말도 했었다.

목구멍으로 쓰디쓴 담즙이 올라온다. 도시가 그동안 포주에게 뇌물을 받았다는 걸 생각만 해도 심란할 지경인데, 직접 포주 노릇까지 했을 줄은 몰랐다. 복종하는 것 외에 다른 선택지가 없는 여자들의 피를 빨아온 것이다.

"네, 확실해요. 대부분의 여자들이 그런 식으로 조반니와 연결돼서 일을 했어요."

"조반니는 여자들을 공급해준 도시에게 대가를 지불했고요?"

"도시 과장님이 일은 다 하는 셈이에요." 루즈는 강조하듯 눈썹에 힘을 준다. 내가 제대로 이해를 못하는 게 답답하다는 표정이다. "도시 과장님은 여자들을 조반니에게 데려와주고 우리가 곤란해지지 않도록 지켜주기까지 해요. 부자들의 파티에서 경비도 서주고요. 고객들 중 일부는 엄청 높은 사람들이라 자기네 파티장에서 경찰이 경비를 서주는 걸 좋아해요. 그래야 체포될 일이 없다고 생각하나봐요."

루즈는 역겹다는듯 입술 양끝을 아래로 내린다.

"다른 경찰들도 이 일에 관여했나요?"

"그럼요."

"그들의 이름을 알아요?"

루즈는 멈칫하다가 입을 연다.

"몇 명은요. 론 어쩌고 하는 경찰이 있는데 한 번씩 파티장에 왔어요. 다실바라는 경찰도 있었고요. 키가 작고 얼굴이 불그레한 사람인데, 힘쓰는 일을 주로 했어요. 경비를 서는 것 같은 일이요. 여자들한테 진짜 못되게 굴었어요. 툭하면 위협을 해댔고요. 우리가 겁먹는 꼴을 보고 재미있어 하는 것 같았어요."

"또 기억나는 사람 있나요?"

"한 명 더 있었는데, 이름은 기억이 안 나요. 키가 크고 말수가 적었어요. 오토바이를 타고 다녔고요."

"마티 폴린인가요?"

"예, 맞는 것 같아요. 그분도 몇 번 파티장에 왔어요."

나는 메도 레인 쪽으로 방향을 돌린다. 대부분의 집들은 불이 꺼져 있다. 바람이 울부짖으며 트럭을 흔들어댄다. 저 멀리 폰쿼그 다리의 조명이 보인다. 길 끝은 시네콕 카운티 공원으로 이어진다. 그 너머에 넓게 트인 암흑이 입을 벌리고 있다.

루즈가 허리를 세우며 말한다.

"여기에요. 이 거리가 맞아요."

우리는 길 끝으로 가서 트럭을 세운다. 나는 미첨의 집 쪽을 손으로 가리킨다. 번개가 번쩍하며 그 집을 비춘다.

"저 집인가요?"

"네, 저 집이에요. 파티를 연 남자가 사는 집이요."

"고마워요, 루즈. 도움이 많이 됐어요. 한 가지만 더 부탁해도 될까요?"

"그러세요."

"칼라브레제에게 나를 소개해줘요."

"뭐라고요? 그건 왜요?"

"그 사람은 내가 FBI인 줄 모를 거예요. 그의 사무실로 들어가서 누가 그에게 돈을 지불했고, 그가 누구에게 대가를 줬는지 알아봐야겠어요."

"제가 소개를 어떻게 해요? 1년 가까이 그를 본 적도 없는데요."

"그 사람 밑에서 일하고 싶어 하는 친구가 있다고 말을 꺼내 봐요. 현금이 절실하게 필요한 친구라고 해요."

루즈는 나를 평가하듯 위아래로 쳐다본다.

"모르겠어요. 조반니는 여자들을 엄청 까다롭게 골라요. 대부분 나이가 어린 여자들이에요."

"일단 소개만 시켜줘요. 나머지는 내가 알아서 할게요."

루즈는 무릎을 턱 밑까지 세우고 앉아 입을 꾹 다문다.

"내가 그 사람을 만날 때쯤에 당신과 미구엘은 이 섬을 떠나 있게 될 거예요. 만남이 성사되는 즉시 비행기에 탈 수 있게 해줄게요."

"정말 그렇게 해주실 수 있어요?"

"그럼요." 나는 속내보다 자신감 있게 들리도록 목소리에 힘을 준다. "꼭 그렇게 해줄게요."

루즈가 천천히 고개를 끄덕인다.

"해볼게요. 그런데 분명히 아셔야 될 게 있어요. 저를 여기 내버려두시면 그들은 저를 죽일 거예요. 다른 두 여자를 죽인 것처럼요."

"알아요. 아마 우리 둘 다 죽이려들겠죠. 그러니 우린 똑똑하게 굴면서 신속하게 움직여야 돼요. 그들이 나서기 전에 우리가 먼저 그들을 사냥해야 하니까요."

18

집에 도착할 때쯤 듄로에 물이 빠져 다시 길이 열렸다. 하지만 전기는 아직 들어오지 않았다. 나는 벽난로 앞에 드러눕는다. 온몸이 피곤에 절어 있다. 서류 몇 장을 챙겨들고 억지로 읽어보려 애쓴다. 그러다 곧 불안한 잠에 빠져들어 괴상하고 폭력적인 꿈에 시달린다.

얼마 후 비명을 지르며 잠에서 깨어난다. 또 어머니가 나오는 꿈을 꿨다. 꿈속에서 어머니와 나는 해변에 있었다. 하늘은 시커멓고 대양은 빠르게 휘돌며 거품을 뱉어냈다. 추웠다. 해변인 걸 감안해도 지독하게 추웠다. 발밑의 모래가 얼음 같았다. 왜 우리가 해변에 있었는지는 모르겠다. 나는 집으로 돌아가고 싶었다. 수영복 차림의 어머니가 바다를 향해 달려갔다. 나는 어머니에게 위험하다고, 물에 들어가지 말라고 소리쳤다. 추위로 인해 어머니가 죽을 것 같았다. 파도가 어머니를 집어삼킬 것 같았다. 하지만 내 고함 소리는 거센 바람에 묻혀버렸다. 고개를 돌린 어머니가 나를 보며 미소 지었다. 소리 내어 웃기도 했다. 그러다 몸을 앞으로 훌쩍 날리더니, 두 팔을 벌린 채 거품이 하얗게 이는 거대한 파도로 뛰어들어 사라져버렸다.

나는 벌떡 일어나 앉는다. 소파 위다. 벽난로는 이미 꺼져 거실이 얼어붙을 정도로 춥다. 양말도 신지 않은 내 맨발이 담요 밖으로 튀어나가 있다. 나는 발을 담요 안으로 모아 두 손으로 문지른다. 팔을 뻗는데 어깨에 욱신거리는 통증이 느껴진다. 바닥에는 아버지의 은행 명세서들이 흩어져 있다. 이 서류들을 읽다가 잠이 든 모양이다. 나는 바닥에 떨어진 서류들을 모아 대충 정리한다. 거의 밤새 이 서류들을 검토하다가 곯아떨어졌다. 서류 내용은 아버지가 서퍽 카운티 경찰서에서 받은 급료 내역과 일치한다. 의심스런 거래 내역은 없다. 고액 예금이나 고액 인출 내역도 없다. 다만, 리버헤드의 아파트 관련 비용을 별도 계좌에서 지불한 게 마음에 걸린다. 물론 그 비용도 모두 아버지의 급료에서 지불되긴 했다. 아버지가 조반니 칼라브레제나 다른 누군가에게 장부 외 거래로 돈을 받고 있었다 해도 이 서류들로는 알 수가 없다. 아마 그런 돈은 해외 계좌로 받지 않았을까. 해외 계좌를 확인해봐야 할 시점이다.

커피를 끓인 후 저스틴 모런의 명함을 찾아 전화를 건다.

"넬 플린이라고 합니다. 마틴 플린 씨의 딸이에요. 아버지의 변호사인 하워드 키드 씨에게 상무님의 연락처를 받았습니다."

"아버님은 잘 계신가요?"

"돌아가셨어요."

"삼가 조의를 표합니다. 플린 씨, 어떻게 도와드리면 될까요?"

"글쎄요, 상무님이 알려주셔야 될 것 같은데요. 저는 해외에 계좌를 가져본 적이 없어서요. 계좌와 관련해 명세서를 보내주실 수 있나요? 아니면 계좌를 닫는 방법을 알려주시면 어떨까요?"

"계좌의 잔액을 인출하시려면 직접 여기로 오셔야 됩니다."

"케이맨 제도까지요?"

"예, 저희는 보안을 대단히 중요시합니다. 보안과 신중한 업무 처리가 생명인 곳이라서요."

"그렇군요. 그런데 거기까지 갔는데 계좌에 딸랑 15달러만 들어 있으면 시간 낭비잖아요."

모런은 잠시 생각을 하다가 대답한다.

"알겠습니다. 그럼 이렇게 하시죠. 신분 확인을 위한 몇 가지 질문을 드리겠습니다. 예를 들면 사회 보장 번호 같은 걸 물어볼 겁니다. 그 후에 계좌에 대해 물어보시면 기꺼이 답을 해드리겠습니다. 괜찮겠습니까?"

"그러세요."

"좋습니다. 그럼 질문을 드리죠." 모런은 일상적인 질문이지만 개인 정보이기도 한 질문들을 하고 나는 전부 답한다. 테스트에 통과했는지 그는 질문을 멈추고 말한다. "예, 됐습니다. 계좌에 대해 뭘 알고 싶으신가요?"

"돈이 얼마나 들어 있죠?"

"현재 14만 달러가 들어 있습니다."

"와우, 그렇군요. 그 정도면 비행기를 타고 갈만한 금액이네요."

"그렇죠. 매월 초에 1만 달러씩 그 계좌로 이체되니 며칠만 기다리시면 15만 달러가 될 겁니다."

"어디서 그 계좌로 이체를 하는 거죠? 제 아버지의 은행 계좌에서 이체되는 건가요?"

"아뇨, GC 유한책임회사에서 이체하고 있습니다. 이 계좌는 14개월 전에 개설됐고, 그 후 매월 1만 달러씩 입금되고 있습니다."

"GC라고 하셨죠?"

"예."

"그 회사에 연락을 해야겠어요. 아버지가 그 회사를 위해 일을 하셨다면 아버지가 돌아가신 걸 그 회사에서도 알아야 하잖아요."

"그 정보는 드리기 어려울 것 같습니다."

"모런 씨, 일일이 설명하고 싶진 않지만 아버지가 돌아가셨어요. 나는 이 계좌의 수령인이고요. 그러니 그쪽은 내 계좌 담당자인 겁니다."

그는 사무적인 말투로 대답했다.

"알고 있습니다. 하지만 은행 나름의 규칙이라는 것이 있어서요."

"모런 씨, 나는 FBI 요원이기도 합니다. 아마 아버지한테 들으셨겠죠. FBI에도 나름의 규칙이 있어요. 그 중 하나는 요원들이 해외 계좌에 현금을 쌓아둘 수 없다는 거죠. 그러니 이 일을 쉽게 풀지 아니면 어렵게 풀지 선택하세요. 어려운 길을 가겠다면 상관인 FBI 국장님과 미국 국세청을 동원하고 여러 장의 소환장이 발부되도록 하겠습니다. 쉬운 길을 갈 생각이라면 계좌에 대한 명세서와 그 계좌로 매월 돈을 이체하는 회사에 대한 정보를 내 쪽으로 보내세요. 그러고 나서 우린 함께 이 계좌를 폐쇄하고 아무도 성가실 일이 없게 하면 되는 겁니다. 그쪽 하기에 달렸어요. 개인적으로 나는 쉬운 길을 선호합니다. 그 편이 우리 모두에게 더 기분 좋은 일이니까요."

모런은 헛기침을 했다.

"예, 아버님께서 따님이 하시는 일에 대해 말씀하신 적이 있습니다. 기억을 일깨워주셔서 감사합니다. 명세서를 어떻게 보내드릴까요?"

"이메일로 보내주시면 좋겠어요. 메일 주소를 드리죠. 저만 열어보는 계정이니까 믿으셔도 돼요."

"한 시간 내에 이메일로 보내드리겠습니다. 자료를 보고 전화 주세요. 함께 계좌 폐쇄를 진행하도록 하죠."

나는 전화를 끊고 텔레비전을 켠다. 루즈가 오늘 칼라브레제에게 연락한다고 했다. 하지만 아직 시간이 이르다. 루즈는 아마 아직 자고 있을 것이다. 칼라브레제도 마찬가지일 테고. 인내심을 가져야 하는데 내가 원래 인내심이 많지 않다.

텔레비전을 봐도 신경이 분산되질 않는다. 지역 뉴스에서는 여전히 알폰소 모랄레스의 자백을 크게 다루고 있다. 아니나 다를까 앵커가 또 그 얘기를 입에 올린다. 수갑을 차고 서퍽 카운티 경찰서 소속 경찰차에서 내리는 모랄레스의 모습이 화면에 등장한다. 모랄레스는 구부정한 자세로 걸어갈 뿐, 소리를 질러대는 기자들과 번쩍이는 카메라 불빛에는 반응하지 않는다. 경찰서 내부에서 누군가 기자들을 부른 게 분명하다. 이건 범죄자를 포토라인에 세우는 것이라기보다는 서커스에 가까운 짓거리로 보인다.

"애팽크 지역 경찰본부를 생방송으로 연결하겠습니다."

카메라들이 지역 경찰본부 건물 앞 계단에 모여 있다. 글렌 도시가 연단에 서고 그 뒤로 경찰들이 보디가드처럼 도열해 있다. 그들의 얼굴이 보이자 나는 눈살을 찌푸린다. 저들은 아버지의 동료이자 친구들이고 내 인생을 통틀어 쭉 알아온 사람들이다. 한때 내가 가족처럼 여겼던 이들이기도 하다.

글렌이 입을 연다.

"오늘은 서퍽 카운티 경찰의 존재 이유가 드러난 날입니다. 우리 팀은 신속하고 효과적으로 일을 진행한 끝에 24시간 내에 모랄레스를 체포했습니다. 모랄레스는 작년 여름 파인 배런스에서 발견된 젊은 여성 리아 샌도벌, 그리고 이틀 전 시네콕 카운티 공원에서 발견된 아드리아나 마르케스를 살해했다고 자백했습니다. 이 두 젊은 여성의 죽음을 애도하는 바입니다. 오늘은 우리 공동체에게 있어 슬픈 날입니다. 하지만 경찰들의 노고를 치하하고, 경찰들 덕분에 안락한 삶을 누릴 수 있음을 감사하는 날이기도 합니다. 질문 몇 개만 받겠습니다."

도시는 기자들을 둘러보다가 맨 앞에 있는 남자를 손으로 가리킨다.

"모랄레스는 미국 시민입니까?"

"아닙니다."

"희생자들은요? 합법적으로 이 나라에 와 있던 여자들인가요?"

"아드리아나 마르케스는 미국 시민이었고, 리아 샌도벌은 아니었습니다."

"서퍽 카운티 경찰서가 94퍼센트에 달하는 범죄 자백률을 유지하고 있다는 게 사실인가요?"

뒤쪽에서 앤 마리 마셜이 질문을 던진다. 그 목소리를 들은 순간 나는 몸이 얼어붙는다.

도시가 인상을 쓰며 대답한다.

"그 통계가 어느 정도 정확한지 모르겠습니다만, 우리 경찰서가 높은 자백률을 유지하는 것은 사실이며, 나는 그 점을 자랑스럽게 생각합니다."

"전국 평균치보다 높고, 나소와 웨스트체스터 같은 카운티들에 비해서도 지나치게 높은 수치 아닌가요?"

"우리 형사들의 뛰어난 역량 덕분이겠죠. 다음 질문 받겠습니다."

도시는 제일 가까이에 있는 다른 기자를 손가락으로 지목한다.

"자백률이 높은 이유가 이곳 형사들이 부적절한 방법을 사용하기 때문 아닌가요?" 마셜의 쩌렁쩌렁한 목소리에 웅성거리던 다른 기자들이 입을 닫는다. "작년에 서퍽 카운티 경찰서의 강력계 형사들은 헥터 도밍게스를 취조해 영어로 된 진술서를 받아냈는데, 알고보니 헥터 도밍게스는 스페인어밖에 할 줄 몰랐죠. 그는 변호사나 통역사의 도움도 받지 못했고—"

"도밍게스 사건의 진실을 크게 호도하고 있군요." 도시는 그녀의 말을 자른다. "당신네 신문사는 그 사건에 대해 부정확한 기사를 냈고, 그 바람에 거의 소송까지 간 걸로 알고 있습니다. 게다가 그 사건은 모랄레스의 자백과는 무관합니다. 모랄레스는 전적으로 본인 의지에 의해 자백했고, 내가 그 과정을 직접 감독했습니다. 모랄레스는 양심의 가책을 느껴 자백한 것이고, 그게 전부입니다. 그럼 여기까지 하겠습니다—"

앤 마리 마셜이 집요하게 소리친다.

"97년도에 있었던 숀 길로이의 자백에 대해서는 어떻게 생각하시죠? 그때도 과장님이 그 자백 과정을 감독하시지 않았나요? 두 사건 모두 용의자가 그 범죄를 저지를 수 없는 상황임을 보여주는 법의학적 증거가 있었음에도, 과장님의 부서는 고의적으로 그 증거를 무시했죠."

"질문은 그만 받겠습니다."

도시는 뒤로 물러서다가 마이크를 손으로 쳐 넘어뜨리고 만다. 삐이이익, 하고 마이크의 전기음이 터져나온다. 카메라들은 어깨에 잔뜩 힘을 주고 물러서는 도시의 뒤를 쫓는다. 도시가 화면에서 사라지자 카메라는 기자들의 모습을 담는다. 기자들은 서로를 돌아보면서 방금 전의 열띤 대화에 대해 흥분해서 떠들어댄다.

나는 텔레비전을 끈다.

노트북을 열고 받은 편지함을 확인한다. 저스틴 모런이 보낸 이메일이 벌써 들어와 있다. 첨부 파일을 열고 인쇄 버튼을 누른다. 아버지의 사무실 안에서 프린터기가 위잉 하고 작동을 시작한다. 인쇄가 끝나기를 기다리는 동안 인터넷에 숀 길로이의 이름을 검색한다. 앤 마리 마셜이 길로이의 자백에 관해 쓴 기사 세 건을 읽어보니 내가 찾던 구절이 나온다. 마지막 기사 끝에 마셜은 글렌 도시가 한 말을 인용해두었다. "그 소년이 양심의 가책을 느껴 자백한 것입니다. 그러니까, 어떤 사람들은 그냥 자백을 하고 싶어 해요."

나는 전화기를 집어 들고 〈뉴스데이〉의 대표 전화번호로 전화를 걸어 교환수에게 말을 전한다.

"내 이름은 넬 플린입니다. 앤 마리 마셜 기자님과 최대한 빠른 시간 내에 얘기를 나누고 싶은데요."

한 시간 후, 우리는 리버헤드의 메인가에 위치한 커피숍에
서 만나기로 한다. 좁고 평범한 커피숍이다. 주차장에서 보니
먼지 낀 전면창과 문에 걸린 '영업 종료'라는 안내판이 눈에
들어온다. 나는 전면창 안을 가만히 들여다본다. 카운터를 닦
고 있던 여자가 고개를 들어 나를 보더니 하던 일을 멈추고
안으로 들어오라며 내게 손짓한다.

나는 문을 밀어 연다. 경첩이 저항하듯 삐걱 소리를 낸다.
미끈한 겨자색 천으로 덮인 높은 부스들이 여러 개 설치돼
있다. 카운터 위의 텔레비전은 소리 없이 지역 뉴스를 내보낸
다. 가게 안이 조용하다. 시간에 맞춰 왔는지 확인하기 위해
손목시계를 들여다본다. 여기서 얘기를 나눠도 되는지 아직
확신이 서지 않는다. 카운터 뒤의 여자가 가게 안쪽 끄트머리
의 부스를 손으로 가리키며 말한다.

"가서 앉으세요."

나는 고맙다는 뜻으로 고개를 끄덕인다. 가서 보니 구석 자
리에 앤 마리 마셜이 이미 와서 앉아 있다. 뜻밖이다. 그녀는
나를 보더니 미소를 짓는다. 붉은 입술이 벌어지고 완벽한 하
얀 치아가 드러난다.

"놀랐나봐요?"

"아뇨." 사실 놀라기는 했다. "만남을 갖기에 좋은 장소네
요. 무슨 첩보 영화 같기도 하고요."

그녀는 어깨를 으쓱한다.

"내가 좋아하는 장소가 몇 군데 있어요. 이 일을 하다보면 얘기를 나누기에 좋은 장소를 찾는 게 복잡할 때도 있거든요."

"어떤 기분인지 알겠네요."

나는 부스로 들어가 맞은편에 앉는다. 김이 모락모락 피어 오르는 그녀의 블랙커피 잔에 시선이 간다. 가게 안이 썰렁하다. 서퍽 카운티로 올 때 옷을 더 가져올 걸, 하는 생각이 든다. 두 팔로 가슴께를 부둥켜안는다. 며칠 있다 떠날 생각이었는데 벌써 2주째에 접어들었다. 가진 옷이라고는 청바지한 벌과 아버지의 낡아빠진 운동복 상의뿐이라 날씨에 비해 옷이 너무 얇게 느껴진다. 귀 뒤에 연필을 꽂은 웨이트리스가 우리 테이블로 다가온다.

"뭘 드릴까요, 손님?"

"커피 주세요."

"어떻게 드려요?"

"블랙으로요. 뜨겁게 해서 주세요."

"알겠습니다."

자리를 뜬 웨이트리스는 곧장 컵과 커피포트를 들고 돌아와, 마셜의 커피까지 리필해준 뒤 물러간다.

"전화를 해줘서 반가웠어요." 둘만 남게 되자 마셜이 입을 연다. 그녀는 각설탕을 하나 까서 컵에 넣고 휘젓는다. "예전에 당신한테 연락할 생각을 한 적이 있어요. 내 목소리를 듣고 싶어 할지 확신이 없어서 그만뒀지만요."

275

"안 듣고 싶어 했을 거예요. 솔직히 말하면 기자님을 줄곧 엄청 싫어했어요."

그녀는 태연히 미소 짓는다.

"그럼 그때 연락 안 하길 잘 했네요. 무슨 일로 전화했죠?"

"글렌 도시 과장님의 기자 회견장에서 기자님을 봤어요. 숀 길로이 얘기를 꺼내시더군요. 제 어머니 사건과 관련된 사람 이요."

그녀의 표정이 굳어진다.

"그 사건에 대해 입 다물고 살라는 말을 하러 온 거면 전화로 해도 충분할 걸 그랬네요. 서퍽 카운티 경찰에게 했던 것과 똑같은 대답을 해줬을 테니까요. 절대 입 안 다물어요."

"그런 얘길 하러 나온 게 아니에요. 오히려 그 반대지."

마셜은 놀란 표정이다.

"길로이 사건에 대해 알고 싶은 건가요?"

"길로이의 진술과 상반되는 법의학적 증거가 있다고 하셨잖아요."

"맞아요, 검시관 보고서에 따르면 당신 어머니를 죽인 범인은 왼손잡이였어요. 길로이는 양손을 다 잘 쓰는 편이죠. 글씨는 왼손으로 쓰지만 운동을 할 때는 오른손을 써요. 그러니 만약 누군가를 칼로 찔렀다고 한다면 오른손을 썼어야 이치에 맞아요."

"추측일 뿐이잖아요."

"그렇죠, 하지만 법의학자도 내 의견에 동의했어요. 그런데 길로이에 관한 법의학 보고서가 재판 직후에 편리하게도 사라져버렸어요. 그 법의학자는 은퇴해서 플로리다로 떠나버렸고요. 정말 그리로 갔는지는 모르겠지만 그렇다고 들었어요. 어쨌든 연락이 불가능한 상태가 된 거죠. 서픽 카운티에서는 숱하게 일어나는 일이에요. 사람들이 그냥 사라져버려요." 그녀는 마치 '휙!'이라고 말하듯 두 손을 펴 보인다.

"길로이의 지문이 살인 무기에 묻어 있었잖아요. 그게 오른손 지문이었나요, 왼손 지문이었나요?"

"왼손이요. 길로이가 왼손으로 칼을 쥔 것에 대해서는 나도 의심하지 않아요. 길로이 본인도 그렇게 말했고요. 그런데 시체를 발견하고 나서 칼을 손으로 잡았을 수도 있거든요. 길로이가 자백을 한 번 철회했던 건 알고 있죠? 창문을 통해서 당신 어머니를 봤는데 이미 죽어 있었다고, 그래서 도와주려고 집으로 들어갔다고 말했어요."

"그 말을 믿으시는군요."

"뭘 믿어야 될지 잘 모르겠어요. 누가 당신 어머니를 죽였는지도 아직 모르겠고요. 다만 길로이의 자백은 믿지 않아요. 자잘한 모순투성이라서요. 범행 시간대도 맞지 않고요. 길로이는 자기가 어쩌다 칼을 손에 쥐게 됐는지도 설명하지 못했어요. 어쩌다보니 당신 어머니를 한 번 찔렀다고 했는데, 사실 당신 어머니는 칼에 여러 번 찔린 상태였어요. 아마 길로이는 경찰의 강압에 떠밀려 자백했을 거예요. 그 후 자백의 모순을 입증하는 증거가 사라져버린 거고요. 물론 길로이가 살인범일 수도 있어요. 하지만 글렌 도시가 사람들이 믿길 바란 것처럼, 그 사건은 깔끔하고 명확하게 해결되지 않았다는 게 문제죠."

"왜일까요? 글렌 도시 과장님은 어째서 숀 길로이를 범인으로 만들어야 했을까요?"

마셜은 한숨을 쉰다.

"몇 가지 생각을 해봤어요. 당신도 마찬가지겠지만요."

"제 아버지가 어머니를 죽였다고 생각하시나 보네요."

"그 부분에 대해서는 당신이 나보다 더 잘 알 거예요. 당신이 당신 아버지의 알리바이였잖아요."

나는 자세를 고쳐 앉는다. 애초에 여기 온 게 실수가 아니었을까.

"그 부분에 대해 저는 거짓말하지 않았어요."

"아버지 일이니까요. 그때 당신은 어렸고요. 아버지가 캠핑 중에 자리를 비운 걸 몰랐을 수도 있겠죠."

"우리는 집에서 48킬로미터 떨어진 곳에서 2인용 천막을 세우고 캠핑 중이었어요. 아버지가 어딜 다녀왔다면 알았을 거예요. 아버지가 한밤중에 숲 한가운데에 저를 혼자 두고 야영지를 떠났을 리도 없고요."

"그렇군요." 마셜은 두 손바닥을 위로 들어올린다. "저기요, 넬. 넬이라고 불러도 되죠? 난 길로이가 당신 어머니를 죽이지 않았다고는 말하지 않았어요. 그가 죽였을 수도 있어요. 하지만 길로이도 정당한 법적 절차를 거칠 자격이 있잖아요.

그런데 그는 협박을 받은 끝에 진술서를 작성했어요. 아마 피의자의 권리에 대한 고지도 제대로 받지 못했을 거예요. 그리고 경찰은 모든 자료를 최대한 빨리 없애기 위해 증거 인멸까지 했죠. 길로이 입장에서는 자신을 방어할 자료와 정신적 수단을 박탈당한 거예요. 도시는 길로이를 범인으로 정하고, 모든 수단을 동원해 그를 범인으로 만들었어요. 내 주장은 그래요. 전부터 지금까지 한결같아요."

"서픽 카운티 경찰이 부패했다고 생각하시는군요."

"맞아요, 길로이 사건뿐만이 아니에요. 수십 년 동안 서픽 카운티에서 일어난 만성적이고 조직적인 문제죠. 경찰에게 심문을 받다가 전화번호부로 맞고, 고환을 쥐어짜이는 폭행을 당한 사람들하고도 얘기를 해봤어요. 그렇게 패면 타박상이 남지 않는다더군요. 나소 카운티의 경찰들이 비공식적으로 하는 얘기가 있어요. 서픽 카운티 경찰들은 자기네들 하고 싶은 대로 한다고, 카우보이나 다름없을 정도로 멋대로 일처리를 하고 마약 불시 단속 때도 하는 흉내만 낸다고, 갱단 두목들과 마약 거래상들에게 뇌물을 받아 챙기면서 뒤를 봐준다고, 그래놓고 무고한 사람을 범인으로 몰고간다는 얘기였어요. 그러고 사는 게 공공연한 비밀이라고 하더군요. 글렌 도시가 강력팀 과장이 되고부터 상황이 더 심각해졌다고 다들 말하고 있어요."

"그런데 왜 그 부서가 아직까지 조사를 받지 않았죠? 그러고 사는 게 공공연한 비밀이라면서요."

마셜은 멍청이를 보듯 나를 쳐다본다.

"조사를 받았어요. 내가 아는 것만 두 번이에요. 발다치 주지사 시절인 1990년대에 첫 조사가 이루어졌죠. 조사 위원회는 서퍽 카운티 경찰이 강력 범죄 및 마약 거래 조사 과정에서 광범위한 위법 행위를 저질렀다는 사실을 알아냈어요. 보고서에 정확히 그렇게 나와 있으니 나중에 한 번 찾아봐요. 보고서에 이름이 언급된 형사 두 명은 결국 감옥에 갔어요. 맥크러리 형사는 뇌물을 받은 혐의였고, 모이너핸 형사는 심문 중에 용의자를 폭행한 혐의였죠. 그때 당신은 나이가 너무 어려서 기억을 못하나봐요?"

나는 입을 벌렸지만 말이 나오지 않는다. 약간이나마 그 형사들에 대한 기억이 머릿속에 남아 있다. 어머니가 돌아가신 후 맥크러리 형사의 부인인 모린 맥크러리가 우리 집에 수시로 드나들었다. 한 번은 찜 요리를 들고 우리 집에 온 적이 있는데, 눈두덩에 퍼런 아이섀도를 바르고 지나치게 짧은 치마를 입은 모습이었다. 그 여자는 아버지와 시시덕대면서 나를 최대한 없는 사람 취급했다. 그 여자가 베이크드 지티*와 와인 한 병을 들고 찾아온 날 밤, 나는 그 여자에게 당신 남편은 어디 있냐고 물었다. 그러자 아버지는 나더러 내 방으로 가라고 했다. 나중에 아버지는 맥크러리 부부가 이혼을 할 예정이며 맥크러리는 멀리 떠났다고, 그리고 손님에게 무례하게 말

---

* 오븐에 구운 펜네 파스타.

해서는 안 된다고 나를 타일렀다. 그리고 자기도 나만큼이나 모린 맥크러리가 짜증나던 참이었는데 내가 무례한 말을 한 덕분에 다시 안 오게 됐으니 잘됐다고 덧붙였다. 그 후 모린은 우리 집에 오지 않았다. 나중에 일요일에 세인트 아그네스 성당이나 서퍽 카운티 경찰서의 연례 모금 행사에서 그 여자를 종종 보기는 했다. 그 여자는 멀찍이서 손을 흔들 뿐 우리 쪽으로 가까이 오지는 않았다. 나중에 그 여자는 웨스트체스터 카운티의 경찰과 결혼했고, 그 후 다시는 내 눈에 띄지 않았다.

"두 번째 조사는 언제였어요?"

"2년 전이요. 헥터 도밍게스 사건으로 난리가 나자 프랭클린 주지사가 서퍽 카운티 경찰에 대한 조사를 지시했어요."

"어떻게 됐어요?"

마셜은 어깨를 으쓱한다.

"나도 몰라요. 조사가 아직까지 진행 중일 수도 있고 도시가 그 일을 조용히 묻어버릴 방법을 찾아냈을 수도 있어요. 마약단속국이 개입해 서퍽 카운티 경찰서를 감시하고 있다는 소문도 있어요. 아는 정보원 얘기로는 서퍽 카운티 경찰서 내에 사람을 심어두고 마약 조사과를 감시하고 있다고 하더군요. 하지만 지금까지 나온 결과는 없어요."

"이곳 경찰들이 알폰소 모랄레스에게도 같은 짓을 하고 있다고 생각하시는군요. 자백을 강요하고 조사도 입맛대로 하고요."

"맞아요, 당신도 같은 생각이잖아요. 그게 아니면 나랑 이렇게 얘기를 나누고 있을 이유가 없겠죠."

"그런데 왜 지금일까요? 무고한 사람에게 그렇게 잘 덮어씌우는 경찰들이 작년 여름에는 왜 모랄레스를 체포하지 않았을까요?"

"모르겠어요. 경찰서 안에 친구들이 있는데, 그 친구들 얘기로는 당신 아버지와 도시가 파인 배런스 사건과 그 사건을 다루는 방식 때문에 다퉜다고 해요. 도시는 모랄레스를 체포하고 싶어 했지만 당신 아버지는 그를 범인으로 체포하기엔 증거가 부족하다고 주장했던 거죠. 그 후 두 사람은 거의 말도 안 섞었다고 하더군요. 경찰본부 내에서 긴장감이 팽팽했었나 봐요. 하지만 당신 아버지가 돌아가시고 난 후 도시는 또다시 상황을 자기 편한 대로 끌고 가는 중인 거고요."

나는 부스에 등을 기댄다. 라미네이트 방수 천이 피부에 들러붙는다. 창문 너머로 아버지의 픽업트럭을 바라본다. 환한 오후의 햇살을 받아 트럭이 반짝인다. 적갈색이라기보다는 사과 토피 사탕처럼 밝은 빨간색이다.

문득 떠오르는 바가 있어 허리를 펴고 앉으며 묻는다.

"아버지가 파인 배런스 사건을 해결하고 싶어 했다고 생각하세요?"

"내가 알기로는 그래요."

"아버지는 지금 도시 과장님이 하는 것처럼 그 사건을 대충 덮어버리길 원치 않았던 거네요."

"맞아요."

마셜이 재미있어 하는 표정으로 나를 바라본다.

"서퍽 카운티 경찰서 내에 잠입 스파이가 있다고 하셨죠? 정보원이라고 해야 하나요?"

"그렇게 들었어요. 확인할 수는 없지만요."

"가봐야겠어요." 나는 지갑에서 몇 달러를 꺼내놓고 덧붙인다. "죄송해요. 방금 머릿속에 떠오른 게 있어서요. 곧 연락드릴게요."

마셜이 내 소매를 붙잡고 재빨리 말한다.

"뭐든 나오면 밀코스키한테 알리도록 해요. 알았죠?"

"병리학자 밀코스키요? 왜죠?"

"그냥 그렇게 해요. 밀코스키는 모랄레스가 범인이 아니라고 믿고 있어요. 살인범은 왼손잡이지만 시신을 절단한 자는 오른손잡이에요. 밀코스키는 누군가 아드리아나를 총으로 쐈고, 모랄레스는 그 시체를 처리하는 일만 했다고 여기고 있어요. 그 추측을 뒷받침할 증거도 갖고 있고요. 나한테 비공식적으로 그렇게 말했어요. 그런데 밀코스키는 글렌 도시를 두려워하고 있어요. 본인의 추측을 입증하기 위해 도움을 필요로 하고 있고요. 밀코스키가 공식적으로 목소리를 내려면 신변 보호를 받아야 해요. 당신이라면 밀코스키를 보호해줄 수 있을 거예요."

"기자님은 이 사건에 관한 기사를 쓰고요?"

"그렇죠, 그 과정에서 나 역시 살해당하지 않기를 바라고

있어요." 마셜은 고개를 돌리더니 계산서를 갖다달라며 웨이
트리스에게 손짓을 한다. "당신은 지금 정확히 무슨 일을 하
고 있죠? 개별적으로 조사를 진행 중인가요? 이런 걸 물어봐
도 될지 모르겠네요."

"맞아요, 우리 계속 연락하기로 해요."

나는 테이블에 명함을 놓아두고 서둘러 문으로 향한다. 문
의 경첩이 울부짖으며 내 발걸음 뒤를 따라온다.

19

엘레나 마르케스의 집은 펄래스키가에서 약간 떨어진 곳에 있다. 나는 픽업트럭에 시동을 걸고 최대한 속도를 낸다. 그리고 어제처럼 그 집 바로 앞에 차를 세운다. 서둘러 계단을 올라가 초인종을 누른다. 엘레나가 나오길 기다리는데 길 건너편에 세단 한 대가 와서 선다. 세단의 운전자는 엔진만 꺼놓고 차에서 내리지는 않는다. 그는 신문을 꺼내 읽는 척을 하지만, 내 쪽으로 향하는 그의 시선이 느껴진다.

잠시 후 현관문이 열린다. 엘레나는 지난번에 만났을 때보다 기운이 더 빠져 보인다. 그녀는 힘없는 미소를 짓는다.

"플린 요원님, 들어오세요."

엘레나는 안으로 들어오라며 손짓한다. 나는 엘레나가 집 안으로 고개를 돌린 틈에 얼른 뒤를 살핀다. 우리 쪽으로 카메라 렌즈를 들이대고 있는 세단의 남자와 시선이 마주친다. 나는 얼른 집으로 들어가 문을 당겨 닫는다.

"괜찮으세요?"

엘레나가 묻는다. 어느새 내 얼굴에서 땀이 나고 있다. 나는 손목으로 대충 이마를 문질러 닦는다.

"괜찮아요. 고마워요." 의도한 것보다 목소리가 날카롭게 나온다. "엘레나 씨는요? 그게 더 중요하죠."

그녀는 어깨를 으쓱한다.

"알폰소 모랄레스가 체포됐다는 소식 들었어요."

"맞아요, 체포됐어요."

"그 남자가 아드리아나를 죽였다고 자백한 게 사실인가요? 작년 여름에 발견됐던 또 다른 여자도 자기가 죽였다고 자백했다면서요?"

"그렇게 들었습니다만, 확실하지는 않아요."

"그 자리에 계시지 않았어요?"

"저는 경찰이 아니에요. 수사를 지원하고 있을 뿐입니다."

"어쨌든 이제 사건은 끝난 거네요." 엘레나는 마치 내가 자기를 실망시키길 기다리는 듯 나를 가만히 쳐다보며 덧붙인다. "뭐, 다 그런 거죠."

"나한테는 아직 끝난 사건이 아니에요. 전혀요. 얘기 좀 나눌 수 있을까요?"

"무슨 얘기요?"

"동생 분이 어떤 조직의 일원이었던 것 같아요. 꽤 큰 조직이요. 영향력 있는 사람들이 동생 분을 이용한 거죠. 동생 분을 다치게 한 사람이 누구든 법의 심판을 받게 하고 싶습니다. 단순히 동생 분의 목숨을 끊어놓은 자뿐만 아니라, 죽기 전까지 동생 분을 착취한 사람들까지 전부 다요. 그러려면 엘레나 씨의 도움이 필요합니다."

엘레나는 잠시 침묵하더니 돌아서서 소파에 가 앉는다.

"왜 이런 일을 하세요?"

"왜라뇨? 이런 일이라는 건 또 뭐고요?"

"이런 거요. 저한테 찾아와서 얘기를 하는 거요. 본인 사건도 아니잖아요. 경찰도 아니시고요. 대체 아드리아나 일에 왜 그렇게 신경을 쓰는데요?"

나는 그녀의 옆으로 가 소파에 나란히 앉는다.

"누구든 당연히 신경을 써야 합니다. 동생 분은 사람이니까요. 당연히 사람답게 대우를 받아야죠."

엘레나는 소파 위로 손을 뻗어 내 손에 얹더니 꾹 잡는다. 고개를 들고 보니 그녀의 눈에 눈물이 고여 있다. 엘레나는 나지막하게 말한다.

"그렇게 말해줘서 고마워요."

"저기, 솔직하게 말할게요. 내 아버지는 서퍽 카운티 경찰이셨어요. 이름은 마틴 플린이고요. 아드리아나가 실종된 후 이 집에 들르셨고, 아드리아나의 휴대폰을 갖고 가셨어요. 은색 플립 폰이요. 선불폰."

엘레나가 손을 거둬들인다. 그녀는 두려움으로 눈을 크게 뜨고는 허리를 꼿꼿이 세운다.

"그래요, 맞아요. 플린 형사님이…… 아버님이라고요?"

나는 고개를 끄덕인다.

"아버지는 아드리아나를 보호하려고 하셨던 것 같아요."

"누구한테서 보호를 해요?"

"동생 분은 젊은 여성들로 구성된 매춘 조직의 일원이었어요. 그 조직을 운영하는 자는 조반니 칼라브레제라는 남자고요. 전에 보신 그 흰색 캐딜락 에스컬레이드를 운전한 남자예요. 경찰은 그자에게 뇌물을 받고 매춘을 눈감아주고 있는 모양이에요. 현재 서퍽 카운티 경찰에 대한 조사가 진행 중에 있어요. 연방 정부가 경찰 부서 안에 스파이를 심어뒀는데, 아버지가 바로 그 스파이였던 것 같아요. 내 생각엔 동생 분과 리아 샌도벌이 아버지의 조사 작업을 돕고 있었던 걸로 보여요."

"경찰이 아드리아나를 죽게 만들었다는 거예요?"

엘레나는 믿기지 않는다는 목소리다.

"가능해요. 어쩌면 칼라브레제가 했을 수도 있고요. 제임스 미첨이거나. 제임스 미첨은 칼라브레제의 단골인데, 아드리아나의 시신이 미첨의 집 근처에서 발견됐어요."

"제임스 미첨. 메도 레인에 있는 집에 사는 남자잖아요." 엘레나의 얼굴에서 핏기가 가셨다. "아, 맙소사. 다 내 잘못이에요."

"당신 잘못이 아니에요, 엘레나. 그런 식으로 생각하지 마세요."

"아뇨, 맞아요. 내 잘못 맞아요. 이해가 안 되시겠죠. 저는 제임스 미첨의 집에서 일을 한 적이 있어요. 한 번은 그 집에 일을 하러 가면서 아드리아나를 데리고 갔어요. 그래서 결국 이 사단이 난 거예요."

"그렇군요." 나는 침착을 유지하려 깊게 숨을 들이마신다. "처음부터 얘기해보죠. 제임스 미첨과는 어떻게 처음 만나셨나요?"

엘레나는 천천히 입을 연다.

"저는 피서객들의 별장을 청소해주는 일을 수년째 해오고 있어요. 우리는 팀 단위로 움직이고, 호출을 받는 대로 청소할 집에 투입돼요. 여름철이 제일 바쁜 시기예요. 전몰장병 추모일과 노동절* 사이에는 시급으로 30달러씩 벌었어요. 일주일에 엿새, 어쩔 때는 일주일 내내 일하기도 했어요. 청소하는 데 열두 시간에서 열네 시간씩 걸려서 종일 한 집만 청소할 때도 있고요. 그런 집들은 규모가 어마어마해요. 방이 여덟 개, 열 개씩 되니까. 빨래도 엄청 나오고요. 비치 타월이며 시트며 리넨이며. 은 식기들은 또 어떻고요. 디오스 미오맙소사, 80명이 참석하는 만찬 파티를 위해 은 식기를 닦는 게 얼마나 고된 일인지 알아요? 크리스털 잔들은 어쩌나 얇은지 잘못 만지면 박살이 날 것 같아요. 부자들은 왜 식기세척기에 들어가는 은 식기와 유리 제품을 안 사는지 이해가 안 돼요!

* 전몰 장병 추모일은 5월 마지막 월요일, 노동절은 9월 첫째 월요일.

우리가 바닥에 엎드려서 힘들게 일하는 꼴을 보면서 즐기는 것 같아요."

엘레나의 눈에 눈물이 고인다. 잊고 싶은 고통스런 기억이 떠오르는 모양이다. 나는 고개를 끄덕이며 말없이 다음 얘기를 재촉한다.

"일은 힘들었지만 수입은 괜찮았어요. 병원 청소보다 훨씬 나았죠. 다만 일을 마치고 밤에 집으로 돌아오면 등과 다리, 손까지 온몸이 아파요. 그래도 청소팀에게 일을 배분하는 글래디스한테 전화가 오면 저는 늘 시간이 된다고 말했어요.

어느 날 글래디스가 메도 레인에 있는 집을 청소해달라는 주문 전화를 받았어요. 그런데 우리와 늘 함께 일하던 여자들 중 한 명이 사정이 생겨서 그날 일을 못하게 된 거예요. 글래디스는 일을 도와줄 사람이 없냐고 물었고, 저는 아드리아나에게 같이 청소하면서 용돈이나 벌어보는 게 어떠냐고 물었어요. 아드리아나는 열다섯 살밖에 안 됐지만 마침 여름방학이라 시간이 있었거든요. 돈을 벌 수 있다니까 좋아하더라고요. 그 집은 진짜 굉장했어요. 온통 유리로 되어 있고 바다도 내다보이고요. 집 주인은 집에 없었어요. 다음날에 집에 도착할 거라고 하더라고요. 집에는 마농이라는 프랑스 여자가 있었어요. 그 집 관리인 같던데, 확실히는 저도 몰라요. 그 여자가 우리에게 어디 어디를 청소해야 하는지 알려줬어요. 아주 엄격하게 굴더라고요. 모든 걸 깨끗하고 완벽하게 해내길 바랐어요. 우리 팀원들 중 한 명이 그 여자가 바라는 대로 침대를 정돈하지 않았더니 악까지 쓰더라고요. 그 집은 깔개들이 온통 하얀색이라 그 여자는 우리에게 맨발로 청소를 하라고 했어요.

우리가 청소를 하는 동안, 사람들이 집에 드나들면서 흰 난초와 샴페인을 궤짝으로 실어날랐어요. 무슨 큰 파티를 열려는 것 같더라고요. 글래디스는 저랑 아드리아나를 위층으로 올려보냈어요. 위층에 있는 옷들을 전부 스팀 다림질하면 되는 거였죠. 근사한 드레스와 잠옷, 란제리 같은 옷들이었어요. 마농이 들어와서 우리가 일하는 모습을 지켜봤어요. 그 여자는 우리가 다림질을 마친 옷들을 마치 백화점 판매대처럼 옷걸이에 쭉 걸어서 정리했어요. 전부 새 옷이더라고요. 버그도프 굿맨 백화점과 바니스 뉴욕 백화점에서 가방째로 담아 보낸 옷들이었죠. 이 집 주인이 아내나 여자 친구를 위해 준비한 선물이겠거니 했어요.

프랑스 여자는 우리가 일하는 동안 아드리아나를 뚫어져라 쳐다봤어요. 나는 신경이 곤두섰죠. 아드리아나가 너무 어려서 걱정이 되나 보다 했어요. 그런데 그 여자가 아드리아나에게 드레스 중 하나를 집어주면서 입어보라고 했어요. 한쪽 어깨만 있는 비단 소재의 아름다운 드레스였어요. 아드리아나는 그 드레스를 받아서 욕실로 들어가 갈아입으려고 했어요. 그랬더니 그 여자가 수줍어할 필요 없으니 우리 앞에서 갈아입으라는 거예요.

아드리아나는 우리 앞에서 옷을 벗었어요. 브래지어가 낡은 데다 어울리지 않는 팬티를 입고 있어서 창피해하는 눈치였어요. 아드리아나는 속옷까지 전부 벗고 드레스를 입었어요. 프랑스 여자가 미소를 지으니까 아드리아나도 따라 웃었죠. 그 여자는 아드리아나에게 그리스 신화에 나오는 미의 여신인 아프로디테 같다고 했어요. 그러면서 모델 일을 해볼 생각이 없냐고 물었어요. 아드리아나는 없다고 했죠. 그랬더니 그 여자는 아드리아나에게 다가와 뒤에 서서 함께 거울을 들여다봤어요. 아드리아나의 머리카락을 뒤로 모아 쪽을 지어주면서 말하더라고요. '이러니까 얼마나 우아하니? 꼭 트로이의 헬레네 같아. 그리스 신화 속 레다 같기도 하고.' 그 후로 그 여자는 아드리아나를 그 이름으로 불렀어요. 레다라고요."

나는 인상을 찌푸리며 말한다.

"그리스 신화에서 레다는 강간을 당했어요. 백조로 변신한 제우스가 레다를 강간했죠."

그 말에 엘레나는 조용히 입술을 잘근잘근 씹는다. 그녀의 콧구멍이 벌렁거린다.

"그 후 다시 본 적 있나요? 그 프랑스 여자요."

"그 여자는 아드리아나에게 명함을 주면서 모델 일을 해보고 싶은 마음이 생기면 전화하라고 했어요. 자기가 엔터테인먼트 쪽에서 일을 하고 있는데 예쁘장하고 새로운 얼굴을 늘 찾고 있다면서요. 저는 그 집을 나오자마자 아드리아나에게 그 여자와 가까이 지내지 말라고 경고했어요."

"그 여자의 성이 뭐였는지 기억나세요?"

"아뇨, 죄송해요. 몇 년 동안 그 여자 생각은 전혀 안 하고 살아서요."

"미첨 씨는 직접 만나본 적 있으신가요?"

"아뇨, 저희는 그 집을 몇 번 청소해준 게 다예요. 미첨 씨가 집에 도착하기 전과 집에서 떠난 후에 저희가 들어가서 청소를 했거든요. 한 번도 본 적 없어요. 그리고 프랑스 여자는 그 후 저나 아드리아나에게 말을 걸지 않았어요."

"아드리아나가 그 여자에게 전화를 했을까요?"

"안 했을 것 같긴 한데, 다시 또 생각해보면 잘 모르겠어요. 아, 맙소사. 그 집, 공원 바로 옆에 있는 집 맞죠? 아드리아나의 시신이 발견된 공원이요."

"맞아요."

"그 제임스 미첨이라는 남자가 아드리아나를 죽였을까요?"

"모르겠어요. 하지만 그 남자는 파티를 위해 젊은 윤락 여성들을 고용했어요. 포식자 같은 사람이에요. 저는 그가 또다른 여자를 다치게 만들지 못하게 하고 싶어요."

엘레나는 조용히 고개를 끄덕인다. 눈물 한 방울이 엘레나의 뺨을 타고 흘러내려 카펫에 툭 떨어진다.

나는 가방에 손을 넣어 아버지와 글렌 도시가 함께 찍은 사진을 꺼낸다. 그 사진을 엘레나에게 보여주면서 아버지의 모습을 손가락으로 툭툭 친다.

"엘레나, 아드리아나 실종 신고를 한 후 이 집에 들른 경찰이 이 사람 맞아요?"

엘레나는 그 사진을 주의 깊게 들여다본다.

"예, 맞아요."

"지금 창밖을 좀 봐주실래요? 집 앞에 주차된 차가 있을 거예요."

엘레나는 일어서서 창가로 걸어간다. 창밖을 내다보는 그녀의 두 눈이 두려움으로 확 커진다.

"저 차는……?"

"아버지가 타시던 픽업트럭이에요. 사진 속 이 남자요."

"그 붉은 트럭 맞아요. 아드리아나가 죽기 전, 이 집 앞에 있던 바로 그 트럭이에요."

"확신하시네요. 한 번 더 봐주세요. 중요한 일이에요."

창문을 향해 돌아선 엘레나는 손으로 유리창을 짚으며 말한다.

"맞아요, 그 트럭. 지금처럼 바로 저 자리에 주차돼 있었어요. 확실해요. 아버님은 꼭 우리를 지켜보고 있는 것 같았어요."

"마지막으로 하나만 더 물을게요." 나는 지갑에서 폴라로이드 사진을 꺼내 엘레나에게 내민다. "아드리아나 맞죠?"

"예." 엘레나는 고개를 끄덕이며 여동생의 사진을 손가락으로 쓰다듬는다. "그 애 맞아요. 이 사진 어디서 났어요?"

"아버지가 갖고 있었어요. 사진에 같이 찍힌 다른 여자는 누군지 알아요?"

생각을 하느라 인상을 쓰던 엘레나가 잠시 후 말한다.

"마리아에요. 마리아 크루즈. 아드리아나와 마리아는 첫 성

찬식 때 세인트 메리 성당에 같이 갔었어요. 마리아는 좋은 여자였어요."

"이 여자를 찾고 있는 중이에요. 어디 사는지 혹시 알아요?"

"아뇨, 죄송해요. 오랫동안 본 적이 없어요. 잘 지내야 될 텐데."

"그러길 바라야죠."

20

집 밖으로 나가 루즈에게 온 음성 메시지를 확인한다.

'조반니한테 얘기했어요. 오늘이나 내일 친구랑 같이 들르라고 하네요. 새로운 피를 늘 찾고 있다고 하더라고요. 뭘 하시려는 건지 알려주세요.'

나는 세라 파텔에게 전화를 건다.

"루즈가 오늘 칼라브레제의 거처로 나를 데려갈 거예요."

세단은 아직 집 밖에서 나를 기다리고 있다. 운전석에 앉은 남자는 신문으로 얼굴을 가린 채 신문 위쪽으로 나를 슬쩍 내다본다. 신문 앞 장이 조그맣게 바스락 소리를 낸다. 나는 세단의 번호판에 적힌 'HB-778'을 기억해둔다.

"넬, 굳이 자기가 갈 필요는 없어. 지나치게 가까이 접근하는 거야. 칼라브레제가 자기를 알아보면 어쩌려고 그래?"

"저를 어떻게 알아보겠어요?"

"그가 자기 아버지를 알잖아. 그리고 혹시 그 사람이 자기한테 파티에서 일을 하라고 하면 어쩔 거야? 자기는 그 파티에 어차피 못 가잖아. 경찰들이 득실거릴 텐데."

맞는 말이다.

"그럼 우리가 어떻게 해야 하죠?"

"루즈 혼자 가게 하는 건 어때? 도청 장치를 달아서 들여보내자."

"너무 위험해요. 아직 어린애일 뿐인데."

"오늘 당장은 우리 쪽 요원을 보낼 수도 없어. 시간이 너무 촉박해."

"제가 루즈와 함께 가는 건요? 가서 칼라브레제를 만나보기만 할게요. 루즈가 나중에 제가 마음을 바꿨다고 하면 될 거예요."

"별로 좋은 생각 같지가 않아."

한숨이 나온다.

"알았어요. 생각해볼게요. 하지만 신속하게 움직여야 돼요."

"똑똑하게 처신하자. 알았지? 여기서 쓸데없이 위험을 감수하지 마."

"그럴 일 없어요."

나는 속마음과는 다르게 말한다.

전화를 끊고 큰 보폭으로 몇 걸음 만에 길을 가로지른다. 시선은 곧장 앞을 향한다. 어깨가 아프지만 견딜 만하다. 걸음을 빨리 하되 지나치게 빠르지 않도록 조심한다. 식은땀을 흘리는 모습을 세단의 남자에게 보여줄 필요는 없다. 나는 엘레나의 집을 떠나기 전에 문을 잘 잠그라고, 혹시 신경 쓰이는 일이 생기면 나한테 전화하라고 일러둔다. 트럭에 올라타 문을 잠그면서, 나도 누군가에게 전화로 도움을 청할 수 있으면 좋겠다는 생각을 해본다.

연석을 뒤로하고 출발하는데 휴대폰이 울린다. 리의 전화다. 전화를 받을지 말지 갈등하며 이를 악문다. 리에 대해 어떻게 생각해야 할지 아직 판단이 서지 않는다. 내가 자기네 부서를 파헤칠 줄 알았으면 리는 애초에 나를 이번 사건 조사에 끌어들이지 않았을 것이다. 하지만 도시는 리의 상관이다. 리 역시 저 세단에 탄 남자처럼 나를 줄곧 지켜보고 있을 수도 있다.

여느 때처럼 나는 결국 호기심에 지고 만다.

"무슨 일이야?"

휴대폰을 스피커폰 모드로 돌리고 펄래스키가를 빠져나간다. 1초도 안 돼서 세단이 내 뒤에 따라붙는다. 나는 세단을 시험하기 위해 노란불에 속도를 높이며 교차로를 지나간다. 세단이 나를 놓치지 않으려고 마찬가지로 속도를 높이자 맞은편에서 오던 차량의 운전자가 경적을 울린다.

"넬, 지금 어디야?"

"리버헤드. 왜?"

"모랄레스가 두 건의 살인에 대해 범행을 자백했어."

"들었어. 나가서 축하라도 해야겠네?"

"도시 과장님이 오늘 저녁에 모이자고 하셔. 행크스에서 오후 5시에. 너도 참석하길 바라시더라."

"멋지네. 엄청 기다려지는구나."

"우리 얘기 좀 하자."

"저녁 때 거기로 갈게."

"그 전에 좀 만날 수 있을까?"

"내가 지금 좀 바빠."

백미러로 뒤를 살핀다. 액셀을 줄곧 밟으며 운전하는 중인데도 세단이 여전히 꽁무니에 붙어 있다. 시속 45킬로미터 제한이 있는 곳을 80킬로미터에 가깝게 운전하고 있는 중이다. 이대로라면 아무래도 경찰이 보고 따라올 것 같다. 리의 전화를 받지 말 걸 그랬다.

"옷들에 대해 알아봤어. 아드리아나의 옷장에서 가져온 옷들 말이야."

"아, 그래?"

"마농 부셰라는 여자가 산 옷들이더라. 그 여자는 제임스 미첨 밑에서 일하는 사람이야."

"으흠."

웬 개새끼가 뒤에 따라붙은 터라 리의 말에 집중할 수가 없다. 여기서 어떤 선택지가 있을까. 세단이 누구인지는 알 수가 없다. 내 뒤를 밟고 있는 저놈은 도시의 부하 중 한 명일 수도 있다. 아니면 조반니 칼라브레제 본인이거나 칼라브레제의 수하일 수도 있겠다. 일에 투입하기 전에 나를 직접 만나 상태를 확인하려는 의도인 걸까. 어쩌면 한 달 전에 우리가 시작한 일을 끝장내러 찾아온 드미트리 노바크의 심복 중한 명일지도 모르지만 그럴 가능성은 낮아 보인다. 노바크는 숙련된 살인청부업자다. 노바크가 나를 죽일 생각이었다면 난 이렇게 살아 있지 못했을 것이다. 그가 다가오는 모습을 보기도 전에 이미 목숨이 끊어졌을 테니까.

"그리고 네가 말한 여자에 대해 알아봤어. 마리아 크루즈라는 여자."

"어, 그래? 그 여자가 사는 곳을 알아냈어?"

"마이애미에 있는 것 같더라. 그 얘긴 만나서 하자."

"좋아, 이따 저녁 때 행크스에서 봐."

"알았어. 그런데 너 괜찮아? 목소리가 긴장한 것 같은데."

그 순간, 나는 햄프턴 베이스 방향으로 가는 도로 출구로 나가기 위해 중간에서 끝으로 차선을 변경한다. 끝 차선의 SUV를 미끄러지듯 앞질러 가느라 하마터면 내 트럭의 측면으로 SUV의 펜더를 칠 뻔한다. 사방에서 경적 소리가 울리지만 개의치 않는다. 신경 쓸 틈이 없다. 이대로 쭉 달려 세단과 도로에 둘만 남게 되면 무슨 일이 일어날지 알 수 없다. 나는 로터리로 진입하고 세단은 옆으로 지나간다. 세단 운전자가 고개를 돌려 내 쪽을 쳐다본다. 나는 미소를 지으며 그에게 손을 흔들어준다. 저놈은 다시 돌아올 것이다. 하지만 당분간은 못 따라올 테니 그나마 다행이다.

나는 천천히 숨을 내쉰다.

"괜찮아, 좀 긴 하루였어."

"너나 나나 그랬지."

"저기, 부탁 하나만 더 들어줘."

"뭔데?"

"차 한 대가 내 뒤를 따라오고 있어. 어쩌면 아무것도 아닐 수도 있지만 확실히 해두려고. 차 번호 좀 조회해줄래? 뉴욕 번호판이고 HB-778이야."

"알았어. 지금 바로 해줄게. 이따 보자."

타이 헤인스의 차고 바깥에 트럭을 세우고 시동을 끈다. 가만히 앉아 선라이즈 도로를 오가는 차량들의 소리에 귀를 기울인다. 심장이 방망이질친다. 그대로 1분이 지나서야 비로소 운전대에서 손을 놓는다. 당분간이지만 미행을 떨궈냈다. 세단 남자는 조만간 곧 다시 나를 찾아올 것이다. 다음에 만나면 공격적으로 굴 수도 있다.

타이 헤인스의 차고는 마을에 몇 안 되는 자동차 정비소 중 하나다. 아버지가 생전에 오토바이 수리를 믿고 맡긴 유일한 정비소이기도 했다. 타이는 아버지와 마찬가지로 해병대 출신이고 클래식 오토바이 수집가다. 그는 아버지가 그랬듯 세심하게 오토바이를 다뤘고, 거의 사랑에 가까운 정을 쏟았다. 아버지는 새 부품을 찾기 어렵거나 직접 수리하지 못하는 부분이 생기면 타이의 정비소로 오토바이를 가져가곤 했다. 어느 토요일에는 나도 같이 따라간 적이 있었다. 나는 그들이 거의 아무 말도 하지 않고 조용히 오토바이를 고치는 모습을 보면서 정비소에 있는 이런저런 물건을 구경하곤 했다.

정비소 뒤쪽으로 돌아가자 타이가 밀대에 누운 채 빈티지 애스턴 마틴 밑에 들어가 있다. 그를 놀라게 하고 싶지 않아, 그가 밀대를 밀며 나올 때까지 기다린다. 나를 본 그의 얼굴이 환해진다.

"어서 와라." 그는 일어서서 두 팔을 벌려 나를 1, 2초 정도 꼭 껴안는다. "다시 보니 정말 좋구나. 마지막으로 본 게 언제냐. 10년 전이었나?"

"그 정도 됐을 거예요. 저도 다시 봐서 반가워요. 이번 일을 맡아주신 것도 감사드리고요."

"무슨 소리냐? 너를 위한 일이면 뭐든 해줄 수 있지."

"바쁘시죠?"

"아니야, 안 그래도 오늘 너한테 전화하려고 했어. 따라와라. 보여줄 게 있어."

나는 그의 뒤를 따라 도열한 자동차들을 지나, 차고 뒷문으로 향한다. 그쪽에 예비 부품들이 비에 젖지 않도록 방수포가 설치된 작은 마당이 하나 있다. 타이는 자물쇠를 열고 나를 안으로 들여보낸다. 창문 방충망으로 흘러드는 햇살을 받아 아버지의 은색 오토바이가 반짝인다. 오토바이는 마치 수술을 받고 있는 환자처럼 천 위에 모로 누워 있다.

"직접 얘기해주고 싶었어, 넬."

"감사드려요."

"내가 과학 수사 전문가는 아니지만, 누군가 네 아버지 오토바이의 브레이크 라인을 자른 게 분명해 보여서 말이야."

"확실해요?"

타이가 미간을 찌푸린다. 그 표정만 봐도 대답을 들은 것과 다름없다.

"깔끔하게 잘린 자국이야. 자, 여길 봐봐." 그는 먼저 바닥에 웅크리고 앉아 내게도 쭈그려 앉으라고 손짓한다. "여기 이거 보이지?"

"예."

"정비 불량으로 녹이 생기면 브레이크가 고장 나기도 해. 그런데 너나 나나 네 아버지가 오토바이를 얼마나 아꼈는지 잘 알잖니. 그는 자기 오토바이를 거의 새것처럼 관리했어. 브레이크액도 확인했는데 녹은 전혀 없더구나. 여기 이렇게 잘린 브레이크 라인을 제외하고 다른 부품들은 전부 완벽하게 정비된 상태야."

나는 브레이크를 응시한다. 마치 뼈를 반으로 자른 것 같은 모양새다. 타이에게 굳이 설명을 듣지 않아도 알겠다. 이건 고의로 자른 자국이다. 이 오토바이를 타는 사람을 죽이기 위해서.

"누가 이런 짓을 했을지 짐작이 가니?"

"몇 가지 생각나는 게 있기는 해요." 나는 일어서며 덧붙인다. "저기요, 타이 아저씨. 이 일을 우리끼리 비밀로 유지해주실 수 있어요? 아저씨 가게에 이 오토바이가 있는 걸 남들이 모르게 해주셨으면 해요. 가능할까요?"

"물론이지. 비밀로 해주마. 내가 이 오토바이를 뒤쪽에 가져다 놓은 것도 그래서야."

"하루 이틀 정도만 더 보관해주실 수 있어요?"

"그래라. 여기로는 나 말고 들어올 사람도 없어." 그는 이마에 깊은 주름을 잡으며 팔짱을 끼고 나를 내려다본다. "너 괜찮은 거니? 네 아버지와 함께 일했던 경찰들 중 누구에게라도 연락을 하는 게 좋을 텐데."

"아뇨, 괜찮아요. 저 혼자 해결해야 하는 일이에요."

"네 아버지 오토바이에 이런 짓을 한 게 누구든 간에 의도적으로 한 짓이 분명해. 조심해라. 늘 등 뒤를 경계하고. 네가 다치는 건 보기 싫구나."

"아저씨도 몸조심하세요."

타이의 차고에서 걸어 나오며 루즈에게 전화를 건다. 일분 일초가 아까운 시점이다.

"조반니에게 전화를 해서 내일 우리가 같이 들르겠다고 말해요."

"알았어요." 루즈의 목소리에서 두려움이 읽힌다. "그 다음엔요?"

"나를 소개해주면 돼요. 나머지는 내가 알아서 할게요. 내가 그 사람을 만나고 있을 때쯤에 당신과 당신 남동생은 신변 보호를 받으러 출발하게 될 거예요."

"조심하세요. 조반니는 성질이 대단해요. 열 받게 만들면 안 되는 사람이에요."

나는 귀와 어깨 사이에 휴대폰을 끼우고 권총을 확인한다.

"알았어요. 그런데요, 루즈. 그건 나도 마찬가지예요."

21

행크스 술집 바깥의 주차장이 거의 비어 있다. 나는 도시의 지프차 옆에 픽업트럭을 세우고 리가 오길 기다린다. 그대로 몇 분이 지난다. 어쩌면 그는 이미 술집 안에 있을지 모른다는 생각이 든다. 권총을 픽업트럭 사물함에 넣어두고 휴대폰을 마지막으로 한 번 더 확인한 뒤, 차에서 내린다. 차가운 밤 공기에 숨결이 하얗게 얼어붙는다. 목깃을 세우고 주머니에 손을 찔러 넣는다. 멀리서 만을 지나는 모터보트 소리, 폰퀘그 다리를 가로지르는 차량의 소음이 들려온다.

술집 안에 불이 켜져 있다. 음악 소리는 들리지 않는다. 아직까지는. 안에 사람이 별로 없는 것 같다. 문을 열고 안을 둘러본다. 뒤쪽 부스 외에는 텅 비어 있다. 뒤쪽 부스에 앉은 두 남자는 긴밀하게 얘기 중이다.

내가 문을 열고 들어가자 두 남자가 내 쪽으로 고개를 돌린다. 도시와 다실바다. 그들이 자리에서 일어나 나를 맞이한다. 나는 행크가 있길 바라며 바 쪽을 곁눈질한다. 하지만 행크는 보이지 않는다. 우리 말고는 아무도 없다. 지금 이 술집에는 나와 이 두 남자뿐이다.

"어서 와라, 넬. 잘 왔다."

도시가 푸근한 목소리로 말한다. 다정하게 들리기까지 하는 목소리다. 하지만 나는 심상찮은 기운을 감지한다. 이 술집 안의 풍경도 신경에 거슬린다. 싱긋 웃으며 성큼성큼 걸어오는 도시의 모습에 나는 배 속의 신경 곤두설 만큼 두려움을 느낀다.

"술 한잔 줄까? 바에서 꺼내 마시면 돼."

"제가 너무 빨리 온 건가요? 아니면 늦게 온 건가요?"

"둘 다 아니야. 시간 맞춰 왔어."

"행크 아저씨는요?"

"밖에 나갔다. 오늘 저녁에 우리끼리 이 술집을 좀 쓰게 해달라고 부탁했어. 조금 이따가 다른 사람들도 올 거야."

나는 내 트럭까지의 거리, 주차장에서 도로까지의 거리를 머릿속으로 계산한다. 아무래도 도망치기는 어려울 듯하다. 주차장에 다른 차들은 없고, 건선거는 보트들로 둘러싸여 있다. 도시가 여기서 내게 총을 쏠 작정이라면 충분히 그렇게 할 수 있을 것이다. 아마 아무도 그 소리를 못 듣겠지.

다실바가 우람한 두 팔로 팔짱을 낀 채 바 뒤쪽으로 가서 선다. 성질이 나 있는 듯 무뚝뚝한 표정에 얼굴이 벌겋게 달아올라 있다. 다실바는 늘 이렇게 싸우러 나온 것 같은 인상이다. 아버지의 친구들 중 3번 관할구에 아직까지 남아 있는 유일한 사람이기도 하다. 어쩌면 다실바는 그 지역의 폭력성을 좋아하는 것인지도 모르겠다. 그 지역 사람들을 증오하는 것일 수도 있다. 어렸을 때 나는 어머니가 다실바를 싫어하는 걸 알아챘다. 아니, 좀 더 정확히 말하면 두 사람은 서로를 싫어했다. 다실바의 이름을 입에 올리며 인상을 찌푸리던 루즈처럼, 어머니도 다실바 얘기가 나오면 표정이 좋지 않았다.

"앉아." 다실바가 제안이라기보다는 명령에 가까운 투로 말한다. "얘기나 하자."

나는 시키는 대로 의자에 가 앉는다. 이 안에 모인 사람들을 흥분시키고 싶지 않아서 무기를 트럭에 두고 왔는데 생각해보니 어리석은 결정이었던 것 같다. 하지만 이미 머릿수에서 밀린다. 수중에 무기가 있다고 해도 도움이 됐을 것 같진 않다. 리가 여기로 오는지도 의문이다. 어쩌면 리는 단순히 늦는 것일 수도 있다. 하지만 나를 배신한 것일 수도 있다고 생각하니 얼굴이 벌게지도록 열이 오른다. 리는 늘 뭔가를 숨기는 것 같기는 했다. 나를 이 사건에 끌어들이고 친구처럼 굴기까지의 시간도 지나치게 빨랐다. 내 실책이다. 좀 더 면밀히 파악했어야 했는데. 지금은 아무도 믿을 수 없다.

바 뒤에서 도시가 묻는다.

"뭐 줄까?"

"안 주셔도 돼요."

"아, 왜 그래, 넬. 우리랑 적어도 술 한잔은 해야지. 축하를 해야 하잖아."

"알았어요. 맥캘란 위스키 니트로 주세요."

"네 아버지랑 같구나."

"아버지는 술을 끊었다던데요."

도시가 껄껄 웃는다. "누가 그러디?"

"행크 아저씨가요. 돌아가시던 날 밤에도 아버지는 술을 입에 대지도 않았다고 하셨어요." 나는 다실바를 똑바로 쳐다보며 덧붙인다. "그날 밤 아버지는 여기서 다실바 아저씨를 만나기로 하셨다던데요. 안 오셨죠?"

다실바가 인상을 찌푸리며 말한다.

"아니, 난 그런 약속한 적 없어. 행크가 뭘 착각했나 보네."

다실바의 왼쪽 관자놀이에 혈관이 벌떡인다. 그는 원래 연기를 잘하는 편은 아니다.

"어쨌든 그래서 저는 아버지의 사고에 대해 다시 생각을 해봤어요."

"무슨 생각을 했는데?"

"그게, 아버지가 그날 술에 취하신 게 아니라면 사고가 아닐 수도 있겠구나 하는 생각이요."

"무슨 뜻이냐?"

"누군가 아버지의 오토바이 브레이크 라인을 끊어놨을 수도 있겠더라고요."

"누가 그런 짓을 해?"

"경찰이셨으니 적이 있었겠죠."

다실바가 숨을 삼키며 주절거린다.

"그렇긴 하지. 하지만 그날 밤엔 안개가 자욱했어. 밤도 늦었고. 네 아버지가 사고를 당한 커브 길은 운전하기 쉽지 않은 곳이야. 거기다 표지판이라도 세웠어야 했는데. 조심하지 않으면 언제든 사고가 날 수 있는 곳이라니까."

"그러게, 표지판이 있었어야 했어."

도시가 맞장구를 치며 내 앞에 술잔을 내려놓는다. 그는 우리 사이에 생겨난 팽팽한 긴장감을 풀어주려는 듯, 부스로 돌아와 다실바 옆에 앉는다.

"아버지를 위해 건배할게요."

나는 술잔을 들며 말한다. 도시는 내 눈을 똑바로 마주보면서 자기 잔을 들어 내 잔에 갖다 댄다.

"마티를 위해."

"네 아버지는 1년 동안 파인 배런스 사건을 조사했어. 지금 널 보면 자랑스러워할 거다."

"무엇 때문에 자랑스러워하실까요?"

"모랄레스의 체포에 도움을 줬잖니. 마티가 시작한 일을 네가 끝낸 거야."

"그런가요? 아버지는 모랄레스의 짓이라고 생각 안 하셨는데요."

도시가 고개를 젓는다. "그렇지 않아. 마티는 증명을 못 했을 뿐이야."

"오늘 엘레나 마르케스의 집에는 왜 간 거냐?"

다실바가 성마르게 묻는다. 속내를 드러낸 말을 내뱉어놓고도 개의치 않는 표정이다. 당황한 나는 불안한 마음에 허리를 바로 세운다.

"실종 신고를 한 날 경찰이 집으로 찾아왔다고 엘레나가 말했어요. 그 경찰의 성이 저랑 같은 플린이라고 하더군요. 아버지가 왜 그 집에 찾아갔을까요? 실종된 여자의 가족을 무슨 이유로 찾아갔을 것 같으세요?"

다실바가 도시를 흘긋 쳐다본다. 내 얘기에 동요한 듯 그들은 앉은 자리에서 거북하게 몸을 뒤척인다.

"아드리아나는 하루나 이틀 집에 안 들어온 것뿐이었어요. 딱히 죽었다고 볼 이유는 없었어요. 그 여자가 이미 죽었다는 걸 아버지가 알고 있지 않았다면요. 어쩌면 아버지가 아드리아나를 죽였을지도 모른다는 생각이 들어서 불안해졌어요."

"말도 안 되는 소리 마라."

도시가 날카롭게 내뱉는다. 그는 경고하듯 손가락 하나를 세워 보인다.

"아버지의 붉은 픽업트럭을 타고 다니면서도 그런 생각이 들었어요. 엘레나가 집 밖에 서 있는 걸 봤다고 한 픽업트럭이 모랄레스의 픽업트럭이 아닐 수도 있다는 생각이요. 아버지의 트럭일 수도 있잖아요. 리아 샌도벌이 실종된 모텔 주차장에서 목격된 트럭도 아버지의 트럭일 수 있고요. 그래서 트럭을 보여주려고 엘레나의 집으로 갔어요. 엘레나가 그 트럭을 알아보는지 확인하고 싶어서요."

도시는 속이 부글부글 끓는 표정이다. 분노를 감추며 애써 무표정을 유지하고 있지만 그는 관절이 하얗게 질리도록 주먹을 부르쥔 채 테이블에 올려놓고 있다. 이러다 그가 나를 한 대 칠 것 같아서 나는 나무 부스에 등을 기대며 살짝 물러나 앉는다. 만약 그가 주먹질을 한다면 나로서는 방법이 없다. 혼자서 도시와 다실바를 상대로 싸워 이길 수는 없으니까. 그런데도 입이 멈춰지지 않는다. 이미 그들의 허를 찔렀으니 이대로 쭉 가야 한다.

"엘레나는 아버지가 자기네 집을 방문한 날 저녁에 아드리아나의 휴대폰을 가져갔다고 말했어요. 확인해봤더니 그 휴대폰은 증거물 목록에 없더라고요. 아버지가 아드리아나의 휴대폰을 왜 가져갔을까요? 무언가를 은폐하고 있던 게 아니라면 그래야 할 이유가 있었을까 싶었어요. 그래서 여기저기 좀 알아봤어요. 아버지는 조반니 칼라브레제라는 남자한테 뇌물을 받고 있었어요. 리아와 아드리아나의 포주 노릇을 한 남자요. 그 남자는 매월 1만 달러씩 아버지의 해외 계좌로 송금해주고 있더라고요. 제가 이 사실을 어디다 알려야 할까요?"

"넌 지금 무슨 소릴 하는지도 모르고 있어."

도시가 말한다.

"케이맨 제도에 있는 은행 계좌가 이제 제 것이 됐어요. 솔직히 말하면 돈이 생겨서 좋긴 해요. 하지만 아버지가 무슨 일을 해주고 받은 돈인지는 알아야 하잖아요. 아버지가 그 여자들을 죽인 거면 제가 그 계좌의 돈을 갖는 게 옳은 일은 아니니까요. 저도 나름 기준이라는 게 있다고요. 아시겠어요?"

"모랄레스가 그 여자들을 죽였어. 그게 전부야."

"엘레나가 픽업트럭에 대해 뭐라고 말했는지 알고 싶지 않으세요?"

"아니!" 도시는 고함을 치며 주먹으로 테이블을 내리친다. 다실바까지 움찔한다. "엘레나 마르케스가 뭘 봤다고 생각하는지 쥐똥만큼도 관심 없다. 네 아버지는 아드리아나 마르케스를 죽이지 않았어. 리아 샌도벌도 죽이지 않았고. 마틴이 왜 그런 짓을 하겠냐? 그건 미친 짓인데."

"제가 궁금한 게 바로 그거예요. 분명히 말하지만 엘레나가 집 밖에서 본 트럭은 아버지의 트럭이 맞아요. 아버지는 죽기 직전까지 아드리아나를 지켜봤어요. 게다가 아버지는 왼손잡이에요. 명사수이기도 하고요. 제가 보기에는 아버지가 가장 확실한 용의자예요."

"동기가 뭔데? 그 여자들 덕분에 마틴은 돈을 벌었어!"

도시는 왈칵 성질을 내며 주워 담을 수 없는 말을 내뱉고 만다. 나와 눈이 마주치자 그는 말실수를 했음을 깨달은 눈치다.

'제기랄, 이건 녹음해야 돼.'

도시는 아버지가 자기네 일에 관여했다는 걸 인정했다. 하지만 나는 너무 겁이 나서 휴대폰을 만질 수가 없다. 여기서

까딱 잘못했다간 끝장이다.

나는 침착을 유지하려 애를 쓴다.

"그럼 모랄레스의 동기는요?"

"모랄레스는 난폭한 돼지 같은 놈이야."

"아저씨, 우린 아버지가 누구보다 난폭한 성격이라는 걸 알고 있어요. 게다가 아버지는 잃을 것도 많았고요. 그 여자들이 칼라브레제와의 일을 자백하려 했을 수도 있겠죠. 그랬으면 아버지로서는 일이 꼬여버리는 거잖아요. 아니면 그 여자들을 보면서 어머니를 떠올리시지 않았을까요? 우리 솔직해지자고요. 정확히 무슨 일이 일어났는지 우린 둘 다 몰라요."

도시는 벌떡 일어나 테이블 너머로 몸을 기울이며 나를 노려본다.

"그만해. 넌 제정신이 아니야. 마틴 플린은 좋은 사람이고 좋은 경찰이었어. 최고였다고."

"아버지를 보호하는 것도 지겹지 않으세요? 진지하게 하는 말이에요. 21년 전에 아저씨는 숀 길로이를 범인으로 몰았어요. 이제는 모랄레스를 범인으로 만드시네요? 대체 무엇 때문에 그러시죠? 아버지도 돌아가셨는데 왜 그러시는 거예요?"

"내가 네 아버지를 위해 한 일에 대해서 넌 백번 고마워해야 돼."

나는 숨을 죽이며 나지막하게 묻는다.

"아저씨가 무슨 일을 하셨는데요? 제가 알고 싶은 건 그거예요. 아버지의 잘못을 덮어주셨어요? 아버지를 보호하려고 길로이와 모랄레스를 범인으로 만드신 거예요? 아무한테도 말 안 할게요. 맹세해요. 아버지가 어떤 사람이었는지 알아야겠어요. 그날 밤 어머니한테 무슨 일이 있었던 거죠? 제가 그 정도는 알 자격이 있지 않아요?"

눈물이 난다. 두 손에 얼굴을 묻고 어깨를 떨어가며 울음을 터뜨린다. 연기가 아니다. 이 남자들도 알 것이다. 우리를 둘러싸고 있던 팽팽했던 긴장감이 풍선에서 바람 빠지듯 가라앉는 게 느껴진다.

도시가 한층 누그러진 목소리로 말한다.

"빈스, 넬과 잠깐 얘기 좀 하게 자리 좀 피해주겠나?"

빈스 다실바가 머뭇거린다.

"빈스."

"괜찮겠어요, 과장님?"

"그래, 밖에서 기다리고 있어."

빈스는 주머니에서 이쑤시개를 꺼내 이 사이에 꽂는다.

"알았어요."

도시는 자리에서 일어나 빈스를 술집 밖으로 내보낸다. 도시의 시선이 내 쪽을 향하고 있는 게 느껴지지만 나는 고개를 들지 않는다. 운동복 상의의 소맷자락으로 눈가를 닦고 두 손을 주머니에 깊숙이 찔러 넣는다. 한 손에 휴대폰이 잡힌다.

'지금 해야 돼.'

나는 문 닫히는 소리가 들릴 때까지 기다렸다가 도시에게 묻는다.

"뭐 좀 더 마셔도 돼요?"

"그래." 도시가 바 쪽으로 걸어간다. "맥캘란 줄까?"

"물이면 돼요. 고맙습니다. 정말 감사드려요."

나는 휴대폰을 꺼내 확인하는 척한다. 녹음 어플의 버튼을 누르고 도로 주머니에 집어넣는다.

도시가 자리로 돌아와 내 맞은편에 앉는다. 그가 테이블 너머로 물 잔을 내민다.

"날 봐, 넬."

나는 고개를 든다. 도시의 눈가가 한결 부드러워졌다. 그는 미소를 지으며 말한다.

"널 보면 마티가 떠오르는구나."

"사람들이 그런 말 많이 해요. 좋은 건지는 모르겠지만요."

그는 싱긋 웃는다.

"좋은 거야. 마티는 황소고집이었어. 그래도 좋은 놈이었지. 진실과 정의에 신경을 많이 쓰면서 살았어."

"아버지가 어머니를 죽였나요? 어머니를 죽인 거 맞아요?"

그는 길게 한숨을 내쉰다. 깍지 낀 두 손을 테이블에 올려놓고 한참 눈을 감고 있다가 입을 연다.

"나도 몰라, 넬. 그건 하늘에 맹세코 사실이야. 그날 밤 있었던 일을 아는 유일한 사람은 바로 너잖니."

"전 그때 일곱 살이었어요."

"알아. 네가 아버지를 보호하려고 거짓말을 했다고 해도 아무도 널 비난 안 해. 어쩌면 너도 무슨 일이 있었는지 잘 모를 수도 있겠지. 어렸으니까. 일은 이미 벌어졌고, 혼란스러웠겠지. 충분히 이해할 수 있어."

"전 정말 몰라요. 기억도 안 나고요. 애를 써봤지만 기억나는 게 없어요." 나는 누구한테든 이런 얘길 이렇게 장황하게 해본 적이 없다. 뺨을 타고 흘러내린 굵고 뜨끈한 눈물이 테이블로 툭툭 떨어진다. "아버지가 그날 야영지의 천막을 떠난 것 같진 않아요. 하지만 거짓말을 계속 하다보면 진실처럼 믿겨진다는 거 아시잖아요?"

도시는 손바닥을 위로 한 채 테이블 너머로 손을 뻗는다. 나는 그의 손을 내려다보고 그의 눈을 마주본다. 그리고 내 손을 그의 손에 얹는다. 그는 내 손을 잡는다. 몸이 덜덜 떨린다.

"그래, 안다."

"그 주말에 대해서 제가 느끼는 기분은 그런 거예요."

"괜찮아, 나도 잘 알아. 그날 경찰서에서 너와 얘기를 하면서 무슨 일이 있었는지 넌 모른다는 느낌을 받았어. 걱정이 되더라. 마티가 멍청한 짓을 저질렀을까봐도 걱정됐어. 네 어머니가 마티를 떠나려고 했던 건 너도 알았지?"

나는 정신이 아득해진다.

"아뇨, 몰랐어요."

"이런, 미안하다. 하면 안 되는 얘기였나 보네—"

"진실을 말해주세요. 제가 원하는 건 그게 전부예요. 이제 그만 끝을 맺고 싶어요."

도시는 고개를 끄덕인다. 입술을 잘근잘근 씹으며 멍하니 허공을 응시하다가 마침내 입을 연다.

"네 어머니는 만나는 남자가 있었어. 그 남자도 경찰이었지. 네 어머니는 마티에게 그 얘길 했어. 너희 부모님은 사이가 좋지 않았고 소원하게 지낸 지 수년 째였어. 서로 안 맞는 사람들이었지. 네 어머니는 열정이 넘치는 반면에 네 아버지는…… 네 아버지가 어떤 성격이었는지는 너도 잘 알 거다. 솔직히, 최고의 남편감은 아니었지. 마누라를 두고 바람을 피우는 짓은 하지 않았지만 매사에 일이 우선이었어. 아내의 생일이나 네 생일 같은 중요한 행사도 그냥 넘어가기 일쑤였고."

나는 조그맣게 대답한다. "기억나요."

"마티는 결혼 생활이 그렇게 끝날 줄은 몰랐을 거야. 그동안 줄곧 현실을 외면하고 살았을 테니까. 마리솔은 집에서 나가겠다고 했고 마티는 분노했어. 경찰서로 뛰어 들어와서는 악을 써댔지. 우리가 자길 배신했다고, 그동안 다들 알고 있었지 않느냐고. 아마 기습을 당한 기분이었겠지. 그는 주변 사람들한테 마구 분풀이를 했어. 내 책상 바로 옆에 있는 벽을 주먹으로 쳐서 구멍까지 뚫어놨어. 그 일이 있은 후로 우리는 마티를 걱정했어. 마티가 이틀 내리 결근해서 나는 그가 일을 그만둘 줄 알았지. 그 당시 일 기억나니?"

나는 고개를 젓는다. 기억은 나지 않는다. 다만 기억 속 깊숙한 곳에서 희미하게 떠오르는 소리는 있다. 세차게 닫히는 문, 아래층에서 들려오는 부모님의 말다툼, 아버지의 오토바이에 시동이 걸리고 길을 따라 위잉 달려가고 나면 온 집 안에 감돌던 적막, 어머니가 누군가에게 전화를 걸어 속삭이던 소리, 잔디밭의 매미 울음소리.

"그런데 며칠 후에 마티가 돌아왔어. 그 주말에 너를 데리고 캠핑을 갈 거라고 하더라. 마리솔에게 혼자 집에 있으면서 생각할 시간을 주려고 했던 것 같아. 나는 좋은 생각이라고 봤어. 누구나 감정을 가라앉힐 필요가 있으니까. 그런데…… 그렇게 되고 만 거야. 그 주말에 너희 어머니는 살해당했어. 그래서 나도 그런 쪽으로 생각이 되더라. 마티가 그랬을까? 그런 마음을 먹고 있었던 건가? 두려웠지만, 충분히 그럴 수 있겠다는 생각이 들더라. 네 아버지는 그 정도로 엄청나게 분노하고 있었을 테니까."

"아버지한테 물어보셨어요?"

"당연히 물어봤지. '마티, 이번 한 번만 물어볼게' 하고. 그는 내 눈을 똑바로 쳐다보면서 자기는 죽이지 않았다고 말했어. 나는 그를 믿고 싶었어. 무엇보다도 그는 내 절친이었으니까. 그리고 마리솔은, 네 엄마는……."

그의 눈에 눈물이 차오른다.

불현듯 느낌이 온다. 나는 나지막하게 묻는다.

"어머니를 사랑하셨어요?"

"많이 사랑했지."

"어머니도 아저씨를 사랑했나요?"

"그랬던 것 같아. 그래, 그랬을 거야."

"그래서 아저씨는 그 일에 책임감을 느꼈군요."

"당연히 그랬지. 네 아버지는 네 어머니가 사랑한 경찰이 나였다는 걸 몰랐어. 네 어머니도 그것까지는 털어놓지 못했고, 나도 마찬가지였어. 전부 다 내 잘못이야. 우리가 그러지 않았다면…… 내가 그러지 않았다면……."

그는 말을 끝맺지 못하고 고개를 가로젓는다.

그의 말이 믿어진다. 나는 부드럽게 달래듯 말한다.

"그런 식으로 생각할 필요는 없어요."

"넬, 이 얘긴 해주마. 나는 마티의 눈을 보면서 자네가 마리솔을 죽였냐고 물었어. 만약 그가 마리솔에게 손가락 하나라도 댔다면 그를 죽여버릴 작정이었어. 난 마리솔을 사랑했고, 그만큼 깊은 비탄에 빠져 있었어. 그런데 마티는 아니라고 했고, 난 그를 믿기로 한 거야. 지금도 그가 진실을 말했다고 믿어."

"길로이는요?"

"맞은편 집에 살던 여자가 911에 신고를 했는데, 그 여자는 길로이가 너희 집에서 나가는 걸 봤다고 했어. 우린 곧장 길로이의 집으로 갔다. 그놈은 마리솔의 피를 뒤집어 쓴 채, 네 아버지의 옷까지 입고 앉아 있더라. 어떻게 너희 집에 들어갔는지, 칼에 왜 지문이 묻어 있는지 길로이는 설명하지 못했어. 취조실에서 길로이에게 자백을 강요했냐고? 그래, 했어. 왜냐하면 난 길로이가 마리솔을 죽였다는 걸 알았고 그 사건을 마무리 짓고 싶었으니까. 마티를 위해서, 너를 위해서 그 사건은 끝을 맺어야 했어. 무슨 말인지 알겠니?"

도시는 피곤에 지친 얼굴이다. 두 눈 사이의 피부를 손으로 잡고 미간을 연신 문지른다.

"난 내가 옳다고 생각한 일을 한 거야." 그는 나에게 하는 말이라기보다는 독백하듯 중얼거린다. "지금도 옳은 결정을 했다고 믿어."

"모랄레스는요? 모랄레스가 그 여자들을 죽인 게 확실한가요?"

"네 아버지가 죽인 게 아니라는 것만은 분명해. 그리고 칼라브레제와 진행한 일은, 네 아버지가 돈이 필요해서 한 일이었어. 재정적인 문제가 좀 생겨서 빚을 갚아야 했거든. 마티가 나한테 도와달라고 해서 그 일을 연결해줬어. 네 아버지가 그 여자들을 죽일 이유는 없었어. 그래봤자 골치만 아파질 텐데 왜 그랬겠냐."

"아저씨, 모랄레스에게도 자백을 강요하셨어요?"

"그래도 싼 놈들한테는 자백을 강요하기도 하지."

"모랄레스가 그 여자들을 죽였다고 확신하세요? 확신은 못하시잖아요."

"모랄레스가 살인 사건과 연관이 있는 건 맞아. 그것만은 확실해. 직접 총을 쏘진 않았을 수 있어. 하지만 시체들의 사지를 절단한 건 맞아."

"누가 그 여자들에게 총을 쐈다고 생각하세요? 모랄레스는 아니잖아요. 그는 키가 그만큼 크지도 않아요. 왼손잡이도 아니고요. 아저씨가 생각하시는 범인이 있을 거 아녜요."

"나도 몰라. 칼라브레제일 수도 있겠지. 우리 부서에 대해 내사가 진행 중이라는 소문이 있어서 다들 신경이 곤두서 있어. 칼라브레제는 조직을 능숙하게 운영하는 자야. 아드리아나가 실종되고 나서 마티가 뭣 때문에 아드리아나의 집을 얼쩡거렸는지 모르겠지만, 마티가 아드리아나를 죽였을 거란 생각은 한 번도 안 해봤다. 그러니 누구든, 너도 마찬가지고 마티의 이름을 더럽혔다간 내가 가만히 있지 않아."

나는 두 손을 들어올린다.

"저는 누구의 이름이 됐든 쓸데없이 더럽히고 싶은 생각은 없어요. 아버지의 이름은 더욱이요. 저는 어머니한테 무슨 일이 있었는지 알고 싶을 뿐이었어요. 지금도 마찬가지고요. 솔직하게 말해주셔서 감사드려요."

"이게 다 리의 탓이야. 그 녀석이 괜히 널 이 일에 끌어들인 바람에."

"리도 칼라브레제와 엮여 있어요?"

도시는 콧방귀를 뀐다.

"아니, 리는 보이 스카우트 수준밖에 안 되는 놈이야. 너도 알 테지만 칼라브레제는 우리와 손을 잡든 안 잡든 어차피 매춘 일을 계속할 거다. 그러니 그 일을 모른 척해주는 대신에 몇 푼 챙기는 게 뭐가 문제겠니? 누구한테 해를 끼치는 일도 아니잖아? 네 아버지는 열심히 살아온 사람이야. 너를 위해 돈을 모아주려고 우리와 함께 그 일을 한 것뿐이야."

나는 숨을 거세게 들이마신다. 도시의 말은 확실히 녹음되고 있다. 나는 과도한 반응을 보이지 않으려고 조심스럽게 입을 연다.

"알았어요. 제가 불평을 하려는 건 아니에요."

"우린 열심히 일하지만 급료는 쥐꼬리만큼 밖에 안 돼."

"돈을 더 많이 벌 자격은 있으시죠."

"그래, 강력팀을 운영하는 게 쉬운 일이겠냐? 급료로는 도저히 생활이 안 돼서 팀원들은 툭하면 일을 그만둬. 집 대출금도 못 갚는 팀원들에게 어떻게 목숨 걸고 일하라고 말할 수 있겠니? 서퍽 카운티는 더럽게 돈이 많이 드는 곳이야. 우리 같은 노동자들은 더 이상 여유롭게 살 수가 없어. 부자들은 우리가 자기네 시중이나 들어주길 바라지. 그럼 우린 어디서 살아야 할까? 우리 애들은 어느 학교를 다녀야 되는데? 우린 가족의 생활을 책임져야 되는 사람들이야. 그래서 난 팀원들을 위해 운동장을 조금은 덜 기울어지게 만들어주고 있는 거야."

브렌트우드에 있는 루즈의 집이 뇌리를 스친다. 리버헤드의 묘지 맞은편에서 살고 있는 엘레나. 가족의 생계를 위해 몸을 팔아야 했던 아드리아나와 리아. 내 안에서 분노가 차오른다. 도시의 목을 잡고 부러뜨리고 싶다. 도시가 그 여자들에게 상처를 입힌 방식 그대로 도시를 상처주고 싶다. 그는 그런 꼴을 당해도 싸다.

나는 신중하게 대꾸한다. "세상은 원래 불공평해요."

"그래, 그렇지. 난 부하들을 돌봐주고 싶었어. 그래야 강력팀을 떠나지 않을 테니까. 그래야 모두가 행복해지니까." 도시는 세상의 불공평함을 견딜 수 없다는 듯 고개를 절레절레흔든다. "어쨌든 상황은 종료됐어. 우린 네 아버지를 땅에 묻었어. 그러니 이제 그가 편히 잠들게 두자." 그는 자리에서 일어선다. "이만 집으로 가야겠다. 너도 돌아가."

일어서는데 다리가 떨린다. 도시가 손을 내밀어 내 팔꿈치를 잡는다. 나는 팔을 뒤로 빼고 싶은 걸 온 힘을 다해 참는다.

"몸 조심해라, 넬. 너한테 무슨 일이 생기는 건 원치 않아. 난 아끼는 사람을 이미 많이 잃었어."

"그만 워싱턴으로 돌아가야 할까 봐요."

도시는 고개를 끄덕인다.

"그러는 게 좋겠다. 그게 최선이야. 내가 널 사랑한다는 거 잊지 마라."

밖으로 나가보니 다실바는 떠나고 없다. 주차장이 텅 비었다. 픽업트럭에 시동을 걸자 엔진이 털털거린다. 돌연 공포감에 휩싸여 시동을 끈다. 1분 동안 몸이 마비된 것처럼 가만히 앉아 호흡에 집중한다. 천천히 숨을 들이쉬고 내쉰 끝에 겨우 정상적인 호흡을 회복한다. 머리가 빙빙 도는 것 같다. 글렌 도시가 어머니를 사랑했고 어머니도 그를 사랑했다니, 속이 뒤집힐 것 같다. 앞뒤가 맞아떨어지기는 한다. 어렸을 때 도시는 늘 우리 가족 주변을 맴돌았다. 아버지가 집에 안 계실 때도 도시는 어머니를 위해 식료품 봉지를 차에서 받아 내려주거나 보일러를 고쳐주기도 했다. 어머니가 돌아가신 후에는 마치 두 번째 아버지처럼 나를 지켜봐주었다. 나에 대한 도시의 애착, 우리 가족에 대한 애착이 아버지를 아끼는 마음에서 비롯된 줄 알았는데 그게 아니었다. 도시는 아버지보다 어머니를 더 사랑했던 것이다.

아버지는 정말 몰랐을까? 도시가 어머니에게 마음이 있는 것 같다는 의심을 단 한 번도 안 해봤을까? 파티장 저쪽에서 둘이 함께 웃고 떠드는 걸 보면서도 의아해하지 않았을까? 어머니가 발끝으로 서서 도시의 뺨에 입을 맞출 때, 친한 지인에게 하는 뽀뽀치고는 지나치게 오래 입술을 대고 있다는 생각을 안 했을까?

둘 사이의 관계를 아버지가 전혀 모르지는 않았을 것이다. 아버지는 직관력이 뛰어났다. 시야 확보가 안 된 상태로 몇 시간씩 숲속에 앉아 기다린 끝에 총알 한 발로 사슴을 쏘아 죽일 수 있는 사람이었다. 뛰어난 직감 덕분에 아버지는 노련한 사냥꾼이자 1급 형사가 됐다. 그런 아버지가 어째서 가정생활에는 그토록 처절하게 실패했을까? 아버지가 둘의 관계를 알았다면 도시를 죽여버리고 싶었을 텐데, 어떻게 그 마음을 누르고 도시와 오랜 세월 함께 일을 할 수 있었을까? 아버지는 도시만큼이나 거칠고 성질이 대단하며 화를 잘 내는 편이었다. 도시와 아버지 사이에 긴장감이 팽배했다면, 결국 폭력으로 끝을 맺게 되지 않았을까?

어쩌면 그랬을 수도 있었다. 도시가 아버지의 오토바이 브레이크 라인을 직접 끊어놨을 수도 있었다. 아버지가 오토바이를 타고 있던 마지막 순간을 머릿속에 떠올려본다. 아버지는 자신에게 무슨 일이 일어났는지 알았을까? 자신에게 닥친 일을 실감했을까?

숨을 들이마시며 다시 시동을 건다. 이번에는 엔진이 문제없이 작동한다. 목 안에서는 여전히 두려움이 솟구친다.

'숨 쉬자. 숨 쉬어.'

나는 공황 상태에 빠지지 않도록 스스로를 다독인다.

폰쿼그 다리를 건너가면서 리에게 전화를 건다. 그가 나를 행크스 술집으로 불러놓고 일부러 나타나지 않았다는 생각이 자꾸만 든다. 화가 나서 미칠 것 같다. 리에게 화가 나는 만큼, 그를 믿은 나에게도 분노가 치밀어 오른다. 리는 조반니 칼라브레제의 조직 일에 관여하지 않았을 수 있다. 하지만 그가 내게 완전히 솔직했던 것도 아니다. 리의 빌어먹을 조사를 돕다가 오늘 저녁 내 목숨이 거의 끊어질 뻔했다. 그러니 그는 내게 답을 해줘야 마땅하다.

"넬?"

"지금 어디야?" 나는 날카롭게 묻는다.

"밀코스키를 만나러 왔어. 실험실에 없어서 집으로 찾아갔는데—"

"술집에 갔더니 도시와 다실바 밖에 없더라. 전혀 축하하는 분위기도 아니었어. 어떻게 날 거기 혼자 둘 수 있어? 제기랄, 리. 그들이 오늘 나를 죽일 수도 있었어."

"미안. 내가—"

"도시가 모든 걸 인정했어. 칼라브레제와의 관계에 대해서도 털어놨고, 모랄레스에게 자백을 강요한 과정에 대해서도 얘기했어. 그는 목적이 수단을 정당화한다고 믿는 사람이야."

"넬."

"전부 녹음했어. 나한테 무슨 일이 생길 수도 있으니까 너한테도 자료를 보낼게. 나를 피해망상이라고 생각할 수도 있지만 느낌이 좋지 않아. 아버지의 오토바이를 확인했는데 브레이크 라인이 잘려 있었어. 아버지는 사고로 돌아가신 게 아니야."

"넬, 입 좀 닫아봐. 제발 내 얘기도 좀 들어. 제이미 밀코스키가 죽었어."

"뭐라고?" 나는 브레이크를 꽉 밟는다. 타이어가 도로를 긁으며 끼이익 소리를 낸다. 나는 차를 도로변에 붙이고 세운다. "언제?"

"몇 시간 전에. 사무실에서 멀지 않은 곳에서 뺑소니를 당했어."

"제기랄, 놈들이 밀코스키도 죽인 거지?"

"내 생각도 그래. 밀코스키는 오늘 아침에 도시 과장과 말다툼을 했어. 밀코스키는 모랄레스가 총을 쏘지 않았다고 주장했고, 도시 과장은 밀코스키의 보고서를 무시했거든. 밀코스키가 도시 과장한테 언론에 알리겠다고 말하는 걸 내가 들었어."

"아, 맙소사. 밀코스키는 이미 언론에 알렸어. 아까 기자랑 얘기했거든."

"어떤 기자?"

"앤 마리 마셜. 가서 마셜을 찾아. 마셜이 무사한지 확인해야 돼."

"녤, 넌 어디야? 걱정돼. 내가 그쪽으로 갈게."

"지금 막 듄로로 들어왔어. 몇 분 안에 집에 도착할 거야."

"너희 집으로 갈게."

"난 괜찮아, 리."

"아니, 안 괜찮아. 널 오늘 밤에 서퍽 카운티에서 내보내는 게 좋겠어. 이번 사건 조사에 관여한 사람들은 전부 죽었어."

22

집으로 들어가 문과 창문을 전부 잠근다. 스미스 앤드 웨슨 권총의 상태도 확인한다. 만일의 경우에 대비해 권총 한 자루를 추가로 장전해서 침대 옆 탁자에 넣어둔다. 진입로를 따라 올라오는 자동차 소리가 들리자 커튼 사이의 틈새로 밖을 내다본다. 리인 걸 확인한 후에야 빠르게 뛰던 맥박이 가라앉는다. 그의 얼굴이 핼쑥하다. 눈 밑에는 다크서클이 진하게 박혀 있다. 그는 SCPD라고 적힌 운동복 상의를 입었는데 앞쪽에 커피 얼룩이 묻어 있다. 손에는 커다란 일회용 컵 두 개를 들었다. 지난번에 본 후로 잠을 자거나 샤워를 하지 않은 것 같은 몰골이다.

나는 문을 열어주며 말한다. "꼴이 엉망이네."

"너도 만만치 않아."

"요 며칠 힘들었잖아. 이 난장판에 끌어들여줘서 무지하게 고맙다."

"미안, 고통은 나눠야 된다잖아." 그는 내게 커피를 건넨다. "너도 커피를 마시고 싶어 할 것 같아서 가져왔어."

"스카치위스키를 주려고 했는데, 커피를 마시는 게 나을 것 같기도 하네."

"당분간은 술 마시지 말고 제정신을 유지해야 돼."

"이쪽으로 와. 밖에 나가 앉자."

나는 리를 데리고 덱으로 향한다. 이 집이 도청당하고 있을 것 같진 않지만 의심을 완전히 거둘 수 없다. 어쨌든 비도 그쳤으니 밖에 앉아 있고 싶다. 의자가 아직 젖었지만 괜찮다. 신선하고 차가운 공기가 폐를 가득 채운다. 거위 떼가 V자 대형을 그리며 청회색빛 저녁 하늘을 날아가고 있다. 나는 베란다 조명을 켠다. 참억새풀 사이에 왜가리가 있는지 살펴보지만 보이지 않는다. 어느새 10월에 접어들었다. 허리케인이 기승을 부리고 철새들의 이동이 시작되는 시기다.

"중요한 얘기부터 할게. 네가 말한 자동차 번호판을 조회했는데, 빈스 다실바 형사의 차였어. 대체 그가 왜 동네에서 네 뒤를 따라다닌 거야?"

"네가 직접 물어봐."

"그건 좋은 생각 같지 않아. 난 경찰서에서 비호감으로 찍혔거든."

"네가? 우리 고향 영웅이?"

"알아챘는지 모르겠지만, 도시 과장은 이번 사건에 대해 입장이 확고해."

"넌 도시 과장의 의견에 동의 안 하지?"

리는 커피를 마신 후 대답한다.

"너희 아버지는 모랄레스가 범인이라고 보지 않았어. 나는 모랄레스가 사건에 개입하기는 했지만 힘쓰는 일만 했을 거라고 생각해. 누군가에게 돈을 받고 시체를 처리해준 것 같아."

"하지만 범행을 자백했다며. 그럼 사건 종결이야. 아까 도시 과장이 그렇게 말하더라."

리는 한숨을 푹 쉰다. "그렇게 단순하지가 않아."

"그럼 사건 종결이 아닌 거야?"

"나한테는 아직 안 끝났어. 지금부터 하는 얘기를 비밀로 해주겠다고 약속해줄 수 있어?"

나는 그의 눈을 바라보며 대답한다.

"어디 가서 얘기할 사람도 없어."

"취조실에서 무슨 일이 있었는지는 나도 몰라. 도시와 모랄레스 둘만 취조실에 들어갔고, 비디오 녹화도 중단된 상태였어."

"일부러 비디오 녹화를 안 한 거야?"

"어, 도시 과장이 직접 녹화기 스위치를 껐어. 내 눈을 똑바로 쳐다보면서 그렇게 하더라. 항의할 테면 해보라는 듯이."

"항의했어?"

"못했지. 도시는 강력팀 대장이야. 내가 뭐라고 말을 해? '저기요, 과장님, 이러시는 건 규칙에 어긋나거든요?' 이럴까?"

"모랄레스가 취조받을 때 변호사는 입회했어?"

"아니. 모랄레스가 요청하지도 않았고, 요청했어도 도시 과장이 무시했을 거야. 내가 알기로 그들은 취조실에서 한 시간도 있지 않았어. 그리고 도시 과장이 모랄레스가 두 여자를 죽였다고 자백했다면서 진술서에 서명을 받아서 들고 나오더라."

"맙소사, 도시가 모랄레스를 폭행했어?"

"그것보다 더 나쁠 수도 있어. 돈으로 매수한 것 같더라고."

나는 놀라서 등을 펴고 앉는다.

"모랄레스가 살인죄를 뒤집어썼다고?"

"그는 취조실에서 한 시간도 채 있질 않았어. 빌어먹을 자백 진술서를 작성하는 데에만 한 시간 넘게 걸릴걸. 그런데 도시 과장은 자백 진술서를 타이핑해서 모랄레스의 서명을 받고 봉인까지 해서 들고 나온 거야. 모든 걸 사전에 준비해놓은 게 분명해."

"그럼 농장에서 모랄레스를 추격해 잡은 건 뭐야? 모랄레스는 무장을 한 상태였어. 누가 다칠 수도 있었잖아."

"쇼를 한 거지. 어떤 여자가 우연히 그 장면을 보고 휴대폰으로 영상을 찍었다고? 웃기지 말라 그래. 생각해봐."

그는 팔짱을 끼고 나를 쳐다본다.

나는 무너지듯 의자 등받이에 기댄다.

"아, 맙소사. 자칫하면 내가 모랄레스를 총으로 쏠 수도 있었어. 그를 죽일 수도 있었다고."

"그랬으면 도시 과장은 더 좋아라 했겠지. 골치 아프던 문제가 해결된 거니까."

"이유가 뭘까? 모랄레스는 어째서 두 건의 살인을 자기가 한 걸로 뒤집어썼지? 이 나라에서 추방당하거나 남은 평생을 감옥에서 썩을 수도 있는데."

"모르겠어. 누가 그에게 엄청난 돈을 주기로 했든지 그의 가족이 시민권을 받을 수 있도록 해주기로 했나 보지. 내가 생각할 수 있는 건 그 정도야."

"말이 되냐고. 도시가 영향력이 꽤 있기는 하지만 그 정도는 아니야. 돈도 그렇게까지 많지는 않을 거야."

"그래, 하지만 도시 과장이 뒤를 봐주고 있는 사람들은 달라." 리는 나를 쳐다보며 설명을 이어간다. "너도 조반니 칼라브레제와 우리 팀 일부 경찰들과의 관계에 대해 알잖아. 결과적으로 칼라브레제는 용의선상에서 빠져나갔어. 칼라브레제의 고객들은 엄청나게 부자인 데다 권력도 막강하고, 무엇보다 자기네가 하는 짓이 세상에 노출되지 않기를 바랄 거야."

나는 눈썹을 추어올린다.

"경찰들이 칼라브레제에게 뇌물을 받는 걸 네가 아는 줄은 몰랐네."

"얼마 전부터 알게 됐어."

"나한테는 왜 얘기 안 했어?"

"너를 믿을 수 있을지부터 판단을 해야 해서."

"너도 모랄레스를 계속 범인으로 지목했잖아. 어째서야?"

"모랄레스가 한 짓이라고 생각했으니까. 직접 죽인 건 아니더라도 범행을 도운 것 같다는 생각이 들었어. 게다가 난 도시 과장이 원하는 대로 말하고 행동해야 할 필요가 있었어. 그래야 강력팀 안에서 계속 상황을 주시할 수 있으니까. 내 목표는 그거였어. 강력팀 내사."

"잠깐만, 그러니까 네 말은 지금까지 네가 서퍽 카운티 경찰에 대한 조사를 진행해왔다는 거야?"

리는 슬쩍 미소를 지으며 고개를 끄덕인다.

"나도 너와 같아. 좋든 나쁘든 사실이야."

"같다니, 뭐가?"

리는 빙그레 웃는다.

"나도 연방 요원이라고. 이 일을 한 지 2년쯤 됐어. 마약단속국 소속이야. 마약단속국이 도시 과장과 그 패거리가 주동한 마약 거래를 조사하기 위해 합동 조사팀을 만들었어. 나는 그 팀의 일원이야. 말하자면 나는 '아바나의 남자'*인 셈이지. 애팽크의 남자인 거야."

"미치겠다!" 내 입에서 날카로운 웃음이 터져 나온다. 리는 상처 입은 표정이다. "미안, 비웃는 게 아니라. 진짜 믿기지가 않아서 그래."

---

* 영국 소설가 그레이엄 그린이 쓴 쿠바를 배경으로 한 소설 제목. 돈을 벌기 위해 비밀 기관의 스파이 노릇을 하는 쿠바의 진공청소기 판매상에 관한 이야기임.

"뭐가 안 믿기는데? 내가 동네 경찰이 아니라 연방 요원이라는 거?" 리는 인상을 쓴다.

"아니, 그런 뜻이 아니라. 그러니까, 난 FBI 행동분석팀이잖아. 사람들을 관찰하면서 특징을 파악하고 분석하는 게 내가 하는 일이란 말이야. 난 네가 강력계에는 맞지 않는다고 늘 생각했어. 강력계에 있기에는 너무 샌님 같다고 해야 하나? 지적이라고 해야 하나?"

"더럽게 고맙다."

"그래도 스파이일 줄은 생각도 못 했어."

"스파이보다는 '첩보원'이라고 불러주는 게 더 좋은데."

"말뜻 알잖아. 왜 솔직하게 말 안 했어?"

"도시 과장은 네 대부나 다름없잖아! 생각해봐, 넬. 난 너와 한 팀으로 움직이고 싶었지만 확신이 서질 않았어. 게다가 일이 이렇게 빨리 진행될 줄도 몰랐어. 그러다 네가 네 아버지를 범인으로 의심하기 시작해서 당황스럽더라고. 그런 쪽으로는 예상 못 했었거든."

"칼라브레제의 조직 내에서 아버지의 역할은 뭐였어? 솔직하게 말해줘."

리는 고개를 젓는다.

"내가 알아낸 정보는 많지 않아. 그것도 순전히 우연으로 얻어낸 정보일 뿐이야. 다만, 도시와 다실바가 무슨 짓을 하는지는 파악했어. 마약 거래, 매춘 등 온갖 범죄에 손을 대고 있더라. 너희 아버지는 그런 범죄에는 발을 담그지 않았고 도시 과장은 그 점을 존중해줬어. 두 사람은 서로에게 별로 간섭하지 않고 지낸 것 같았어.

그러다 작년 여름에 아버님은 마리아 크루즈라는 여자와 인연을 맺었어. 칼라브레제가 데리고 있던 여자들 중 하나인데 나이가 어려. 열아홉 살쯤 됐을 거야. 두 사람이 정확히 무슨 관계인지는 나도 몰라. 아버님한테 물어보지도 않았고, 아버님도 굳이 그 여자 얘기를 내 앞에서 꺼내지 않으셨어. 두 사람이 같이 있는 모습을 보고 호기심이 생겨서 관심 있게 지켜본 것뿐이야. 아버님은 마리아에게 꽤 헌신적이셨어. 매춘 생활을 청산하도록 도와주고 싶어 하셨지. 아파트를 임대해주고 지역 단과 대학에도 등록해주셨어. 그리고 본격적으로 싸움에 나서셨어."

"무슨 뜻이야?"

"꽤 독창적인 방법을 쓰셨거든. 처음에는 아버님이 인생을 포기하신 줄 알았어. 외출이 잦아지고 다른 경찰들과 어울리는 시간도 늘어나셨거든. 허구한 날 파티에도 가시더라고. 그러다 도박에도 손을 대셨어. 대단했지."

"그러게, 인생을 포기한 사람 같네."

"그런데 실은 그게 아니었어. 다 쇼였던 거야. 아버님을 면밀히 지켜봤는데 술을 안 드시더라. 술을 주문해서 손에 들고 있지만 청량음료를 드시더라고. 도박을 하기는 했지만 돈을 많이 걸지는 않았어. 통제 불가능한 수준까지는 안 가신 거야. 도시와 그 패거리가 하는 일에 끼기 위해 그렇게 하신 것 같아. 아버님은 도시 과장에게 도박 빚이 잔뜩 생겼다고 말하면서 돈이 필요하다고 하셨어. 그러니까 도시 과장은 아버님을 자기네 일에 끼워줬어."

"아버지한테 들은 얘기야?"

"아니. 아버님에게 나는 어쩔 수 없이 파트너로 받아들인 짜증나는 신참일 뿐이었잖아. 덕분에 나는 아버님을 옆에서 관찰하면서 무슨 일을 하고 계시는지 알아낼 수 있었지만."

"무슨 일을 하고 계셨는데?"

"강력팀이 하는 짓을 조사하고 계셨어. 대화를 녹음하고 사진을 찍고 증거를 모으셨지. 그러면서 여자들이 나쁜 일을 당하지 않도록 지켜봐주셨어. 그리고 그 여자들 중 몇 명한테 증언도 받으셨어. 그 중 하나가 리아였어. 리아가 살해당하자 아버님은 완전히 꼭지가 도셨어. 책임감을 느끼셨던 것 같아. 리아 사건을 해결하는 데 거의 집착하듯 매달리셨어."

"아, 제기랄." 나는 손바닥으로 이마를 친다. "이제 모든 게 이해가 돼. 아버지가 아드리아나를 따라다닌 이유도 그래서였구나."

"맞아, 아버님은 모랄레스가 범인이 아니라는 걸 아셨어. 모랄레스가 시체를 처리하긴 했지만 진짜 범인을 도와주는 역할만 했다고 보신 거지. 아버님은 도시 과장이나 칼라브레제, 칼라브레제의 고객들 중 하나가 범인일 거라고 생각하셨어. 하지만 확실한 증거가 없으니까 수사를 계속하신 거야. 그러다 아드리아나가 실종됐고 2주일 뒤에 아버님도 돌아가셨어."

"그래서 네가 아버지의 사무실에 들어가보고 싶어 했구나."

"지금도 그래."

"사무실에는 아무것도 없어. 돌아가시기 전에 사무실을 정리하신 것 같던데."

"그래도 한 번 보고 싶어."

나는 일어서며 말한다.

"좋아, 그 전에 스카치위스키를 좀 마셔야겠다. 너만 괜찮다면."

"어쩔 수 없지."

"야." 나는 그의 팔을 잡아 세운다. "너희 어머니 진짜 아프신 거 맞아? 어머니 곁에 있으려고 여기로 돌아왔다고 들었는데."

리는 얼굴을 붉힌다.

"아프셔. 그건 사실이야. 솔직히 말하면 이 일을 하는 데 좋은 연막이 됐어. 법학 대학원을 졸업하고 곧장 마약단속국에 취업이 됐거든. 교수님 중 한 분이 마약단속국에 계시는데 나를 직원으로 뽑아주셨어. 그러다 이번 일이 터지니까 마약단속국에서는 서퍽 카운티 경찰에 우리 쪽 사람을 심자는 얘기가 나왔고, 내가 여기로 오게 된 거야. 도시 과장은 뉴욕 주최대 규모의 마약과 오피오이드* 유통책 중 하나야. 시장에

---

* 아편 비슷한 작용을 하는 합성 진통·마취제.

돌아다니는 마약 및 오피오이드 중 80퍼센트는 도시 과장 덕분에 유통된다고 봐야 돼. 그가 마약 유통 조직에게 돈을 받고 눈을 감아줬거나 본인이 직접 판매에 나섰거나 둘 중 하나겠지. 도시 과장은 진짜 나쁜 놈이야. 그의 패거리는 마약 카르텔이나 다름없어."

나는 천천히 고개를 끄덕인다.

"너, 나한테는 왜 접근했어? 아버지의 사무실에 들어가보고 싶어서?"

"그럼 뭐 때문이겠냐? 너랑 자고 싶어서겠어?"

"야!" 나는 날카롭게 받아쳤지만 이내 농담임을 깨닫는다. "엿이나 먹어."

"내 얘기 잘 들어. 난 너랑 파트너로 일하고 싶었어. 내가 여기 온 지 2년째인데 상황이 진짜 암울했거든. 도시 과장과 그 패거리는 자기네끼리 똘똘 뭉쳐서 나한테는 틈도 주지 않아. 잘 보이면 그들 사이로 들어갈 수 있을 줄 알았는데 쉽지가 않더라고."

어쩔 수 없이 웃음이 난다.

"세련미라도 발휘하면 될 줄 알았어?"

"어, 게다가 난 이 동네 출신이잖아. 나를 자기네 중 하나로 봐줄 줄 알았지."

"그렇질 않았구나."

"도시 과장의 신뢰를 얻으려면 시간이 걸려. 도시 과장과 친한 사람과 친구가 되는 게 최선이겠다 싶더라. 너희 아버지와 짝이 됐을 때 드디어 기회가 온 줄 알았어. 그런데 아버님이 돌아가시면서 내 기회도 날아간 거지. 네가 나타나기 전까지 난 팀에서 거의 외톨이였어."

"그들이 아버지를 죽였어. 확실해. 그들이 아니면 누가 아버지 오토바이의 브레이크 라인을 끊었겠어?"

"공정하게 말하자면, 아버님도 엄청 지랄 맞은 분이었잖아. 그동안 아버님에게 원한을 품은 사람이 어디 한둘이겠냐."

"나 지금 진지하거든."

리가 일어서며 말한다.

"난 도시나 칼라브레제의 짓이라고 생각하고 있어. 가자. 아버님의 사무실을 보여줘. 놈들을 옴짝달싹 못하게 만들 방법을 찾아봐야지."

23

"말했잖아. 사무실엔 아무것도 없다니까."

리는 아버지의 사무실을 한 바퀴 더 돌아본다. 우린 한 시간 가까이 사무실에 머물렀지만 쓸 만한 걸 찾아내지 못했다.

"리버헤드에 있는 그 아파트는 어땠어?"

리는 아까 물었던 걸 또 묻는다.

"필요하면 그 아파트에 같이 가서 볼 수도 있겠지. 하지만 내가 확인한 바로는 아무것도 없어. 아버지가 그 아파트에 증거를 쌓아뒀을 것 같지도 않아. 그랬다간 마리아가 위험해졌을 테니까."

좌절한 리는 고개를 절레절레 흔든다.

"내가 다 망쳤어. 아버님에게 솔직하게 말했다면 공조를 할 수 있었을 텐데."

"그러지 마. 자책할 필요 없어."

"두 번쯤 시도는 했어. 내 계획을 슬쩍 말씀드리면서 우리가 같은 편이라는 암시를 드렸는데, 아버님이 받아주지 않으셨어."

"아버지는 원래 다른 사람들이랑 잘 지내는 분이 아니었어."

리는 한숨을 쉰다.

"알아, 그래도 솔직하게 털어놨어야 했다는 생각이 들어."

"더 위험해졌을 수도 있어. 아버지가 도시에게 말했으면, 넌 2년간의 첩보 업무를 망치는 거로 모자라 목숨까지 위험해졌을 거야."

"알아."

잠시 침묵이 흐른다.

"케이맨 국제 은행에서 보내온 아버지의 계좌 내역서가 있어. 그거면 칼라브레제의 재무 기록을 소환할 수 있을 거야. 그리고 내일 칼라브레제를 만나기로 했어. 루즈 몰리나가 연결해줄 거야."

"너에게도 루즈에게도 너무 위험해."

나는 힘겹게 침을 삼킨다. 리가 옳다는 걸 알지만 다른 방법이 없다.

"술집에서 도시를 구슬려서 속을 털어놓게 만들었어. 자백 강요와 칼라브레제한테서 돈을 받은 사실을 털어놓더라. 그걸로 도시와 칼라브레제를 체포할 수 있을 거야."

"그 정도로 배심원단을 설득할 수 있을까?"

"어쩌면. 나도 모르겠어. 설득 못할 수도 있겠지."

"루즈는? 루즈가 증언을 해준다면—"

"재판에 증인으로 나서지는 않을 거야. 그러기엔 너무 어려. 게다가 밀입국자잖아. 피고측 변호사가 루즈를 갈기갈기 찢어놓을 거야."

리가 입심 사납게 말한다.

"도시는 진짜 나쁜 놈이야. 여자들을 등쳐 먹다니."

"우리가 누굴 체포하기 전에 루즈부터 이 섬 밖으로 내보내야 돼. 증인 보호 프로그램에 넣어주겠다고 루즈한테 약속했어."

"그래야지. 시간이 별로 없어. 길어야 24시간 정도야. 지금쯤 도시 과장은 너한테 사실대로 말한 걸 심각하게 후회하고 있을지도 몰라."

"그래, 나도 그 생각 했어."

"세라 파텔 팀장에게 전화하자. 라이트먼 팀장한테도 전화하는 게 좋겠어. 이제 팀을 동원해야 할 때야. 내일은 서퍽 카운티 경찰서와 GC 리무진 서비스의 모든 자료를 압수 수색해야 돼."

"우린 아직 누가 그 여자들을 죽였는지 몰라."

"모랄레스에게 기대를 해봐야지. 아니면—"그는 손가락을 딱 소리가 나게 튕긴다. "모랄레스의 은행 계좌를 추적하든지. 누가 그에게 돈을 지불했는지 확인해보면 되잖아."

"우린 지금 너무 많은 걸 운에 맡기고 있어. 내키지가 않아. 경찰을 치려면 확실한 한 방이 필요해. 그들을 잡아넣을 증거가 충분한지도 확인해야 돼."

리는 앞으로 걸어가 지도를 가만히 들여다보며 묻는다.

"이 지도 여기 계속 있었어?"

나는 그의 어깨에 내 어깨가 닿을 정도로 바싹 다가가 선다.

"아니, 어렸을 때는 없었어. 왜?"

리는 지도로 손을 뻗어 벽에서 뜯어낸다.

"지금 뭐하는—"

지도 뒤에는 마치 벽을 파서 만들어놓은 것처럼 금고가 박혀 있다.

"금고 번호를 네가 알 수 있으려나?"

리는 속삭이듯 묻는다.

"짐작 가는 번호는 있어."

나는 앞으로 다가가 금고 번호키에 어머니의 생일을 입력한다. 아버지의 서류 보관장 비밀번호와 같은 숫자의 조합이다. 잠시 정적이 흐르다가 금고에서 위잉 소리가 들린다. 손잡이를 잡아당기자 문이 열린다.

"맙소사." 우리는 동시에 외친다.

금고 안에 노트북과 수첩, 서류철, 사진, 녹음기가 들어 있다.

리가 말한다.

"세라 파텔 팀장한테 바로 전화하자. 이 자료를 분석하려면 팀이 필요해. 오늘 밤부터 당장 시작해야 돼."

24

"어쩔 수 없이 인정해야겠군. 플린, 자네는 휴직 중임에도 불구하고 FBI 역사상 최대 규모의 현장 급습 중 하나를 이뤄내게 생겼어."

라이트먼은 비행기에서 스피커폰으로 나와 통화 중이다. 전용기를 타고 워싱턴을 출발한 라이트먼과 행동분석팀은 앞으로 한 시간 내에 이곳에 도착할 예정이다. 나와 리는 밤새 사진과 녹음테이프, 그 밖의 여러 증거 자료들을 분류했다. 아버지가 도시, 다실바, 아나스타스를 비롯한 서퍽 카운티 경찰들, 조반니 칼라브레제와 그의 매춘 조직을 운영하는 패거리를 대상으로 모아놓은 자료들이다. 플래시 드라이브마다 미첨의 파티에서 찍은 사진들이 잔뜩 들어 있다. 하나같이 전 세계 유력 인사들의 경력과 결혼 생활을 끝장낼 수 있는 사진들이다. 세라도 마이애미에서 우리가 보낸 증거를 정리하고 있다. 검토해야 할 재무 서류도 산더미다. 팀을 동원한다고 해도 자료 정리에 며칠 아니, 몇 주가 걸릴 수도 있을 것 같다. 하지만 당장 정리한 일부 자료만으로도 서퍽 카운티 경찰서의 형사들 중 절반을 체포하고, 조반니 칼라브레제를 영원히 감옥에 가둬둘 수 있을 만큼은 된다. 나는 루즈와 그녀의 남동생 미구엘이 증인 보호 프로그램에 들어갈 수 있도록 조치를 취해두었다. 아침에 리와 함께 경찰서 급습을 준비한 후, 루즈를 만나 진술서를 받고 웨스트햄프턴의 가브레스키 공항에서 루즈와 미구엘을 전용기에 태울 예정이다. 아마 루즈를 다시는 못 볼 거다. 그 생각을 하니 괴로우면서도 보람차다. 루즈를 안 지 얼마 안 됐지만 그동안 마음이 많이 쓰였다. 루즈가 앞으로 잘 살도록 돌봐주고 싶다. 지금까지는 아무도 신경 써주지 않았겠지만.

"상담실 소파에 누워서 어린 시절 얘기나 하고 싶진 않다고 말씀드렸잖아요."

내 말에 라이트먼은 껄껄 웃는다. 그는 아직 내게 화가 나 있는 상태지만 일단은 그런 감정을 뒤로 밀쳐둔 듯하다. 규칙을 지켜야 했다고 딱딱거리기엔 이번 사건 규모가 어마어마하기 때문이다.

"그래도 멀로니 부팀장에게 심리 상담 보고서를 올리는 건 생략 못 해. 자네는 아직 휴직 중이야."

그러자 리가 끼어든다.

"팀장님, 무례하게 굴고 싶진 않지만 넬은 역사상 최고로 부패한 경찰 조직 중 하나를 상대로 대단한 성과를 냈어요. 제가 2년 동안 못한 일을 일주일 만에 해냈다고요."

"이봐, 그건 넬이 뛰어나서가 아니라 자네가 무능해서일 수도 있어."

라이트먼의 말에 리는 얼굴이 홍당무가 된다. 나도 모르게 웃음이 나온다.

"아, 웃지 마."

리는 투덜거리지만 입은 웃고 있다.

"저희가 얼마나 기다려야 되죠?"

나는 자리에서 일어나 창가로 다가간다. 시간상으로는 아침인데 아직 하늘이 어둡다. 나는 잠을 자지도 뭘 먹지도 못했지만 초조해서인지 몸에 활기가 돈다.

"착륙 준비를 시작했어. 곧 지상으로 내려갈 거야. 오전 8시쯤에는 양쪽 현장에 도착하겠지."

당장 움직이고 싶다. 듄로를 지나가는 차 소리가 들릴 때마다 등골이 오싹해진다. 집 바깥의 습지에서 무슨 소리가 들리면 손이 자동으로 권총으로 향한다. 앞으로 세 시간이나 기다려야 하다니, 그 시간이 영원처럼 느껴진다. 그래도 이 정도 대규모 팀을 신속하게 동원할 수 있어 다행이다. 지금은 라이트먼 팀장도 나를 팀에 복귀한 것처럼 대해주고 있다. 오늘 일이 잘 풀리면 그는 어쩔 수 없이 나를 복귀시켜야 할 것이다. 어쩌면 승진까지 시켜야 될 수도 있다.

세라와 전화가 연결된다.

"두 사람 아직 기다리고 있지?" 피곤에 지친 목소리다.

리가 두 손을 맞대고 비비며 대답한다.

"예, 저는 2년 동안 이 시간을 기다려왔습니다."

그러자 라이트먼이 리에게 말한다.

"넬이 가서 일을 마무리해준 거잖아."

리는 웃으며 받아친다.

"라이트먼 팀장님, 행동분석팀에서 넬이 필요 없으시면 저희 마약단속국에서 데려가 쓰겠습니다."

세라도 나선다.

"아니면 우리 팀으로 보내세요. 넬, 인신매매 전담팀도 자기를 원하고 있어."

"이런, 제가 오늘부터 다시 휴가라도 가야겠네요."

라이트먼이 말한다.

"좋아, 전용기가 가브레스키 공항으로 내려가기 시작했어. 전화 끊을게. 자네들 중 한 명이 차를 끌고 공항으로 와주면 우리가 좀 더 빨리 움직일 수 있지 않을까?"

"제가 가겠습니다." 리는 이렇게 말하며 나를 돌아본다. 리는 내 팔을 잡고 부드럽게 미소를 지으며 손에 힘을 준다. 심장이 살짝 떨린다. "혼자 있어도 괜찮겠어?"

"괜찮으니까 어서 가. 출동 준비 되면 전화로 알려줘."

"있잖아, 넬?"

"왜?"

"꼬마라고 불렀던 거 사과할게."

"됐어."

"아니야, 사과해야지. 이젠 더 나은 별명으로 불러줄게. 알았지?"

"알았어."

그가 윙크를 한다. 붉어진 얼굴을 그에게 보이기 싫어서 나는 고개를 돌린다.

리가 사무실에서 나간다. 몇 초 후 현관문이 열렸다가 닫히는 소리가 들린다. 온 집 안이 고요하다. 다시 일을 하려는데 귀가 먹먹해질 정도로 요란한 폭음이 들려온다. 나는 바닥에 등을 대며 쓰러지고 만다.

사무실 창문이 완전히 박살나고, 매캐한 연기와 함께 차가운 공기가 사무실 안으로 훅 밀려든다. 종잇조각이 허공에 떠다닌다.

나는 몇 초 후에야 정신을 차리고 일어선다. 머릿속이 울리고 눈앞에 빛이 번쩍인다. 다리에 힘이 빠지면서 무릎이 접힌다. 손을 내려다보니 손바닥에 유리 파편이 박혀 있다. 움찔하며 파편을 빼내고 바지 앞쪽에 피를 문질러 닦는다.

권총을 꺼내 들고 창가로 이동한다. 오른쪽 눈이 보이질 않는다. 손으로 만져보니 오른쪽 눈두덩이 부어서 눈이 떠지지 않는다. 진입로에 연기를 피우는 시커먼 덩어리가 보인다. 내 입에서 비명이 터져 나온다. 우리 집 앞에 분화구처럼 커다란 구덩이가 파였다. 그 구덩이 안에는 리의 차가 있다. 그의 차는 시커멓게 탄 금속 덩어리로 변해버렸다.

리가 죽었다.

25

들이마시고 내쉬고.

들이마시고 내쉬고.

들이마시고 내쉬고.

뒷문으로 집을 빠져나가며 숨을 쉬어야 한다는 사실을 떠올린다. 축축하게 젖은 참억새풀 사이로 발이 푹푹 빠진다. 배낭에는 사진과 녹음테이프, 재무 기록 등 증거 자료를 최대한 집어넣었다. 권총 두 자루를 챙겨 하나는 허리춤에, 다른 하나는 발목에 끼웠다. 이 집에서 서둘러 떠나야 한다. 리의 차 맞은편에 세워둔 아버지의 픽업트럭에도 진입로를 달 표면처럼 만들어놓은 폭탄이 설치돼 있을 것이다. 누가 폭탄을 설치했든, 자기네가 해놓은 짓을 확인하러 다시 돌아올 게 분명하다. 어쩌면 나를 진즉부터 감시하고 있었는지도 모른다.

내가 살아 있는 걸 알면 죽이려고 달려들 것이다. 그들이 나를 죽은 걸로 여긴다면, 나는 놈들이 오기 전에 도망칠 기회가 있는 셈이다.

우리 집과 맞닿아 있는 2천 제곱미터 넓이의 수렵 금지 구역을 5분도 안 돼서 가로지른다. 평생 이렇게 오랫동안 힘들게 뛰어본 적이 없다. 습지라서 몸을 숨길 곳도 없다. 빽빽하게 우거져 발을 옮기기도 힘든 덤불과 곳곳에 펼쳐진 진흙탕뿐이다. 걸음을 옮길 때마다 등에 멘 배낭이 등을 쳐댄다. 왼쪽 신발 끈이 풀려서 신발이 벗겨지지 않도록 발을 구부리며 걸어야 한다. 폐에 불이 붙은 것처럼 숨 쉬기가 힘들다. 재 냄새가 공기 중에 자욱하다.

습지를 반쯤 가로질러 갔을 때, 듄로에서 다시 한번 자동차 폭발음이 들린다. 얼른 바닥에 엎드린다. 몇 초 동안 꼼짝하지 않는다. 왜가리 한 마리가 날개를 펼치고 허공으로 날아오른다. 새벽이 밝아오고 있다. 좋지 않은 징조다. 우리 집 앞쪽에서 연기 기둥이 솟구쳐 오른다. 불에 탄 금속과 고무 냄새가 진동한다. 아마 누군가 그것을 보고 경찰에 신고를 했을 것이다. 곧 경찰차와 응급차가 듄로 모퉁이에 위치한 우리 집에 들이닥치겠지. 어쩌면 이미 오고 있을 수도 있다.

일어서서 다시 걸음을 재촉한다. 수렵 금지 구역의 끄트머리에 발이 닿자마자 깊게 안도의 숨을 들이마신다. 이웃의 산울타리를 벌리고 그 사이로 통과한다. 차고 뒤쪽에서 나와 확인을 해보니 그 집에는 아무도 없는 것 같다. 창문 안쪽이 어둡고 진입로에 차들도 보이지 않는다. 차고 문을 잡고 수동으로 올린다. 경보음이 울리지 않는다. 차고 안으로 들어가보니 낡은 스테이션왜건이 있고, 시동 열쇠가 운전석에 아무렇게나 놓여 있다.

떨리는 숨을 가까스로 내쉰다. 작은 기적을 허락해준 신에게 감사할 따름이다. 덕분에 살아남을 가능성이 높아졌다.

운전석에 올라타 열쇠를 넣고 시동을 켠다. 백미러를 조정하면서 얼굴을 살펴본다. 시합을 마친 권투선수처럼 오른쪽 눈이 퉁퉁 붓고 보라색이 됐다. 윗 이마의 살이 베여 시커멓게 피떡이 졌다. 지금까지 모르고 있었다. 손으로 만져보는데 피부 아래에 유리 파편이 느껴져 몸을 움찔한다. 손가락으로 두피를 만져보니 두피에도 피가 말라붙어 있다. 귓속이 웅웅 울리고 눈앞이 자꾸 흐릿해진다. 눈앞에 빛줄기가 죽죽 그어진다. 잠시 눈을 감고, 이대로 의식을 잃지 않기 위해 의지를 다져본다.

다시 눈을 뜬다. 어서 가야 한다. 윗 이마 근처에 박힌 유리에서 빛이 반사된다. 신음을 토하며 손톱으로 잡아 뽑는다. 소매로 피를 문질러 닦는데 상처 부위에서 피가 빠르고 세차게 흘러나온다. 어떻게든 지혈을 해야 한다. 티셔츠를 벗어서 솔기를 따라 소매 한쪽을 찢는다. 그걸로 머리를 최대한 바짝 감아서 묶는다. 눈물이 난다. 눈앞에서 빛이 펑펑 터지는 것 같다. 말도 못하게 고통스럽다. 기어를 드라이브로 놓는다. 이 정도 자상과 타박상을 걱정할 여유는 없다. 리가 죽었다.

여기 더 있다간 나도 죽을 것이다.

길로 나서기 전에 리가 범죄현장에서 빌려준 서퍽 카운티 경찰 로고가 박힌 야구 모자를 꺼내 임시 지혈대 위로 덮어 쓴다. 아파서 비명이 나올 지경이지만 최대한 내 모습을 숨겨야 한다. 변장이랄 것도 없지만 얼굴이라도 일부 가려지니 다행이다. 남의 차까지 훔쳐 타고 가는 중이니 모습을 드러내서 좋을 게 없다. 나중에 이 사태가 정리된 후 이 집 사람들에게 감사 카드라도 써서 보내야겠다. '차를 훔치게 해주셔서 감사합니다. 스카치위스키 맛있게 드세요'라고.

웨스트햄프턴 다리에 거의 다 왔을 무렵 사이렌 소리가 들린다. 맥박이 빨라진다. 마음이 급해져 액셀을 세게 밟고 싶지만 그러지 않으려고 안간힘을 쓴다. 이곳의 제한 속도는 시속 55킬로미터 정도밖에 되지 않는다. 깜박이를 켜고 다리로 올라서는데 맞은편에서 앰뷸런스가 끼이익 소리를 내며 듄 로가 있는 동쪽으로 달려간다.

조수석에 던져둔 휴대폰이 진동을 한다. 전화를 받아 스피커폰 모드로 돌린다.

세라가 소리친다.

"넬! 대체 리는 어디 있는 거야? 다들 공항에서 기다리고 있어. 출발할 준비 다 됐거든. 계속 전화를 하는데 리가 받질 않아."

"리는 죽었어요."

내 입에서 무겁고 느릿하게 말이 나온다. 마을로 진입하는데 눈앞이 부옇게 흐려지기 시작한다. 눈물이 나오는 것 같아 눈을 깜박인다. 그런데 눈물이 아니라 피다. 교차로 신호등에 빨간불이 켜져 있지만 그대로 지나친다. 내가 뭘 하고 있는지 잘 모르겠다. 차를 세워야 한다. 하지만 또다시 사이렌 소리가 들린다. 한두 블록 떨어진 곳에서 들려오는 듯하다. 나는 허리를 세우며 주행을 계속한다.

'들이마시고 내쉬고. 계속 숨 쉬어.'

"리가 뭐 어떻게 됐다고? 무슨 일 있어?"

"리가 탄 자동차가 폭발했어요. 우리 집 진입로에서요."

"자기는 어디야? 다쳤어?"

"웨스트햄프턴 비치예요. 공항까지 10분도 안 걸리는 곳이에요. 하지만 브렌트우드로 먼저 가봐야겠어요. 루즈를 데려와야 해요."

"공항으로 바로 가. 알았어? 곧장 가라고. 라이트먼 팀장이 거기서 기다리고 있어. 팀장 옆에 있으면 안전할 거야. 내가 지금 바로 팀원들을 보낼게. 우리가 움직일게."

"루즈에게 전화해서 안전한지 확인해주세요. 루즈는 핵심 증인이에요. 세라, 놈들이 루즈를 잡으러 갈 거예요. 가서 죽이려들 거예요."

"루즈는 내가 챙길게. 자기는 살아 있기만 해. 내 말 들리지?"

세라가 소리치지만 잘 들리지 않는다. 몽롱해지면서 의식과 무의식의 경계로, 꿈을 꾸는 듯한 상태로 접어들고 있다.

"전 괜찮아요."

휴대폰에 대고 조그맣게 말하는데 휴대폰이 손가락 사이로 빠져나간다. 눈이 감긴다. 자동차는 도로를 벗어나 무언가에 빠르고 세차게 부딪친다. 에어백이 터지는 소리를 마지막으로, 아무 소리도 들리지 않는다. 오직 어둠뿐이다.

26

눈을 뜬다. 빛이 너무 강해서 눈이 타버릴 것 같다. 조그맣게 신음을 내뱉으며 눈을 질끈 감는다. 온몸이 허공에 내던져진 기분이다. 배 속에서 구역질이 올라온다. 토할까봐 고개를 옆으로 돌린다.

"넬." 익숙한 목소리다. 그 목소리가 다급하게 나를 부른다. "넬! 내 목소리 들려?"

"라이트먼 팀장님?"

나는 쉰 목소리로 대답하며 한쪽 눈을 겨우 뜬다. 온통 흐릿해서 보이질 않는다. 하지만 바로 옆에 있는 그의 목소리는 들린다. 안도감이 밀려온다.

그때 낯선 목소리가 지시한다.

"뒤로 물러나주세요. 환자 분을 수술실로 옮기겠습니다."

"넬! 내 목소리 들려? 나 여기 있어. 자네는 괜찮을 거야."

"팀장님!"

일어나 앉으려고 해보지만 몸이 움직여지지 않는다. 머리가 납덩이처럼 무겁다. 억지로 눈을 떠본다. 마스크를 쓴 의사가 옆에서 종종걸음을 치고 있다. 하얀 벽이 흐릿하게 옆으로 지나간다. 그러다 우리는 멈춰 서고, 문 열리는 소리가 들린다. 나는 지금 들것에 실려 있다. 천장에는 병원에서 쓰는 할로겐 조명등이 켜져 있다. 내가 어떻게 여기까지 왔는지, 훔쳐 탄 스테이션왜건에서 빠져나온 뒤 시간이 얼마나 흘렀는지 알 수가 없다. 에어백 터지는 소리, 금속이 구겨지는 소름끼치는 소리가 내 마지막 기억이다.

"환자 분." 의사가 초조해하며 말을 건다. "움직이지 마세요. 지금 수술실로 들어갑니다. 다 괜찮을 거예요. 몇 군데 꿰매기만 하면 됩니다. 아셨죠? 긴장 푸세요."

"팀장님! 리는 어디 있어요?"

내가 소리쳐 묻지만 라이트먼은 대답하지 않는다. 굳이 대답할 필요도 없다. 내 머릿속 뒤편의 목소리가 진실을 알려준다. 리는 죽었다고. 우리 집 진입로에서 리의 차가 폭발했다고. 뒤로 문이 닫힌다. 누군가 내 팔의 정맥 주사를 조정하고 있다. 따뜻한 수액이 혈관으로 흘러든다. 눈이 저절로 감기고 나는 깊고 괴로운 잠속으로 다시 빠져든다.

27

"깼나 보네."

눈을 뜨고 오른쪽, 왼쪽을 돌아본다. 침대 옆에서 라이트먼 팀장이 나를 보며 웃고 있다.

나도 웃으려 하지만 온몸에 통증이 느껴진다.

"여기가 어디에요?"

"사우샘프턴 병원이야. 자네는 조금 전에 수술을 받고 나왔어. 괜찮을 거야."

"무슨 일이 있었던 거죠?"

"자네 집 진입로에서 자동차가 폭발했을 때 유리창이 박살 났어. 자네는 피부를 심하게 베여서 공항으로 차를 운전해 오다가 기절한 거야. 피를 많이 흘렸어. 다행히 자네와 통화 중이던 세라가 자네 위치를 알고 있어서, 내가 곧장 자네 쪽으로 이동했어."

"리는 어디 있어요?" 하지만 곧 정신이 들면서 기억이 돌아온다. 소리, 연기, 참억새풀밭을 달리던 기억. "리는—"

"그 친구는 죽었어, 넬." 라이트먼이 내 손을 잡아준다. "안타깝게 됐어."

"확실해요?"

고개를 끄덕이는 그의 눈에 눈물이 고인다. 그는 안경을 벗고 눈가를 닦는다.

"자네가 죽을 수도 있었어. 자네 트럭에도 폭탄이 설치돼 있더군."

잠시 동안 우리는 아무 말도 하지 않는다.

라이트먼이 입을 연다. "놈들을 잡았어. 전부 체포했어."

"도시도요? 칼라브레제도요?"

"그래, 다실바와 아나스타스를 포함해서 여럿을 체포했지."

"미첨은요?"

"그는 해외에 있어서 아직—"

"그자가 미꾸라지처럼 빠져나갔다는 말은 하지 마세요."

"그렇지는 않아. 아주 빠져나가지는 못해. 체포까지 시간은 좀 더 걸리겠지만."

"다른 사람들은요? 고객들이요. 미첨의 파티에 참석한 남자들이요."

"우리는 증거를 잔뜩 확보했어. 지금도 증거를 정리 중이야. 머지않아 결과가 나올 거야. 중요한 건 우리가 도시와 칼라브레제를 잡았다는 거야. 그들은 끝장났어. 그러니 좀 쉬어. 자네는 너무 지독한 일을 겪었어."

"루즈는 어떻게 됐어요? 안전해요?"

라이트먼은 고개를 끄덕인다.

"안전해. 루즈와 미구엘은 몇 시간 전에 가브레스키 공항을 떠났어. 그들은 증인 보호 프로그램에 들어가게 될 거야. 루즈는 용기가 대단하더군. 칼라브레제와 그의 매춘 조직, 서픽 카운티 경찰서와의 관계, 미첨의 집에서 만난 고객들의 명단 같은 유용한 정보를 우리에게 넘겨줬어."

그는 다음 말을 해야 할지 고민하는 듯하다.

"뭔데 그러세요?"

그는 눈물을 삼키며 말한다.

"자네 때문에 엄청 걱정했어. 무사해서 다행이야."

"언제 퇴원할 수 있을까요?"

"하루 정도 후에. 워싱턴으로 돌아올 수 있게 조치를 취해 놓을게." 그는 경고하듯 내게 손가락을 세워 보인다. 그의 뺨에 눈물이 흐르고 있다. "이번에는 꼭 상담 치료 받아."

웃음이 난다. 그러다 그의 품에 안겨 가슴에 얼굴을 묻고 흐느껴 운다.

"리는 좋은 사람이었어요."

내가 나지막하게 말하자 그가 말한다.

"그래."

"서픽 카운티에 좀 있다가 갈게요. 오래 안 걸려요."

그는 기함을 하며 나를 쳐다본다.

"넬—"

"몇 가지 정리할 게 있어요. 며칠이면 돼요. 다음 주에는 제 자리로 복귀할게요."

"슬쩍 넘어갈 생각인가 본데, 자네는 업무 복귀 적절성 평가를 받아야 돼. 자네가 지금 한 말을 멀로니가 들으면 퍽이나 좋아하겠어."

"아, 망할 멀로니. 그분에게 저를 계속 휴직시켜도 소용없다고 전해주세요. 저는 결국 일거리를 찾아낼 테니까요."

"세라가 자네 걱정을 많이 하고 있어. 자네를 보고 싶어 해."

"지금쯤 일이 엄청 많으실걸요. 병원에서 나가면 바로 전화할게요."

"어디 가려고? 자네 아버지 집에는 못 있을 텐데."

나는 어깨를 으쓱한다.

"이제 제 집이에요. 짐 싸서 정리하고 제대로 작별도 해야죠."

28

쿵. 쿵. 쿵.

지붕에 지붕널을 하나 더 붙이고 망치로 못을 때려 박는다. 그 줄은 수리가 끝났고, 세 줄 더 남았다.

바닥에 엉덩이를 대고 앉아 내가 해놓은 작업물을 감상한다. 일주일 전, 집수리를 시작할 때는 비가 새는 곳을 막고 썩은 지붕널이나 교체할 생각이었다. 그런데 막상 일을 해보니 재미있고 생각을 정리하기에도 좋았다. 멈추고 싶지 않았다. 물론 일이 고되기는 하다. 그래서 한 번에 한두 시간 정도만 일하고 있다. 새 지붕널을 손에 들고 그 깨끗하고 곧은 가장 자리와 낡은 지붕널에 비해 두 배는 묵직한 무게감을 느껴보니, 지붕 전체를 교체하는 게 어떨까 싶기도 하다. 시간은 있다. 내가 직접 하면 돈도 절약할 수 있으니 그것도 마음에 든다. 지붕에서 보는 풍경도 좋다. 여기서는 모래 언덕 너머 바다까지 훤히 내다보인다. 맑은 날이면 호를 그리는 폰퀴그 다리 너머, 시네콕 카운티 공원의 바위 지대까지도 볼 수 있다.

일을 해보니 나는 집수리에 꽤 소질이 있다. 퇴원하자마자 동네 업자에게 연락해 집에 새 창문을 달았다. 보일러와 냉장고는 내가 직접 수리했다. 그러고 나니 덱을 손보고 싶어졌다. 덱의 계단이 삐걱거리고 난간도 흔들거린다. 라이트먼 팀장은 날이 추워지고 있으니 옥외 작업은 사람을 불러 시키라고 하는데, 밖에서 일하는 게 좋다. 어깨에 자연스럽게 물리 치료도 되는 것 같다. 내 몸이 매일 조금씩 튼튼해지는 게 느껴진다.

내가 집으로 돌아오기 전, 라이트먼 팀장은 사람들을 시켜 리의 자동차 흔적을 최대한 치우게 했다. 진입로를 수리해 자갈도 새로 깔았다. 폭발이 있었던 자리가 살짝 패어 있긴 하지만 나는 그대로 둘 생각이다. 그걸 볼 때마다 리를 떠올리고 싶어서다.

집을 어떻게 처리할지는 아직 결정하지 못했다. 아무래도 새해에나 매물로 내놓을 것 같다. 당분간 수리를 해가면서 살 생각이다. 기니스 박사 말대로, 앞으로 어떻게 할지는 생각을 안 하고 있다. 요즘 아침마다 기니스 박사에게 전화를 하고 있는데, 우리 둘의 예상을 뛰어넘을 정도로 통화 시간이 길어지고 있다. 그는 내가 업무에 복귀할 준비가 되면 언제든 내의학 평가서에 서명해주겠다고 한다. 하지만 그는 당분간 나를 밀어붙이지 않을 것이다. 라이트먼 팀장도 마찬가지다.

쿵. 쿵. 쿵.

다음 줄의 지붕널을 박기 시작하는데 진입로로 올라오는 자동차 소리가 들린다. 나는 늦은 오후의 햇살을 피해 손으로 눈을 가리며 일어선다. 회색 세단에서 세라 파텔이 내린다. 블랙진과 오토바이용 부츠 차림이다. 내가 처음 그녀를 만났을 때도 저 차림이었다.

"세라!"

그녀가 고개를 들자 나는 손을 흔든다.

세라는 고개를 절레절레 흔든다.

"어처구니가 없네. 침대에 누워 있어야 할 사람이! 대체 그 위에서 뭐하고 있는 거야?"

"집을 좀 고치고 있어요." 나는 웃으며 말한다. "금방 내려 갈게요."

우리는 현관문 앞에서 포옹을 한다. 잠시 후 세라는 내 팔을 잡은 채 뒤로 물러서며 말한다.

"아이고, 우리가 자기 몸에 살을 좀 찌워야겠다. 그것 말고는 아주 좋아 보여."

"팀장님도요. 굳이 여기까지 오실 필요 없는데. 일 때문에 많이 피곤하시잖아요."

세라가 미간을 찌푸린다.

"아, 무슨 소리야. 수 주일 동안 자기를 만나러 오려고 별렀어. 그런데 이번 조사가…… 알다시피 엄청나잖아. 자기는 정말이지 판도라의 상자를 열었어."

"들어와서 앉으세요. 자세히 듣고 싶어요. 드릴 것도 있고요."

거실로 들어간 나는 벽난로 안 장작 받침대에 장작을 올리고 불을 붙인다. 우리는 소파로 가서 앉는다. 소파 한쪽 끝에 앉은 세라는 부츠를 벗고 소파에 발을 올린다. 나는 반대쪽 끝에 앉아 허리에 담요를 두른다. 불이 타닥타닥 소리를 내며 방 안을 빛과 열기로 채운다.

나는 목에 걸고 있던 십자가 목걸이를 벗어서 세라에게 건넨다.

"아드리아나 마르케스의 목걸이에요. 아버지가 찍은 사진 속에서 아드리아나는 이 목걸이를 하고 있었어요."

세라는 목걸이를 받아 이리저리 살펴본다.

"예쁘네."

내가 왜 그 목걸이를 줬는지 눈치를 못 챈 것 같다.

"그 목걸이는 녹음 장치예요."

"아!" 놀란 세라는 눈이 휘둥그레진다.

"처음엔 저도 몰랐어요. 그런데 계속 신경이 쓰이더라고요. 아버지가 이 목걸이를 왜 갖고 있었을까? 그런데 어젯밤에 답을 알았어요. 아드리아나는 아버지를 위해 이걸로 남자들과의 만남을 녹음한 거예요. 여길 보세요." 나는 목걸이 뒤쪽에 있는 핀 머리만한 작은 금색 구체를 가리킨다. "이게 스위치예요."

"어머, 고마워. 이걸 최대한 빨리 우리 팀한테 보내야겠다."

세라는 목걸이를 가방에 넣고 내게 서류철을 건넨다. "나도 자기한테 줄 게 있어."

"뭐예요?"

"미첨의 파티에서 찍힌 영상에서 뽑아낸 스틸 사진들이야. 그의 팜비치 집에서 찍은 건데 대단한 거물들이 참석했더라."

나는 서류철을 열고 그 안에 담긴 사진들을 훑어본다. 휘파람이 절로 나온다.

"장난 아니네요. 워싱턴 거물의 절반이 파티에 참석했나 봐요."

"말했잖아. 판도라의 상자라고."

그 중 한 사진에 눈길이 간다. 수영장 주변에 모인 사람들의 모습이 담긴 사진이다. 남자들은 정장 재킷에 리넨 바지를 입었다. 여자들 아니, 소녀들은 칵테일 드레스에 하이힐을 신었다. 그녀들의 나긋나긋한 몸매가 석양빛에 도드라진다.

그 중 한 얼굴을 보고 나는 놀라서 숨을 빠르게 들이마신다. 새로운 정보를 받아들이며 머리가 빠르게 회전한다. 그랬다. 그동안 답은 쭉 내 앞에 있었다. 가서 그 답이 맞는지 확인해보면 될 것이다.

나는 서류철을 닫으며 묻는다.

"추가로 체포된 사람 있어요?"

"몇 명 있어. 팜비치의 시 경찰국장도 그 중 하나야. 아마내가 전에 얘기했을걸. 그리고 그 경찰국장의 부하 몇 명도 체포됐어. 자기 덕분에 우린 팜비치의 사건 기록들까지 뒤져서 리아, 아드리아나와 똑같은 방법으로 살해된 여성 변사체 2구를 찾아냈어. 둘 다 기존 희생자들과 특징이 맞아떨어져. 그 중 한 명이 실종됐던 여성인 걸 알아냈는데, 웨스트 팜 출신의 열일곱 살 여성 헤더 밸디즈야."

"다른 한 명은요?"

"알아보고 있는데 기록이 오점투성이라서. 아직까지 운이 안 따라주네."

"미첨은 어디 있어요?"

"흔적도 없어. 아직 찾고 있는 중이야."

"개새끼. 칼라브레제는 플로리다 팜비치 쪽 여자들과는 아무 관련이 없나요?"

"없어. 칼라브레제는 이 지역에서만 활동했어. 플로리다에도 칼라브레제 같은 포주 놈이 있는데 이름은 조 렌츠야. 그놈이 미첨에게 여자들을 공급했어. 구치소에 넣어뒀는데 아직까지 입을 안 열어. 하지만 어디 두고 보라지."

세라는 문득 깊은 생각에 잠긴 표정으로 말을 멈춘다.

"뭔데 그러세요?"

"자기가 얘기를 나눴으면 하는 사람이 있어. 당장은 아니고, 마음의 준비가 되면."

"그럴게요. 누군데요?"

"마리아 크루즈. 어제 그 여자를 만났는데, 자기를 만나고 싶어 해."

"아." 나는 앞으로 몸을 기울인다. "만나야죠. 제가 비행기를 타고 그리로 갈게요."

"그럴 필요 없어. 내일 증언 녹취를 하러 서퍽 카운티로 올 거야. 마리아가 이번 조사에 정말 큰 도움이 됐어."

"마리아는 신변 보호를 받고 있는 중 아닌가요?"

"우리가 보호하고 있어. 도시와 칼라브레제에 대해 증언할 핵심 증인이니까. 난 자기가 마리아를 만났으면 해. 중요한 일이야. 마리아에 대해 자기가 알아야 할 것들도 있어."

"언제든 만날게요. 사건에 대한 얘기나 마저 해주세요."

나는 일어서서 미닫이 유리문 쪽으로 걸어가 휴면기의 습지를 내다본다. 습지는 잘 익은 밀처럼 황금색으로 물들었다. 새들은 보이지 않는다. 요즘은 아침이면 참억새풀에 서리가 내린다. 습지를 조용히 바라보고 있는데 문득 떠오르는 생각이 있다.

나는 미간에 주름을 잡으며 세라를 돌아본다.

"전국 데이터베이스는 확인해보셨죠? 롱아일랜드와 플로리다에서 우리가 본 것과 동일한 패턴으로 살해된 희생자들에 대한 데이터베이스요."

"요원 두 명이 확인 작업을 하고 있어. 왜? 무슨 생각인데?"

"헤더 밸디즈가 언제 실종됐죠?"

"2016년 1월." 세라는 고개를 흔들며 덧붙인다. "그해 겨울 내내 미첨은 해외에 나가 있었어. 그자라면 충분히 그럴 수 있겠지만, 미첨이 다른 누군가에게 살인을 지시하지 않았다면 미첨을 범인으로 볼 수는 없어."

나는 고개를 젓는다.

"제가 생각해둔 게 있어요. 아까 사진을 보면서 한 명이 눈에 들어왔는데, 아직 확실하진 않아요. 요원들을 불러주세요. 주목해서 봐야 할 곳이 있어요. 확대 해석일지도 모르지만, 만약 제가 옳다면 범인이 누군지 알려드릴 수 있을 거예요."

29

세라는 메도 레인의 모래로 뒤덮인 갓길에 차를 세운다. 제임스 미첨의 집 건너편이다. 나는 조수석에 타고 있다. 리의 자동차가 폭발한 후로 나는 운전대를 못 잡고 있다. 차에 타기만 해도 심장이 미친 듯이 뛴다. 며칠에 한 번씩 다리 건너 식료품점에 갈 때는 자전거를 타고 가서 배낭에 물건을 담아 등에 메고 돌아온다. 멀리 갈 때는 친구들의 차를 얻어 탄다. 행크가 정기적으로 집에 들러주고, 타이와 콜 헤인스도 한 번씩 찾아와준다. 서퍽 카운티 경찰서에서도 친구를 몇 명 사귀었다. 경찰력을 암처럼 좀먹는 부패 행위를 혐오하던 우리 아버지 같은 형사들이다.

세라와 나는 차에서 내려, 인적 없는 길 한가운데에 선다. 날카롭고 싸늘한 바람이 만과 나란히 뻗은 바위 지대를 가로

질러 아우성치듯 불어온다. 나는 얇은 껍질 같은 재킷 차림이라 몸이 떨린다. 재킷 안에 운동복 상의와 양털 조끼까지 입었지만 추위를 막아내기엔 역부족이다. 추위로 손가락이 따끔거린다. 모자와 목도리라도 챙겨 올 걸 그랬다. 이곳에 좀더 머물 거면 제대로 된 겨울옷을 몇 벌 장만해야겠다. 벌써여기 온 지 두 달째다.

나는 미첨의 집을 손으로 가리키며 말한다.

"저기에요. 공포의 집."

"맙소사, 삭막하네."

"그리고 저기는……," 나는 그 집 끄트머리에 면한 모래 언덕을 가리키며 덧붙인다. "아드리아나 마르케스의 시신이 묻혀 있던 자리고요."

세라는 팔짱을 끼며 나지막하게 말한다.

"가엾기도 하지." 세라는 주변을 둘러보며 말한다. "여긴 참적막하네."

"연중 이맘때쯤엔 늘 그래요. 유령 마을 같죠. 여기 있는 집들은 전부 여름 별장이거든요."

"하지만 그레이스 비숍은 여기서 살고 있잖아."

"추수감사절까지는 여기서 지낸다고 하더라고요. 저한테 언제든 들르라고 했어요."

그레이스의 집 대문 앞에서 나는 세라에게 고개를 끄덕이며 말한다.

"저 혼자 들어갈게요. 괜찮죠?"

"그래도 되겠어?"

"예, 그게 나을 것 같아요."

망설이던 세라는 고개를 끄덕인다.

"알았어. 필요하면 소리 질러."

나는 대문으로 다가가 초인종을 누른다. 내 이름을 말하자 대문이 열린다. 나는 긴 진입로를 따라 집으로 걸어간다. 집은 비어 있는 것처럼 보인다. 해가 저물기 시작했는데 집 안의 불이 전부 꺼져 있다. 정원에서 위잉 소리가 들려 그리로 고개를 돌린다. 산울타리 위쪽으로 무언가 움직이고 있다. 그레이스가 그곳에서 흙을 파고 있는 중이다. 그레이스는 곧 하던 일을 멈추고 허리를 편다. 나를 보더니 미소를 짓는다.

"어서 와요."

그레이스는 스웨터를 입었고 목에는 얇은 목도리를 깔끔하게 둘렀다. 두 손에 정원용 장갑을 끼었고 한 손에는 삽을 들었다.

"늦게까지 일하시네요."

"겨울에 대비해 정원을 재워야 해서요. 지친 자에게 휴식은 없는 법이죠."

"사악한 자에게 휴식은 없다, 아닌가요?"

그레이스는 한쪽 눈썹을 추어올린다.

"그래요? 어머나, 지금까지 내가 잘못 알고 있었나 보네. 집으로 들어갈래요?"

"괜찮습니다. 공기가 신선해서 좋네요."

그레이스는 살짝 이를 악문다.

"파트너 얘기 들었어요. 유감이에요."

"파트너가 아니라 친구였어요."

"마음 아픈 일이에요. 이번에 체포된 경찰들이 살인도 저지른 건가요?"

"아직 조사 중이에요."

"내가 경찰들이 부패했다고 전에 말했잖아요. 그때 내 말을 귀담아 들었어야죠. 그때는 나도 그쪽 아버님이 그들 중 한 명인 줄 몰랐어요. 나를 찾아와 알폰소 모랄레스에 대한 얘기를 해준 게 바로 아버님이었는데 말이에요."

나는 고개를 끄덕인다.

"그러게요. 아버지는 아드리아나의 시신이 발견되기 직전에 돌아가셨어요."

"요원님은 아버지를 위해, 아버지가 맡았던 사건을 마무리하고 싶겠네요. 정말 훌륭해요."

그녀의 목소리에서 전에는 감지하지 못했던 싸늘한 기운이 느껴진다. 가늘게 뜬 연푸른색 눈동자를 보고 있자니 마음이 불안해진다. 시선을 피하고 싶지만 꾹 참는다. 우리는 몇 초간 조용히 서로를 마주본다.

"제가 거짓말을 했다고 생각하시나 봐요."

"누구든 거짓말을 들으면 기분이 좋진 않죠, 플린 씨."

"그렇기는 해요. 하지만 제가 거짓말을 한 건 아니었잖아요. 사실 몇 가지를 얘기 안 한 것뿐이죠."

"그게 그거 아닌가요?"

"엄연히 달라요. 부인도 저한테 거짓말을 하셨잖아요. 미첨을 만난 적 없다고, 같이 교류한 적도 없다고 하셔놓고는."

그레이스가 순간 긴장하는 게 느껴진다. 그녀는 내뱉듯이 말한다.

"난 그런 남자와는 교류하지 않아요."

"그러시겠죠. 하지만 남편 분은 교류를 하셨던데요. 미첨 씨의 집에 수차례 방문하셨어요. 이 지역에서뿐만 아니라 팜 비치에서도요."

"엘리엇은 그런 짓을 하지 않아요."

"아뇨, 하셨어요. 안타깝지만 저희는 사진을 확보했습니다."

"잘못 안 거예요."

"안타까운 일이에요. 남편 분은 여자들 때문에 파멸의 길을 걷게 되셨으니까요. 그 중 한 여자는 남편 분의 돈을 갈취하려고 하지 않았나요? 아드리아나의 경우는 더 최악이었죠. 엘리엇이 아드리아나를 임신시켰으니까요. 일이 끔찍하게 복잡해졌죠. 부인께서 남편을 위해 온갖 일을 다 했는데 말이에요. 재무부에서 남편이 지위를 굳건히 할 수 있도록 부인이 견뎌온 일들은 또 어떻고요. 남편 분은 부인께 어쩌면 그런 짓을 했을까요? 그런데 남편은 전에도 같은 짓을 하시지 않았나요? 그때는 여자들을 돈으로 정리했는데 이번에는 아기 때문에 쉽지 않았겠어요."

그레이스가 사납게 내뱉는다.

"그 구역질 나는 어린년이 멋대로 임신한 거예요. 엘리엇은 그런 짓 안 해요. 할 수가 없어요. 불가능해요. 내가 말했잖아요. 솔직하게 털어놨잖아요."

"그래서 더 분노하신 거 아닌가요? 남편이 실은 다른 여자를 임신시킬 수 있다는 걸 알게 되신 거니까요. 부인은 임신시키지 않아놓고 말이에요. 남편 분이 아기를 키우고 싶어 하셨나요? 당신을 떠날 계획이었어요? 아드리아나의 언니 얘기로는 남편 분이 밤늦게 아드리아나에게 전화를 걸어서 잘 돌봐주겠다고 약속했다던데요. 아드리아나는 죽기 직전까지 엄청 행복해했는데, 엘리엇이 자기랑 살 거라는 걸 알았기 때문 아닐까요?"

그 순간, 그레이스는 간담이 서늘해질 정도로 사납게 악을 쓰며 달려든다. 순식간의 일이라 나는 제때 반응하지 못한다. 그레이스는 나를 쓰러뜨린 후, 머리 위로 삽을 들어올린다.

내가 오른쪽으로 몸을 굴려 피하자마자 삽이 내 귀 옆쪽으로 내려와 꽂힌다. 삽이 땅에 깊숙이 박힌 채 서 있다. 나는 그 틈에 반격할 기회를 잡는다.

바닥에 있는 돌멩이를 손에 쥔다. 온 힘을 다해 그 돌멩이로 그레이스의 관자놀이를 찍는다. 그녀의 머리를 친 순간, 소름끼치는 소리가 울려 퍼진다.

"이 쌍년이!"

내가 자기 몸 위에 올라타자 그레이스가 소리를 질러댄다.

나는 몸부림치는 그녀의 몸을 찍어 누른다. 그레이스는 키가 183센티미터에 달하는 사람이라 내가 제압하려면 온 힘을 다해야 한다. 곁눈질로 보니 세라가 산울타리 사이로 빠져나와 우리 쪽으로 달려오고 있다. 나는 눈을 들어 세라와 시선을 마주친다. 짧은 순간 그레이스한테서 눈을 뗐을 뿐인데 바로 공격이 들어온다. 그레이스가 있는 힘껏 내 허벅지에 칼을 꽂는다.

번개를 맞은 듯 다리에 통증이 퍼져나간다. 내가 뒤로 쓰러지자, 그레이스는 몸을 돌려 엎드리더니 무릎으로 바닥을 짚으며 일어선다. 칼을 들어올려 이번에는 내 심장이 있는 곳을 겨눈다.

그때 총성이 울려 퍼진다. 그레이스가 바닥으로 쓰러지고, 세라의 발소리가 점점 커진다. 세라가 무전기에 대고 목청 높여 지원을 요청하고 있다. 잠시 후 세라는 내 옆에 주저앉아 내 상체를 자기 무릎에 올린다. 그레이스는 꼼짝하지 않는다. 그레이스의 가슴에서 세차게 흘러나온 피가 그 여자 주변의 풀밭에 웅덩이를 이룬다. 죽은 모양이다. 다리가 부자연스럽게 뒤로 꺾인 모양새를 보니 알겠다. 나는 그레이스한테서 눈을 뗀다. 통증 때문에 숨을 쉴 때마다 가슴이 크게 들썩인다. 내 뒤의 덤불들이 하나같이 깔끔하게 포대로 싸여 있다.

하늘이 슬레이트 색이다. 멀리서 거위 떼 우는 소리, 파도가 모래사장으로 밀려왔다 쓸려 나가는 소리가 들려온다. 나는 세라를 올려다보며 미소 짓는다.

세라가 놀란 목소리로 말한다.

"괜찮을 거야. 도와줄 사람들이 오고 있어."

나는 눈을 감는다.

"알아요. 이제야 끝났네요. 전 괜찮을 거예요."

30

앤 마리 마셜이 두 달 전 나와 만났던 커피숍의 같은 부스에 앉아 있다. 오늘 커피숍은 영업 중이다. 옆 부스에 십대 청소년들이 모여 있다. 점심 카운터는 자리가 거의 다 찼다. 나는 마셜이 있는 부스의 긴 의자로 가서 앉는다. 마셜이 나를 위해 미리 주문해둔 뜨거운 블랙커피가 테이블 위에 놓여 있다. 고마워서 미소가 절로 지어진다.

"다시 봐서 좋네요." 마셜은 마음이 놓인 목소리다. "우리가 다시 만나게 될 줄 몰랐어요."

"저도요."

"제이미 밀코스키가 살해당하고 나서 난 도망쳤어요. 곧장 차를 타고 버몬트주에 있는 언니네 집까지 쉬지도 않고 달렸어요."

"비난 안 해요. 기자님이 다음 차례였을 수도 있어요."

마셜은 커피를 내려다본다.

"내가 없으니 그들은 당신과 리 데이비스를 노렸겠죠."

우리는 한동안 침묵한다. 옆 부스에서 십대들이 활기차게 수다를 떨고 있다. 그들의 웃음소리가 마음에 위로가 된다.

"밀코스키 살해 사건 조사에 진전은 있어요?"

내 물음에 마셜은 나지막하게 대답한다.

"아뇨, 일단 목격자가 없어요. 다들 도시나 다실바의 짓일 거라고 짐작은 하는데, 증명할 방법이 없고 그 둘은 입을 닫아버린 상태예요."

"다실바가 차에 폭탄을 설치한 건 인정했잖아요. 밀코스키를 차로 쳤다고 자백할 수도 있겠죠."

"차에 폭탄을 설치한 건 어쩔 수 없이 인정한 거예요. 다실바의 차고에서 똑같이 생긴 세 번째 폭탄이 발견돼서요." 마셜은 고개를 옆으로 살짝 기울이며 나를 쳐다본다. "아버님의 죽음에 대한 조사는 어떻게 됐어요? 추가로 들은 얘기가 있어요?"

"아뇨, 답을 알아낼 수 있을 것 같지가 않아요."

"유감이에요. 마음이 많이 힘들겠어요. 끝을 맺지 못한다는 건 그런 거니까."

"나름으로 끝은 맺었어요. 아버지가 어떤 사람인지는 알았으니까요. 아버지가 여자들을 보호하려고 애쓰다가 돌아가셨다는 것도 알게 됐고요. 아버지에게 그런 짓을 한 자들은 오랫동안 감옥에 갇히게 되겠죠."

"한 가지 제안할 게 있는데, 생각해봤으면 해요."

나는 그녀가 무슨 말을 하려는지 이미 알고 있다. 전화 통화를 하면서 마셜은 대놓고 말하진 않았지만 넌지시 암시를 했었다.

"알았어요. 말씀하세요."

"2주일 안에 샤완컹크 교도소에 갈 예정이에요. 숀 길로이와 얘기를 나누려고요. 길로이가 다시 나와 인터뷰를 하겠다고 동의했어요."

"제 어머니 사건에 대해 기사를 또 쓰시려고요?"

"아뇨." 마셜은 단호하게 고개를 젓는다. "서픽 카운티 경찰의 만행에 대한 기사를 쓸 거예요. 94퍼센트의 범죄 자백률에 대한 내용이에요. 숀 길로이 얘기는 그 기사의 일부로 다룰 거고요."

나는 잔을 들고 커피를 한 바퀴 돌리며 생각에 잠긴다.

"왜 저를 거기 데려가고 싶은 건데요?"

"모르겠어요. 당신이 길로이와 얘기를 해보면 도움이 될 것 같아서요. 길로이는 감옥에서 20년을 보내면서 자신이 한 짓을 속죄했어요. 그러니 그 사람을 용서해야 된다는 뜻이 아니에요. 그와 얘기를 하고 그가 어떻게 변했는지 보면, 그가 죄송해하는 걸 알면 당신 마음이 조금은 편해지지 않을까 싶어서요."

나는 다시 한번 생각을 해본다. 사실 나는 이미 그를 용서

했다. 사랑하는 이의 목숨을 빼앗은 자에 대해 여느 사람들이 용서할 수 있는 딱 그만큼. 그의 사과를 듣는다고 달라질 게 있을지는 모르겠다. 앞으로 어떻게 살지에 대해서도 나는 여전히 아무 생각도 안 하고 있다.

"생각해볼게요."

내가 할 수 있는 최선은 여기까지다.

마셜이 고개를 끄덕인다.

"그래요. 제임스 미첨 소식은 더 들은 게 있어요? 여전히 송환되지 않고 외국에서 일광욕을 하고 있나요?"

"제가 알기로는 그래요."

"물어볼 게 있는데, 그레이스 비숍을 의심하게 된 계기가 뭐예요?"

나는 미소를 지으며 커피를 한 모금 마신다.

"공식적으로 말할까요, 아니면 비공식적으로?"

"편한 대로 해요. 사실 난 당신을 인터뷰하고 싶어요. 알잖아요. 하지만 그냥 얘기를 나누고 싶기도 해요. 궁금하기도 하고요."

"요즘 휴대폰이 계속 울려서 어쩔 수 없이 전원을 꺼놨어요. 사실, 하루 중 대부분을 꺼놓고 있어요. 서커스가 따로 없다니까요. 아직까지 어떤 기자하고도 인터뷰를 안 했어요. 앞으로도 안 할 것 같긴 한데, 혹시 하게 된다면 기자님이랑 할게요."

"고마워요. 언론사 입장에서는 당신 기사를 싣고 싶어 난리가 났을 거예요. 주요 정치 스캔들의 중심에 있는 사람이잖아요."

"아직 시작일 뿐이에요. 엘리엇 비숍을 필두로 앞으로 수많은 사람들이 체포될 거예요. 미첨은 인맥이 화려해요. 미첨과 알고 지낸 정치가와 최고 경영자들은 지금쯤 벌벌 떨고 있겠죠."

"엘리엇 비숍이 살인 사건의 공범이었다고 생각해요?"

나는 고개를 젓는다.

"모르겠어요. 이제 더 이상 제 사건이 아니라서요. 원래도 아니었지만요."

"그래도 당신이 해결했잖아요."

"직감을 따른 것뿐이에요."

"무엇 때문에 그레이스 비숍을 의심한 거예요?"

"그 여자가 키 크고 왼손잡이인 데다 전문 명사수에 가까운 총 솜씨를 갖고 있고, 환경 보호 협회의 일원이라는 것 말고요?"

내가 진지하게 묻자 앤 마리는 웃으며 대답한다.

"예, 그것 말고요."

"솔직히 처음엔 몰랐어요. 처음에는 그 여자에게 호감을 느꼈어요. 매력적인 여자잖아요. 그 여자가 도움을 받고 싶어 한다는 생각도 했었고요. 그런데 비슷한 방식으로 처리된 시체 두 구가 팜비치에서도 나왔다는 걸 알고 나니까, 양쪽 지역을 빈번하게 드나드는 사람이 범인이겠구나 싶었어요. 그

래서 우리는 전국 데이터베이스로 검색을 시작했고 텍사스
에 있는 그레이스 가족의 목장 근처에서 비슷한 사건이 한
건 더 있었다는 걸 알게 됐어요. 촉이 오더라고요. 그레이스
는 모랄레스를 보호하려고 애쓰면서 미첨을 범인으로 몰고
싶어 했어요. 모랄레스가 그저 두어 번 만난 정원사일 뿐이라
면 그레이스가 그를 비호하려고 애쓰는 게 이상하잖아요?"

"그레이스 입장에서는 남편을 윤락 여성들에게 소개시킨
미첨이 많이 원망스러웠겠네요."

"맞아요. 그레이스는 미첨을 악마 보듯 했어요. 그레이스의
남편에게 미첨은 엄청난 유혹이었을 테니 그럴 만도 했죠."

"그래서 그레이스는 아드리아나의 시체를 일부러 미첨의
집 근처에 묻은 거군요. 그래놓고 편리하게도 자기가 우연히
그 시체를 발견한 척한 거고요."

"그렇죠. 꽤 영리한 작전이긴 했어요. 미첨을 몰락시키고,
자기가 저지른 살인들에 대한 죄도 뒤집어씌워 희생양으로
도 삼으려던 거였죠."

"질투심이 대단한 여자였네요."

"예, 아드리아나의 임신으로 선을 넘어버린 것 같아요. 그
레이스는 불임이었어요. 남편의 여자들을 죽이는 거로는 분
이 풀리지 않았던 거죠. 남편이 윤락 여성들과 어울리는 일
자체를 못하도록 끝장을 내버리고 싶었을 거예요."

마셜이 눈을 휘둥그렇게 뜨며 말한다.

"아드리아나의 복부에 칼자국이 잔뜩 있던 것도 그래서였

나 보네요."

"제 생각도 그래요. 전에는 여자들을 총으로 쏜 다음, 자기 밑에서 일하는 사람에게 돈을 주고 시체를 처리하게 했는데, 이번에는……."

"분노에 사로잡혀 이성을 잃었군요." 마셜은 잔에 남은 커피를 마저 마신다. "그대로 됐으면 그 여자의 남편은 아드리아나와 살려고 아내를 버렸을까요?"

"모르겠어요. 엘레나 마르케스는 아드리아나가 권력층인 중요 인사와 사귀고 있는 것 같더라고 했어요. 두 사람이 통화하는 걸 엿들은 적이 있다더라고요. 그 통화 내용대로라면 그 남자는 아드리아나를 도와줄 마음이 있었던 것 같아요. 어느 쪽이든 그레이스는 위험을 감수할 수 없었겠죠. 자기는 남편의 정치적 경력을 밀어주느라 평생을 바쳤다고 생각했을 테니까요. 남편은 배은망덕하게도 그런 그레이스의 뒤통수를 친 것이고요."

"그레이스가 모랄레스에게 돈을 얼마나 줬는지 혹시 알아요?"

"아뇨, 그레이스의 재정 상황을 아직 확인하는 중이에요. 조만간 결과가 나올 거예요."

"그레이스가 죽어서 다행이라고 생각해요?"

"아뇨." 나는 창문으로 시선을 돌려 메인가를 내다본다. 그 자리에서 목을 빼고 보면 아버지가 마리아 크루즈를 위해 임대한 아파트가 보일 것도 같다. 나는 마셜을 돌아보며 덧붙인다. "그렇지는 않아요. 저는 그레이스를 법정에 세우고 싶었어요."

"그래도 정의는 실현됐잖아요."

"어쩌면요." 나는 가방에 손을 넣어 지갑을 꺼낸다. "죄송해요. 이만 가봐야겠어요. 약속이 있어서요."

"내가 살게요."

"정말요?"

"그럼요." 마셜이 내 손에 자신의 손을 얹는다. "넬, 만나서 정말 반가웠어요."

"저도요." 진심이다.

"언제 집으로 돌아가요?"

"워싱턴 말인가요?"

"예."

"아직 결정을 못 했어요. 당분간은 여기 있을 것 같아요."

마셜은 눈썹을 위로 추어올린다.

"그렇군요." 놀란 듯한 목소리다. "그 말을 들으니 좋네요."

"비수기 때의 서퍽 카운티를 좋아하거든요."

"나도 그래서 지금 여기 머물고 있긴 해요." 마셜은 일어서서 나를 끌어안는다. "다시 또 보고 싶어요. 우리 연락하고 지내요."

"당연하죠."

나도 마셜을 꼭 끌어안는다.

31

메인가를 가로지른다. 약속 시간에 늦어버렸다. 1~2분쯤이지만, 심장이 벌렁거린다. 걸음을 빨리 하려니 쉽지 않다. 빠르게 절뚝거리며 걷는 게 내가 할 수 있는 최선이다. 계단 꼭대기까지 올라가보니, 경찰이 아파트 3호실 앞을 지키고 있다. 그는 나를 보더니 고개를 끄덕이고는 문을 두드린다.

안에서 자물쇠를 여는 소리가 들린다. 문이 열리고 젊은 여자가 나를 내다본다. 여자는 청바지에 터틀넥 스웨터를 입었고, 긴 흑발을 뒤로 땋아 내렸다. 눈 색깔은 나와 같은 초록색이다. 다갈색 피부와 섬세한 이목구비 때문에 아름다운 눈이 돋보인다.

나는 속삭임에 가까울 정도로 조용히 입을 연다.

"마리아, 나 넬이야."

"알아요."

마리아가 주춤거리며 다가온다. 나를 포옹하고 싶지만 그래도 될지 자신이 없는 눈치다. 내가 먼저 다가가 마리아를 끌어안는다.

잠시 후 마리아가 입을 연다.

"늘 만나고 싶었어요. 마티 아저씨한테 부탁했는데 언니를 화나게 하고 싶지 않다고 하셨어요."

"아버지를 마티라고 불렀어?" 나는 미소를 짓는다. 아버지는 누가 자기를 그 이름으로 함부로 부르는 걸 질색했다. 아버지와 절친한 사람들만이 그 이름을 부를 수 있었다.

"예." 마리아는 쑥스러워하며 바닥을 내려다본다. "그분은 제 아버지지만, 저는 열여덟 살이 되기 전까지 그분의 존재를 모르고 살았어요. 그래서 그분을 아버지라고 부르기가 어색했어요."

"이해해. 분명히 말하지만 난 너에 대해 알고도 화나지 않았어. 여동생이 있다니까 오히려 좋던데. 배다른 자매이긴 하지만 그래도 좋아. 멋진 일이잖아. 세라에게 네 얘기를 듣고 굉장히 기뻤어."

마리아의 얼굴이 환해진다.

"다행이에요. 전 다른 가족이 없어요. 방금 언니가 해준 말은 저한테 의미가 커요."

"나도 마찬가지야."

"언니 아버지는, 마티 아저씨는 정말 좋은 분이었어요. 제가 가장 도움을 필요로 할 때 도와주셨어요."

"그 말을 들으니 나도 기뻐."

"엄마가 아프셔서 조반니 밑에서 일을 시작했어요. 우린 돈
이 절실하게 필요했거든요. 아드리아나하고는 학교에서 알게
됐는데, 아드리아나가 먼저 그 일을 하고 있었어요. 아드리아
나가 소개해줘서 조반니를 만나게 됐고요. 그러다 어머니가
돌아가시면서 저는 혼자 남게 됐어요. 도저히 못 살겠더라고
요. 어떤 날은 저도 따라 죽고 싶었어요. 사는 게 더 이상 아
무 의미가 없었어요. 그런데 갑자기 언니 아버지가 저를 찾아
오신 거예요. 엄마가 병원에 입원해 있을 때 그분에게 편지를
보내셨나봐요. 엄마는 그분이 저를 돌봐주길 바라셨어요. 저
를 그런 식으로 찾게 돼서 그분도 충격이 컸을 텐데, 기꺼이
다가와주셨어요."

"아버지는 그동안 너에 대해 모르셨던 거야?"

"예, 두 분은 가볍게 즐긴 사이였어요. 그게 전부였어요. 그
러니 엄마가 임신한 것도 그분은 모르셨을 거예요. 엄마는 얼
마 안 있어 플로리다로 이사하셨고, 우린 거기서 한동안 살았
어요. 그러다가 엄마가 몸이 아프게 되면서 몇 년 전에 서퍽
카운티로 돌아왔어요. 엄마는 이곳을 늘 고향처럼 생각하셨
던 것 같아요."

"너는? 너한테는 여기가 어떤 곳이야?"

마리아는 주변을 둘러본다.

"이 아파트는 제가 지금까지 살던 곳 중 제일 좋은 집이에

요." 당황한 마리아는 얼굴을 붉힌다. "단순히 넓어서 그렇다는 건 아니에요. 여긴 평화로워요. 엄마 주변에 남자들도 없고, 저를 괴롭히는 사람도 전혀 없잖아요. 조용히 지내면서 조반니를 비롯해 안 좋았던 기억을 잊고 살 수 있는 유일한 곳이었어요."

"무슨 뜻인지 알아." 나는 미소를 지으며 마리아의 팔에 손을 얹는다. "길 건너 식당에서 페이스트리를 사 왔어."

"고마워요. 죄송하고요. 안으로 들어와 앉으세요."

나는 마리아를 따라 아파트 안으로 들어간다. 마리아한테서 눈을 뗄 수가 없다. 아름답고 젊다. 그러면서도 익숙한 느낌이다. 마리아를 보면 떠오르는 사람이 있다. 처음에는 아버지가 떠올랐다. 아버지처럼 머리카락이 검고 조용한 성품이라서, 아버지처럼 체격이 날씬하고 얼굴 윤곽이 뚜렷해서.

그런데 마리아가 나를 보고 미소를 짓는 순간, 수줍어하면서도 궁금해하는 그 표정을 본 순간 난 깨닫는다. 마리아를 보면 내가 떠오른다는 사실을.

우리는 소파 양 끝에 나란히 앉는다. 이 아파트에 있는 몇 안 되는 가구 중 하나다. 나는 페이스트리가 담긴 상자를 우리 사이에 내려놓는다. 오후의 햇살이 부드러워지면서 마리아의 얼굴에 길게 빛을 뿌린다. 마리아는 그 빛에 아랑곳하지 않는 듯, 그 자리에 가만히 앉아 웃으며 내 질문에 대답한다. 묻고 싶은 게 많다. 밤새 여기 머물 수 있을 것 같은 기분이다.

하지만 그렇게 하지는 않는다. 날이 어두워지자 나는 택시를 불러 타고 듀로의 집으로 돌아간다. 마리아는 당분간 연방 정부의 보호하에 있게 될 것이다. 며칠이 될지 모르겠지만 숨어 있다가 증언을 하러 나설 것이다. 나는 어떻게 할지 아직 정하지 않았다. 마리아가 증언을 마치고 나면 마리아를 마중 나가게 되지 않을까. 마리아는 내 가족이고 나는 마리아의 가족이다. 그게 어떤 의미인지는 아직 정확히 모른다. 마리아도 마찬가지일 것이다. 하지만 둘이 함께 그 의미를 찾아보려 한다.

에필로그

올해의 마지막 날, 나는 어머니의 재를 뿌린다.

나 혼자다. 마리아가 함께 오겠다고 했지만 만류했다. 춥고 맑은 날이다. 해가 저물고 있다. 페코닉만 안쪽으로 뻗은 반도에 서서 맞은편을 바라본다. 롱아일랜드 노스포크 지역이 건너다보인다. 내 뒤로는 메슈트 카운티 공원의 해변이 펼쳐져 있다.

이곳은 원래도 아름답지만 연중 이맘때는 특히 더 아름답다. 부드러운 갈색과 회색 흙이 잿빛 물속으로 녹아내린다. 나는 1년 내내 어머니와 함께 여기로 놀러와 돌멩이도 줍고 짭짤한 공기도 마시곤 했다. 여기서 쌓은 어머니와의 추억 중 제일 행복했던 추억은 메슈트 해변에서 만들었다.

이달 초, 글렌 도시는 스스로 목숨을 끊었다. 재판을 기다리던 중에 감방에서 목을 매달았다. 빈스 다실바는 마약 거래부터 살인에 이르는 몇 가지 범죄에 대해 유죄를 인정했다. 아마 남은 평생을 감옥에서 보내게 될 것이다. 도시의 또 다른 오른팔인 론 아나스타스와 그들의 공범인 조반니 칼라브레제도 마찬가지다.

세라 파텔이 비공식적으로 들려준 얘기에 따르면, 제임스 미첨은 FBI와 불기소 합의를 맺었다고 한다. 사우샘프턴, 팜비치, 뉴욕, 브리티시 버진아일랜드에 있는 자신의 집에서 촬영한 수백 시간 분량의 영상자료와 기밀 관리서를 FBI에 넘기는 대신에 받은 혜택이다. 덕분에 미성년자와 성관계를 맺은 수십 명의 정치인과 최고 경영자, 유명 인사들의 정체가 밝혀지게 생겼다. 세라는 미첨이 플로리다주 법원에서 두 건의 사소한 매춘 혐의에 대한 죄만 인정할 것이며, 경비가 삼엄하지 않은 교도소에서 1년 미만으로 복역하고 나올 거라고 했다. 미첨을 위해 여자들을 모으는 일을 도운 마농 부세도 기소를 면하게 됐다. 지금 그 여자는 미첨의 개인 섬인 리틀 세인트 제임스 앞바다에서 요트를 타며 휴가를 즐기고 있다.

마이애미로 복귀한 세라는 승진을 했지만 별로 내키지 않는 일을 맡게 됐다. 현장을 그리워하는 세라이니 조만간 현장으로 돌아오고 싶다. 세라는 플로리다주 미라마시에 있는 인신매매 전담팀에 합류하라고 제안했고, 나는 그 제안을 받아들였다. 마리아와 나는 서퍽 카운티를 떠날 준비를 하고 있다. 마이애미는 우리 둘이 살기에 꽤 괜찮은 곳일 것 같다. 그곳이라면 마리아도 마음 편히 새 출발을 할 수 있을 것이다. 라이트먼 팀장은 내가 마이애미에 가서 살아보면 그곳 사람들과 느긋한 생활 속도를 싫어하게 될 거라며, 내가 마이애미에서 얼마나 버틸지를 놓고 팀원들끼리 내기를 하는 중이라고 한다. 라이트먼은 6개월에 돈을 걸었다면서, 내 자리를 비워둘 테니 언제든 돌아오라고 말했다.

나는 일주일에 몇 번씩 기니스 박사와 통화를 한다. 그는 내게 듄로의 집을 팔고 다른 데에 가서 뿌리를 내리라고 조언했다. 그의 도움으로 나는 루즈와 마리아 같은 성매매 희생자들을 보호해주며 쉼터와 교육 기회를 제공하는 자선 단체를 찾아낼 수 있었다. 집을 판 대금 일부에 아버지의 해외 계좌에 들어 있던 돈을 보태서 그 단체에 익명으로 기부했다. 나머지는 마리아를 위해 쓰려고 신탁에 넣어두었다. 마리아는 아직 모르고 있지만 때가 되면 말해줄 생각이다.

또한 기니스는 서픽 카운티를 영원히 떠나기 전에 어머니를 제대로 묻어주는 게 어떻겠느냐고 제안했다. 그렇게 말해줘서 고맙다. 어머니의 재를 품고 여기서 계속 사는 건 너무 힘든 일일 것이다. 지금도 마찬가지다. 그래도 예상과는 달리 이제는 어머니를 생각해도 마음이 크게 동요하지 않는다. 오랜 세월을 거치면서 드디어 어머니를 편안히 잠들게 해드린 모양이다. 숀 길로이가 어머니를 죽였는지 여부는 앞으로도 알 수 없겠지만 나는 그가 범인이라 믿는다. 그리고 이제 앞으로 나아가려 한다. 해가 지평선 너머로 넘어가자 나는 눈을 감고 작별을 고한다. 유골 항아리 뚜껑을 열고 어머니를 보내드린다. 어머니의 재가 바람을 타고 날아간다.

스릴러를 읽는 이유는 주인공에게 감정이입을 하면서 평소 겪기 힘든 상황 속에서 다양한 감정을 느끼며 카타르시스를 맛보기 위해서다. 또한 만의 하나 자신이 주인공과 같은 일을 겪을 경우에 대비해 미리 방어체계를 세워보는 묘미도 있을 것이다. 그런 면에서 크리스티나 앨저의 《걸스 라이크 어스》는 독자들의 기대를 여실히 충족시키는 스릴러라 할 수 있다. 롱아일랜드에서 발생한 연쇄 살인 사건의 범인을 찾고 그 과정에서 목숨을 위협받는 상황이 흔하지는 않지만, 이 소설은 다양한 면에서 상상력과 감정을 자극하며 독자들을 깊은 몰입의 세계로 안내한다.

크리스티나 앨저는 2010년과 2011년에 걸쳐 뉴욕주 롱아일랜드 해변에서 여러 구의 시신이 발견된 사건에서 영감을 받아 이 소설을 썼다고 인터뷰에서 밝힌 바 있다. 2010년 5월, 24살의 성 노동자 섀넌 길버트는 고객 응대 후 실종됐다. 경찰은 섀넌 길버트를 찾는 과정에서 롱아일랜드 남쪽의 존스비치섬 해변에 묻힌 다른 성 노동자들의 시신 네 구를 발견했고, 그 후 2011년 12월에 다른 여러 구의 시신들과 함께 길버트의 유해를 발견했다. 지금까지 최소한 10명 이상의 살인 피해자가 발생한 것으로 여겨지고 있으며 범인은 아직도 잡히지 않았다. '롱아일랜드 연쇄 살인범', '길고 비치 살인마', '크레이그스리스트 리퍼'라는 별명으로 불리는 이 미지의 살인마가 바로《걸스 라이크 어스》의 모티브다.

실제 사건을 소설화하면서 앨저는 온라인에서 사건 관련 자료를 수집하고 경찰 및 검시관과 인터뷰를 하는 등 9개월에 걸쳐 철저한 조사 작업을 진행했다. 특히, 서퍽 카운티 경찰로 일하다 은퇴한 친구 남편을 통해 경찰 문화에 대해 여러모로 도움을 받을 수 있었는데, 그와 얘기를 나누고 나서 이 소설을 본격적으로 시작할 마음을 먹게 되었다고 한다. 그 결과 FBI 요원 넬 플린을 주인공으로 하는 흥미진진한 범죄 수사물이 탄생할 수 있었다.

예전 스릴러 소설에서는 여성이 광기를 가진 범인이나 범죄 희생양, 구조를 기다리는 피해자의 역할에 한정됐지만, 요즘은 여성이 주체적으로 사건을 파헤치는 소설들이 차츰 늘어나고 있다. 소설 소재의 다양성 면에서도 긍정적인 신호라고 생각된다. 여권 신장이라는 시대적 추세에 발맞춰, 강하고 독립적인 여성이 용감하게 범인에 맞서며 사건을 수사하는 이런 소설들을 앞으로도 많이 볼 수 있기를 기대한다.《달링 가족The Darlings》,《이것은 계획에 없었다This Was Not the Plan》,《은행가의 아내The Banker's Wife》를 비롯해 꾸준히 좋은 소설을 써내고 있는 크리스티나 앨저의 다음 스릴러 작품이 기대되는 이유도 그래서다.

공보경

걸스 라이크 어스

지은이 크리스티나 앨저
옮긴이 공보경
펴낸이 정규도
펴낸곳 황금시간

초판 1쇄 발행 2020년 3월 13일

편집총괄 권명희
편집 박은경
교정교열 조소영
디자인 공중정원 박진범

주소 경기도 파주시 문발로 211
전화 (02)736-2031(내선 362, 364)
팩스 (02)738-1713
인스타그램 @goldentimebook

출판등록 제406-2007-00002호
공급처 (주)다락원
구입문의 전화 (02)736-2031(내선 250~252) 팩스 (02)732-2037

ISBN 979-11-87100-84-3 (03840)

http://www.darakwon.co.kr
＊ 다락원 홈페이지를 통해 주문하시면 자세한 정보와 함께 다양한 혜택을 받으실 수 있습니다.
＊ 기타 문의사항은 황금시간 편집부로 연락 주십시오.